Nicht nur für eine Nacht

Marie Force

Originaltitel: Georgia On My Mind © 2011 Marie Force

Copyright für die deutsche Übersetzung: Nicht nur für eine Nacht © 2018 Bettina Ain

Lektorat: Ute-Christine Geiler, Birte Lilienthal, Agentur Libelli GmbH

Deutsche Erstausgabe

Dieses E-Buch ist nur für Ihren persönlichen Gebrauch lizenziert. Es darf nicht weiterverkauft oder -verschenkt werden. Wenn Sie dieses Buch mit einer anderen Person teilen wollen, erwerben Sie bitte eine weitere Kopie für jede Person, die es lesen soll. Wenn Sie dieses Buch lesen, es aber nicht für Ihren alleinigen Gebrauch gekauft worden ist, kaufen Sie bitte eine eigene Version. Vielen Dank, dass Sie die Arbeit des Autors respektieren.

Alle Rechte vorbehalten. Kein Teil dieses Buches darf ohne Zustimmung der Autorin nachgedruckt oder anderweitig verwendet werden.

Die Ereignisse in diesem Buch sind frei erfunden. Die Namen, Charaktere, Orte und Ereignisse entspringen der Fantasie der Autorin oder wurden in einen fiktiven Kontext gesetzt und bilden nicht die Wirklichkeit ab. Jede Ähnlichkeit mit lebenden oder toten Personen, tatsächlichen Ereignissen, Orten oder Organisationen ist rein zufällig.

Cover: Ashley Lopes

Buchdesign und Satz: Holly Sullivan and Isabel Sullivan

Über das Buch

Nach dem viel zu frühen Krebstod ihrer Mutter lässt sich Georgie Quinn breitschlagen, übergangsweise das Seniorenzentrum von Newport weiterzuführen, das diese mit viel Herzblut aufgebaut hatte. Die Sozialeinrichtung macht jedoch wesentlich mehr Arbeit und kostet mehr Kraft als gedacht, sodass der einzige Höhepunkt in ihrem Leben der sexy Jogger ist, den sie jeden Morgen gemeinsam mit ihren Mitbewohnerinnen Tess und Cat beobachtet.

Kein Wunder, dass Georgie davon träumt, wieder in ihr glamouröses Leben in Atlanta und zu ihrer Karriere in der Modewelt zurückzukehren. Dann lernt sie den attraktiven Detective Nathan Caldwell kennen, der sich als der sexy Jogger entpuppt, und mit einem Mal stellt sich Newport als wesentlich interessanter heraus, als Georgie es für möglich gehalten hätte. Während sie eine heiße Affäre mit Nathan beginnt, bandeln Tess und Cat mit Nathans Brüdern Ben, einem verletzten irakischen Kriegsveteranen, und Ian, einem alleinerziehenden Vater und talentierten Musiker, an …

Danksagung

In diesem Buch steckt ganz viel Liebe, weil es in meiner Heimatstadt Newport in Rhode Island spielt und ich über eine junge Frau schreiben durfte, die den Tod ihrer Mutter verarbeiten muss, etwas, das mir nur allzu vertraut ist. Nachdem meine Mutter 2004 gestorben war, erging es mir ganz ähnlich wie Georgie in diesem Buch. Wie sie besitze auch ich noch immer den Morgenrock meiner Mutter.

Als ich mir die Charaktere für das Seniorenzentrum ausdachte, musste ich mir bloß meinen Dad und seine Kumpel anschauen, um echte Originale zu finden. Ich danke euch, George, Bob, dem guten Gordon, dem schlimmen Gordon, Harry, Arlene, Diane, Agnes und Mary, weil ihr mir gestattet habt, dass ich mir eure Persönlichkeiten »ausleihe«. Ich danke ebenfalls dem verstorbenen Tom Dawson, dessen trockener Humor mir unvergesslich bleiben wird.

Meinem Ehemann Dan, der mich zu meinem joggenden Ökofreak-Helden inspiriert hat, gilt mein Dank für den Stoff, den er mir immer wieder liefert. Wirst du jemals die Zahnseide vergessen? Emily und Jake, ihr seid die besten Kinder, die man sich wünschen kann. Danke, dass ihr mich der Arbeit nachgehen lasst, die ich liebe.

Ich danke wie immer auch meinen Freundinnen Christina Camara, Julie Cupp, Paula DelBonis-Platt und Lisa Ridder, die das Buch gelesen, lektoriert und durch ihre Kritik besser gemacht haben. Meinen Lesern Mary Grzesik, Aly Hackett,

Ronlyn Howe und Kara Conrad danke ich ebenfalls, ihr seid mir wirklich gute Freundinnen geworden.

Dank meinen Lesern und Freunden ist das Schreiben stets aufs Neue eine außergewöhnliche Reise, danke für eure unerschütterliche Unterstützung. Ich hoffe, euch gefällt »Nicht nur für eine Nacht«.

Für meine Mom,
Barbara J. Sullivan
1937–2004

PROLOGUE

»Beeilt euch«, rief Cat von der Vorderseite des Hauses. »Er ist gleich da.«

Mit heftig klopfendem Herzen schnappte Georgie sich ihre Tasse Kaffee und folgte ihrer anderen Mitbewohnerin Tess auf die geräumige Veranda, auf der Cat es sich bereits gemütlich gemacht hatte. Georgie nahm ihren üblichen Platz auf der Korbbank ein, von wo aus sie einen ungehinderten Blick auf die Show hatte.

Pünktlich wie immer kündigte ihn der gleichmäßige Rhythmus seiner Schritte auf dem Straßenpflaster an.

Georgie hätte einen Schluck von ihrem Kaffee getrunken, hätte sie ihn an dem Kloß in ihrem Hals vorbeibekommen. *Wie deprimierend, dass diese dreißig Sekunden das Highlight des heutigen Tages sein werden. Ach, da ist er ja schon.*

Über dem Hügel erschien sein blonder Kopf. Und … oh, heute lief er mit nacktem Oberkörper, das Shirt vorn in die kurze Jogginghose gesteckt. Schweiß rann ihm über die muskulöse, gebräunte Brust und die straffen Bauchmuskeln, ließ die helle Brustbehaarung im Licht der Morgensonne glitzern. *Die perfekte Menge Brusthaar.* In den letzten, zermürbenden Wochen, die ihrer kranken Mutter geblieben waren, hatte sich das »Joggerstalking« mit ihrer Schwester Ali sowie Cat und Tess als etwas erwiesen, worauf sie sich zuverlässig jeden Morgen freuen konnte.

Er fuhr sich mit der Hand über die Stirn, und sie schluckte trocken.

»Hmm«, meinte Tess, die sich über die Lippen leckte.

»Du sagst es«, hauchte Cat von ihrem Platz auf dem Geländer aus, wo sie sich hingehockt hatte, um einen besseren Blick auf das Ganze zu haben.

Die Schritte kamen immer näher, bis er mit einem Winken lächelnd an ihnen vorbeirannte. »Morgen, die Damen.«

»Morgen«, erwiderten Cat und Tess im Chor.

Georgie schwieg, wie hypnotisiert vom Spiel seiner Muskeln unter der glatten Haut. Das überwältigende Verlangen, ihn abzulecken, entsetzte sie ebenso sehr, wie es sie erregte.

»Perfekt«, behauptete Tess, sobald er außer Sicht war.

»Besser als Kaffee«, bestätigte Cat, wie sie es jeden Morgen tat, und hüpfte vom Geländer. Sie trug heute eine Armeehose, schwarze Flip-Flops und ein Spaghettiträgertop, das ihre Brüste perfekt zur Geltung brachte. »Ich bin dann weg«, verabschiedete sie sich.

»Du bist heute aber früh dran«, wunderte sich Tess.

»Und ich werde lange wegbleiben. Heute Abend fängt im Club eine neue Band an, da will ich mir zumindest das erste Set anhören.« Mit gerunzelter Stirn fügte sie hinzu: »Außerdem müssen wir dringend mal durchputzen, und ich hab noch jede Menge Papierkram zu erledigen, den ich schon ewig vor mir herschiebe.«

Sie trug das grellrote Haar zu kurzen Stacheln gestylt, was an jeder anderen Person harsch gewirkt hätte. Bei ihr vermehrte es nur den ohnehin schon überreichlichen Sex-Appeal. Die helle Haut, die großen braunen Augen, die gepiercte Braue sowie die Meerjungfrauentätowierung und ihre unglaubliche Figur ergaben zusammen die furchtloseste und fantastischste Frau, der Georgie je begegnet war.

»Ich komme auch erst spät heim«, verkündete Tess. »Ich schiebe heute im Krankenhaus eine Doppelschicht.«

»Mir ist unklar, wie du das durchhältst«, meinte Cat kopfschüttelnd.

»Ich brauche das Geld. Bei der Scheidung hat mein Ex alles bekommen, also fange ich bei null an.«

»Wie du das zulassen konntest, werde ich nie begreifen«, erklärte Cat auf ihre übliche direkte Art.

Tess zuckte die Achseln. »Ich wollte ihn schnell loswerden.«

»Ich bin hier, falls du jemanden brauchst, der ihm einen Tritt in den Hintern verpasst«, versprach Cat ihr grinsend. »Nichts würde mich glücklicher machen.«

Cat und Georgie vermuteten, dass Tess von ihrem Ex geschlagen worden war, aber in ihrer jungen Freundschaft waren sie noch nicht an dem Punkt angelangt, an dem sie das einfach ansprechen konnten, und Tess erzählte von sich aus nichts darüber.

Jetzt fasste sie ihr langes dunkles Haar zu einem hohen Pferdeschwanz zusammen, und ihr zartes Lachen ließ die graublauen Augen aufleuchten, die sonst viel zu abgespannt und düster dreinschauten für eine Frau ihres Alters. »Wo warst du, als ich dich vor einem Jahr gebraucht hätte?«

»Das Angebot steht«, rief Cat, die bereits die Treppe zum Jeep runtersprang. »Wir sehen uns später.«

Nachdem sie mit quietschenden Reifen abgezischt war, wandte sich Tess an Georgie: »Erde an Georgie.«

Aus ihren Tagträumen um den geheimnisvollen Jogger gerissen, blickte sie auf und erkannte, dass Tess sie amüsiert betrachtete. »Ja?«

»Bist du noch immer bei deiner täglichen Dreißig-Sekunden-Schwärmerei?«

»Ich habe all diese verrückten Gedanken darüber, was ich mit ihm anstellen will«, gestand Georgie ihrer neuen Freundin. Die Frauen waren vor drei Monaten zusammengezogen – kurz nachdem Georgies Mutter erkrankt war und nicht mehr hatte arbeiten können – und hatten sich über ihr gemeinsames Interesse an ihrem joggenden Nachbarn rasch angefreundet. »Ich schwöre, ich hatte noch nie so wilde Fantasien über einen völlig Fremden.«

»Da ist ja erst mal nichts gegen zu sagen. Ich würde behaupten, dass uns das allen so geht. Cat hab ich allen Ernstes für eine Lesbe gehalten, bis ich gesehen hab, wie sie ihn anschaut. Hat mir die Mühe erspart, sie direkt zu fragen.«

»Das Gespräch hätte ich liebend gern belauscht«, gestand Georgie. Lächelnd erhob sie sich von der Korbbank und nahm einen Schluck von ihrem Kaffee.

»Wie geht's dir, Georgie? Im Ernst.«

»Ganz gut. Ich lenke mich ab.«

»Hast du von deinem Dad gehört?«, erkundigte sich Tess.

»Bisher nicht. Ich frage mich allmählich, ob er auch gestorben ist. Warum sonst sollte er abrupt aufhören, den Unterhalt für meine Mutter zu bezahlen?«

»Wenn ihm etwas zugestoßen wäre, hättest du oder deine Schwester doch bestimmt davon erfahren.«

Sie zuckte die Achseln. »Wer weiß? Ist ja nicht so, als stünden wir ihm nahe, seit er unsere Mutter wegen einer anderen Frau verlassen hat.«

Tess legte ihr eine Hand auf den Arm. »Tut mir leid, dass du das alles durchmachen musst.«

»Danke. Ich hoffe, dass sich die Dinge jetzt zügig klären. Ich kann mich nicht ewig von meiner Arbeit beurlauben lassen. Irgendwann muss ich zurück nach Atlanta. Und ich fühle mich bestimmt auch besser, wenn alles wieder seinen gewohnten Gang geht.«

»Wenn ich ein wenig selbstsüchtig sein darf«, setzte Tess an, »hoff ich mal, dass es nicht allzu bald geschehen wird. Es ist toll, mit euch beiden hier zu wohnen. Genau das, was ich nach meiner furchtbaren Scheidung brauche.«

»Ich bin froh, dass es dir hilft. Dass ihr eingezogen seid, hat mich echt gerettet. Nie und nimmer hätte ich mit dem Gehalt vom Seniorenzentrum die Zahlungen für das Haus *und* für meine Wohnung in Atlanta begleichen können.«

»Gibt's was Neues wegen einer Nachfolgerin für deine Mom?«

»Nein«, erwiderte Georgie seufzend. »Komischerweise möchte sich niemand für den geringen Lohn, den die Stadt zahlt, mit den Problemen des Zentrums herumschlagen. Letzte Woche hatten wir tatsächlich jemanden, der infrage kam, aber ein paar Minuten mit den alten Knackern, und sie ist um ihr Leben gerannt.«

Tess lachte.

»Gestern habe ich sie dabei belauscht, wie sie von ›annuellem‹ Sex geredet haben«, berichtete Georgie erschaudernd.

Mit einem Stöhnen flehte Tess: »Bitte erzähl mir, dass sie damit ›einmal im Jahr meinen‹ und nicht …«

Georgie hob eine Hand. »Sprich es nicht aus. Die Vorstellung allein reicht, um mir Albträume zu bescheren.«

Tess lachte, bis ihr die Tränen kamen. »Deine Mutter war eine Heilige.«

»Sie hat die Leute nach Strich und Faden verwöhnt, so viel ist klar. Leider erwarten sie von mir, dass ich da weitermache, wo sie aufgehört hat. ›Georgie, kannst du für mich bei der Krankenversicherung anrufen?‹ ›Georgie, fährst du mich zum Arzt?‹ ›Georgie, spielst du mit uns Karten?‹ ›Georgie, was gibt's zu Mittag?‹ ›Georgie, hast du schon jemanden gebucht, der bei dem monatlichen Treffen für Stimmung sorgt?‹ ›Deine Mutter hätte dies getan, deine Mutter hätte das getan.‹ Kein Wunder, dass man bei ihr Brustkrebs im fortgeschrittenen Stadium diagnostiziert hat. Sie war derart damit beschäftigt, sich um die Alten zu kümmern, dass sie überhaupt keine Zeit mehr für sich hatte.«

»Ich bewundere es, wie du dafür sorgst, dass ihre Arbeit weitergeführt wird, auch wenn sie jetzt nicht mehr da ist.«

»Ich weiß, was ich tue, ist gut und richtig, aber manchmal bekomme ich es echt mit der Angst zu tun, wenn ich daran denke, wie lange ich schon nicht mehr in meinem eigentlichen Job gearbeitet habe.«

»Der läuft dir nicht weg, bis du wieder Zeit dafür hast.«

»Das hoffe ich doch. Danke für die aufmunternden Worte, Tess. Keine Ahnung, was ich ohne dich oder Cat getan hätte, ihr habt uns echt geholfen, in den letzten Monaten nicht den Verstand zu verlieren.« Die beiden Frauen hatten auf die Annonce für vorübergehende Mitbewohner geantwortet, die Georgie und ihre Mutter in die *Newport Daily News* gesetzt hatten, nachdem die Unterhaltszahlungen ihres Vaters versiegt waren und die Rechnungen für das große viktorianische Haus ihrer Mutter sich zu stapeln begonnen hatten. Gott sei Dank war die Hypothek abbezahlt, die Steuern und die Instandhaltungskosten waren allerdings immer noch enorm.

Tess zog Georgie in eine spontane Umarmung, die sie völlig überrumpelte. Was für ein Geschenk Tess' liebevolle Unterstützung war inmitten all des Chaos, in das ihr Leben in den letzten Monaten gestürzt worden war.

»Danke«, murmelte sie leise.

»Du schaffst das, das weiß ich.«

Georgie nickte. »Da du eine Doppelschicht schiebst, sehen wir uns wohl erst morgen früh zum Joggerstalking wieder.«

»Das würde ich mir um nichts in der Welt entgehen lassen«, versicherte Tess ihr, ehe sie die Stufen hinab- und zu ihrem Auto lief.

Wenig später zupfte Georgie die welken Blüten von den Geranien ihrer Mutter, die in den Kästen am Geländer der Veranda wuchsen, und goss die vier Blumentröge, die auf den Stufen zur Straße hin standen. Die Fensterläden des dreistöckigen, weißen Hauses waren schwarz gestrichen, die Haustür knallrot, passend zu den Geranien.

Während sie die Gießkanne wieder auffüllte und sich vorstellte, wie ihre Mutter sich um diese Pflanzen gekümmert hatte, stiegen ihr erneut Tränen in die Augen. In den letzten drei Monaten hatte sie mehr geweint als in den vergangenen dreißig Jahren. Selbst eine Woche danach war es jedes Mal ein Schock, wenn sie aufwachte und sich erinnerte, dass ihre Mutter wirklich nicht mehr da war.

Nachdem sie die Blumen wie jeden Tag gegossen hatte, begab sie sich nach oben, um zu duschen und sich für die »Arbeit« fertig zu machen. Sie würde keines ihrer eleganten Kostüme anziehen, die sie gewöhnlich im Davidson's trug, dem Edelkaufhaus in Atlanta, in dessen Abteilung für Marketing und Merchandising sie arbeitete. Nein, hier kleidete sie sich in kurze Hosen und T-Shirts, die bis zum Mittag nicht sauber bleiben würden.

Sie fuhr sich mit der Bürste durch das schulterlange dunkelblonde Haar, ehe sie die dreihundert Dollar teure Feuchtigkeitspflege auftrug, die sie sich mit ihrem Angestelltenrabatt geleistet hatte. In ein oder zwei Wochen würde sie jemanden in Atlanta bitten müssen, ihr Nachschub zu schicken. Es gab Dinge, ohne die eine Frau nicht leben müssen sollte.

Schließlich studierte sie ihr Gesicht im Spiegel. Die braungrünen Augen waren von goldenen Sprenkeln durchzogen. Die Stupsnase war angeblich niedlich, ein Wort, das sie zutiefst verabscheute. Die Wangen waren voller, als ihr lieb war, mit Grübchen, die ebenfalls niedlich sein sollten. Sie hatte sich geschworen, die nächste Person, die im Zusammenhang mit ihr das Wort »niedlich« verwendete, umzubringen. Dem würde sie »niedlich« zeigen.

Plötzlich klingelte ihr Handy, und sie hastete über den Flur, um ranzugehen. »Hallo«, keuchte sie atemlos.

»Georgia, wann bist du wieder hier?«, fragte Doug, mit dem sie seit zwei Jahren zusammen war, zum hundertsten Mal, seit sie nach Newport gekommen war.

»Dir auch einen guten Tag, Doug.«

»Mal ehrlich, so kompliziert können die Angelegenheiten deiner Mutter doch gar nicht sein, oder? Versprich mir, dass du zur Wohltätigkeitsveranstaltung im Country Club am Samstag wieder da bist. Ich brauche dich an meiner Seite.«

Seufzend setzte sie sich aufs Bett. »Es sieht nicht gut aus, fürchte ich.«

»Kannst du nicht wenigstens übers Wochenende herfliegen?«

»Ich kann das Zentrum nicht so lange sich selbst überlassen.«

»Ach komm schon, Georgia. Ich *brauche* dich. Die wollen mir einen Preis verleihen. Du weißt, wie wichtig mir das ist.«

»Ich weiß, und es tut mir leid.«

Eine Weile schwieg er, schien nachzudenken. »Ich spreche das nur ungern aus«, begann er schließlich, »ganz besonders nach allem, was du gerade durchgestanden hast.«

»Sag es einfach, Doug.«

»Das mit uns funktioniert nicht. Ich denke, wir sollten uns trennen.«

Es war ja nicht so, als hätte sie das nicht geahnt. Er hatte das schon seit Wochen durchklingen lassen. »Wie du willst.«

»Das war's? Mehr hast du nicht zu sagen?«

»Was willst du denn hören?«

»Ich will, dass du nach Hause zurückkommst.« Und als Sportmanager, der drei der Top-Golfspieler der PGA Tour vertrat, war er daran gewöhnt, zu bekommen, was er wollte.

»Das geht nicht, das habe ich dir bereits erklärt. Wenn du dir lieber jemand Neues suchen willst, bitte. Davon abhalten kann ich dich ja kaum.«

»Das stört dich also gar nicht, Georgia?«

»Nicht genug«, gestand sie wahrheitsgemäß.

»Das war schon immer dein Problem, oder?« Sie stellte sich vor, wie er den Staub von seinem kleinen schwarzen Adressbüchlein blies, noch während sie sich unterhielten. »Pass auf dich auf. Ruf mich an, solltest du jemals nach Atlanta zurückkehren.«

»Sicher.«

»Mach's gut, Georgia.«

»Du auch.«

KAPITEL 2

Gegen halb zehn stand sie in der Schlange, um auf die bestellten zwei Dutzend Donuts und Kaffee zu warten. Wie sie auf die harte Tour gelernt hatte, sollten diese Dinge bereitstehen, wenn die alten Männer ab zehn Uhr bei ihr eintrudelten. Der Süßkram leistete einen enormen Beitrag dazu, täglich den Frieden zu wahren.

Während sie zum Seniorenzentrum an der Spring Street fuhr und den silberfarbenen VW Passat auf dem Parkplatz für die Geschäftsführerin abstellte, ärgerte sie sich noch immer über ihr Telefonat mit Doug. Bei dem Blick auf ihr Nummernschild aus Atlanta überkam sie das plötzliche Verlangen, etwas zu treten – oder jemanden. Es war schon seit Monaten klar gewesen, dass es zwischen ihnen nicht lief.

Sie wäre fast gestorben – vor Überraschung –, als er veranlasst hatte, dass ihr das Auto nach Rhode Island geliefert wurde, sobald klar geworden war, dass sie eine Weile hierbleiben würde, und dann war er sogar zur Beerdigung ihrer Mutter aufgetaucht. Derart selbstloses Handeln sah ihm so unähnlich, dass es ihr bloß vor Augen geführt hatte, was in ihrer Beziehung nicht stimmte.

Bei Doug drehte sich alles immer nur um ihn – seine Arbeit, seine Kunden, sein Leben. Sie war es leid, dass ihre gemeinsamen Mahlzeiten von dringenden Anrufen eitler Golfer unterbrochen wurden, dass sie sich am Wochenende Golf im Fernsehen anschauten, ständig selbst auf der Driving Range waren oder, schlimmer noch, bei Golfevents, bei denen sie ihn kaum zu Gesicht bekam.

Nachdem sie das Zentrum aufgeschlossen und drinnen das Licht eingeschaltet hatte, wurde ihr klar, dass sie schon vor geraumer Zeit mit ihm hätte Schluss machen sollen, aber irgendwie waren ihr die Ereignisse der vergangenen Monate dazwischengekommen.

Abgestandene Luft empfing sie. Seit ihrem ersten Tag hier staunte sie darüber, wie intensiv die Räume nach alten Menschen rochen. Wie sehr sehnte sie sich nach dem parfümierten Luxus im Davidson's! *Egal, wo war ich? Ach, ja, Doug.*

Da er sie liebend gern daran erinnert hatte, dass er jede haben könne, hegte sie keinen Zweifel daran, dass er nicht lange auf dem Markt bleiben würde. Sie hatte nicht vorgehabt, ihn zu heiraten – auf keinen Fall. Doch obwohl ihr längst klar gewesen war, dass ihre Beziehung keine Zukunft hatte, war sie bei ihm geblieben, nicht zuletzt, weil der Großteil ihrer sozialen Kontakte in Atlanta eng mit ihm verknüpft war.

Die Aufmerksamkeiten, mit denen er sie bedachte, hatte sie ebenfalls genossen: die extravaganten Dates, die Blumen ins Büro (wobei das zweifelsohne von seiner Sekretärin arrangiert worden war), die spontanen Ausflüge am Wochenende. Allerdings störte es sie, wenn er sie »Georgia« nannte, noch dazu mit diesem hochnäsigen, vornehmen Akzent, den er mit viel Mühe perfektioniert hatte.

Sie stellte die Donuts und den Kaffee auf einen Tisch im Gemeinschaftsraum, ehe sie sich in die Küche begab, um Sahne und Zucker zu holen, wobei sie den Kühlschrank schwungvoller zutrat, als nötig gewesen wäre.

»Gott, ist das heiß hier.« Sie drehte die Klimaanlage auf zwanzig Grad runter. War die Temperatur niedriger, beschwerten sich alle, aber da sie seit zwölf Jahren in den Südstaaten lebte, hatte sie sich an eisgekühlte Luft gewöhnt. Hier war es auf mehr als nur eine Art erdrückend.

Sie warf einen kritischen Blick durch den großen, offenen Saal mit den abgenutzten runden Tischen und orangefarbenen Klappstühlen, um sicher zu sein, dass auch alles an seinem Platz war, bevor die tägliche Invasion begann. In einer Ecke hatte ihre Mutter Sofas um einen großen Flachbildfernseher gruppiert, auf dem sich die Frauen gerne die Morgenmagazine und die Männer am Nachmittag die Red-Sox-Spiele ansahen. Am hinteren Ende des Hauptraums führte ein Flur zu ihrem Büro.

Sie erinnerte sich daran, wie ihre Mutter im Stadtrat um den Fernseher gekämpft hatte. Irgendwie hatte Nancy stets aufgetrieben, was sie gebraucht hatte, um das Zentrum am Laufen zu halten – wie zum Beispiel die grässlichen orangefarbenen Stühle, die ihnen die Leute von der Elks Lodge gespendet hatten, nachdem man sich dort neue angeschafft hatte. Die einzige Dekoration waren Poster mit Bildern von Newport an den Wänden. Schön war es also nicht, aber es genügte. Sie war an eine elegante Umgebung gewöhnt, hier musste sie sich mit einer funktionalen zufriedengeben.

Die Eingangstür schwang auf, und sie unterdrückte ein Stöhnen. *Noch fünf Minuten Ruhe und Frieden. Bitte.* Doch das sollte nicht sein. Rein kam Gus Souza, oder der gute Gus, wie er genannt wurde, um ihn von dem anderen Gus zu unterscheiden. Von allen alten Männern mochte sie den guten Gus am liebsten. Er hatte stets ein herzliches Lächeln und ein freundliches Wort für sie, und anders als der Rest der Bande machte er sich nicht an sie ran und schenkte sich auch unangebrachte Kommentare über ihren Körper, ihr Haar, ihr Lächeln, ihre Grübchen, ihre Kleidung oder andere Dinge, die ihm gerade durch den Sinn schossen. Die Herrenriege hier nahm kein Blatt vor den Mund.

»Guten Morgen, Gus.«

»Hallo, Georgie. Wie geht's dir heute?«

»Genau wie gestern.« Da sie jeden Tag dieselbe Unterhaltung führten, hätte sie das Drehbuch schreiben können.

Er hatte sich das schneeweiße Haar aus dem engelsgleichen Gesicht gekämmt. Selbst im Alter von sechsundsiebzig Jahren funkelten seine blauen Augen noch immer lebhaft. Stolz hatte er ihr mal von seiner Zeit als Soldat im Krieg erzählt, was in seinem Fall wohl den in Korea oder Vietnam bedeutete, und von seiner langen Karriere als Autohändler und Unternehmer.

»Georgie, ich hatte mich gefragt …«

Zufrieden mit der Anordnung von Kaffee und Donuts, wandte sie sich zu ihm um.

»Ich bitte dich nur ungern, da du ständig von solchen Anfragen überschwemmt wirst.«

»Worum geht's, Gus?«

»Meinst du, du könntest heute für mich bei der Krankenversicherung anrufen? Ich verstehe sie am Telefon so schlecht, aber ich habe diesen Brief erhalten, in dem steht, dass ich keinen Versicherungsanspruch hätte.«

Wenn er sie derart lieb darum bat, wie könnte sie da ablehnen? »Natürlich«, meinte sie mit einem Seufzer, den er, wie sie wusste, nicht hören würde. »Mach ich doch gerne.«

Seine Miene hellte sich erleichtert auf. Irgendwo hatte er auch Kinder. Nach dem, was ihr die anderen berichtet hatten, sah er sie allerdings nicht oft, was zu deren eigenem Schaden war, wie Georgie fand. Sie hatte erfahren, dass er zu Weihnachten im vergangenen Jahr den Weihnachtsmann gemimt hatte, weil die Senioren ihre Enkel ins Zentrum eingeladen hatten. Sie konnte sich gut vorstellen, wie er ihn mit seiner charmanten Art darstellte.

Sie nahm ihm den Brief von der Krankenversicherung ab, notierte sich sein Geburtsdatum und die Sozialversicherungsnummer, die sie, wie sie gelernt hatte, brauchen würde, um Zugriff auf sein Konto zu bekommen, und versprach, ihm heute noch Bescheid zu geben.

»Danke dir, Liebes.« Er drückte ihr den Arm. »Deine Mutter war so stolz auf dich, weil du dich so um uns kümmerst.«

Überrascht von ihrer emotionalen Reaktion auf das Kompliment, murmelte sie bloß »Danke« und flüchtete ins Büro am Ende des Flurs, bevor sie sich selbst in Verlegenheit brachte und vor ihm in Tränen ausbrach.

Der Morgen verging wie im Flug, denn es gab zahlreiche Krisen zu bewältigen. Sie würgte einen Streit darüber ab, wer hübscher war: Angelina Jolie oder Farrah Fawcett in der Blüte ihrer Jahre, verbrachte zwanzig Minuten in der Warteschleife der Krankenversicherung, nur um herauszufinden, dass Gus vergessen hatte, ihnen mitzuteilen, dass er für die Nachfolgeuntersuchung wegen seines Prostatakrebses einen Arzt aufsuchte, der nicht auf ihrer empfohlenen Liste stand – eine Information, auf die sie gerne verzichtet hätte –, und half dem Küchenpersonal, über hundert Portionen paniertes Schollenfilet mit roten Minikartoffeln und Spargel zu servieren.

Der Fischgeruch zog durch das gesamte Zentrum, und Georgie schluckte krampfhaft, während sie die Styroporbehälter aus dem Gemeinschaftssaal in einen großen Müllsack sammelte.

Als sie an einem Tisch vorbeilief, hörte sie, wie der schlimme Gus, Gus Richards, gerade einen schmutzigen Witz über eine Frau, eine Ziege, einen Eimer und etwas anderes riss, beschloss aber, nicht lange genug zu bleiben, um zu verstehen, worum es ging. Die anderen alten Herren, die sich um den Tisch versammelt hatten – Walter Brown, Henry Stevens, Bill Bradley, der gute Gus und der älteste ihrer Stammgäste, Donald Davis –, hingen ihm an den Lippen. Ihr schallendes Gelächter über die vulgäre Pointe folgte ihr bis auf den Hinterhof und zum Müllcontainer.

Umgeben vom Geruch von Fisch und Essig, von dem irgendwie auch etwas auf ihr Oberteil gespritzt war, plagte sie sich mit dem Deckel des Containers, der sich nicht öffnen ließ. Fluchend unternahm sie einen letzten erfolglosen Versuch, gab sich schließlich geschlagen und öffnete die Tür an der Seite. Sie wich einen Schritt zurück, als ihr der Gestank vom gestrigen Hacksteak entgegenschlug.

Da die Mülltüte nicht durch die kleinere Öffnung passen würde, biss sie die Zähne zusammen, griff hinein und stopfte eine Handvoll übel riechender Styroporbehälter in die Tonne. Dabei träumte sie von Lancôme, Clinique und Donna Karan. Sie griff gerade zum dritten Mal in die Tüte, als eine zufallende Autotür sie zusammenfahren ließ.

»He! Was soll das werden? Das Zeug gehört recycelt.«

Sie wirbelte herum und wäre vor Schock fast ohnmächtig geworden. *Er. Der Joggertyp.* Er trug ein frisches Hemd und eine gebügelte Stoffhose und musterte sie finster aus dunkelblauen Augen.

Kaum hatte er ihr die Mülltüte entrissen, warf er einen Blick hinein und verzog das Gesicht. »Ist Ihnen eigentlich klar, dass sich Styropor nicht zersetzt? Das liegt noch auf der Mülldeponie, wenn Ihre Enkel Großeltern werden.«

Sie starrte ihn an, unfähig zu atmen, geschweige denn ein vernünftiges Wort hervorzubringen. Offensichtlich hatte er die gleiche Wirkung auf sie, wenn er wütend war, wie wenn er schweißnass an ihrem Haus vorbeijoggte.

»Wo ist denn die Wertstofftonne?«

»Wir, äh, haben keine«, stotterte sie.

»Soll das ein Witz sein?« Sein Gesicht lief rot an. »Sie stopfen das ganze Styropor *jeden Tag* in die normale Tonne? Mein Gott!«

Sie wischte sich ein Stück Fisch von der Wange, das irgendwie dort gelandet war, und spürte in dem Moment, wie Gefühle sie überrollten, die sich nicht beherrschen ließen. Es war erst zwei, aber sie hatte bereits jetzt die Nase gestrichen voll von diesem Tag. Unvermittelt brach sie in Tränen aus.

Er starrte sie an, offenbar völlig überrumpelt von ihrer emotionalen Reaktion.

»Was ist denn hier los?«, erkundigte sich der schlimme Gus, der in der Tür stand. Die anderen alten Männer folgten ihm, als er zu ihr ging und dabei den Joggertypen beiseiteschob. Tröstend legte er Georgie einen Arm um die Schultern.

»Was haben Sie ihr getan?«, wollte Walter von dem Jogger wissen und baute sich vor ihm auf.

»Nichts«, beteuerte der. »Ich habe sie nur gefragt, warum sie das Styropor nicht zum Recyceln gibt.«

Ihre Tränen gingen in krampfhaftes Schluchzen über, das nichts mit dem Müll und unendlich viel mit monatelangem, unerträglichem Stress zu tun hatte.

Der gute Gus löste den schlimmen Gus ab und führte sie zum Büro, wobei er ihr die ganze Zeit gut zuredete. Die anderen blockierten die Tür, damit der Joggertyp, der ihr gefolgt war, nicht reinkonnte.

»Das wird schon wieder, Georgie, Liebes.« Der gute Gus hockte sich neben sie, reichte ihr ein mit seinen Initialen besticktes Stofftaschentuch und tätschelte ihr die Hand. »Kann ihr jemand mal ein Glas Wasser holen?«

»Schon dabei.« Bill zwängte sich am Joggertypen vorbei, hielt neben ihm aber abrupt inne und beäugte den jüngeren Mann argwöhnisch. »Kenne ich Sie nicht?«

»Ich arbeite mit Ihrer Tochter zusammen.«

»Sie sind ein Cop?«

»Detective Nathan Caldwell vom Newport Police Department.« Er streckte ihm die Hand entgegen. »Ich hab Sie auf der Wache mit Roxy reden sehen.«

Bill schüttelte ihm die Hand, betrachtete ihn jedoch weiterhin prüfend. »Sie haben Georgie zum Weinen gebracht. Das gefällt uns nicht.«

»Es tut mir leid. Das wollte ich nicht. Ich hab nur im Vorbeifahren zufällig beobachtet, wie …«

»Bei mir müssen Sie sich nicht entschuldigen, junger Mann.« Mit dem Kopf deutete er auf Georgie, die sich weiter die Tränen abtupfte.

Die Männer traten zurück, um Nathan durchzulassen.

Zwar erhob sich auch der gute Gus, wich Georgie aber nicht von der Seite.

Alle warteten gespannt.

»Entschuldigen Sie bitte, dass ich Sie angeschrien habe«, meinte Nathan.

Hätte er einen Hut gehabt, hätte er ihn in den Händen geknetet. Die alten Männer konnten ganz schön einschüchternd wirken, wenn sie wollten, eine Erkenntnis, die Georgie faszinierte – und etwas, das sie äußerst liebenswert fand.

»Schon gut«, winkte sie ab. Die ganze Angelegenheit war ihr hauptsächlich peinlich.

»Ich hab mich bloß gefragt, warum Sie nicht recyceln«, erklärte er.

»Meine Mutter hat vor einem Jahr eine Wertstofftonne bei der Stadt beantragt.« Sie zeigte zu einem Stapel Papiere auf ihrem überfüllten Schreibtisch. »Da ist irgendwo eine Kopie vom Antrag. Offenbar ist sie noch nicht bewilligt.«

»Das ist doch lächerlich«, verkündete Nathan.

»Dann verhaften Sie bitte jemanden im Rathaus«, knurrte der schlimme Gus. »Statt auf Georgie rumzuhacken.«

»Ich habe nicht auf ihr rumgehackt …«

»Sie können jetzt verschwinden, Junge.« Walter zupfte Nathan am Ärmel, um ihn aus dem Arbeitszimmer zu ziehen. »Wir kümmern uns um sie.«

»Es tut mir aufrichtig leid«, entschuldigte Nathan sich erneut. »Ich wollte Sie nicht aufregen.« Auf dem Weg nach draußen drängte er sich an Walter und an Bill vorbei, der gerade mit einem Glas Wasser zurückkehrte.

»Mir geht's gut, Leute«, erklärte Georgie. »Tut mir leid, dass ich so eine Szene gemacht habe.«

»Dir muss nichts leidtun«, versicherte ihr der gute Gus.

Sie trank einen großen Schluck Wasser. »Danke. Ihr könnt euch ruhig wieder eurem Spiel widmen. Mir geht's gut. Ehrlich.«

Nach und nach schlurften sie zurück in den Gemeinschaftssaal, um sich wieder an ihr nachmittägliches Euchre-Spiel zu setzen, ein Kartenspiel, das Bill aus Minnesota nach Rhode Island importiert hatte.

Der gute Gus blieb. »Bist du sicher, dass alles in Ordnung ist? Es sieht dir gar nicht ähnlich, einfach in Tränen auszubrechen.«

»Mom fehlt mir«, gestand sie, denn sie wusste, dass sie sich ihm anvertrauen konnte, ohne dass es zehn Minuten später das ganze Zentrum wusste.

Ein warmer Ausdruck legte sich auf sein Gesicht. »Natürlich vermisst du sie, Liebes.«

»Um dem Ganzen die Krone aufzusetzen, hat mir heute Morgen mein Freund aus Atlanta den Laufpass gegeben.«

»Was? Ist er verrückt? Hör mal«, schnaubte er, »wäre ich dreißig Jahre jünger, würde ich dir den Hof machen. Er ist ein Idiot.«

Amüsiert über seine rechtschaffene Empörung, entgegnete sie: »Es wäre mir eine Ehre, von einem reizenden Gentleman wie dir umworben zu werden.«

»Keine Sorge. Du findest in null Komma nichts einen netten jungen Mann. Sobald bekannt wird, dass du auf dem Markt bist, werden wir sie dir kaum vom Leib halten können. Himmel, Walter ist bereit, auf der Stelle mit dir durchzubrennen, du musst es nur sagen.«

Lächelnd stand sie auf und umarmte ihn. »Tu mir einen Gefallen, und erzähl es nicht weiter, okay?«

»Geht klar.« Er erwiderte die Umarmung und gab ihr einen Kuss auf die Stirn. »Dein Geheimnis ist bei mir sicher. Ich lass dich mal weiterarbeiten, aber wir sind für dich da, wenn du uns brauchst.« Damit ging er zur Tür.

»Gus?«

Er drehte sich um und zog die weißen Augenbrauen hoch.

»Danke. Richte das auch den anderen aus.«

»War uns ein Vergnügen, Liebes.«

Sobald Georgie allein war, ließ sie den Kopf auf die verschränkten Arme sinken und holte tief Luft. Wie peinlich, dass sie ausgerechnet wegen des Mülls so die Fassung verloren hatte. Was musste er nur von ihr halten? Nathan Caldwell. Der Name klang gut und passte irgendwie zu ihm. Zu dumm, dass er ihre Fantasien ruiniert hatte, indem er sich wie ein Idiot verhalten hatte. Worauf sollte sie sich denn jetzt jeden Tag freuen?

Deprimiert, als hinge eine düstere Wolke über ihr, quälte sie sich durch den Rest des Tages. Sobald sie um Punkt achtzehn Uhr das Zentrum abschloss, fühlte sie sich schlecht – wie jeden Tag –, weil sie die letzten Nachzügler zur Tür rausscheuchen musste, wohl wissend, dass viele von ihnen bis zum nächsten Morgen mit keiner Menschenseele mehr sprechen würden. Ihretwegen kehrte sie jeden Tag zurück, auch wenn sie viel lieber ganz woanders wäre.

Sie widmete sich eine weitere Stunde dem Papierkram, ehe sie durch die drückende Schwüle zu ihrem Auto lief.

Wenig später parkte sie den Wagen vor ihrem Haus, in Gedanken ganz beim Abendessen und bei all den Dingen, die sie heute erledigen wollte, einschließlich der Wäsche und einer Liste aller Besitztümer ihrer Mutter für den Rechtsanwalt.

Als sie den gigantischen Strauß herrlich duftender Lilien auf der Veranda entdeckte, blieb sie abrupt stehen. Sie blickte sich um, ob jemand sie beobachtete, bevor sie mit schwerem Herzen die Stufen hinaufstieg. Wie vorhersehbar Doug doch war, dass er so etwas tat. Vermutlich hatte er seine Sekretärin beauftragt, ihr zum Trost einen Strauß zu schicken. *Tut mir leid, dass ich Schluss gemacht habe*, hatte sie die Worte auf der Karte schon vor Augen. *Ich wünsche Dir noch ein schönes Leben. Doug.*

Sie pflückte den Umschlag aus den Blüten. Darin fand sie eine Karte, die ihr die umweltfreundliche Methode beschrieb, mit der die Pflanzen angebaut worden waren. Wie eigenartig. Seit wann kümmerte Doug denn so etwas?

Als sie die Nachricht las, setzte ihr Herz einen Schlag aus. *Tut mir leid, dass Sie meinetwegen geweint haben. Verzeihen Sie mir? Nate Caldwell.*

»Oh«, keuchte sie. Sie drehte sich um und entdeckte den Joggertypen, der, noch immer frisch und sauber, die Hände in den Hosentaschen, auf der Straße stand und sie ansah. Sprachlos starrte sie zurück.

Er trat zu ihr. »Bitte nicht weinen«, verlangte er und fügte in sanfterem Ton hinzu: »Nicht noch mal.«

»Werde ich nicht.« Als er an der untersten Stufe stehen blieb und mit überwältigend blauen Augen zu ihr hochschaute, bemerkte sie wieder den unangenehm muffigen Fischgeruch, der ihrer Kleidung und ihrem Haar anhaftete. »Woher wissen Sie, wo ich wohne?« Er wirkte beim Joggen dermaßen konzentriert, dass sie sicher gewesen war, er würde sie gar nicht weiter bemerken.

»Ich bin Polizist«, erklärte er.

»Ach, dann haben Sie mich also, was, aufgespürt?«, hakte sie nach, nicht sicher, was sie davon hielt.

Er grinste, wodurch sich in seinem attraktiven gebräunten Gesicht an all den richtigen Stellen Fältchen bildeten.

Ihr Herz raste. Gott, war er *heiß*, und offensichtlich kein so großer Vollidiot, wie sie zunächst gedacht hatte.

»Eigentlich laufe ich hier jeden Morgen vorbei und habe Sie wiedererkannt.«

»Wir hätten nicht gedacht, dass wir Ihnen auffallen würden«, erwiderte sie, bevor sie hastig hinzufügte: »Nicht, dass wir viel über Sie geredet hätten oder so.« Sie geriet ins Plappern, das war ihr klar, aber sie konnte nichts dagegen unternehmen. Warum hatte ausgerechnet dieser Typ diese Wirkung auf sie?

»Hin und wieder habe ich einen Blick riskiert. Seit die Damen hier eingezogen sind, ist das Joggen in dieser Gegend *wesentlich* interessanter geworden. Sind Sie neu in der Stadt?«

»Ich bin hier aufgewachsen. Cat stammt ebenfalls von hier. Tess ist aus Connecticut.«

»Wer ist die mit dem stacheligen roten Haar?«

»Das ist Cat.«

»Gab es da nicht noch eine? Ich meine, mich zu erinnern, dass Sie zu viert waren.«

»Ach ja, das war meine Schwester Ali. Sie ist wieder zu Hause in New York.« Sie fragte sich, ob die Scholle auch vom Bürgersteig aus zu riechen war. Zum Glück verbreiteten die Lilien einen kräftigen Duft, der, wie sie hoffte, ausreichte, um den Fischgestank zu überdecken.

Er deutete auf die Blumen. »Also, was sagen Sie?«

»Wozu?«

»Verzeihen Sie mir?«

Was kümmert Sie das?, wollte sie fragen, ließ es aber. »Natürlich. Danke für die Blumen. Sie sind herrlich.«

»Gern geschehen. Da ich nicht die Angewohnheit habe, hübsche Frauen zum Weinen zu bringen, musste ich das wiedergutmachen.«

Hatte er sie gerade hübsch genannt? Dabei lief sie rum wie eine Vogelscheuche und müffelte nach Fisch. Sie fuhr sich verlegen durch das zerzauste Haar und sehnte sich nach einer Dusche. »Also, noch mal danke für den Strauß.« Sie beugte sich vor, um die Blumen hochzunehmen. »Das wäre nicht nötig gewesen.«

»Doch, war es. Haben Sie heute Abend Zeit, mit mir essen zu gehen?«

Sie war so verblüfft, dass sie ihn bloß hinter dem riesigen Blumenstrauß hervor anstarren konnte, wobei sie sich fragte, ob ihr tatsächlich der Mund vor Überraschung offen stand oder ob es sich nur so anfühlte.

»Hallo?« Er wedelte mit der Hand vor ihrem Gesicht. »Georgie?«

»Äh, ich …«

»Was?«

»Ich stinke. Nach Scholle. Das Mittagessen von heute.«

Er warf den Kopf in den Nacken und lachte. »Ich warte gern, bis Sie sich zurechtgemacht haben. Aber wenn Sie lieber nicht mit jemandem ausgehen wollen, der Sie zum Weinen gebracht hat, dann verstehe ich das.«

Während sie ihn musterte, dachte sie an all die Dinge, die sie heute Abend erledigen wollte, doch ganz plötzlich reizte sie nichts mehr davon, wenn die Alternative er war. *Warum zum Henker nicht?* »Bist du sicher, dass es dir nichts ausmacht, zu warten?«

Er bedeutete ihr, loszulegen, also drehte sie sich zum Haus um, blieb allerdings vor der Haustür noch einmal stehen. »Willst du, äh, reinkommen?«

»Ich warte hier draußen.« Er schlenderte die Stufen rauf und ließ sich auf der Verandabank nieder.

Sie fragte sich, ob es Zufall war, dass er sich ausgerechnet den Fleck ausgesucht hatte, von dem aus sie ihn jeden Morgen beobachtete. »Dauert nicht lang.«

»Lass dir Zeit.« Damit lehnte er den Kopf zurück und schloss die Lider.

Einen Augenblick lang studierte sie ihn, bevor sie durch die Tür trat, die Blumen auf dem Tisch abstellte und zur Treppe lief. Hastig zerrte sie das Handy aus der Tasche.

»Komm schon, na los, antworte«, flüsterte sie, während sie darauf wartete, dass Cat den Anruf entgegennahm.

»Hallo?«

»Gott sei Dank, da bist du ja.«

»Georgie? Was ist denn los?«

Sie hörte laute Musik und Stimmen im Hintergrund des Club Underground, den Cat managte. »Du glaubst mir nie, mit wem ich heute Abend zum Essen verabredet bin.«

»Erzähl mir bloß nicht, dass du jetzt doch mit dem alten Kerl ausgehst, diesem Walter. Das ist einfach nur falsch.«

»Nein, nein. Ich meinte den Joggertypen.«

»Ist nicht wahr«, rief Cat und stieß einen anerkennenden Pfiff aus. »Im Leben nicht. Wie habt ihr euch kennengelernt?«

Georgie schilderte ihr den Vorfall in einer abgespeckten Version. »Er wartet auf der Veranda auf mich.«

»Was zum Henker hast du dann am Telefon verloren?«

»Ich musste es jemandem erzählen.«

»Wie sieht er denn angezogen aus?«

»Unglaublich«, gestand Georgie seufzend, als ihr wieder einfiel, wie das hellblaue Hemd seine Augen betont hatte, als er von der Straße zu ihr emporgeschaut hatte.

»Du musst alles aufschreiben – mach dir jede Menge Notizen –, damit du nichts vergisst, hörst du? Ich weiß, dass ich auch in Tess' Namen spreche, wenn ich sage, dass wir jedes einzelne schlüpfrige Detail erfahren wollen.«

»Wir werden was essen, nicht miteinander schlafen«, entgegnete Georgie trocken, die sich mit dem Handy in der Hand umständlich auszog.

»Wenn es in deinem Leben jemals einen Moment für Sex beim ersten Date gab, dann ist es dieser hier. Könnte genau das Richtige sein, um dich von allem abzulenken.«

»Keine Chance. Ich muss los. Ich habe ihm versprochen, dass ich nicht lange brauche.«

Cat schnaubte. »Du? Schnell unter der Dusche? Ich hoffe, er hat keinen Hunger.«

»Tschüss, Cat.«

»Tu nichts, was ich nicht auch tun würde«, erwiderte Cat lachend. »Ich bin voll neidisch.«

»Ich leg jetzt auf.«

»Nimm Kondome mit. Ich habe eine Packung im Nachttisch.«

»Ich bin unter der Dusche, ich kann dich nicht hören.« Damit beendet Georgie den Anruf und warf das Handy auf den Schminktisch, ehe sie sich das Eau de Scholle abwusch.

Fünfundzwanzig Minuten später hatte sie sich das Haar geföhnt, Wimperntusche und Lippenstift zum Einsatz gebracht, fast jedes Kleidungsstück aus ihrem Schrank anprobiert und in ihrem Schlafzimmer das reinste Chaos angerichtet. Damit sie sich nicht von Cats Ratschlag verleiten ließ, zog sie absichtlich Unterwäsche an, die nicht zusammenpasste: eine lila gepunktete Unterhose und einen gelben BH.

Allmählich geriet sie ins Schwitzen, also streifte sie sich ein Sommerkleid über, das dringend mal hätte gebügelt werden müssen, schlüpfte in Flip-Flops, schnappte sich eine Handtasche und raste zur Treppe, bevor sie ihre Meinung ein weiteres Mal ändern konnte.

Während sie die Stufen hinablief, kam ihr alles irgendwie falsch und völlig durcheinander vor. Ein Date wie dieses erforderte intensive Vorbereitungen – einschließlich Maniküre, Pediküre und Heißwachs –, stattdessen blieb ihr nur eine halbe Stunde, in der sie sich nicht mal mit Frauen, deren Meinung sie vertraute, über das passende Outfit beraten konnte. Sie fühlte sich vollkommen unvorbereitet, als sie die Fliegengittertür zur Veranda aufdrückte und in einer, wie sie hoffte, fröhlichen Ist-überhaupt-keine-große-Sache-derart-gut-auszusehen-Stimme verkündete: »Fertig.«

Nathan lag ausgestreckt auf der Korbbank und schlief tief und fest.

Kapitel 3

Im Schlaf entspannt, wirkte sein Gesicht sogar noch attraktiver. »Nathan«, flüsterte Georgie, denn sie wollte ihn nicht erschrecken. *»Nathan.«*

Er drehte sich von ihr weg zur Rückenlehne der Bank.

Sie streckte die Hand aus, um ihn an der Schulter zu rütteln, zog sie aber im letzten Moment zurück. Um ihn aufzuwecken, müsste sie ihn berühren, und sie war sich nicht sicher, ob sie dafür bereit war. *Oh, bitte sei nicht albern, weck ihn jetzt einfach auf.* Diesmal legte sie ihm die Hand auf die Schulter und schüttelte ihn sanft.

Er zuckte zusammen und schaute kurz zu ihr hoch, bevor sich ein Lächeln auf seinem Gesicht ausbreitete, bei dem ihr der Mund ganz trocken wurde und das Herz höherschlug. »Fertig?«

Sie nickte.

Er stand auf, streckte sich und fuhr sich mit den Fingern durchs Haar. »Genau das, was der Arzt verordnet hat.« Er ließ den Blick langsam von ihren Füßen zu ihrem Gesicht wandern. »Sehr hübsch.«

Nervös murmelte sie: »Danke.«

»Wo wollen wir denn hin?«

»Was auch immer dir vorschwebt. Ich war schon so lange nicht mehr hier, ich hab keine Ahnung, was überhaupt noch existiert.«

Er ließ sie auf der Treppe vor. »Wo lebst du denn jetzt?«

»In Atlanta.« In seiner Nähe fiel es ihr schwer, einen klaren Gedanken zu fassen, ganz zu schweigen davon, zusammenhängende Sätze zu formulieren. Sie konnte es gar nicht glauben, dass sie mit dem ach-so-heißen Joggertypen zum Abendessen ausgehen würde. *Nathan*, rief sie sich ins Gedächtnis. *Hör auf, ihn Joggertyp zu nennen, bevor du ihn noch versehentlich so ansprichst.* »Ich wohne da schon seit zwölf Jahren.«

»Warum bist du dorthin gezogen?«, fragte er, während sie über die Dean Avenue zur Lower Thames schlenderten.

»Meine Mutter und ihre Familie stammen von dort.«

»Deshalb hat sie dich auch Georgia genannt.«

»Genau.«

»Gefällt mir. Der Name passt gut zu dir.«

»Früher habe ich ihn gehasst, aber inzwischen habe ich mich dran gewöhnt.«

»Warum ist deine Familie hergekommen?«

»Mein Dad war in der Navy. Er wurde hier stationiert und ist geblieben, nachdem er pensioniert wurde. Als Kind habe ich viel Zeit bei meiner Großmutter in Georgia verbracht, und es hat mir dort so gut gefallen, dass ich an die University of Georgia gegangen bin und mir anschließend dort Arbeit gesucht habe.«

»Muss ich dir den Rest aus der Nase ziehen?«, fragte er lächelnd.

Sie schaute ihn an. »Welchen Rest?«

»Von deiner Geschichte. Warum bist du jetzt wieder zurück? Warum arbeitest du im Seniorenzentrum? Na los, spuck's aus.«

»Nach dem College bin ich nicht wieder hergezogen, weil ich einen tollen Job bei Davidson's gefunden hatte. Das ist eine Luxus-Kaufhauskette in den Südstaaten. Meinen Abschluss habe ich in Mode-Marketing, und jetzt bin ich verantwortlich für die Produktplatzierung und die Auslagen in vier ihrer Läden in Georgia.«

»Moment. Ich bin verwirrt. Du hast ›jetzt‹ gesagt. Warum bist du dann heute im Zentrum gewesen?«

»Ich tue meiner Mutter einen Gefallen.« Sie beschloss, ihm nicht die ganze Wahrheit zu verraten. Eine Nacht lang wollte sie den Tod ihrer Mutter vergessen, genau wie das Chaos, in das ihr wohlgeordnetes Leben in den letzten Monaten gestürzt worden war. »Es ist nur vorübergehend.«

»Ach, wie schade.«

»Warum?«

»Weil das ganz so klingt, als ob du irgendwann nach Atlanta zurückkehrst.«

»Hoffentlich schon bald. Mein ganzes Leben ist dort.«

»Schade.«

Schweigend gingen sie die Dean Avenue entlang, bis er an der Stelle stehen blieb, an der sie die Lower Thames kreuzte. »Wie wäre es mit dem hier?«

Sie hob den Kopf und stellte fest, dass sie vor dem Scales & Shells standen. »Meine Mutter liebt dieses Lokal«, rief sie. Erschüttert stellte sie fest, dass sie wieder einmal im Präsens von ihr gesprochen hatte.

»Es ist eines meiner Lieblingsrestaurants. Bist du schon mal hier gewesen?«

»Vor Jahren mal.«

»Hier gibt es allerdings nur Fisch und Meeresfrüchte. Ist das in Ordnung?«

»Auf jeden Fall.«

»Na dann.« Übertrieben schwungvoll öffnete er die Tür und hielt sie ihr auf.

»Detective«, grüßte die dunkelhaarige Kellnerin Nathan mit aufreizendem Lächeln und einem Kuss auf die Wange, bei dem sich Georgie fragte, ob zwischen den beiden mal was gelaufen war. »Wie schön, dass du dich mal wieder blicken lässt. Wir dachten schon, du hättest uns vergessen.«

»Niemals. Patty, das hier ist Georgie.« Er betrachtete sie mit leicht verlegener Miene. »Wie peinlich, ich kenne deinen Nachnamen noch gar nicht.«

Patty kicherte, und Georgie spürte, wie ihre Wangen glühten. »Georgie Quinn«, erwiderte sie und gab Patty die Hand.

»Freut mich. Ich habe für euch beide einen Tisch hier drüben.«

Nathans Hand schien ihr ein Loch in den Rücken zu brennen, während sie Patty in eine Ecke folgten.

»Georgie war schon lange nicht mehr hier«, erklärte Nathan. »Könntest du ihr kurz erklären, wie's hier abläuft?«

»Natürlich, gerne. Wir verarbeiten nur frische Ware, und in den meisten Fällen können wir Ihnen genau sagen, wer den Fisch oder den Hummer gefangen hat. Wenn Sie Fragen an den Koch haben«, versicherte sie ihr mit einer Geste zur offenen Küche hin, »dann treten Sie einfach an den Grill.«

»Danke, Patty«, sagte Nathan.

»Kein Ding. Eure Kellnerin Cindy ist gleich bei euch.«

»Georgie Quinn«, sagte er, sobald sie allein waren. »Gefällt mir.«

Sie gab vor, die Speisekarte zu studieren, war sich seiner Anwesenheit aber überdeutlich bewusst – seine Nähe, sein sauberer, männlicher Duft, die langen, gebräunten Finger, mit denen er über die Karte strich. Sie befeuchtete sich die Lippen und schluckte trocken, weil ihr Hitze durch den Körper schoss. Noch nie hatte sie derart heftig auf einen Mann reagiert, ganz besonders, wenn er einfach nur eine Speisekarte las.

»Worauf hast du Lust?«, riss er sie aus ihren Gedanken.

Auf dich. »Alles. Was kannst du empfehlen?«

»Als Vorspeise die Calamares, und dann bestelle ich immer die Muscheln in Marinarasoße.« Verlegen fügte er hinzu: »Ich neige dabei eher nicht zu Experimenten.«

Sie klappte die Karte mit einem Lächeln zu. »Klingt gut. Nehm ich auch – die Muscheln, meine ich.«

»Mach das noch mal.«

»Was?«

»Lächeln.«

Verunsichert von seinem intensiven Blick, starrte sie ihn an. »Komm schon«, drängte er sie. »Ein kleines Lächeln.«

Zögernd bemühte sie sich, ihm seinen Wunsch zu erfüllen.

»Du hast ja Grübchen.«

»Wenn du jetzt noch sagst, dass die niedlich sind, bring ich dich um.«

Bei seinem tiefen, dröhnenden Lachen strahlte sein gesamtes Gesicht auf. »Ist notiert. Aber sie *sind* hinreißend.«

»Das ist gefährlich nahe bei ›niedlich‹«, warnte sie ihn mit, wie sie hoffte, bedrohlich finsterer Miene. Offenkundig misslang es ihr, denn er lachte nur lauter. Etwas passierte in ihr, während sie ihn beobachtete, und ihr kam der unangenehme Verdacht, dass der Typ großen, *großen* Ärger bedeuten könnte.

***

Chemie. Gab es ein anderes Wort, um die Funken zwischen ihnen zu beschreiben? Georgie hatte geglaubt, dass die Chemie zwischen ihr und Doug gestimmt hatte, aber es brauchte nur eine Stunde in Nathans Gesellschaft, um ihr zu beweisen, wie sehr sie sich darin geirrt hatte. *Das hier* war Chemie, und es kostete sie all ihre Kraft, nicht einfach die Hand nach ihm auszustrecken und ihn zu berühren.

Während er sich seine Calamares schmecken ließ, unterhielt er sie mit Anekdoten darüber, wie es war, als der jüngste von sechs Brüdern aufzuwachsen. Bei ihm klang es ganz so, als wäre er der einzige mit praktischer Veranlagung. Die anderen hatten alle künstlerische Neigungen: Einer war Schriftsteller, zwei waren Künstler, ein weiterer war Musiker und alleinerziehender Vater, der letzte schließlich war Architekt.

»Und dann gibt es noch mich. Der Cop, der hinter ihnen aufräumt.«

»Wo wohnen sie denn?«

»Leider alle direkt hier in der Stadt«, antwortete er bedauernd, aber das breite Lächeln verriet ihn. Offensichtlich hatte er sie wirklich gern. »Ständig ziehen sie mich in ihre Angelegenheiten rein.« Er spießte einen Tintenfischring und eine Chilischeibe auf, tauchte sie in die Marinarasoße und bot sie ihr an. »Probier mal.«

»Ich habe es bisher nie über mich gebracht, das zu essen«, gestand sie, wobei sie die Nase krauste.

»Ach, komm schon.«

Er wirkte derart überzeugend, dass sie sich vorbeugte und den Bissen in den Mund nahm. Als sich die Schärfe auf ihrer Zunge ausbreitete, schien es, als ob all ihre Geschmacksnerven explodierten, und von ihrem Gesicht war ihr Urteil eindeutig abzulesen.

»Tintenfisch muss man einfach lieben«, erwiderte er mit leisem Lachen.

Hustend griff sie nach ihrem Glas Chardonnay. »Musstest du das ausgerechnet so ausdrücken?«

»Es hat dir geschmeckt. Wir haben genug davon da, hau rein.«

Ablehnend hielt sie die Hand hoch. »Wie kommt es, dass das Baby der Familie sich um alle anderen kümmert?«

»Äußerst gute Frage, und eine, auf die ich selbst noch keine Antwort gefunden habe. Scheint, als würden sie sich auf mich verlassen, seit ich laufen kann.« Er zuckte die Achseln. »Ist halt einfach so.«

»Was ist mit deinen Eltern?«

»Sie haben meinen Brüdern mitgeteilt, es sei an der Zeit, dass sie endlich selbstständig werden, und sind vor fünf Jahren nach Florida gezogen. Daraus kann ich ihnen keinen Vorwurf machen.«

»Jetzt bleibt also alles an dir hängen.«

Er ließ ein »Was will man machen?«-Lächeln aufblitzen und zuckte erneut die Achseln. »Es heißt ja, der Unterschied zwischen Freunden und Familie sei, dass man sich die Freunde aussuchen kann.«

Sie musste daran denken, wie ihr Vater zum ungünstigsten Zeitpunkt spurlos verschwunden war, und lächelte zustimmend.

»Hmm, diese Grübchen gefallen mir wirklich *äußerst* gut. Die solltest du öfter mal zeigen.« Er setzte eine strenge Miene auf. »Die meiste Zeit bist du ganz schön ernst.«

Überrascht von seinem durchaus richtigen Urteil, räusperte sie sich. »In letzter Zeit schon. Ich hab ziemlich viel um die Ohren.«

»Willst du darüber reden?«

Sie war sowohl gerührt über das Angebot als auch in Versuchung geführt – viel zu sehr in Versuchung geführt –, diesem Mann, der daran gewöhnt war, hinter anderen aufzuräumen, ihr Herz auszuschütten. »Wenn ich ehrlich sein soll, genieße ich es gerade, das alles mal hinter mir zu lassen.«

Er hob das Weinglas, um ihr zuzuprosten. »In dem Fall: auf dich und deinen freien Abend.«

Sie stieß mit ihm an. »Danke.«

»Das Vergnügen ist ganz auf meiner Seite.«

Nein, definitiv nicht ganz. Ein Teil davon lag eindeutig auf ihrer.

***

Nathan zog ihre Hand in seine Armbeuge, sobald sie das Restaurant verließen.

Seine Nähe hatte eine solche Wirkung auf sie, dass sie direkt hier auf dem Bürgersteig hätte dahinschmelzen können. Um sich von ihren stürmischen Hormonen abzulenken, zwang sie sich dazu, das Gespräch fortzusetzen. »Ich bin so voll, ich könnte platzen. Noch mal danke für die Einladung.«

»Ich danke *dir*, dass du mir vergeben und die Einladung angenommen hast.«

»Also, womit amüsierst du dich, wenn du nicht gerade auf den Straßen für Sicherheit sorgst oder dich um deine Brüder kümmerst?«

»Ich kaufe Häuser und verkaufe sie wieder, nachdem ich sie renoviert habe.«

»Und wann schläfst du?«

Er lachte. »Zum Glück brauche ich nicht viel Schlaf. Wie wäre es mit einem Spaziergang, dann können wir uns mein neuestes Projekt ansehen.«

Mit skeptisch hochgezogenen Augenbrauen fragte sie: »Ist das eine andere Art, zu sagen, dass du mir deine Briefmarkensammlung zeigen willst?«

»Georgie Quinn, war das etwa ein Witz?« Er blieb stehen, wandte sich zu ihr und nahm ihre Hand. Seine Handfläche war voller Schwielen, fühlte sich aber nicht rau an. »Wollen wir das vielleicht einfach hinter uns bringen, damit ich aufhören kann, darüber nachzudenken?«

»Was denn?«, wollte sie wissen. Als sie zu ihm hochschaute und bemerkte, wie er sie betrachtete, stockte ihr der Atem.

»Den Gutenachtkuss.« Ohne ihr Zeit zu geben, seine Worte zu verarbeiten, legte er ihr eine Hand an die Wange, beugte sich vor und drückte die Lippen auf ihre.

Ihr Herz schlug so heftig, dass sie das Blut in ihren Ohren rauschen hörte. Sie hob die freie Hand zu seiner Brust, während er den Kopf neigte und sie leidenschaftlicher küsste. Langsam fuhr er ihr mit der Zunge über die Unterlippe. Er schmeckte nach einer berauschenden Mischung aus Wein und Gewürzen, und das Stöhnen, das sie nicht zurückhalten konnte, schien ihn mit freudiger Erregung zu erfüllen.

Er zog sie in einen Hauseingang, drückte sie mit dem Rücken gegen die Wand und vertiefte den Kuss. Ihre Welt reduzierte sich auf die stille, dunkle Nische am Rand der geschäftigen Straße.

Nur diese Nacht, nur eine Nacht fern von allem. Sie schob ihm die Hand in den Nacken und überließ sich dem sinnlichsten Kuss ihres Lebens. *O mein Gott, ich küsse den Joggertypen, und er ist ein traumhaft guter Küsser – traumhaft wie in einem heißen, erotischen Traum.*

Ermutigt von ihrer Reaktion drang er schließlich mit der Zunge in ihren Mund und schloss sie fester in die Arme.

Sie umklammerte seine Hand und ließ sich auf das Spiel ein. *Mehr.* Sie wollte mehr von ihm, mit einem brennenden Verlangen, das sich anders anfühlte als alles, was sie je zuvor empfunden hatte.

Das Hupen eines Autos erschreckte sie. Er löste die Lippen von ihren und begann, ihren Hals zu küssen. »Aber hallo, Georgie Quinn«, flüsterte er. »Mir gefällt, wie du küsst.« Er fuhr ihr mit der Zunge von ihrem Kinn zum Ohrläppchen. »Und wie du schmeckst.«

Sie spürte seine Erektion an ihrem Bauch, während er mit einer Hand ihren Körper hinaufstrich und ihre Brust umfing.

»Und wie du dich anfühlst. Das gefällt mir ebenfalls ausgesprochen gut.«

Als sich ihre Brustwarze unter seinem Daumen aufrichtete, rang sie um Selbstbeherrschung. Sollte sie nicht wenigstens vorgeben, sich dagegen zu wehren? Doch sie schien nur zu einem Wort imstande zu sein: »Nathan.«

»Ja?«

Sie neigte den Kopf, damit er besser an ihren Hals kam. »Wir sollten damit aufhören.«

Stattdessen knabberte er an ihrem Ohrläppchen, was einen Schauer durch sie sandte. »Warum?«

»So etwas tu ich sonst nicht.« Jemanden in der Öffentlichkeit zu küssen, während sie gegen den Drang ankämpfte, ihm die Kleider vom Leib zu reißen, um an die guten Sachen zu gelangen. Beim ersten Date wohlgemerkt.

»Solltest du aber.« Ohne von ihrem Ohr abzulassen, fügte er hinzu: »Du bist gut darin.«

Sie legte ihm die Hände auf die Brust, ein letzter Versuch, die Situation unter Kontrolle zu bekommen, die auf etwas zusteuerte, zu dem sie noch nicht bereit war. »Bitte.«

Als hätte sie ihm kaltes Wasser ins Gesicht geschüttet, hörte er auf und löste sich von ihr. »Tut mir leid.«

»Das muss es nicht. Ich war dem Ganzen nicht abgeneigt.«

Er belohnte sie mit seinem Lächeln, bei dem sich kleine Fältchen in seinen Augenwinkeln bildeten. »Wollen wir einen Spaziergang machen?« Damit hielt er ihr die Hand hin und sah sie mit seinen unwiderstehlichen Augen bittend an.

Sie verschränkte ihre Finger mit seinen. »Da wir den Gutenachtkuss ja schon hinter uns haben, sollte es nichts mehr geben, worum wir uns sorgen müssen, oder?«

»Definitiv«, erwiderte er mit einem Tonfall, der ihr verriet, dass es im Gegenteil jede Menge gab, worüber sie sich sorgen müsste.

***

»Ach, Nathan, das ist ja wundervoll«, rief sie beim Anblick der schimmernden Holzdielen, der restaurierten Täfelung, des frischen dunklen Anstrichs, den sie ebenfalls ausgewählt hätte, und der eleganten Wandleuchter. »Das hast du alles selbst instand gesetzt?«

»Seit etwa einem Jahr werkele ich daran. Es dauert länger als sonst, weil hier wirklich alles überholt werden muss.«

»Das Wohnzimmer ist toll geworden.«

»Oben habe ich Fotos davon, wie es vorher aussah. Du wirst nicht glauben, wie groß die Veränderung ist. Irgendjemand hatte das Holz mit dem hässlichsten Teppichboden bedeckt, der mir jemals untergekommen ist. Als ich ihn entfernt und diese Dielen darunter entdeckt habe, war es, als wäre ich auf einen Schatz gestoßen.«

Seine Leidenschaft fürs Renovieren zeigte sich darin, mit welcher Begeisterung er die Arbeiten beschrieb, die er bereits erledigt hatte.

»Warum jemand das hier verstecken wollen sollte, ist mir unerklärlich.« Sie hockte sich hin, um mit der Hand über das glänzende Holz zu streichen. Als sie wieder hochblickte, sah sie das Feuer in seinen Augen. »Was?«

»Das ist ganz schön heiß.«

»Was denn?«

»Dir dabei zuzuschauen, wie du meinen Holzboden streichelst.«

»Ist für dich wohl schon eine Weile her, was?«

Darüber musste er lachen, dann streckte er ihr die Hand hin. »Komm und sieh dir den Rest an.«

Als sie die steile Treppe raufstieg, erhaschte sie einen Blick auf die Küche, die komplett herausgerissen worden war. Rechts von den Stufen befand sich im ersten Stock ein großes, vollständig renoviertes Schlafzimmer mit einem ungemachten französischen Bett, einer Kommode und Nachttischen. »Wohnst du etwa hier?«

Er nickte. »Ich ziehe immer in die Häuser, an denen ich arbeite. Damit spare ich Zeit und Geld.«

»Wirst du das Chaos nicht leid?«

Er zuckte die Achsel und erwiderte: »Ich bin mit fünf Brüdern aufgewachsen, Chaos bin ich gewohnt.«

»Ich schätze, da ist was dran. Mich würde es verrückt machen, wenn ich so leben müsste.«

»Du brauchst wohl Ordnung, was?«

»Zumindest einen Anflug davon.« Da das Eingeständnis sie an die Unordnung erinnerte, in der sich ihr Leben befand, verdrängte sie den Gedanken rasch, entschlossen, jede Minute ihrer kurzen Flucht vor der Realität zu genießen.

Er zeigte ihr die neuen Lampen im Bad. »Energiesparende LED-Beleuchtung und ein Boiler. Mir ist das mit der Umwelt irgendwie wichtig.«

»Ach tatsächlich?«, rief sie gespielt erstaunt. »Ist mir gar nicht aufgefallen.«

»Sehr witzig, Georgie Quinn.«

»Ich weiß nicht, wie ich es dir beibringen soll, aber nach deinem Wutanfall bei der Mülltonne hatte ich da so eine Vermutung – ganz zu schweigen von den ökologisch wertvoll angebauten Blumen.«

Mit verlegenem Lächeln meinte er: »Jeder muss seinen Beitrag leisten.«

Sie deutete auf die Tür. »Was ist da drin?«

»Da wohnt mein Bruder Ben, allerdings verbringt er heute die Nacht mit Freunden auf Block Island.« Sein Gesicht umwölkte sich. »Im Moment hat er es nicht leicht.«

Sie wollte ihm tröstend die Hand auf den Arm legen, weil er sich offenbar Sorgen um seinen Bruder machte, fühlte sich jedoch plötzlich zu schüchtern. Die Leidenschaft, die sie auf der Straße überkommen hatte, schien bereits lange her zu sein. Sie beobachtete, wie er sich bemühte, den Kummer abzuschütteln und sich wieder auf sie zu konzentrieren.

»Willst du was trinken? Ob du's glaubst oder nicht, hier gibt's tatsächlich einen Kühlschrank.«

Sie schüttelte den Kopf. »Ich brauch nichts, und ich sollte vermutlich besser nach Hause gehen.«

»Okay.«

Einen scheinbar endlosen Augenblick lang starrten sie einander an, bevor beide im selben Moment einen Schritt nach vorn machten.

Seine Arme schlossen sich um sie, hoben sie von den Füßen, und er riss sie zu einem weiteren dieser elektrisierenden Küsse an sich, von dem ihre Lippen kribbelten und ihr überall ganz heiß wurde. *Das ist doch verrückt. Das muss aufhören.* Sie würde es beenden. In einer Minute. Wobei … eine weitere Minute konnte unmöglich schaden.

Seine Zunge erforschte, reizte, lockte sie.

Okay, vielleicht zwei Minuten.

Sie presste sich an ihn, klammerte sich an seine muskulösen Schultern.

Mit eisernem Griff hielt er sie fest.

Dann fielen sie aufs Bett, und er landete über ihr.

Halt! Moment! Stopp! Das ist nicht richtig. Das bist nicht du – so was tust du nicht. Ach, aber sie wollte es. Sie wollte es so sehr. Sie wollte, dass dieser wundervolle, sexy Mann sie für eine Nacht all das Leid der letzten drei Monate vergessen ließ. Hatte sie das etwa nicht verdient? *Doch, aber morgen früh werde ich mich ganz schön verabscheuen.* Bis zum Morgen war es allerdings noch zwölf Stunden hin. Zwölf segensreiche Stunden in Sorglosigkeit, ohne Schmerz, ohne Unsicherheit.

»Georgie«, keuchte er, nachdem er sich von ihr gelöst hatte. »Ich scheine dir nicht widerstehen zu können.« Er lehnte seine Stirn gegen ihre und holte tief Luft. »Aber wir sollten aufhören. Ich bring dich nach Hause.«

Sie wollte nicht nach Hause. Sie wollte nicht in einem Haus voller Erinnerungen sein, die ihr immer wieder vor Augen führten, dass sie ihre Mutter nie wiedersehen würde. *Zwing mich nicht dazu, zurückzugehen. Bitte nicht.* Sie war plötzlich davon überzeugt, dass eine Nacht mit ihm – eine Nacht mit hemmungslos em, unverbindlichem Sex mit dem umwerfendsten Mann, dem sie je begegnet war – genau das war, was sie jetzt brauchte, und hob die Hand, um einen der Knöpfe an seinem Hemd zu öffnen.

Er verharrte über ihr. »Georgie?«

Ein weiterer Knopf ging auf.

Er atmete tief aus und griff nach der Hand, die sich an seinem Hemd zu schaffen machte. »Bist du dir sicher?«

Sie nickte.

»Aber …«

Sie legte ihm einen Finger auf die Lippen, damit er verstand, dass sie nicht mehr reden wollte.

Kapitel 4

Nathan betrachtete sie einen endlos scheinenden Moment lang, und sie fragte sich, ob er einen Rückzieher machen würde. Dann senkte er den Kopf und gab ihr einen sanften, zärtlichen Kuss. All die hitzige Hektik war verschwunden, an ihre Stelle war eine stille Verführung getreten, die die Atmosphäre zwischen ihnen unendlich aufheizte.

Er ließ sich viel Zeit, während sie sich mit fahrigen Händen daranmachte, ihm das Hemd abzustreifen, weil sie seine Haut spüren und den Oberkörper erforschen wollte, der seit Wochen ihre Fantasie beschäftigte. Die Lippen immer noch auf seinen, konnte sie sich nicht entscheiden, wo sie ihn zuerst berühren wollte.

Bei einer Gelegenheit wie dieser sollte man nichts überstürzen, und das alles sollte auch nicht mit den Empfindungen konkurrieren, die sie bei seinen Küssen durchströmten. Morgen konnte sie in Ruhe über alles nachdenken, wenn diese ganz bestimmt unglaubliche Nacht nur noch eine Erinnerung an ihr mangelndes Urteilsvermögen war.

Sie griff seine Oberarme und wollte ihn auf den Rücken drehen.

Er löste die Lippen von ihren und betrachtete sie. Was er in ihren Augen las, musste den Ausschlag gegeben haben, denn er folgte ihrem Wunsch.

»Zieh das aus«, forderte sie ihn auf, zerrte dabei an seinem Hemd.

Er setzte sich halb auf und streifte sich das Oberteil von den breiten Schultern.

Sie leckte sich über die Lippen, und er unterdrückte ein Stöhnen. »Georgie«, flüsterte er mit vor Verlangen rauer Stimme.

Sie beugte sich vor, um über den blonden Flaum auf seiner Brust zu streicheln, und machte: »Hm?«

Er erschauerte, und als sie erkannte, welche Macht sie über ihn hatte, schoss ihr Hitze in den Unterleib. In dem Licht, das aus dem Flur durch die Tür fiel, war es ihr unmöglich, die wachsende Ausbuchtung in seiner Hose zu ignorieren. Sie zwang sich dazu, sich auf seine Brust zu konzentrieren, auch wenn sie ihn am liebsten komplett ausgezogen hätte, um den Rest von ihm bewundern zu können, und fuhr mit der Zunge über eine seiner Brustwarzen.

Er atmete scharf ein und grub die Hände in ihr Haar. »Georgie, bitte. Komm her.«

»Gleich.« Jede Zurückhaltung, die sie noch gehabt haben mochte, verschwand – so etwas hatte sie nie zuvor empfunden. Das überwältigende Verlangen erleichterte es ihr, zu vergessen, dass sie ihm gerade erst begegnet war, dass sie Sex nach dem ersten Date hatte, dass sie morgen in die Realität zurückkehren würde und sehr wahrscheinlich von ihrem Verhalten völlig entsetzt wäre. Nichts davon war jetzt wichtig.

Mit den Lippen und Fingern erforschte sie jeden Muskel und jedes Haar, während sie seinen männlichen Duft einatmete – eine Mischung aus Seife, Deo und Rasierwasser. Als sie den Bund seiner Hose erreichte, öffnete sie den Knopf und zog den Reißverschluss ganz langsam auf, um die größtmögliche Wirkung zu erzielen. Woher das kam, wusste sie selbst nicht. Sie wusste bloß, dass sie sein zischendes Einatmen genoss, sobald sie die Hand auf ihn legte – und seine beeindruckende Größe spürte.

»Georgie, Süße, komm schon.« Es klang, als würde er durch zusammengebissene Zähne sprechen.

Sie war zu sehr damit beschäftigt, ihn von seiner Kleidung zu befreien, als dass sie einen Blick hätte riskieren und nachsehen können, ob dem tatsächlich so war. Sie schloss ihre Finger um ihn und streichelte ihn, wodurch er nur noch größer wurde.

»Was gefällt dir?«, fragte sie verführerisch, überrascht über diese neue, unerwartete Seite von ihr. Sie war bei einem Mann bisher nie derart kühn und direkt gewesen, wobei sie sich fragte, warum eigentlich nicht. Es bereitete ihr definitiv Vergnügen.

»Das missfällt mir schon mal nicht«, gestand er mit belegter Stimme, wandte den Kopf zur Seite, die Lider geschlossen, die Lippen geteilt, die Kinnpartie angespannt.

»Wie wäre es damit?«, fragte sie, bevor sie mit Lippen und Zunge über ihn fuhr.

Er griff in ihr Haar. »Ja«, keuchte er, die Augen jetzt geöffnet und auf sie gerichtet. »Das ist auch gut.«

Sie senkte den Kopf und widmete sich ihm weiter, machte ihn mit Hand, Zunge und Lippen ganz wild.

»Georgie«, stöhnte er. »Das reicht. Hör auf.«

Das wollte sie jedoch nicht. Sie wollte etwas tun, was sie noch nie gewagt hatte, etwas, was sie sich noch nie *gestattet* hatte. Wenn sie für eine herrliche Nacht nicht sie selbst war, warum sollte sie dann nicht alles geben? Als er sie erneut darum bat, aufzuhören, sie warnte, dass das ihre letzte Chance wäre, fuhr sie fort, entschlossen, ihn zum Orgasmus zu bringen.

Es dauerte nicht lange.

Sie erlebte jede Sekunde seines fast schon gewaltsamen Höhepunktes mit ihm, begeistert, dass sie ihn dazu getrieben hatte.

»Gott«, keuchte er, während sie seinen Bauch und seine Brust mit Küssen bedachte. Weiter heftig atmend, zog er sie in seine Arme und drückte sie fest an sich. »Womit habe ich das nur verdient?«

Sie zuckte die Achseln. »Mir war halt danach«, erklärte sie, als wäre es etwas, was sie ständig tat. Er musste ja nicht wissen, dass das eines von vielen ersten Malen war, in einer Nacht, in der plötzlich alles möglich erschien.

»Wie schön für mich. Vielleicht waren es die Calamares. Ich werde dafür sorgen müssen, dass du auch das nächste Mal damit gefüttert wirst.«

Nächstes Mal, dachte sie und seufzte, denn sie wusste, dass es kein nächstes Mal geben würde. Wie Aschenputtel um Mitternacht würde der Morgen sie wieder dahin bringen, wo sie hingehörte.

»Warum dieses Seufzen?«, wollte er wissen.

»Kein Grund.«

Er stützte sich auf einen Ellbogen und schaute sie an. »Du fragst dich, wann du dran bist, nicht wahr?«

Sein Lächeln war dermaßen sexy und fast ein bisschen großspurig, sodass sie ein Schauer überlief. »Der Gedanke war mir gar nicht gekommen.«

»Tatsächlich?« Er schob eine Hand unter ihren Rock und zog ihr, bevor sie noch Zeit hatte, zu verstehen, was er vorhatte, mit einer raschen Bewegung das Kleid über den Kopf.

»Äh«, entfuhr es ihr, als ihr wieder einfiel, wie wenig ihre Unterwäsche zusammenpasste. Sie wünschte sich, sie hätte Cats Ratschlag befolgt und sich auf diese Möglichkeit vorbereitet.

»Hmm.« Mit offenem Mund küsste er sie durch den Stoff ihrer Unterhose. »Lila Punkte. Sexy.«

Stumm bedankte sie sich bei Doug dafür, dass er sie regelmäßig ins Fitnessstudio geschleift hatte, während Nathans Lippen über ihren festen Bauch fuhren und sie scharf einatmete. »Sie passt nicht zusammen«, brachte sie hervor.

Er hob den Kopf. »Was passt nicht?«

»Die Unterwäsche.«

»Absichtlich?«

»Ich hatte gehofft, es würde mich davon abhalten, genau das zu tun, was ich gerade tue.«

Er lachte leise an ihrem Bauch. »Fürs Protokoll: Mir ist egal, ob dein BH zu deiner Unterhose passt, du wirst beides sowieso nicht mehr lange tragen.«

Bei diesem heißen Versprechen wand sie sich unter ihm, kurz davor, ihn anzuflehen, sie endlich zu nehmen. Durch den BH schloss er die Lippen um eine aufgerichtete Brustwarze, was sie mit einem Stöhnen quittierte. »Nathan«, bettelte sie.

»Meine Freunde nennen mich Nate, und ich fände es schön, wenn wir Freunde wären.« Während er das sagte, saugte und streichelte er sie unablässig.

»Mir gefällt Nathan besser.« Irgendwie schaffte sie es, zusammenhängend zu antworten, trotz der Sachen, die er mit ihren Brüsten anstellte.

»Süße, du kannst mich nennen, wie du willst«, erklärte er und griff hinter sie, um ihren BH zu öffnen. »Solange du mich überhaupt irgendwie nennst.«

Seine Worte durchdrangen die Fantasiewolke, in die diese Begegnung sie gehüllt hatte, und erinnerten sie daran, dass er ein echter Mensch mit echten Gefühlen war. Wenn er mehr erwartete als diese eine Nacht, dann hatten sie ein Problem. Sie wollte ihn auf keinen Fall verletzen. Also legte sie ihre Hände auf seine, mit denen er gerade ihren Busen streichelte. »Nathan, warte.«

Er schob ihre Finger aus dem Weg, damit er mit den Lippen an ihre Brustwarze kam. »Was denn?«

»Ich möchte nicht, dass du denkst …«

Er saugte sie tief in seinen Mund, und sie konnte nicht weitersprechen. Er leckte über ihre Brustwarze und fragte: »Was soll ich nicht denken?«

»Dass es mehr ist als nur diese Nacht«, stieß sie die Worte hervor, denn sie wusste, dass es ausgesprochen werden musste. Die Hände an seinem Gesicht, zwang sie ihn dazu, sie anzusehen. »Ich habe im Moment schon genug um die Ohren, mehr ertrage ich einfach nicht. Ich möchte dir nicht wehtun oder dich in die Irre führen.«

Um seinen Mund bildeten sich Falten, der einzige Hinweis darauf, dass er sie gehört hatte. »Wenn du das möchtest.«

»Das möchte ich«, versicherte sie ihm, auch wenn die Worte sie schmerzten.

Er zuckte die Achseln und widmete sich wieder ihrer Brust. »Dann werde ich dich halt umstimmen müssen.«

»Nathan …«

»Schh. Ich bin gewarnt.«

Unfähig zu weiterem Einspruch ließ sie sich wieder in die Kissen sinken und gab sich ihm hin. Er setzte alles daran, ihr mehr Genuss zu bereiten, als sie jemals für möglich gehalten hätte.

Mit den Schultern drängte er ihre Beine auseinander, presste die Lippen auf ihren Bauch und zog dann mit den Zähnen an ihrer Unterhose.

Stöhnend hob sie die Hüften, um ihm zu helfen. Er strich ihr mit den Händen über die Beine, schob sie erneut auseinander und legte seine Finger auf die Innenseiten ihrer Schenkel. Als er sich vorbeugte, um an der zarten Haut zu knabbern, schrie sie auf. Er nutzte aus, dass sie abgelenkt war, und drang mit der Zunge in sie.

»O mein Gott.« Sie seufzte. *»Gott.«* Da sie bereits kurz vorm Höhepunkt stand, bedurfte es nur weniger Bewegungen seiner Zunge, bis ihre inneren Muskeln sich zusammenzogen. Sie umklammerte seine Schultern und erlebte den intensivsten Orgasmus ihres Lebens. Sie hatte keine Ahnung gehabt, dass es sich derart gut anfühlen konnte, und noch während sie die Nachbeben genoss, begann sie sich zu fragen, ob sie ihn am nächsten Morgen wirklich verlassen könnte, ohne die Aussicht, ihn wiederzusehen.

Bevor sie zu Atem kommen konnte, drückte er seinen Mund zu einem versengenden, sinnlichen Kuss auf ihren, der dafür sorgte, dass ihre Aufmerksamkeit wieder ganz ihm gehörte. »Ich hole ein Kondom«, flüsterte er.

»Ich nehme die Pille.«

Kopfschüttelnd erklärte er: »So verlockend das auch ist, Kondome sind bei mir nicht verhandelbar.«

Sie ließ ihn aufstehen und sah ihn im Bad verschwinden.

Wenig später kehrte er zurück, hob die Decke hoch und zog sie über sie beide.

Sie schauten sich in die Augen, streichelten und erkundeten einander. Er presste sie fest an sich und küsste sie, als wäre es das erste Mal. »Georgie«, flüsterte er. »Ich will dich, wollte dich schon seit Wochen.«

Überrascht fragte sie: »Im Ernst?«

Er zog sich ihr Bein über die Hüfte und strich mit dem Finger über ihren Schritt, sparte aber die Stelle aus, die sich pochend nach ihm verzehrte – schon wieder. »Hast du wirklich gedacht, du wärst mir nicht aufgefallen, obwohl ich jeden Morgen an dir vorbeigelaufen bin? Das war sonst nie meine Strecke, bis ich dich dort zum ersten Mal gesehen habe.«

An dem Kloß in ihrer Kehle vorbei erwiderte sie: »War es nicht?«

Er schüttelte den Kopf, verschloss ihr den Mund mit seinem und schob einen Finger in sie.

Mit einem scharfen Einatmen wölbte sie den Rücken und drängte sich ihm entgegen.

»Was für eine nette Überraschung, als mir klar wurde, wer da heute Styropor in die Mülltonne warf. Du kannst dir gar nicht vorstellen, wie leid es mir tat, dass ich dich so aufgeregt hab.«

Nein, das meint er nicht. Das kann er mir nicht antun. Er kann nicht mehr aus der Sache machen, als sie ist. Damit zerstört er alles. Verzweifelt wollte sie, dass er sich wieder auf das konzentrierte, was wichtig war, also drehte sie sich auf den Rücken und griff nach ihm, damit er sich endlich nahm, was sie ihm so bereitwillig anbot.

Er legte sich zwischen ihre Beine und schaute sie an, als wollte er sie davor warnen, den Blick abzuwenden, während er in sie eindrang.

Sie keuchte auf und bemühte sich, ihn völlig in sich aufzunehmen, was nicht ganz leicht war, da er größer war, als sie es gewohnt war – viel größer.

Er machte ganz langsam, bis er vollständig in ihr war, und hielt dann inne. Sie vergaß alle Befürchtungen und Ängste wegen dem, was sie hier tat, und überließ sich ihren Empfindungen.

Dann, als hätte er keine andere Wahl, bewegte er sich.

Sie hob die Knie, um ihn tiefer aufzunehmen, und schrie überrascht auf, als ein Orgasmus sie überrollte. Noch nie war es ihr derart leichtgefallen, den Gipfel zu erreichen – noch nie war es so schnell passiert. Und während er die Arme fester um sie schloss und sich endlich ebenfalls gehen ließ, hatte sie damit noch einen weiteren Anlass zur Sorge, dass diese Nacht voll unbekümmertem Sex sich nicht ganz so entwickeln würde, wie sie es geplant hatte.

***

Als Georgie am nächsten Morgen erwachte, wusste sie, schon bevor sie die Augen öffnete, dass sie allein war. Die Sonnenstrahlen fielen ungehindert durch die Fenster, während sie dalag und versuchte, nicht über die Nacht nachzudenken, die sie mit ihm verbracht hatte.

Obwohl sie sich wirklich Mühe gab, erschienen immer wieder Bilder vor ihrem geistigen Auge, die sich auf ewig in ihren Verstand gebrannt hatten: wie sie auf ihm saß und ihn leidenschaftlich ritt, wie er dabei ihre Hände hielt, sein Gesicht zwischen ihren Beinen, sein Blick jedes Mal, wenn er in sie eindrang. Sie hatte die Übersicht darüber verloren, wie oft und auf welche Arten er sie zum Höhepunkt gebracht hatte.

Stöhnend rollte sie sich auf den Bauch und vergrub das Gesicht im Kissen, wobei bestimmte Muskeln heftig protestierten, die nicht an derart hemmungslose Aktivitäten gewöhnt waren. Ein Zettel raschelte unter ihrem Ellbogen, also richtete sie sich auf und las ihn.

Georgie,

danke für die wahnsinnig tolle Nacht. Entschuldige, dass ich so früh zur Arbeit muss. Glaub mir, ich würde die Zeit viel lieber mit Dir im Bett verbringen. Unten im Bad steht eine Kaffeemaschine, falls Du einen kleinen Schub brauchst, bevor du losmusst, und im Kühlschrank ist Orangensaft. Fühl Dich ganz wie zu Hause, die Dusche steht Dir zur Verfügung, was auch immer Du brauchst. Die Haustür schließt von selbst, Du musst Dich da um nichts kümmern. Ich weiß, dass Du gesagt hast, dies wäre eine einmalige Sache, aber ich würde Dich echt gerne wiedersehen – nicht nur wegen dem Sex (der fantastisch war). Ruf mich an, oder komm vorbei, falls Du Deine Meinung änderst. Ich denke heute an Dich, vermutlich auch morgen. Und übermorgen.

Nathan

Darunter hatte er seine Handynummer notiert. Nachdem sie die Notiz ein weiteres Mal gelesen hatte, seufzte sie. Warum hatte sie ihn nicht kennenlernen können, als in ihrem Leben alles normal gelaufen war? Als sie Raum für das gehabt hatte, was er ihr bedeuten könnte? Voller Bedauern setzte sie sich auf, fuhr sich mit der Hand durch das zerzauste Haar und ignorierte ihre wunden Muskeln, während sie nackt ins Bad huschte, in der Hoffnung, sein Bruder würde nicht ausgerechnet in diesem Moment auftauchen. Sie warf der Dusche einen sehnsuchtsvollen Blick zu, beschloss aber, besser rasch von hier zu verschwinden und sich lieber zu Hause fertig zu machen.

Sein feuchtes Handtuch hing über einem Ständer unter dem Fenster, und sie strich mit den Fingern darüber. Der Duft seines Rasierwassers hing in der schwülen Sommerluft und löste ein Verlangen nach ihm aus, als hätte sie sich ihm nicht gerade erst eine ganze Nacht lang hingegeben. »Lass das«, murmelte sie.

Ein Blick in den Spiegel enthüllte dunkle Ringe unter ihren Augen, rote Stellen auf der Haut von seinen Barstoppeln und, o Gott, war das etwa ein Knutschfleck? »O nein«, ächzte sie. Beschämt senkte sie den Blick und entdeckte im Mülleimer einen Haufen schwarzer, glänzender Kondomverpackungen. Sie konnte nicht widerstehen, sich vorzubeugen und sie zu zählen. Eins, zwei, drei. *Unmöglich.* Vier. Ihr Herz raste, und ihr Magen zog sich schmerzhaft zusammen, als unter den anderen eine fünfte Verpackung zum Vorschein kam.

Leicht geschockt von dieser Entdeckung betätigte sie die Toilettenspülung und eilte zurück ins Schlafzimmer, um ihre Klamotten einzusammeln. Ihr Kleid lag zusammengeknüllt auf dem Boden, der BH hing am Bettpfosten, und ihre Unterhose war verschollen. Sie wühlte zwischen den Laken und fand sie schließlich. Hastig zog sie sie an, in dem Wissen, dass sie lila Punkte nie wieder mit denselben Augen betrachten würde.

Als sie die Hand nach den Ohrringen auf dem Nachttisch ausstreckte, überrollte sie eine Welle der Sehnsucht. Danach, ihn noch einmal zu treffen. Noch einmal zu empfinden, was er in ihr auslöste, selbst wenn es nur für fünf Minuten war. War das zu viel verlangt vom Schicksal, nach allem, was sie ihm letzte Nacht gegeben hatte?

»Du bist diejenige, die darauf bestanden hat, es sei lediglich eine einmalige Sache«, flüsterte sie, während sie den Schmuck anstarrte, der sie förmlich dazu aufforderte, ihn zurückzulassen, um ihm einen Grund zu liefern, sie erneut zu kontaktieren.

Bevor sie ihre Meinung ändern konnte, zog sie sich die Flip-Flops an und verließ das Zimmer – ohne die Ohrringe. Auf dem Flur hörte sie, wie im Bad weiter das Wasser floss. Sie trat durch die Tür und stellte fest, dass die Toilettenspülung nicht aufgehört hatte.

Da ein erneutes Betätigen des Griffs den Fluss nicht stoppte, hob sie den Deckel vom Kasten und fummelte am Ventil herum, was aber auch nichts nützte. Er würde durchdrehen, wenn die Spülung den ganzen Tag durchliefe. So wie sie ihn kannte, war er auch ein Fanatiker, wenn es ums Wassersparen ging.

Also suchte sie nach etwas, womit sie das Ganze irgendwie reparieren konnte. Sie fühlte sich, als würde sie in seine Privatsphäre eindringen, als sie den Arzneischrank öffnete. Zwischen all den Hygieneprodukten für Männer entdeckte sie eine Packung Zahnseide. Ihr Blick wanderte vom kaputten Ventil zur Lampe an der Wand über der Toilette. Sie ging ihre Möglichkeiten durch und beschloss, dass sie keine andere Wahl hatte.

Nach kurzem Zögern griff sie sich die Zahnseide, wickelte sie um das Ventil und befestigte sie mit einem Knoten an der Lampe oben. Um ganz sicherzugehen, benutzte sie noch einen zweiten Faden. Zufrieden, dass sie getan hatte, was sie konnte, legte sie den Rest zurück in den Schrank und schloss die Tür.

Hastig eilte sie die Treppe hinab und durch die Haustür, wobei sie wirklich hoffte, dass niemand bemerkte, wie sie das Haus verließ. Sie atmete erst auf, als sie die Extension Street erreicht hatte und nach links auf die Lower Thames Richtung

Dean Avenue abbog, auf dem Weg zum Haus ihrer Mutter, zum Job ihrer Mutter, zurück in die Welt, in der ihre Mutter gestorben war.

Kapitel 5

Georgie ging von der Lower Thames aus den Hügel hinauf und warf einen Blick auf die Uhr. Fünf vor neun. Hoffentlich waren Cat und Tess entweder bereits bei der Arbeit oder schliefen noch, damit sie ungesehen kurz ins Haus schlüpfen und sich frisch machen konnte, um es rechtzeitig um halb zehn in den Donut-Shop zu schaffen. Sie war sich nicht sicher, was sie gerade dringender brauchte: eine große Tasse Kaffee oder eine heiße Dusche, um wach zu werden und ihre verspannten Muskeln zu lockern.

Auf dem Weg die Stufen rauf suchte sie in ihrer Handtasche nach ihrem Schlüsselbund.

»Ach, guck mal an. Wen haben wir denn da?«

Erschrocken riss sie den Kopf hoch und entdeckte Cat, die mit der Zeitung, einer Tasse Kaffee und einem selbstgefälligen Lächeln auf den Lippen auf der Korbbank saß.

»Ich dachte, du trinkst keinen Kaffee«, begrüßte Georgie sie, verzweifelt bemüht, ein anderes Thema zu finden als die Frage, warum sie sich gegen neun Uhr morgens ins Haus schlich.

»Ich hab was gebraucht, um in Gang zu kommen. Der Joggertyp hat sich heute nicht blicken lassen.« Amüsiert zog Cat die gepiercte Braue hoch. »Irgendeine Ahnung, warum?«

»Äh … nein. Ich bin heute Morgen spazieren gegangen und hab mir im Handy Lunch einen Kaffee gegönnt.«

»Du bist eine solche Lügnerin.« Breit grinsend stellte Cat die Tasse ab, stand auf und trat zu Georgie. »Ist das ein Knutschfleck?«

»Nein!«

Cat lachte. »Na klar. Lass mal sehen, gereizte Haut haben wir da ja auch noch.« Sie fasste Georgie am Kinn, um sich das Ganze genauer anzuschauen. »Und den Ringen unter deinen Augen nach zu urteilen, schätze ich, hast du nur sehr wenig Schlaf bekommen. Liege ich richtig?«

Verlegen wandte Georgie das Gesicht ab.

»Du schlimmes, *schlimmes* Mädchen.« Cat kicherte. »Ich bin ja so stolz auf dich.«

»Hör auf«, stöhnte Georgie. »Es ist schrecklich. Ich begreife nicht, wie ich das tun konnte.«

»Warum zum Henker nicht? War es gut?«

Georgie warf ihr einen vernichtenden Blick zu.

»Das Beste überhaupt?«

Widerwillig antwortete Georgie mit einem winzigen Nicken.

»Dann noch mal: Was zum Henker ist daran falsch?«

»Ich kenne ihn eigentlich gar nicht, und es gibt eine Menge Gründe, warum es keine gute Idee war.«

»Wegen deinem Liebsten in Atlanta?«

»Der hat gestern mit mir Schluss gemacht.«

»Was für ein Idiot. Allerdings hätte ich dir das schon, gleich nachdem du uns von ihm erzählt hast, sagen können. Er hat dir einen Gefallen getan – anderenfalls wäre dir die letzte Nacht wohl entgangen.« Damit ergriff sie Georgies Hand und zog sie mit sich zur Korbbank. »Ich will alles wissen. Jedes kleine dreckige Detail.«

Georgies Gesicht glühte vor Verlegenheit, denn sie hatte die fünf Kondompackungen im Mülleimer nicht vergessen.

»Wow, derart gut, dass du schon rot anläufst, wenn du bloß daran *denkst*?«

»Es war unglaublich«, gestand sie, weil sie ziemlich dringend mit jemandem darüber reden wollte. »So etwas wie das mit ihm habe ich noch nicht mal ansatzweise jemals zuvor getan. Es war, als wäre ich jemand ganz anderes.«

»War sicher ein super Gefühl, wenn man bedenkt, wie schwer du es in letzter Zeit hattest.«

Beeindruckt von Cats Einfühlungsvermögen, nickte Georgie. »Ich wollte mich mal wieder richtig gut fühlen, weißt du?«

»Ist mir völlig klar, und daran ist auch nichts verkehrt, ganz besonders nach allem, was du durchgemacht hast.«

Georgie lehnte sich seufzend zurück. »Ich wünschte nur, ich würde mir nicht wie ein Flittchen vorkommen. Ich will mir gar nicht ausmalen, was er von mir halten muss.« Sie erschauderte.

»Ganz bestimmt hält er sich für einen Glückspilz.«

»Heute Morgen hat er mir eine echt schöne Nachricht hinterlassen.« Georgie zog den Zettel aus der Handtasche und reichte ihn Cat.

Nachdem sie den Text überflogen hatte, sah Cat sie scharf an. »Warum hast du behauptet, es wäre eine einmalige Sache?«

»Na, weil … Ich habe schon genug um die Ohren. Außerdem muss ich bald nach Atlanta zurück.«

»Hör mal, ich weiß, dass du ein paar Jahre älter bist als ich, doch ich habe schon so einiges erlebt, und lass dir versichern, heiße Kerle, die auch noch nett zu dir sind, wachsen nicht auf Bäumen. Es wäre ziemlich dumm, etwas wegzuwerfen, das großartig werden könnte, einfach weil das Timing nicht perfekt ist.«

»Es ist nicht nur das.«

Unbeirrt fuhr Cat fort: »Offensichtlich war da etwas zwischen euch, sonst hättest du das alles nicht getan. Ich kenne dich mittlerweile gut genug, um das zu wissen. Du solltest einfach schauen, wohin es führt.«

Georgie schüttelte den Kopf. »Ich kann mich nicht auf einen Mann einlassen, dessen Leben hier ist, denn meines spielt sich ganz woanders ab. Ich brauche nicht noch mehr Probleme und Herzschmerz. In letzter Zeit hatte ich davon mehr als genug. Das reicht für den Rest meines Lebens.«

Cat gab ihr den Zettel zurück und stand auf. »Ich sag dir das nur ungern, aber dem Ich-hatte-gerade-genialen-Sex-Ausdruck auf deinem Gesicht nach zu urteilen, hast du dich längst drauf eingelassen.«

***

Cats Worte gingen Georgie auch nach der hastigen Dusche weiter durch den Kopf, während sie sich bemühte, den Knutschfleck und die roten Stellen von den Bartstoppeln zu überschminken. Ein Knutschfleck. *Wann hatte ich das denn zum letzten Mal? Ach ja, noch nie.* Sie hatte eine Reihe fester Freunde gehabt, doch keiner von ihnen hatte in ihr eine ähnliche Leidenschaft geweckt wie Nathan. Sie wäre nicht überrascht, wenn er ebenfalls ein paar Erinnerungsstücke an ihre gemeinsame Nacht am Hals tragen würde.

Der bloße Gedanke daran weckte erneut ihr Verlangen nach ihm, und bei der Erinnerung daran, wie er in sie stieß, wurde ihr glühend heiß. Aber eine Nacht bedeutete nicht, dass sie sich auf ihn eingelassen hatte. Sie hatten Sex gehabt – jede Menge Sex. Na und? Viele Leute schliefen miteinander, oder nicht? Ständig gingen sie kurze Affären ein und verschwendeten keinen weiteren Gedanken daran – warum nicht auch sie? Sie konnte das ebenfalls.

Entschlossen, das Ganze hinter sich zu lassen, betrat sie das unordentliche Schlafzimmer, wo die überall verstreut herumliegenden Klamotten sie daran erinnerten, wie sie sich am Abend zuvor beim Zurechtmachen noch geschworen hatte, genau das nicht zu tun, was sie am Ende getan hatte. In der Kommodenschublade kramte sie nach der ältesten, schäbigsten Unterhose, die sie finden konnte, und zog sich schließlich eine mit Loch im Schritt an. Perfekt.

Da sie die dämliche Entscheidung getroffen hatte, ihre Ohrringe zurückzulassen, rechnete sie damit, ihn im Laufe des Tages zu treffen. Dann würde sie ihm einfach für den netten Abend danken, einen letzten langen Blick auf sein attraktives Gesicht werfen und ihn seiner Wege ziehen lassen. Mit Löchern in der Unterwäsche bestand keine Gefahr, dass sie sich erneut zu etwas Unbedachtem verleiten ließe. Nicht die geringste.

Sobald sie meinte, sich dem Tag stellen zu können, machte sie sich auf den Weg, um die Donuts zu holen und das Seniorenzentrum zu öffnen. Gegen Mittag fiel es ihr wegen des aufgrund ihrer Eskapade mit Nathan verpassten Schlafes zunehmend schwerer, wach zu bleiben. Während die Besucher ihre Spaghetti mit Fleischbällchen genossen, saß sie in ihrem Büro, starrte an die Wand und erinnerte sich an eine Stellung im Besonderen.

Er hatte sie umgedreht, um ihr den Rücken zu massieren, und nachdem er jeden Zentimeter liebkost hatte, war er mit der Zunge über ihre Wirbelsäule gefahren. Sie hatte sich unter ihm gewunden, und er hatte sie ermahnt, still zu halten. Schließlich hatte er mit seinen großen Händen ihren Hintern gepackt und keine Stelle ihres Leibes unberührt oder unerforscht gelassen.

Der erotische Schock hatte ihr einen Orgasmus beschert, der alle anderen in den Schatten gestellt hatte. Dann hatte er sie auf die Knie gezogen und war von hinten in sie eingedrungen. Als er sie im Schritt gestreichelt hatte, war sie *erneut* gekommen. Das war noch nie passiert. Jedenfalls ihr nicht.

Beim bloßen Gedanken daran begann es in ihrem Unterleib zu pulsieren. Ihr Mund wurde trocken, ihr Herz raste, und ihr stockte der Atem. Würde er in dieser Minute hier auftauchen, würde sie ihn packen, gegen die Wand drücken und ihn anflehen, sie zu nehmen, Löcher in der Unterhose hin oder her. Die Erkenntnis war sowohl beschämend als auch höchst besorgniserregend.

»Georgie.«

Die dröhnende Stimme des schlimmen Gus riss sie aus ihren Träumen. Ihre Wangen glühten vor Verlegenheit.

»Himmel, wo warst du denn mit deinen Gedanken?«

»Nirgends.« Sie räusperte sich, um den Kloß loszuwerden, der ihr in der Kehle steckte. »Genau hier. Was kann ich für dich tun, Gus?«

»Ich hab dir und deinen Mitbewohnerinnen Mais mitgebracht.« Er holte hinter dem Rücken eine große Tüte hervor. »Und Tomaten.«

Gerührt von seiner Aufmerksamkeit erhob sie sich, um ihm alles abzunehmen. Trotz seines Gepolters und bei aller Derbheit zeigte Gus sich seinen Freunden gegenüber großherzig, einem Kreis, zu dem sie jetzt offenbar ebenfalls gehörte.

»Danke, Gus. Das ist echt lieb von dir.«

Verlegen brummte er: »Ist nur Mais. Hab ich deiner Mutter auch immer gebracht.« Er zuckte die Achseln, und ein trauriger Ausdruck trat in seine Augen.

Sie wusste, dass der Tod ihrer Mutter die Leute hier schwer getroffen hatte, also bemühte sie sich, das Thema zu wechseln. »Wen trägst du denn heute?«

Gus drehte sich um und deutete auf seinen Rücken. »Ellsbury. Center Fielder.«

Er trug jeden Tag ein anderes Shirt der Boston Red Sox.

»Ach, der ist süß.«

Gus schnaubte. »Süß. Das ist ja auch eine echt ausschlaggebende Eigenschaft fürs Siegen.«

»Finden wir schon«, erwiderte sie im Namen vieler Frauen.

»Du bist wohl schon zu lange da unten in Hotlanta. Hat dir das Gehirn weggebrutzelt.«

Darüber musste sie lachen, auch wenn sie diese Unterhaltung bestimmt schon hundert Mal geführt hatten.

In dem Moment erschien Walter in der Tür. »Machst du dich an mein liebstes Mädchen ran, Gus?«

»Wer schläft, verliert, Kumpel«, entgegnete Gus, der Georgie zuzwinkerte.

»Sag, dass das nicht wahr ist, Georgie«, ächzte Walter. »Erzähl mir nicht, man kann dich mit ein paar wurmstichigen Maiskolben kaufen.«

»Mein Mais hat keine Würmer«, knurrte Gus.

Georgie musste über ihre Frotzelei lächeln. Unterschiedlicher konnten zwei Männer kaum sein, aber sie waren trotzdem beste Freunde. Ihre Mutter hatte ihr erzählt, wie sehr Gus und seine Frau Donna Walter dabei geholfen hatten, den Verlust seiner Gattin vor ein paar Jahren zu überwinden.

»Was meinst du, Georgie, Süße?«, fragte Walter mit neckender Miene. »Wann darf ich dich mal ausführen?«

»Eines Tages bestimmt«, versprach sie ihm, wie sie es immer tat.

»Denk dran, wovor ich dich gewarnt habe«, ermahnte Gus sie. »Wenn er dich ins Auto kriegt, ist es kein Date, sondern eine Entführung.«

Walter stieß ihm freundschaftlich einen Ellbogen in die Rippen.

»Roxy kann dir eine einstweilige Verfügung besorgen, falls es nötig wird«, mischte sich Bill ein, der sich zu ihnen gesellte.

Plötzlich schien in ihrem Büro eine Party abzugehen. Wie ihre Mutter jemals ihre Arbeit hatte erledigen können, war ihr ein Rätsel.

»Oder dieser Caldwell-Typ«, fügte Gus hinzu. »Er könnte dir dabei helfen, einen Schwerenöter wie Walter loszuwerden. So wie ich die Sache sehe, schuldet er dir wegen gestern noch was.«

Bei Nathans Erwähnung verspannte Georgie sich.

»Erinnere sie nicht daran«, warnte Bill ihn, gerade als der gute Gus zu ihnen trat. »Der war ja völlig unausstehlich. Ich hab Roxy gestern Abend wegen ihm ausgehorcht, und sie meinte, er wäre eigentlich total nett.«

»Das wirkte aber nicht so«, brummte der schlimme Gus. »Oder, Georgie?«

»Äh, nein«, stammelte sie.

»Sie will nicht, dass wir sie deswegen aufziehen«, wandte Walter ein. »Lasst sie in Ruhe.«

Sie schenkte ihm ein dankbares Lächeln. Nein, sie wollte nicht über Nathan Caldwell sprechen oder an seine herrliche, muskulöse Brust denken oder daran, wie wundervoll sich sein Hintern unter ihren Händen angefühlt hatte, während er in sie drang. Sie verschränkte die Arme vor der Brust, um die verräterische Reaktion ihres Körpers zu verbergen. Sobald sie den Kopf hob, erkannte sie, wie die Herren sie anstarrten.

»Was ist los?«, erkundigte sich der gute Gus, die weißen Augenbrauen sorgenvoll zusammengezogen.

»Sie sieht heute gar nicht gut aus«, überlegte der schlimme Gus laut. »Hab ich euch schon den ganzen Morgen gesagt.«

»Bist du krank?«, wollte Walter wissen. »Dein Gesicht ist ganz rot.«

»Äh …«

»Du solltest nach Hause gehen«, fügte Henry hinzu.

Wann war der denn hier aufgetaucht?

»Ja, ab nach Hause mit dir, Georgie«, stimmte der schlimme Gus zu. »Wir schließen ab und bringen dir die Schlüssel dann vorbei. Das haben wir letzten Winter auch für deine Mutter übernommen, als sie Bronchitis hatte.«

»Dad«, ertönte eine ungeduldige Stimme aus der Diele.

Die Männer sahen einander an.

»Das ist wohl Roger.« Der gute Gus senkte verlegen den Blick. »Er fährt mich nach Providence zum Arzt.«

»Komm schon«, rief Roger.

»Pass auf dich auf, Georgie«, verabschiedete sich Gus, und an die anderen gewandt: »Entschuldigt mich.«

Sobald er fort war, fluchte der schlimme Gus leise. »Der Junge ist ein Arsch. Kann nicht mal reinkommen und sich anständig benehmen.« Beschämt spähte er zu Georgie und murmelte: »Entschuldige den Ausdruck, Kleines.«

Sie hob eine Hand, um ihm zu bedeuten, dass sie das nicht schlimm fand. »Was ist denn mit ihm?«

»Hat seit Jahren immer wieder Ärger am Hals«, erklärte Bill. »Vorwiegend wegen Drogen.«

»Behandelt seinen Vater wie Dreck«, ergänzte Walter.

»Und der ist der letzte Mensch auf Erden, der das verdient hätte«, fügte Henry hinzu.

Die anderen nickten zustimmend.

»Definitiv«, pflichtete Georgie ihm bei. Sie fand das sehr traurig.

»Geh heim«, beharrte der schlimme Gus. »Heute Nachmittag kümmern wir uns um alles.«

»Was ist mit der Vogelschau?«, fragte sie. Zwei Wochen nachdem sie hier angefangen hatte, hatte der gute Gus sie eingeweiht: Ihre täglichen Ausflüge ins Stadtzentrum von Newport hatten nichts mit Vögeln zu tun, sondern vielmehr mit jungen Frauen.

»Wir können uns mal einen Tag freinehmen«, ließ der schlimme Gus sie wissen. »Die Vögel rechnen ja nicht mit uns.«

Da sie dringend Schlaf nachholen musste und ein Nachmittag ganz für sie allein genau das war, was sie brauchte, zog sie das Angebot ernsthaft in Erwägung. »Ihr müsstet nach dem Mittagessen aufräumen.«

»Das kriegen wir hin«, versicherte ihr Henry. Er und seine ebenso liebenswerte Frau Alice waren stets hilfsbereit und wollten es allen recht machen.

»Tut ihr mir einen Gefallen?«

»Was immer du willst«, beteuerte Walter.

»Sammelt ihr die Styroporbehälter in einen gesonderten Beutel? Das Erholungszentrum nebenan hat nichts dagegen, wenn wir sie bei ihnen in die Wertstofftonne werfen, bis wir unsere eigene bekommen.«

Auf diese Bitte folgte ein längeres Schweigen.

»Ist das ein Problem?«, fragte sie schließlich.

»Dieser Caldwell-Junge hat bei dir einen Nerv getroffen, was?«, wollte Bill mit einem fröhlichen Funkeln in den Augen wissen.

Du hast ja keine Ahnung. »Ganz und gar nicht. Aber er hat recht. Ihr könnt die Müllsäcke an der Hintertür abstellen, ich bringe sie dann morgen früh rüber.«

»Wir kümmern uns drum«, versprach ihr Gus. »Na geh schon. Wir sehen uns morgen.«

»Danke, Jungs.« Sie nahm die Tüte mit dem Mais und den Tomaten und verließ wenige Minuten später das Zentrum. Draußen gönnte sie sich erst mal einen tiefen Atemzug frischer Sommerluft. Auf der kurzen Fahrt nach Hause bemühte sie sich, ihre Gedanken zu ordnen. Da sie von Kopf bis Fuß komplett verspannt war, beschloss sie, sich ein langes Schaumbad zu gönnen, und danach würde sie schlafen – vielleicht bis morgen früh.

Da klingelte ihr Handy. Sie griff danach, während sie gleichzeitig versuchte, die Straße im Auge zu behalten. Sobald sie die Stimme ihrer Chefin vernahm, ihrer *echten* Chefin in Atlanta, unterdrückte sie ein Stöhnen. »Wie geht's Ihnen, Lorraine?«

»Bin überarbeitet und werde nicht genug wertgeschätzt. Nichts Neues.«

»Wie läuft's im Büro?«

»Genau deshalb wollte ich mit Ihnen sprechen.«

Georgies Herzschlag beschleunigte sich. Mit diesem Anruf aus Atlanta hatte sie schon gerechnet. Lorraine und Doug mussten sich gegen sie verschworen haben. An beiden Fronten lief ihr die Zeit davon.

»Ich muss wissen, wann Sie wieder zurückkehren«, erklärte Lorraine und kam direkt auf den Punkt.

»Ich wünschte, ich könnte Ihnen Genaueres sagen. Die Stadt versucht, einen Ersatz für meine Mutter zu finden, und nächste Woche muss ich wegen des Erbes vorm Nachlassgericht erscheinen.«

»Ich bewundere, was Sie da tun, ganz ehrlich.«

»Die werden das Zentrum schließen, wenn sie niemanden finden«, rief Georgie sowohl Lorraine als auch sich selbst ins Gedächtnis. »Meine Mutter hat es gegründet, hat über zwanzig Jahre lang alles da reingesteckt. Ich kann nicht zulassen, dass sie es zumachen, das bringe ich einfach nicht über mich. Die Leute wären ohne das Zentrum verloren.«

»Ich verstehe ja die Zwickmühle, in der Sie da stecken, aber mir geht es hier nicht besser. Diese Woche kommt die Herbstkollektion rein. Sie wissen, wie hektisch es um diese Jahreszeit ist. Wir brauchen Sie, Georgie. Ihre Abteilung braucht Sie. Ohne Sie versinkt hier alles im Chaos.«

Georgie bog in die Dean Avenue ein, die ausnahmsweise einmal wie verlassen wirkte, und sicherte sich einen Parkplatz direkt vor dem Haus. »Ich brauche noch ein paar Wochen.«

»Zwei«, erwiderte Lorraine. »Mehr kann ich Ihnen nicht geben. Es tut mir leid, Georgie.«

Sie wusste, wie unwahrscheinlich es war, dass sie in zwei Wochen all ihre Verpflichtungen in Newport erledigt hätte. »Ich gebe mein Bestes.«

»Ich würde Sie nur ungern verlieren.«

Und Georgie wollte nur ungern verloren werden. »Ich melde mich.« Damit beendete sie das Telefonat, legte den Kopf zurück und schloss die Augen. Mit jedem weiteren Tag rann ihr das so sorgsam aufgebaute Leben in Atlanta zwischen den Fingern hindurch, und es gab nichts, was sie dagegen unternehmen konnte.

Lange saß sie da und überlegte, welche Möglichkeiten ihr offenstanden. Keine wirkte sonderlich verlockend. Schließlich beschloss sie, zu handeln. Sie klappte das Handy wieder auf und rief beim Sozialdezernat an.

»Mr Andrews ist gerade in einem Meeting, Miss Quinn. Kann ich ihm etwas ausrichten?«

»Ja, sagen Sie ihm Folgendes: Entweder er spricht jetzt mit mir, oder ich kampiere vor seinem Büro, bis er mit mir redet.«

Nach kurzem Schweigen bat die Assistentin: »Warten Sie einen Moment.«

Etwa drei Minuten vergingen, bevor Richards schmierige Stimme durch den Hörer dröhnte. »Georgie, wie schön, von Ihnen zu hören. Ich hoffe, Sie und Ihre Schwester halten sich wacker.«

»Uns geht's prima, danke, aber ich muss wissen, wie lange es noch dauert, einen Ersatz für meine Mutter zu finden.«

»Die Annonce läuft schon seit einem Monat. Es hat sich allerdings bloß die eine Kandidatin gemeldet. Ich habe nie erfahren, was passiert ist, als sie das Zentrum besucht hat. Ich weiß nur, dass sie auf meine Anrufe nicht mehr reagiert hat.«

Die schmutzigen alten Männer sind passiert, dachte Georgie. Plötzlich kam ihr der Verdacht, dass sie die Frau womöglich absichtlich vergrault hatten, damit sie selbst bleiben musste. Es verschlug ihr den Atem. *O mein Gott, die lassen mich nie fort.*

»Georgie?«

»Sie müssen sich mehr Mühe geben«, beharrte sie mit einer, wie sie hoffte, strengen und autoritären Stimme. »In zwei Wochen kehre ich nach Atlanta zurück, mit oder ohne Ersatz für meine Mutter.«

»Wenn Sie das tun, müssen wir das Zentrum schließen«, warnte Richard sie. Dasselbe hatte er auch schon vor zwei Monaten behauptet, um sie davon zu überzeugen, den Job »vorübergehend« zu übernehmen. Da ihre Mutter unheilbar krank gewesen war, hatte sie nicht zusehen wollen, wie ihr Lebenswerk dahinschwand, als wäre es völlig bedeutungslos.

»Zwei Wochen, Richard. Danach interessiert mich das Ganze nicht mehr.« Morgen würde sie den älteren Herren genau das Gleiche sagen. Sie würde *nicht* für immer hierbleiben.

KAPITEL 6

Georgie räumte in ihren vier Wänden auf, legte die Klamotten zusammen, die sie gestern Abend verstreut hatte, und versuchte, den Mut aufzubringen, die Tür zum Schlafzimmer ihrer Mutter zu öffnen.

Sie wusste, sie konnte es nicht ewig aufschieben, blieb aber dennoch auf dem Flur stehen und starrte die Tür an. Irgendwann in nächster Zeit musste sie die Kleidungsstücke und Besitztümer ihrer Mutter aussortieren. Allerdings nicht heute.

Die Hand auf dem Türknauf, atmete sie tief durch und drehte ihn. Hier empfand sie die Präsenz ihrer Mutter stärker als im Rest des großen Hauses. Ihr Duft, ihre Kleidung, die gerahmten Fotos auf der Kommode, das Schmuckkästchen, ihr Bademantel. Die Erinnerungen und der Schmerz trafen sie wie ein Schlag in die Magengrube, und sie musste innehalten und ihn verdauen, ehe sie den Raum betreten konnte.

Aus einem Impuls heraus nahm sie den burgunderroten Chenille-Morgenrock mit ins Bad, wo sie den Whirlpool einschaltete, den ihre Mutter vor ein paar Jahren hatte einbauen lassen, weil sie das Bad ohnehin hatte renovieren und modernisieren lassen.

Fast eine Stunde lang lag sie in der Wanne, und erst als sie kurz vorm Einschlafen stand, spülte sie sich den Schaum ab und kuschelte sich in den Mantel ihrer Mutter. Das Haar in ein Handtuch gewickelt, verließ sie das Bad und musterte das große Himmelbett.

Als Kind hatte sie sich in zahlreichen Nächten nach einem Albtraum oder während eines Gewitters hierher geflüchtet. Bevor ihre Mutter das Seniorenzentrum gegründet hatte, als Georgie in der ersten Klasse gewesen war, hatten sie so manchen Nachmittag damit verbracht, im Bett Nancy-Drew- und Bobbsey-Twins-Romane zu lesen, die den Grundstein für Georgies lebenslange Vorliebe für einen guten Krimi gelegt hatten.

Sie fragte sich, ob ihr das Bett auch ohne ihre Mutter denselben Trost spenden würde, schlüpfte unter die Decke und drückte das Gesicht ins Kissen, das noch immer nach ihrer Mutter duftete. Sie konnte ihre schützenden Arme förmlich um sich spüren.

Trotz ihrer Bemühungen, sich zu entspannen, rasten ihre Gedanken, weil sie sich Sorgen um das Zentrum, ihren Job und ihre Wohnung in Atlanta machte, sich fragte, was aus den Senioren werden sollte, wenn sie wieder verschwand, und was sie mit dem großen Haus anfangen sollte, um das sich jemand kümmern musste. Sie musste den Anwalt wegen der Nachlassanhörung nächste Woche anrufen, die Sachen ihrer Mutter einpacken und noch viel mehr erledigen. Allein der Gedanke laugte sie aus.

Da sie nicht länger darüber nachgrübeln wollte, wandte sie sich lieber Nathan zu. All ihre Sorgen lösten sich auf, sobald sie die Nacht mit ihm erneut aufleben ließ – seine sanften Berührungen, die süßen Küsse, wie er stets gewusst zu haben schien, was sie brauchte, ohne dass sie es ihm sagen musste. Kurz bevor sie schließlich einschlief, wünschte sie sich, dass er ihr schon bald die Ohrringe bringen würde. Dann könnte sie ihm mitteilen, dass es vorbei war. Aus und vorbei.

***

Das Klingeln des Handys riss Georgie aus dem Schlaf. Der Ton schien wie aus weiter Ferne zu kommen, und einen Moment lang konnte sie sich nicht daran erinnern, wo sie war. Dann kehrten die Erinnerungen schmerzhaft zurück: der Tod ihrer Mutter, ihr Zimmer und ihr Bett. In den Tagen, unmittelbar nachdem ihre Mutter gestorben war, waren die ersten Momente am Morgen besonders schmerzhaft gewesen, wenn sie aufwachte und ihr alles wieder einfiel.

Sie räusperte sich den Schlaf aus der Kehle und griff nach dem Telefon. »Hallo.«

»Georgie.«

»Ali?« Beim Klang der Stimme ihrer Schwester setzte sie sich aufrecht hin. Nach allem, was sie in den letzten Monaten gemeinsam durchgestanden hatten, erkannte sie nach nur einem Wort, dass etwas nicht stimmte. »Was ist los?«

»Georgie …«

»Weinst du? Was ist los? Ist es wegen Mom?«

»Der Bluttest.«

Georgies gesamter Körper wurde eiskalt, und sie zitterte. »Nein … Nein, ich will das nicht hören.«

Durch das Telefon hindurch hallte Alis Schluchzen von New York nach Newport. »Ich lasse mich operieren. Nächste Woche.«

»Du musst eine zweite Meinung einholen. Vielleicht ist ihnen ein Fehler unterlaufen.«

»Es ist kein Fehler. Zwei Labore haben es bestätigt.«

»Von dem zweiten Test hast du mir gar nichts erzählt – oder vom Ergebnis des ersten.«

»Du musstest dich schon um genug Sachen kümmern, mit dem Haus und dem Zentrum. Ich wollte dir nicht noch mehr aufbürden.« Ali schniefte. »Du musst dich auch testen lassen, Georgie. Du musst einfach.«

»Nein.« Sie sprach das Wort leise aus, obwohl sie am liebsten geschrien hätte. Mit dem Befund ihrer Mutter hatten die Schwestern erfahren, dass ihre Familie mit fehlerhaften Genen gestraft war, die es viel wahrscheinlicher machten, dass sie an Brust- und Eierstockkrebs erkrankten, als beim Rest der Bevölkerung. Sie wollte die Abkürzung BRCA nie wieder hören.

»Mom hatte es, ich habe es«, drängte Ali. »Oma und Tante Joan hatten es wahrscheinlich ebenfalls. Willst du es nicht lieber wissen, Georgie?«

»Nein, will ich nicht.« Der Gedanke daran, ihre vollkommen gesunden Brüste entfernen zu lassen, war derart ungeheuerlich, dass sie sich weigerte, die Möglichkeit auch nur in Erwägung zu ziehen. »Bonnie hatte es nicht«, nannte sie die Cousine, die keine von ihnen leiden konnte. »Du solltest nichts überstürzen. Vielleicht wissen sie mehr, wenn du ein Jahr wartest.«

»Ich habe zwei Kinder. Ich werde nicht riskieren, dass sie ohne Mutter aufwachsen müssen.«

»Aber du bist erst fünfunddreißig. Mom war sechzig. Komm schon, Al. Du musst das doch nicht jetzt schon durchziehen.«

»Du hast selbst gehört, wie die Onkologin uns erklärt hat, dass es in unserer Familie mit jeder Generation Jahrzehnte früher zuschlägt. Ich gehe das Risiko nicht ein.«

Georgie wischte sich die Tränen von den Wangen. »Was hält Joe denn davon?«

»Er hat gesagt, dass er lieber ohne meine Brüste als ohne mich leben würde«, entgegnete Ali, deren Worte in einem Schluchzen untergingen.

»Kommen wir denn nie aus diesem Albtraum raus?«, flüsterte Georgie. Seit sie vor drei Monaten erfahren hatte, dass ihre Mutter Brustkrebs im fortgeschrittenen Stadium hatte, war ihr Leben völlig außer Kontrolle geraten. Und jetzt das …

»Doch, das werden wir. Wir werden ihn hinter uns lassen und unser Leben in dem Wissen führen, dass wir alles darangesetzt haben, dass uns nicht das Gleiche widerfährt.«

»Bei mir ist das anders. Du hast einen Mann, der dich heiß und innig liebt. Wer wird mich denn noch wollen, wenn ich keine Brüste mehr habe?« Endlich sprach sie ihre größte Angst aus: dass sie krank und allein enden würde. Sie weigerte sich, an Nathan zu denken und daran, was er dazu zu sagen hätte.

»Jeder Kerl, der deine Brüste über deine Gesundheit stellt, ist für meine kleine Schwester nicht gut genug.«

»Ich helfe dir natürlich«, meinte Georgie resigniert. »Wegen der OP. Ich werde zu euch kommen und auf die Kinder aufpassen.«

»Nein, wirst du nicht. Ich hab ja Joe, und seine Mutter kümmert sich um die Kleinen. Du hast genug um die Ohren. Ich komm schon klar.«

»Ali …«

»Das wird wieder«, versicherte ihr Ali. Georgie fragte sich, wen ihre Schwester überzeugen wollte. »Versprochen.«

Sie wünschte sich von ganzem Herzen, dass sie ihrer Schwester glauben könnte. Stattdessen hatte sie das Gefühl, dass alles noch viel schlimmer werden würde, bevor sich irgendetwas besserte.

»Denkst du darüber nach, dich testen zu lassen?«, bat Ali.

»Ja«, versprach Georgie, aber nur, weil ihre Schwester es hören wollte. Sie hatte vor, das Ganze zu vergessen, sobald sie auflegte.

»Joe wird dich nach der OP anrufen.«

»Ich warte drauf«, erwiderte Georgie. »Ich hab dich lieb.«

»Ich dich auch.«

***

Nathan saß an seinem Schreibtisch und schlief mit offenen Augen. Der Tag war eine einzige Katastrophe gewesen, und er konnte an nichts anderes denken als daran, sich zu Hause kurz aufs Ohr zu legen, bevor er Georgie aufsuchte, um ihr mitzuteilen, dass das *keine* einmalige Sache gewesen war.

Trotz der Intimität der gemeinsam verbrachten Nacht kannte er sie kaum. Aber er wollte sie näher kennenlernen. Er wollte wissen, warum sie in Newport war, warum sie im Seniorenzentrum arbeitete, wie ihr Leben in Atlanta aussah und ob es einen anderen Mann gab. *Nein. Wenn sie mit jemand anderem zusammen wäre, dann hätte sie nicht mit mir geschlafen.* Wobei »geschlafen« nicht das passende Wort war.

Als Detective könnte er Antworten auf viele seiner Fragen finden, indem er einfach ein paar Anrufe tätigte. Schließlich arbeitete er für dieselbe Stadt, die auch für das Seniorenzentrum zuständig war. Als er nach dem Hörer griff, hielt er allerdings inne. Er wollte, dass sie es ihm selbst erzählte.

Seit dem Tag, an dem er zum ersten Mal an dem großen weißen Haus vorbeigejoggt war und ihm die vier Frauen auf der Veranda beim Morgenkaffee aufgefallen waren, hatte sie ihn fasziniert. Wegen Bauarbeiten auf der Lower Thames hatte er seine übliche Laufstrecke ändern müssen, und der Umweg hatte ihn direkt an ihrer Türschwelle vorbeigeführt. Seitdem hatte er seine alte Strecke ignoriert.

Da er dank seines Berufs darauf trainiert war, alles zu bemerken und Informationen abzuspeichern, die später vielleicht mal wichtig werden könnten, hatten die vier hübschen Frauen seine Aufmerksamkeit erregt. Wie witzig, dass sie geglaubt hatten, er hätte sie nicht bemerkt. Na klar waren sie ihm aufgefallen, und ja, er mochte, was er gesehen hatte.

Weil Georgie sie ihm gestern Abend beim Essen beschrieben hatte, konnte er den anderen dreien nun Namen zuordnen. Auf seiner morgendlichen Tour hatte er als Erstes Cat wahrgenommen, mit dem roten, hochgegelten Haar und der gepiercten Braue … und, na ja, ihr Busen war weiß Gott nicht zu verachten. Er war schließlich auch nur ein Mensch. Außerdem hatte er den Ansatz einer Tätowierung erkannt. Faszinierend.

Tess hingegen umgab eine beinahe ätherische Schönheit, und Georgies Schwester Ali war ebenfalls ein echter Hingucker. Nachdem sein Blick allerdings auf Georgie gelandet war, hatte er allein Augen für sie gehabt. Bei der Erinnerung an diesen ersten Moment, der sich wie ein Blitzschlag angefühlt hatte, fragte er sich, wann er zum letzten Mal derart heftig auf eine Frau reagiert hatte.

Noch nie, wenn er ehrlich war. Auch hatte er noch nie solchen Sex gehabt wie mit ihr. Er hatte gar nicht gewusst, dass er so hemmungslos sein konnte – allerdings hatte er vorher nie eine ebenso großzügige wie willige Partnerin gehabt. Als hätte er die perfekte Frau für sich gefunden. Er setzte sich aufrechter hin. Was, wenn sie die perfekte Frau für ihn war? Was, wenn er herausfand, dass sie das und mehr war? Was sollte er tun, wenn sie nach Atlanta zurückkehrte?

»Das ist doch verrückt«, brummte er. »Sie hat von einer Nacht gesprochen, und du denkst daran, ihr nach Atlanta nachzurennen?«

»Redest du etwa mit dir selbst, Caldwell?«, fragte sein Partner Andy Hughes, der gerade vorbeikam und eine Akte auf den Tisch warf.

»Was ist los?«

»Wir haben es wohl mit einer Ausreißerin zu tun. Sechzehn, ist schon ein paarmal weggelaufen, aber die Eltern schwören, dass sie sich in letzter Zeit geändert hat. Sie glauben nicht, dass sie freiwillig abgehauen ist.«

Nathan unterdrückte ein Gähnen, während er den Bericht durchging.

»Was ist denn heute los mit dir?«, erkundigte sich Andy. »Du bist wie ein Zombie.«

»Hab letzte Nacht nicht gut geschlafen.« Da der glücklich verheiratete Andy stets versuchte, Nathan unter die Haube zu bringen, wünschte er sich, er könnte mit seinem Partner offen über die Sache mit Georgie reden. Das verbot ihm allerdings seine angeborene Ritterlichkeit.

»Warum machst du nicht Schluss für heute? Ich spreche mit den Eltern, das liegt eh auf meinem Heimweg.«

Nathan schaute zu ihm hoch. »Sicher, dass das in Ordnung ist?« Normalerweise hätte er sich auf den Fall gestürzt, doch heute verfügte er nicht mehr über die Kraft.

»Nein. Die Polizisten meinten, es klingt, als wäre sie einfach weggelaufen, da kann ich mich auch allein um die Eltern kümmern und es an die nächste Schicht weiterleiten. Ich sag dir Bescheid, wenn etwas dabei rauskommt.«

»Danke. Ich kippe gleich um.«

»Ist mir nicht entgangen. Wir sprechen uns spätestens morgen.«

Nathan zögerte keine weitere Minute und verschwand. Er entsperrte sein dunkelgraues Hybridauto und beschloss, dass er mit seinen dreiunddreißig Jahren zu alt für eine Nacht voller Sex war. Ohne etwas Schlaf – möglichst bald – würde er vermutlich noch auf der Straße zusammenklappen.

Auf dem Heimweg versuchte er, seinen Bruder Ben auf dem Handy zu erreichen, das er ihm extra besorgt hatte, damit er ihn besser im Auge behalten konnte, aber wie gewöhnlich ging er nicht ran. Frustriert warf Nathan sein Telefon auf den Beifahrersitz.

Kurz darauf klingelte es, und da er dachte, es könnte Ben sein, der ihn zurückrief, ging er ran, ohne auf die Nummer zu achten. »Ja?«

»Hi«, grüßte ihn stattdessen sein anderer Bruder Ian. »Hast du schon was von Ben gehört?«

»Nein«, erwiderte er entmutigt.

»Wann sollte er denn zurück sein?«

»Ich glaube, sie wollten die Fähre um halb fünf nehmen.«

»Bestimmt taucht er in den nächsten paar Stunden auf.«

»Ich hoffe es.«

»Wenn nicht, ruf mich an. Dann helfe ich dir dabei, nach ihm zu suchen.«

»Hast du heute Abend nicht einen Auftritt?«, fragte Nathan.

»Nein. Ich hab die nächsten Tage frei, um meine Stimme zu schonen. Falls du mich brauchst, bin ich für dich da, Nate.«

»Danke. Ich bin ziemlich k. o., also hau ich mich erst mal aufs Ohr. Wenn du nichts von mir hörst, ist er zu Hause.«

»Verstanden.«

»Bis später.« Damit legte Nathan auf, behielt das Telefon aber in der Hand. Er war dankbar, dass Ian sich nach Ben erkundigt hatte. Die gesamte Familie sorgte sich um ihn, seit er vor über einem Jahr im Irak schwer verwundet worden war. Es fiel ihm nicht leicht, sein Leben wieder auf die Spur zu bringen.

Er widerstand dem Drang, bei Georgie vorbeizufahren, und hielt schließlich vor seinem eigenen Haus. Auf dem Weg nach oben nahm er die Dienstmarke vom Gürtel und zog das Schulterhalfter aus. In seinem Zimmer legte er Waffe und Marke ins Schubfach des Nachttisches, auf dem er Georgies Ohrringe entdeckte. Er hob sie hoch und ließ den Schmuck durch die Finger gleiten, während er daran dachte, wie er an ihren zarten Ohrläppchen gebaumelt hatte.

Er legte die Kreolen zurück und fragte sich, ob sie schon bemerkt hatte, dass sie noch hier lagen. Er hatte Frauen gekannt, die ein Souvenir zurückließen, damit man sich wieder bei ihnen meldete, aber so schätzte er Georgie nicht ein. Außerdem hatte sie ja die ganze Zeit behauptet, es handele sich um einen One-Night-Stand, warum sollte sie also die Ohrringe bei ihm »vergessen«?

Er hob die Hand, um sich das Hemd aufzuknöpfen, doch die Erinnerung daran, wie sie das gestern Abend für ihn übernommen hatte, ließ ihn innehalten, weil ihm wieder klar wurde, dass ihm die eine Nacht mit ihr niemals reichen würde. Tatsächlich fürchtete er, dass ihm ein ganzer Monat voller Nächte wie dieser nicht reichen würde.

Weiter bemüht, diese Erkenntnis zu verarbeiten, zog er sich bis auf die Boxershorts aus und lief ins Bad, wo er wie angewurzelt stehen blieb. Der Deckel vom Spülkasten stand auf dem Boden. *Was zum Henker?* Was hing da denn bitte an der Wand? Er beugte sich vor. *Zahnseide?*

Er lachte, tief aus dem Bauch heraus, bis ihm die Seiten schmerzten und die Augen tränten. Die verdammte Toilette bereitete immer wieder Probleme, aber er hatte vergessen, Georgie vorzuwarnen. Plötzlich war ihm der Schlaf nicht mehr so wichtig wie vor wenigen Minuten noch. Er musste sie einfach sehen. Sofort.

***

Die Tür öffnete sich langsam, und Tess steckte den Kopf rein. »Oh, hi, du bist wach.«

»Ja, was ist?« Georgie hatte sich seit dem Anruf ihrer Schwester kaum gerührt. Trotz größter Mühe, es zu verdrängen, lastete die bedrückende Neuigkeit schwer auf ihr.

»Wie ich höre, hattest du gestern einen interessanten Abend«, meinte Tess mit einem Grinsen, das Georgie verriet, dass sie bereits die ganze Geschichte kannte. »Ich hab uns was zu essen zubereitet und dachte, du hast vielleicht Hunger.«

Georgie erkannte, dass sie tatsächlich am Verhungern war. »Klingt gut. Danke. Ich schätze, im Austausch für das Abendessen willst du die schmutzigen Einzelheiten hören.«

»Natürlich«, bestätigte Tess, bevor sie sich wieder zurückzog. »In fünf Minuten ist alles fertig.«

Georgie boxte das Kopfkissen in Form und lächelte. Sie mochte Cat und Tess und fühlte sich, als würde sie die beiden schon seit Jahren kennen, nicht erst seit ein paar Monaten. Es war schon lange her, dass sie sich mit Freundinnen derart gut verstanden hatte. Ihre Freunde von der Highschool hatten sich in alle Winde zerstreut, und die vom College hatten Atlanta entweder verlassen oder geheiratet und Familien gegründet. Die Frauen bei der Arbeit waren nett, doch sie hatte privat nicht wirklich viel mit ihnen zu tun.

Die wenigen Leute, mit denen sie sich in Atlanta angefreundet hatte, hatte sie durch Doug kennengelernt, und sie bezweifelte, dass sie nach der Trennung weiter zu ihrem Leben gehören würden. Da sie nicht an ihn denken wollte, stand sie auf und überquerte den Flur, um in ihr eigenes Zimmer zu gehen. Dort hängte sie den Morgenrock ihrer Mutter an den Haken an der Tür, zog sich eine kurze Hose und eines der weichen Baumwollshirts über, in denen sie so gern schlief. Dann bürstete sie sich das Haar, spritzte sich kaltes Wasser ins Gesicht und lief nach unten.

»Wow, hier riecht's aber gut. Was hast du denn gekocht?«

»Ich hab Hähnchen zu dem Mais angebraten, den du mitgebracht hast.«

»Den hab ich vom schlimmen Gus aus dem Seniorenzentrum bekommen.«

Tess lachte leise. »Was hält er eigentlich von dem Spitznamen?«

»Den hat er sich redlich verdient, glaub mir.« Georgie öffnete eine Flasche Chardonnay und goss ihnen jeweils ein Glas ein, während Tess die großen Tomaten klein schnitt.

Georgie strich mit den Fingern über die zarten Blüten der Stargazer-Lilie in dem Strauß, den Nathan ihr geschickt hatte. »Danke fürs Kochen. Ich hab den ganzen Tag nichts gegessen.«

Kaum saßen sie am Tisch, warf Tess ihr einen bedeutungsschwangeren Blick zu. »Gibt es da etwas, was du mir erzählen möchtest?«

»Irgendwas, das du noch nicht weißt?«

»Es ist immer schöner, es direkt aus erster Hand zu erfahren«, erklärte Tess mit einem verschmitzten Lächeln.

Georgie trank einen großen Schluck vom Wein und beobachtete ihre Freundin über den Glasrand hinweg. »Die Kurzfassung: Er hat mich rundgemacht, weil wir im Zentrum nicht vernünftig Müll sortieren, sich später mit Blumen entschuldigt und mich zum Abendessen eingeladen. Ich habe angenommen, und wir hatten eine tolle Zeit. Dann hat er mich gebeten, ihn zu seinem Haus zu begleiten, damit er mir die Renovierungsarbeiten zeigen konnte, die er daran vorgenommen hat, wir hatten Sex – jede Menge Sex, richtig verdammt guten Sex –, was ich noch nie bei einem ersten Date zugelassen hatte, und heute fühle ich mich schon den ganzen Tag über wie eine Schlampe. Das war's.«

Tess starrte sie mit offenem Mund und einem entgeisterten Ausdruck in den Augen an.

»Was?«

»Cat hat bloß erwähnt, dass du mit dem Joggertypen aus warst.«

Georgie stöhnte. »Mist.«

»Also das ist auf jeden Fall mal eine interessante Entwicklung«, stellte Tess lachend fest.

»Freu dich nicht zu früh, es war eine einmalige Angelegenheit.«

»Warum?«

»Ich gebe dir dieselbe Erklärung wie Cat: In Anbetracht dessen, was ich gerade alles um die Ohren habe, brauche ich keine weitere Komplikation.«

»Warum muss es denn kompliziert sein?«

Wie konnte sie ihr nur verständlich machen, dass dem Ganzen »kompliziert« auf der Stirn geschrieben stand, seit sie ihn das erste Mal beim Joggen erblickt hatte?

»Warum kannst du nicht einfach Spaß haben, solange du hier bist?«

»Ach, Tess, du weißt, dass das nie gut ausgeht. Da kommen Gefühle ins Spiel, und am Ende ist es total schwierig. Das brauche ich gerade nicht, und ich bin mir sicher, dass er das auch nicht gebrauchen kann. Außerdem habe ich schon, na ja, alles getan, was ich mit ihm anstellen kann. Wie soll es von da zu ›einfach Spaß‹ zurückgehen?«

Tess hob eine Augenbraue. »Alles?«

»Wir haben nichts unversucht gelassen.«

»Wow.« Tess nahm einen tiefen Zug von ihrem Wein. »Mich verlangt es nach einer Zigarette.«

Darüber musste Georgie lachen.

In dem Moment klingelte es.

»Ich schau mal, wer das ist«, bot Tess an.

Sie verließ die Küche, und Georgie stürzte sich auf das Grillhähnchen.

Wenig später kehrte Tess zurück. »Georgie, du hast Besuch.«

Die Barbecue-Soße am Kinn, hob sie den Kopf und entdeckte Nathan Caldwell, der sie mit amüsiert funkelnden blauen Augen musterte.

»Hallo, Georgie.«

Mit vor Verlegenheit hochrotem Gesicht wandte sie den Blick ab und schnappte sich eine Serviette. »Was willst du … ich meine … Warum bist du hier?« Ihr Gestammel missfiel ihr zutiefst, und dass es ihr einfach nicht gelang, den Satz vernünftig rauszubringen. Wie schaffte er es, sie in eine stotternde Idiotin zu verwandeln, einfach indem er das Zimmer betrat? Es war nicht fair.

»Ich hatte mich gefragt, ob ich mir hier Zahnseide ausleihen könnte.«

KAPITEL 7

Tess sah zwischen den beiden hin und her. »Zahnseide? Den verstehe ich nicht.«

Georgie wurde vor Verlegenheit ganz rot.

Davon völlig ungerührt, wandte sich Nathan an ihre Freundin. »Du bist bestimmt Tess.« Er streckte ihr die Hand hin. »Nathan Caldwell. Freut mich.«

Tess wirkte leicht verwirrt, schüttelte ihm jedoch die Hand. »Äh, ja.«

Georgie verdrehte die Augen. Offenbar hatte er diese Wirkung auf alle Frauen, nicht bloß auf sie, was ihr nur einen weiteren Grund lieferte, Abstand zu wahren.

»Georgie und ich wollten gerade zu Abend essen«, meinte Tess. »Hast du Lust, uns Gesellschaft zu leisten?«

»Liebend gern.«

»Aber …«, wandte Georgie ein.

»Georgie, hol den Salat.« Mit einem beredten Blick reichte Tess ihr drei Schüsseln.

Nathans strahlendes Lächeln verriet ihr, dass er ganz genau wusste, wie sehr er sie aus dem Konzept brachte, als er sich auf den Stuhl neben ihrem fallen ließ. »Sind das Maiskolben? Dann brauche ich danach tatsächlich Zahnseide.«

»Okay«, erklärte Tess, die gerade einen weiteren Teller und Besteck auf den Tisch legte, »was soll das mit der Zahnseide? Oder will ich das gar nicht wissen?«

»Es ist nichts Zweideutiges«, erklärte Nathan mit einem leisen Lachen, bei dem sich Georgies Miene verfinsterte. »In meinem Haus gibt es eine launische

Toilette, die Georgie heute Morgen offenbar Probleme bereitet hat, denn nachdem ich heimkam, musste ich feststellen, dass sie die halbe Zahnseide verbraucht hat, um das Ventil hochzubinden.«

Tess lachte. »Das verdient auf jeden Fall eine Eins für Einfallsreichtum, Georgie.«

»Nach dem Theater, das er gestern wegen des Styropors gemacht hat, dachte ich mir, dass er durchdreht, wenn die Spülung den ganzen Tag über läuft«, murmelte sie.

»Da hast du recht«, erwiderte Nathan, bevor er sich voller Begeisterung über den Salat hermachte. »Danke. Aber wenn das noch mal passiert, kannst du einfach am Hahn unter der Toilette das Wasser abstellen.«

Ohne ihn auch bloß eines Blickes zu würdigen, entgegnete sie: »Es wird nicht wieder vorkommen.«

»Man weiß ja nie.«

Plötzlich redeten sie nicht mehr von der Toilette. »Doch, da bin ich mir ziemlich sicher.«

»Möchtest du was trinken?«, mischte sich Tess ein. »Ich kann nicht glauben, dass ich dir gar nichts angeboten habe.«

Georgie musste sich ganz schön zusammenreißen, um nicht aufzustöhnen, weil Tess ein Trara veranstaltete, als wäre ein berühmter Star bei ihnen statt ihres One-Night-Stands. *Nur eine Nacht. Hörst du, Nathan Caldwell?*

»Gibt es Bier?«

»Na klar.« Tess öffnete eine von Cats Budweiser-Flaschen und brachte sie ihm.

»Vielen Dank«, meinte er mit einem Lächeln, bei dessen Anblick Tess unwillkürlich seufzte.

Also wirklich, so was Albernes hatte Georgie bislang noch nicht erlebt.

»Georgie hat erwähnt, dass du nicht von hier bist.«

»Das stimmt«, bestätigte Tess, die plötzlich fasziniert von ihrem Essen schien.

»Woher kommst du denn?«

»Aus West-Connecticut.«

»Was führt dich nach Newport?«

»Mir war nach einem Tapetenwechsel. Ich bin Krankenschwester, und in der Notaufnahme im Newport Hospital war eine Stelle frei, die genau zu dem gepasst hat, worauf ich mich spezialisiert habe, also hab ich sie mir geschnappt. Mehr nicht.«

So, wie sie das erzählte, klang es für Georgie, als steckte da durchaus mehr dahinter – *viel* mehr –, dabei war sie keine Polizistin. Sie fragte sich, ob Nathan es auch bemerkt hatte. *Wen interessiert es schon, was er bemerkt? Bring einfach das Abendessen hinter dich, damit du ihn loswerden kannst.*

»Ich wette, als Krankenschwester in der Notaufnahme hast du schon so ziemlich alles erlebt«, setzte er das Gespräch fort.

»Das kannst du laut sagen. Was machst du beruflich?«

»Ich bin Detective bei der Polizei von Newport.«

Tess hob abrupt den Kopf, um mit einem prüfenden Blick festzustellen, ob er die Wahrheit sagte. Die Panik in ihren Augen war kaum zu übersehen. »Ach« war jedoch alles, was sie erwiderte.

Nach einer unangenehmen Pause widmeten sie sich alle wieder den Tellern vor ihnen.

»Das war das beste Essen, das ich seit Langem hatte. Vielen Dank.«

»Das hast du ganz allein Tess zu verdanken«, wehrte Georgie ab, beunruhigt von dem eigenartigen Verhalten ihrer Freundin. War sie auf der Flucht vor dem Gesetz? Es hatte ganz den Anschein, als würde sie etwas verbergen. Dachte Nathan das Gleiche? »Ich räume ab.«

»Das musst du nicht«, widersprach Tess.

»Ist nur fair. Du hast schließlich gekocht. Außerdem gehe ich davon aus, dass du an deinem freien Abend Besseres zu tun hast, als mich zu bekochen und dann auch noch hinter mir aufzuräumen.«

»Eigentlich müsste ich ein paar Rechnungen begleichen.« Damit stand Tess auf und stellte ihren Teller in den Geschirrspüler. »Es war schön, dich kennenzulernen, Nathan«, verabschiedete sie sich auf dem Weg aus der Küche.

»Hat mich auch gefreut.« Sobald sie allein waren, blickte er zu Georgie. »Was war das denn gerade?«

»Keine Ahnung.«

»Woher kennst du sie?«

»Sie hat sich auf meine Suchanzeige für Mitbewohner gemeldet.«

»Warum hast du nach Mitbewohnern gesucht, wenn du bloß vorübergehend hier bist?«

Da sie sich in die Ecke gedrängt fühlte, erhob sie sich und fing an, den Tisch abzuräumen.

Er stellte sich hinter sie und legte ihr die Hände auf die Schultern.

Sie erstarrte. »Nicht.«

Unbeirrt drehte er sie zu sich herum. »Verrat mir, was hier vor sich geht, Georgie. Nichts von dem, was du mir erzählt hast, ergibt Sinn, und jetzt hast du auch noch eine Mitbewohnerin, die allem Anschein nach vor dem Gesetz davonläuft. Ich bin ein Cop, um Himmels willen. Wie kannst du erwarten, dass ich einfach so tue, als wäre nichts geschehen?«

Von seiner Berührung aus der Fassung gebracht, schob sie seine Hände weg. »Doch, genau das erwarte ich von dir. Was auch immer mit ihr los ist, hat dich nicht zu kümmern.«

»Was, wenn sie in Schwierigkeiten steckt?«

»Das ist ihre Sache. Seit ich sie kenne, ist sie mir eine gute Freundin gewesen.«

Da er so nicht weiterkam, versuchte er es mit einer anderen Taktik. »Warum nimmst du Mitbewohnerinnen auf und arbeitest im Seniorenzentrum, wenn dein Leben eigentlich in Atlanta ist?«

»Das geht dich ebenfalls nichts an.«

Er schüttelte den Kopf. »Du gibst mir keine Chance, was?«

»Das habe ich dir doch schon gesagt.« Sie zwang sich, den Kopf zu heben, und ignorierte, wie eng sich das hellgraue T-Shirt an seine Brust schmiegte und die goldenen Bartstoppeln an seinem Kinn. Genau in diesem Moment erinnerte sie sich wieder daran, wie er sich in ihr angefühlt hatte. Sie schluckte und wiederholte: »Eine Nacht.«

Mit seinen strahlend blauen Augen blickte er zu ihr runter. »Da war was zwischen uns, Georgie. Ich weiß, dass du es genauso gespürt hast. Bist du nicht neugierig darauf?«

»Es war nur Sex. Mach da nicht mehr draus, als es ist.«

»Ich hatte schon ›nur Sex‹, und ich wette, du auch.« Bei den Worten fuhr er ihr mit den Händen über die Arme. »Das hier war mehr, und das weißt du.«

Entsetzt darüber, wie ihr Körper auf ihn reagierte, schob sie ihn von sich. »War es nicht.«

Ein schmerzlicher Ausdruck legte sich flüchtig über sein attraktives Gesicht.

»Lass das.«

Verwirrt zog er die Brauen zusammen. »Was denn?«

»Schau mich nicht so verletzt an. Genau das will ich vermeiden. In zwei Wochen ziehe ich nach Atlanta zurück. Ich habe keine Zeit für das hier.«

»Du meinst, du willst dir keine Zeit dafür nehmen.«

»Wozu denn?«, wollte sie wissen, wütend darüber, wie ihre Stimme brach. »Das führt ohnehin zu nichts.«

Von ihrer emotionalen Reaktion offenbar ermutigt, griff er nach ihr und zog sie an sich. »Das weißt du nicht. Das kannst du erst wissen, wenn du es versucht hast.«

Erneut schob sie ihn von sich. »Ich hab kein Interesse. Tut mir leid, wenn das deine Gefühle verletzt, das will ich wirklich nicht. Die letzte Nacht war herrlich, doch in meinem Leben gibt es einfach keinen Platz dafür. Es tut mir aufrichtig leid.«

Er griff in die Tasche seiner kurzen Cargohose und holte ihre Ohrringe hervor. Sanft nahm er ihre Hand, ließ sie hineinfallen und schloss ihre Finger darum. »Danke fürs Essen.« Für einen langen Augenblick hielt er ihre Hand, bevor er sie losließ. Dann hob er ihr Kinn an und hauchte ihr einen Kuss auf die Lippen. »Man sieht sich, Georgie Quinn.«

Sie wollte ihm nachlaufen. »Warte!«, wollte sie rufen. »Ich hab es nicht so gemeint. Bleib!« Aber sie schien sich nicht von der Stelle rühren zu können. Von Trauer überwältigt hörte sie, wie sich die Haustür hinter ihm schloss. *Es wäre echt schön gewesen.*

***

Kein Interesse. *Kein Interesse?* Natürlich hatte sie Interesse. Das konnte er daran erkennen, wie sich ihre Augen geweitet hatten, bevor er sie geküsst hatte. Daran, wie schwer es ihr gefallen war, ihr Essen runterzuschlucken, während er so dicht neben ihr gesessen hatte, wie er konnte, ohne sie zu berühren. Sie war definitiv interessiert. Vielleicht hatte sie es nur noch nicht begriffen.

Nathan ging die Dean Avenue entlang und bog nach rechts zu seinem Haus ab. Spontan beschloss er, kurz auf ein Bier im O'Brien's vorbeizuschauen, wo er zu seiner Überraschung Ian an der Bar vorfand.

»Was hast du denn hier verloren?«, fragte er seinen Bruder. »Wo steckt Rosie?«

»Sie übernachtet bei Caroline.« Das war die beste Freundin seiner dreijährigen Tochter. Er deutete auf das Handy auf dem Tresen. »Ich warte darauf, dass sie mich anrufen, weil sie nach Hause will.«

Nathan grinste.

»Sie versteht nicht, dass Übernachten die *ganze* Nacht bedeutet.«

»Das kommt noch früh genug, und dann wirst du sie praktisch gar nicht mehr sehen.«

»Ich weiß.« Ians Haar war dunkler als Nathans und an den Schläfen schon von Grau durchzogen, aber er hatte die gleichen blauen Augen, die alle sechs Caldwell-Brüder von ihrem Vater geerbt hatten. »Was führt dich denn heute hierher? Ich dachte, du wärst fix und fertig.«

»War ich auch. *Bin* ich. Ich wollte mir nur kurz ein Bier gönnen.« Er winkte dem Barkeeper zu, der ihnen zwei Bier zapfte.

»Bisher kein Zeichen von Ben?«, erkundigte sich Ian.

»Nicht, als ich vorhin zu Hause war. Ich hoffe, er ist da, wenn ich zurückkomme.«

Nathans Handy klingelte. Er gab Ian ein Zeichen und nahm den Anruf entgegen, sobald er erkannte, dass es sein Partner war. »Hi, Andy«, grüßte er ihn auf dem Weg nach draußen. »Was ist los?«

»Entschuldige, dass ich dich geweckt habe.«

»Ich hatte mich noch nicht hingelegt.«

»Gut. Hör mal, ich habe mit den Eltern der Vermissten gesprochen. Ich tendiere ebenfalls dazu, nicht zu glauben, dass sie weggelaufen ist.«

»Ach ja?«

»Sie hat sich im letzten Jahr wirklich bemüht, ihr Leben auf die Reihe zu kriegen. Wenigstens behaupten ihre Eltern das.«

»Was willst du jetzt tun?«

»Die Eltern meinten, sie würde viel Zeit im Internet verbringen. Sie haben mir ihren Computer überlassen, und unsere Leute arbeiten bereits daran.«

»Ich fürchte, ich weiß, worauf du hinauswillst.«

»Genau. McKee und Jones reden gerade mit ihren Freunden und versuchen, herauszufinden, ob sie erwähnt hat, dass sie sich mit jemandem treffen will, den sie im Internet kennengelernt hat, oder irgendetwas in der Art.«

»Geben wir es an die Presse weiter?«

»Ich will warten, bis wir wissen, was der Computer uns verrät.«

»Ist vermutlich klüger.« Die Behörden behielten sich vor, die Medien bei vermiss-ten Kindern nur im äußersten Notfall zu bemühen, damit es seine Wirkung nicht verlor, weil es zur Routine wurde. Da Nathan den beiden Beamten der Spätschicht vertraute, dachte er nicht, dass er sich da reinhängen musste. »Halt mich auf dem Laufenden. Ich steh zur Verfügung, wenn du mich brauchst.«

»Ich fahre erst mal nach Hause. McKee weiß, dass er mich anrufen soll, falls sie von den Freunden was erfahren. Wenn ich von ihm höre, melde ich mich.«

»Gut. Danke fürs Update.« Damit steckte er das Telefon wieder in die Tasche und kehrte nach drinnen zurück.

»Alles in Ordnung?«, fragte Ian.

Er ließ sich auf den Barhocker fallen und griff nach seinem Bier. »Andy hat mich wegen eines Falls angerufen.«

»Du siehst beschissen aus, Mann.« Ian musterte seinen Bruder genauer. »Hast du letzte Nacht gearbeitet?«

»Nein.«

»Irgendwas ist doch los.«

Nathan zuckte die Achseln und fuhr mit den Fingern durch das Kondenswasser am Glas. »Wenn ich es dir erzähle, versprichst du mir dann, nicht, na ja … *du* zu sein?«

Grinsend erwiderte er: »Ich geb mein Bestes.«

»Da ist diese Frau.«

Ian stieß einen leisen Pfiff aus und hob das Glas, um seinem Bruder zuzuprosten. »Gott sei Dank. Das wird auch Zeit.«

»Das ist dein Bestes?«

Ian wurde sofort wieder ernst. »Entschuldige. Fahr fort.«

Fast gegen seinen Willen musste Nathan lächeln. Ian, der drei Jahre älter war als er, war ihm der liebste unter seinen Brüdern und der, dem er sich am nächsten fühlte. Es gab niemanden, mit dem er das lieber besprochen hätte, und das wusste Ian auch. »Viel gibt es da nicht zu erzählen. Ich mag sie, ich weiß, dass sie mich ebenfalls mag, wir hatten eine fantastische Nacht, doch sie will es dabei belassen. Frustrierend, weißt du?«

»Wo liegt denn das Problem?«

»Sie lebt in Atlanta und ist nur noch zwei Wochen hier. Aber kommt dir das nicht auch komisch vor: Sie behauptet, sie wäre bloß vorübergehend hier, dabei weiß ich, dass sie vor Kurzem nach Mitbewohnern gesucht hat.«

»Das ist schon eigenartig. Du weißt nicht, was mit ihr los ist?«

»Nein. Sie hat mir direkt gesagt, dass mich das nichts angeht.«

Ian lachte leise. »Klingt, als hätte sie Mumm.«

»Hat sie, ich vermute allerdings, dass mehr dahintersteckt. Ich habe da so ein Gefühl, und du weißt, dass ich dem ziemlich gut vertrauen kann.«

Ian verdrehte die Augen. »Du hast deine gesamte Karriere darauf aufgebaut.«

»Genau.«

»Ich weise ja nur ungern darauf hin, aber du *bist* Detective. Warum schnüffelst du nicht ein wenig rum? In dieser Stadt wirst du nicht lange brauchen, um mehr über sie zu erfahren.«

»Der Gedanke ist mir auch schon gekommen, doch das will ich nicht. Ich möchte es von ihr hören. Ich möchte, dass sie es mir anvertrauen *will.*«

»Die Kleine geht dir wirklich unter die Haut, was?«

»Ja. Sie hat was an sich.« Nachdenklich kaute auf der Innenseite seiner Wange.

»Wie sieht sie denn aus?«

»Blond, zierlich, aber nicht winzig. Sie hat diese tollen ausdrucksstarken Augen, die manchmal grün sind, manchmal golden schimmern. Und Grübchen. Richtig niedliche Grübchen.« Er musste lächeln, als ihm wieder einfiel, wie sehr sie es hasste, wenn man sie »niedlich« nannte.

»Hmm«, meinte Ian, der seinen Bruder mit einem wissenden Blick bedachte.

»Was?«

»Nichts.«

»Hör schon auf. Was willst du sagen?«

»Du hast mir verboten, *ich* zu sein, also halte ich mich zurück.«

»Ian.«

Lachend lenkte sein Bruder ein. »In Ordnung, wenn du es unbedingt wissen willst: Ich denke, du hast dich in eine Frau verguckt, die nichts mit dir zu tun haben will.«

»Stimmt nicht. Ganz und gar nicht.«

Ians erhobene Augenbraue verriet seine Zweifel.

»Ich will sie nur näher kennenlernen. Mehr nicht.«

»Ich habe noch nie erlebt, dass du so schnell aufgibst.«

»Sie hat da eine ziemlich klare Ansage gemacht.«

»Und?«

Nathan blickte gerade rechtzeitig zu seinem Bruder, um das träge Lächeln auf seinem Gesicht zu sehen. »Meinst du, ich soll sie weiter nerven?«

Nachdem er einen Schluck von seinem Bier getrunken hatte, erwiderte Ian: »Mindestens. Darin sind wir Caldwells schließlich richtig gut.«

»Auch wieder wahr.« Er studierte sein Glas, ehe er sich wieder an seinen Bruder wandte. »Ich hab sie letztens echt übel angegangen. Richtig schlimm. Sie hat Styropor in die Mülltonne geworfen, und da bin ich durchgedreht.«

Ian verzog das Gesicht, als hätte er plötzlich Zahnschmerzen. »Oje.«

»Ich hab völlig überreagiert. Das ist mir schon lange nicht mehr passiert.«

»Das muss nicht heißen, dass das wieder zum Problem wird. Etwas hat dich wütend gemacht, also hast du gehandelt. Daran ist doch nichts verkehrt.«

»Das brauche ich nicht noch mal. Es hat viel zu lange gedauert, bis ich gelernt hatte, mich besser zu beherrschen.«

Ian legte Nathan eine Hand auf die Schulter. »Du hattest einen guten Grund, wütend zu sein, aber das ist so lange her. Es ist okay, hin und wieder zornig zu werden, solange du nicht zu weit gehst.«

Nathan nickte, auch wenn er seinem Bruder nicht vollkommen beipflichtete. Er hatte sich vorgenommen, sich nie wieder aufzuregen, ganz gleich, was geschah. Auf die Art hielt er seine Dämonen im Zaum.

Ians Handy klingelte.

Er nahm das Telefon, prüfte die Anruferkennung und lächelte. »Pünktlich wie immer. Hi, Cheryl, will sie nach Hause?« Er lachte, schwieg kurz und erklärte: »Ich bin zu Fuß, werde also in etwa zwanzig Minuten da sein.« Dann steckte er das Handy weg und sagte zu Nathan: »Eine weitere abgebrochene Übernachtung.«

»Die Arme. Gib ihr von Onkel Nate einen Kuss.«

»Mach ich.«

»Ich sollte demnächst mal Zeit mit ihr verbringen. Ist schon viel zu lange her.«

»Das würde ihr gefallen.« Ian trank sein Bier in einem Zug aus. »Wenn dir dein Bauchgefühl sagt, dass die Frau dich mag, Nate, dann gib nicht so schnell auf.«

Während er sich von seinem Bruder verabschiedete, wünschte Nathan sich, er könnte genauso optimistisch sein. »Danke.«

»Jederzeit. Melde dich, wenn du was von Ben hörst.«

»Geht klar.«

***

Eine halbe Stunde später betrat Nathan sein Haus und stellte erleichtert fest, dass Ben sich an dem Tisch, den sie für die Essenszubereitung nutzten, solange die Küche noch nicht fertig war, ein Sandwich schmierte. Ben war der größte unter den Caldwell-Brüdern, sein dunkles Haar war leicht mit Silber durchzogen, und seine einst sportliche Gestalt war infolge seiner Verletzung merklich schmaler geworden. Seit seiner Entlassung aus der Rehaklinik, in der er wegen seines zerschmetterten Beins behandelt worden war, verschwand er regelmäßig von der Bildfläche.

»Wie war's auf Block Island?«, erkundigte sich Nathan.

»Gut.«

»Mit wem warst du dort?«

»Mit ein paar Jungs, die ich im Brick Alley getroffen hab«, bezog er sich auf die Kneipe in der Stadt.

»Kenne ich einen davon?«

»Himmel, was soll das werden, Nathan, eine hochnotpeinliche Befragung?«

»Nein.« Wenn ihn jemand dieser Tage zur Weißglut treiben konnte, dann Ben. »Mich interessiert nur, mit wem du so rumhängst.«

»Ich könnte dich dasselbe fragen.«

»Was soll das denn heißen?«

Ein kühles Lächeln erschien um Bens Lippen, wie er es seit dem Irak zeigte. »Mit wem hast du denn rumgemacht?«

»Wovon redest du?«

»*Fünf* Kondome? Hätte nicht gedacht, dass du das draufhast.«

Nathan fluchte leise. Er hätte vor der Arbeit den Mülleimer leeren sollen. Da er daran gewöhnt war, allein zu leben, hatte er nicht daran gedacht.

»Wer ist sie, und was soll das mit der ganzen Zahnseide im Bad?«

»Geht dich nichts an.«

»Muss ja 'ne ganz schön heiße Braut sein«, sagte Ben und pfiff anerkennend. »Fünf Mal.«

»Hör auf, Ben.«

»Du lässt mich in Frieden und ich dich, Detective.«

»Meinetwegen.« Nathan beschwor jeden Funken Selbstbeherrschung herauf, den er noch besaß, und begab sich zur Treppe.

Der alte Bennett fehlte ihm, die Person, die sein Bruder gewesen war, bevor er in den Krieg gezogen und knapp dem Tode entronnen war, als eine Bombe am Straßenrand explodiert war, die seinen Freund das Leben gekostet hatte. Nathan wusste, dass Ben trauerte und ihn die Schuldgefühle eines jeden Überlebenden plagten. Zudem hatte er vermutlich immer wieder unvorstellbare Schmerzen, aber dass er sich die ganze Zeit wie ein Arsch verhielt, ging ihm langsam auf die Nerven.

Er rief kurz Ian an, um ihm mitzuteilen, dass Ben wieder aufgetaucht war, ehe er das Bad betrat und sich um die Toilette kümmerte. Während er die Zahnseide zerschnitt und die kaputte Spülung reparierte, kehrten seine Gedanken zu Georgie zurück: ihr Geschmack, ihre zarte Haut, diese leidenschaftlichen Küsse. Die Erinnerung daran, wie sich ihre inneren Muskeln um ihn zusammengezogen und ihm damit einen explosiven Höhepunkt beschert hatten, ließ ihn augenblicklich steif werden.

Er müsste lügen, würde er behaupten, er sehnte sich nicht nach einer weiteren Nacht mit ihr. Aber er hatte sich auch gern mit ihr unterhalten. Der Humor, der immer wieder flüchtig aufblitzte, diese Grübchen. Er liebte ihre Grübchen.

Ian hatte recht. Er durfte sie sich nicht durch die Lappen gehen lassen, nicht ohne um sie zu kämpfen. Morgen würde er sich bemühen, sie davon zu überzeugen, dass sie ihm eine Chance geben sollte. Dass sie *ihnen* eine Chance geben sollte.

KAPITEL 8

Georgie räumte in der Küche auf, ließ für Cat das Licht an und stieg die Treppe hoch in den zweiten Stock. Schon bevor ihre Mutter erkrankt war, hatte sie vorgehabt, die beiden Schlafzimmer oben zu vermieten, weshalb es einfach gewesen war, Cat und Tess dort einziehen zu lassen. Beide Räume waren bereits ausgestattet und das Bad, das sie sich teilten, modernisiert.

Sie klopfte bei Tess an.

»Herein.«

Vorsichtig öffnete sie die Tür. Tess saß an ihrem Schreibtisch und stellte Schecks aus.

»Ist Nathan wieder weg?«

»Ja.«

Tess schob sich die Brille auf den Kopf und wandte sich Georgie zu. »Er ist so nett wie gut aussehend.«

»Stimmt.« Sie nahm ein gerahmtes Foto von der Kommode. »Ist das deine Familie?«

»Meine Eltern und Schwestern.«

Bevor sie der Mut verließ, drehte Georgie sich zu ihrer Freundin. »Steckst du in Schwierigkeiten, Tess?«

»Nicht die Art, um die sich Nathan Caldwell Gedanken machen muss.«

»Welche Art denn dann?«, fragte Georgie und stellte das Bild zurück.

Tess' blaugraue Augen schimmerten feucht. »Wirfst du mich raus, wenn ich mich weigere, es dir zu verraten?«

»Natürlich nicht, aber ich hatte gedacht, wir seien in den letzten Monaten Freundinnen geworden. Ich hoffe, du weißt, dass ich dir jederzeit helfen würde, wenn ich kann, nach allem, was du für uns getan hast, als meine Mutter krank war.«

»Das bedeutet mir viel, Georgie. Du und Cat und Ali, ihr seid einfach …« Unfähig, fortzufahren, schüttelte sie den Kopf. »Ein Geschenk des Himmels«, brachte sie schließlich raus.

»Geht mir genauso. Ich weiß nicht, was wir ohne dich in den letzten Monaten getan hätten, Tess. Ich wünschte, ich könnte mich irgendwie dafür revanchieren.«

Nach langem Schweigen schaute Tess zu ihr hoch. »Du weißt ja, dass meine Ehe nicht gut geendet hat.«

»Ja.«

»Ich musste von vorne anfangen.«

»Wissen sie, wo du steckst?« Georgie deutete auf das Foto.

Als Tess den Kopf schüttelte, wirkte sie unfassbar traurig.

»Weiß es irgendjemand?«

»Nein«, flüsterte Tess.

Plötzlich hatte Georgie eine bessere Vorstellung davon, wie Tess' Ehe verlaufen war.

»Was, wenn er dich findet?«

»Wird er nicht«, behauptete Tess fest. »Kann er nicht.«

»Deshalb hast du bei der Scheidung nichts bekommen. Du hast dich versteckt.«

»Es gab keine Scheidung«, gestand Tess. »Ich hatte zu …«

Entschlossen durchquerte Georgie das Zimmer, zog Tess auf die Füße und setzte sich mit ihr auf das Bett. »Was, Tess?«

»Zu große Angst.« Sie hob den Rock, um Georgie eine Reihe von Narben auf ihrem Oberschenkel zu zeigen. »Das hat er mir mit einer Zigarre angetan. Es gibt noch mehr.«

Entsetzt drückte sie Tess fest an sich. »Nathan hat gespürt, dass mehr dahintersteckt, als du zugeben wolltest. Er würde dir helfen, wenn du ihn darum bittest. Da bin ich mir sicher.«

Tess schüttelte den Kopf. »Ich will nicht riskieren, dass Kurt mich findet. Hier mit dir und Cat bin ich glücklich. Ich liebe meinen Job, und diese Stadt ist so schön. Ich will einfach nur ein neues Leben beginnen. Heiraten werde ich sowieso nie wieder, es spielt also keine Rolle, dass ich nicht von ihm geschieden bin.«

»Versprichst du mir etwas?«

Skeptisch erwiderte Tess: »Okay.«

»Zwei Sachen eigentlich: Erzählst du Cat, was du mir anvertraut hast, damit sie weiß, dass sie aufpassen muss? Und wendest du dich an eine von uns, solltest du jemals wieder Angst haben?«

Tränen flossen Tess über das Gesicht, als sie nickte.

Georgie hielt sie lange an sich gedrückt, dann löste sie sich von ihr und trocknete Tess die Wangen. »Du bist nicht mehr allein.«

»Danke, Georgie.« Sie nahm ihre Hand und schwieg kurz, bevor sie fragte: »Kann ich *dir* eine Frage stellen?«

»Na klar.«

»Warum willst du nicht mehr mit Nathan ausgehen?«

»Das habe ich dir doch erklärt.«

»Ist mir egal, der Typ ist in dich verliebt, und wenn ein offensichtlich guter, charmanter, sexy Mann mich anschmachten würde wie er dich während des Essens …«

»Er hat mich *nicht* angeschmachtet. Er war viel zu sehr damit beschäftigt, mit dir zu flirten.«

Das brachte Tess zum Lachen. »Bist du etwa eifersüchtig?«

»Oh, bitte.« Georgie winkte ab und meinte: »Wenn du ihn willst, schnapp ihn dir.« Kaum hatte sie die Worte ausgesprochen, zog sich etwas in ihr zusammen – etwas, das sich fürchterlich wie Eifersucht anfühlte. *Ich bin* nicht *eifersüchtig.*

»Sosehr ich das Angebot auch zu schätzen weiß, mich will er nicht.«

»Nachdem du weg warst, habe ich Klartext mit ihm geredet. Er wird nicht mehr wiederkommen.«

Zweifelnd zog Tess eine Braue hoch. »Glaubst du wirklich?«

»Ich bin mir sicher. Es war ein One-Night-Stand, mehr nicht.«

»Davon bist du echt überzeugt, was?«

»Viel wichtiger ist, dass ich *ihn* davon überzeugt habe.«

»Das werden wir ja sehen.«

»Wie kann ich denn ausgerechnet jetzt daran denken, etwas mit einem Kerl anzufangen? Ich kann doch nicht Nathan oder irgendjemand anderen in dieses Chaos zerren.«

»So etwas passiert nicht immer dann, wenn es gerade passt, Georgie.«

»Es wird gar nicht passieren. Basta.«

»Glaubst du wirklich, dass Nathan ein Mann ist, der eine Frau nur wegen ihrer Brüste will?«

Georgie wurde am ganzen Körper eiskalt. »Woher weißt du davon?«

»Ich hab Augen im Kopf – und Ohren. Ganz zu schweigen davon, dass ich Krankenschwester bin. Deine Mutter hat mit mir darüber gesprochen, bevor sie gestorben ist. Es hat sie beunruhigt, dass du den Test vor dir herschiebst und später die Quittung dafür bekommen könntest. Also hat sie mich gebeten, mit dir darüber zu sprechen – sobald ich denke, dass es Zeit dafür ist.«

»Ali wurde positiv getestet«, erwiderte Georgie, auch wenn es ihr weiter schwerfiel, das zu glauben. »Sie wird nächste Woche operiert.«

»O Gott.« Tess legte die Arme um sie. »Das tut mir echt leid, Georgie.«

»Ich will einfach bloß die Zeit zurückdrehen, bis dahin, wo das alles noch nicht passiert war.«

»Du musst dich testen lassen. Du musst wissen, womit du es zu tun hast.«

»Ich versuche nur, mir vorzustellen, wie ich nach der OP einem Typen, mit dem ich zusammen bin, erklären muss, dass meine Brüste nicht echt sind.«

»Ich frage dich noch einmal: Glaubst du wirklich, dass Nathan das wichtig wäre? Mal so als Beispiel.«

»Woher soll ich das wissen? Ich kenne ihn doch kaum.«

»Ich habe nur mit ihm zu Abend gegessen, und ich weiß bereits, aus welchem Holz er geschnitzt ist. Aus viel besserem.«

Überwältigt von der ganzen Situation stand Georgie auf. »Ich gehe ins Bett.«

»Ich bin hier, falls du mich brauchst.«

»Danke, das bedeutet mir viel. Wirklich.«

»Dürfen wir weiter den Jogger anschmachten?«, fragte Tess mit einem Grinsen.

»Tut euch keinen Zwang an, aber ich bezweifle, dass ihr ihn noch mal zu Gesicht bekommt.«

»Ach, ich denke, wir werden ihn wiedersehen. Tatsächlich würde ich sogar mein Leben darauf verwetten.«

Unter Tess' Gelächter verließ Georgie das Schlafzimmer. Es störte sie nicht, dass Tess lachte. Wenn es ihr dadurch besser ging, dann ließ sie sich gerne von ihr aufziehen. Nach dem, was sie ihr anvertraut – und gezeigt – hatte, wollte Georgie am liebsten auf etwas einschlagen. Dass ihr eigener Ehemann sie derart hatte misshandeln können. Die süße, liebevolle Tess.

Lange lag sie wach und dachte über Tess und Nathan Caldwell nach, und darüber, wie atemberaubend der Sex mit ihm gewesen war, wie sehr sie sich wünschte, dass sie das wiederholen könnten, dass sie am liebsten nie von den BRCA-Genen gehört hätte und dass jeder weitere Tag sie stärker in ihrem »vorübergehenden« Leben in Newport verwurzelte.

***

Am nächsten Morgen ließ Georgie sich besonders viel Zeit im Bad. Sollte Nathan entgegen aller Wahrscheinlichkeit doch am Haus vorbeijoggen, wollte sie nicht draußen auf ihn warten. Erst lange nach seiner gewöhnlichen Zeit traute sie sich nach unten. Von den Stimmen auf der Veranda angelockt, ging sie zur Fliegengittertür und musste ein Aufkeuchen unterdrücken. Er saß auf *ihrem* Sitz auf der

Bank und trank Kaffee mit *ihren* Mitbewohnerinnen, die wie alberne Närrinnen über alles lachten, was er von sich gab.

Selbst Cat schien in seinen Bann gezogen. Klimperte sie etwa mit den Wimpern? *Cat?* Was für eine Enttäuschung. Sie hätte mehr von ihr erwartet.

»Hi, Georgie«, grüßte Tess sie mit einem selbstgefälligen Ausdruck, der förmlich »Was hab ich dir gesagt?« schrie. »Schau mal, wer reingeschneit ist.«

»Mit Kaffee«, fügte Cat hinzu und schenkte Nathan ein dankbares Lächeln.

Georgie bemerkte, dass er seine Arbeitssachen trug, ein gestreiftes Baumwollhemd und ausgeblichene Jeans, die Dienstmarke an den Gürtel geklemmt.

»Für dich ist auch einer da«, meinte Tess und deutete auf einen Becher.

Nathan würdigte sie keines Blickes, als wäre sie gar nicht da.

»Nein, danke«, lehnte Georgie durch zusammengebissene Zähne ab.

Er erhob sich. »Also, die Damen, es war echt nett mit euch, aber ich muss zur Arbeit. Eine Jugendliche wird vermisst, was ohne Zweifel meinen ganzen Tag in Anspruch nehmen wird.«

Trotz aller Mühe, sich gleichgültig zu geben, wollte Georgie mehr erfahren und war dankbar, dass Tess nachfragte.

»Wir haben das ungute Gefühl, dass sie sich mit jemandem aus dem Internet getroffen hat«, erklärte er ernst.

»O Gott«, hauchte Cat.

»Ja. Ich muss los. In zehn Minuten treffe ich mich mit meinem Partner, damit wir noch mal mit den Eltern sprechen können.«

»Viel Glück«, wünschte Tess ihm. »Lass uns wissen, was draus geworden ist.«

»Na klar. Hoffentlich habe ich morgen früh Zeit zum Joggen, dann komme ich vorbei und gebe euch ein Update.«

Oh, fantastisch, dachte Georgie.

»Bis dann«, verabschiedete sich Cat. »Danke für den Kaffee.«

»War mir ein Vergnügen. Schönen Tag euch.«

Georgie beobachtete, wie er die Stufen hinuntereilte, und wurde wütend auf sich selbst, weil ihr beim Anblick seines festen Hinterns in der sexy ausgeblichenen Jeans sofort wieder heiß wurde.

»Er ist ja *so* nett«, seufzte Tess verträumt.

»Aber wirklich«, stimmte Cat ihr zu. »An den würde ich mich auch gerne mal ranmachen.«

»Tu dir keinen Zwang an«, erwiderte Georgie knapp und wagte sich endlich auf die Veranda.

»Das hat sie mir gestern Abend ebenfalls gesagt«, erklärte Tess. »Aber sie meint es nicht ernst – weder da noch jetzt.«

»Ja, der steht total auf dich«, wandte sich Cat an Georgie. »Keine Ahnung, welche Sex-Tricks du bei ihm angewandt hast, doch es hat ihn schlimm erwischt.«

»Gar nicht wahr. Er hat mich ja nicht mal angesehen. Außerdem habe ich keine ›Sex-Tricks‹ angewandt. Ich weiß überhaupt nicht, was das sein soll.«

»Für eine, die sich sonst so klug gibt, kannst du ganz schön dumm sein.« Amüsiert schüttelte Cat den Kopf. »Denkst du echt, der Kaffee war für *uns*?«

»Ihr seid diejenigen, die hier draußen gesessen und mit ihm Kaffee getrunken haben wie zwei dumme Gänse. Ich wusste ja nicht mal, dass er da war.«

»Er hat die ganze Zeit immer wieder zur Tür gespäht, in der Hoffnung, dass du auftauchst«, versicherte ihr Tess.

»Das ist dir auch aufgefallen?«, quietschte Cat.

»Okay, das reicht. Ich muss zur Arbeit. Ich will kein weiteres Wort über ihn hören.« Georgie schaute zwischen den beiden hin und her. »Verstanden?«

»Geht klar, Boss«, versprach Cat grinsend. »Was immer du willst.«

»Genau das will ich.« Mit einem herausfordernden Blick zu Cat schnappte Georgie sich den letzten Becher Kaffee, der im Pappträger stand, und marschierte die Treppe hinunter. Sie hatte keine Ahnung, was sie mit der nächsten Stunde anfangen sollte, aber sie würde sie nicht damit verbringen, sich von den beiden anzuhören, wie verrückt es von ihr war, dass sie Nathan auf Abstand hielt. Sie wusste, was sie tat – und sie wusste, warum.

Das Gelächter ihrer Freundinnen folgte ihr den Hügel hinauf bis zu ihrem Auto.

***

Um elf, sobald die meisten Senioren sich für den Tag eingefunden hatten, berief Georgie ein Treffen der Kerngruppe ein. Nur der gute Gus fehlte, da er noch nicht da war.

»Schließ bitte die Tür«, bat sie Walter.

Die alten Männer bildeten einen kleinlauten Halbkreis in ihrem Büro.

»Ich will, dass ihr mir ganz genau zuhört, verstanden?«

Verwundert über ihren strengen Tonfall nickten sie.

»Ich bin mir darüber im Klaren, wie sehr ihr meine Mutter geliebt habt. Sie hatte euch ebenfalls ins Herz geschlossen. Die Arbeit hier hat ihrem Leben Sinn und Ziel gegeben. Lange bevor ich euch getroffen habe, wusste ich von ihrer Zuneigung zu euch, kannte euch schon aus ihren Erzählungen und Beschreibungen.«

Von Gefühlen überwältigt, senkten einige von ihnen den Blick.

»Auch mir bedeutet ihr sehr viel. Ihr seid eine lustige Truppe, und ich freue mich jeden Tag auf euch. Aber das hier ist nicht mein Lebenswerk. Mein Leben, meine Arbeit, all das ist in Atlanta, und ich muss zurückkehren, ehe davon nichts mehr übrig ist. Ich habe hart geschuftet, um es so weit zu bringen, und ich kann nicht einfach zusehen, wie sich acht Jahre meines Lebens in Rauch auflösen. Die Stadt bemüht sich, eine neue Leiterin für das Zentrum zu finden, eine, die das leisten kann, was ihr braucht. Ich bin dafür nicht geschaffen.«

»Das stimmt nicht, Georgie«, widersprach der schlimme Gus.

»Du machst das ganz wunderbar«, fügte Henry hinzu. »Wir sagen ständig, wie stolz deine Mutter auf dich wäre.«

Die anderen nickten zustimmend.

Georgie musste den Kloß in ihrer Kehle runterschlucken. »Das weiß ich wirklich zu schätzen – mehr, als ihr ahnt. Aber das ändert nichts. In zwei Wochen reise ich ab, egal, ob die Stadt einen Ersatz gefunden hat oder nicht.« Trotz der erkennbaren Verzweiflung in ihren Gesichtern zwang sie sich, weiterzureden. »Wenn nicht, werden sie das Zentrum wohl schließen. Da das keiner von uns will, könnt ihr bitte die nächste Kandidatin nicht vergraulen, die sie uns schicken? Bitte?«

Die Männer wechselten schuldbewusste Blicke.

In dem Gebrumme vernahm sie Sätze wie »Ich schätze schon«, »Wenn es das ist, was du willst« und »Wir versuchen es«.

»Ich danke euch. Mehr hab ich euch nicht mitzuteilen.« Ihr entging nicht, wie sie einander anschauten. »Was?«

»Wir sorgen uns um den guten Gus«, erklärte Bill. »Er ist heute nicht aufgetaucht, und es hat noch keiner von ihm gehört. Das sieht ihm gar nicht ähnlich.«

»Vielleicht nimmt er sich nur einen Tag frei«, überlegte Georgie. *Und wer könnte es ihm verdenken?*

Walter schüttelte den Kopf. »Er würde nie wegbleiben, ohne einem von uns Bescheid zu geben.«

»Habt ihr ihn angerufen?«

Der schlimme Gus nickte. »Er ist nicht rangegangen.«

»Ich habe Roxy gebeten, mal bei ihm vorbeizuschauen«, meinte Bill, »aber das vermisste Mädchen nimmt ihre ganze Zeit in Anspruch, daher schafft sie es nicht.«

»Es ist Lloyd Turners Enkelin«, meldete sich Henry ernst.

»Wirklich?«, fragte Bill. »O Mann.«

»Also wegen Gus«, brachte der schlimme Gus das Gespräch mit strenger Miene zurück aufs Wesentliche.

Alle Augen richteten sich auf Georgie. »Was? Ihr wollt, dass *ich* hinfahre? Auf keinen Fall.« Sie schüttelte den Kopf. »Ich werde den armen Mann nicht stören, wenn er nur lange schlafen oder zur Abwechslung mal alleine fernsehen will.«

»Aber Georgie …«

»Kein Aber. Wenn ihr wollt, dass jemand hingeht, dann muss es einer von euch sein. Ihr seid seine Freunde.«

»Du doch auch«, rief Walter ihr ins Gedächtnis.

Das konnte sie nicht leugnen, trotzdem fühlte es sich nicht richtig an, zu seinem Haus zu fahren. »Ich mach das nicht. Tut mir leid, Jungs, da muss ich eine Grenze ziehen. Ruft seinen Sohn an.«

»Das ist dem Mistkerl völlig egal«, brummte Gus.

»Ich besuche ihn nach dem Mittagessen, wenn er bis dahin nicht aufgekreuzt ist«, bot Walter an, und die anderen schienen sich damit zufriedenzugeben – fürs Erste.

»Können wir dich noch etwas fragen?«, meldete sich Henry vorsichtig, als ahnte er, dass sie kurz davor stand, zu explodieren.

»Ja«, seufzte sie.

»Du hast doch die Unterhaltung für die Veranstaltung heute Abend gebucht, oder?«

»Das ist *heute* Abend? Ihr hattet gesagt, am letzten Freitag im Monat.«

Walter zeigte auf den großen Wandkalender.

Wohin zum Henker war der Juli verschwunden? Wo sollte sie denn jetzt noch jemanden herbekommen? »Habe ich alles schon erledigt«, schwindelte sie. »Die sind um neunzehn Uhr da.«

»Setzen wir lieber mal achtzehn Uhr an«, meinte Henry. »Wir fangen früh an, weil keiner länger als bis zweiundzwanzig Uhr wach bleibt.«

»Werde ich so weitergeben.«

»Wen hast du denn gebucht?«, wollte der schlimme Gus wissen. »Den Big-Band-Typen? Der hat uns gefallen.«

Schwer schluckend erwiderte Georgie: »Ist eine Überraschung.« Sie setzte ein Lächeln auf.

Zufrieden verließen sie ihr Arbeitszimmer. Kaum waren sie verschwunden, stürzte sie ans Telefon und rief Cat an.

»Hi, Brummbär«, neckte Cat sie. »Was ist los?«

»Sehr lustig.«

»Ich weiß gar nicht, warum du so schlecht drauf bist, nachdem du diese Woche ordentlich zum Zug gekommen bist.«

»Ich hätte niemandem erzählen sollen, was vorgefallen ist.«

»Vermutlich nicht.« Cat lachte leise. »Also, was willst du?«

»Ich muss dich um einen großen Gefallen bitten. Kannst du mir jemanden besorgen, der heute Abend im Seniorenzentrum auftritt? Von achtzehn bis zweiundzwanzig Uhr?«

»Da verlangst du aber viel an einem Freitag im Juli.«

Sie stöhnte. »Ich hab's voll vermasselt. Meine Mutter hat mir schon vor einer halben Ewigkeit gesagt, dass ich das erledigen soll, und dann vergess ich das total.«

»Ich hör mich mal um und schau, was sich tun lässt. Versprechen kann ich dir allerdings nichts.«

»Es ist für alte Menschen, vergiss das nicht. Kein Acid Rock oder sonst was, wovon sie einen Herzinfarkt bekommen, okay?«

Lachend versprach Cat: »Geht klar. Ich frag mal nach und melde mich bei dir.«

»Danke, ich schulde dir was.«

»Kein Problem.«

Kapitel 9

Cat rief eine Stunde später zurück, um Georgie mitzuteilen, dass sie jemanden gefunden hatte. »Er spielt so kitschige Folk- und Countrysongs«, erklärte sie mit einem verächtlichen Unterton in der Stimme. »Aber bei dem Publikum gehe ich davon aus, dass das besser ist als jede der anderen Optionen.«

»Klingt perfekt. Er soll um siebzehn Uhr hier sein, um alles aufzubauen.«

»Willst du nicht seinen Namen und so erfahren?«

»Nein. Solange er einen Puls und eine Gitarre hat, ist mir völlig egal, wie er heißt.«

Darüber musste Cat lachen. »Ich schau später vorbei, um ihn mir anzuhören. Wenn er so gut ist, wie man sich hier erzählt, buche ich ihn vielleicht für den Club, auch wenn seine Musik nicht mein Geschmack ist.«

»Du solltest definitiv vorbeischauen. Dann kannst du ja mal eine Runde mit den versauten alten Herren tanzen.«

»Kommt nicht infrage, Baby.«

»Hier ist niemand vor ihnen sicher. Die werden verrückt nach dir sein.«

»Großartig.«

»Noch mal danke, Cat.«

»Ich freu mich, dass ich helfen konnte. Hör mal, Georgie, ist bei dir alles in Ordnung? Ich meine, vom Offensichtlichen mal abgesehen.«

Sie wollte ihr eigentlich von dem Gentest erzählen, doch da es viel realer sein würde, wenn sie es aussprach, beschloss sie, das zu verschieben. »Im Grunde nicht, aber ja, alles bestens. Danke, dass du fragst.«

»Es tut mir leid, dass du es so schwer hast. Wenn ich irgendwas für dich tun kann …«

»Hast du schon. Wir sehen uns heute Abend?«

Cat stöhnte. »Ich werde da sein.«

***

Gegen sechzehn Uhr eilte Georgie heim, um rasch unter die Dusche zu springen und sich ein Sommerkleid überzuziehen, damit es ihr leichterfiel, im oft stickig warmen Zentrum einen kühlen Kopf zu bewahren. Als sie gerade wieder nach unten lief, kam Tess von der Arbeit nach Hause. »Oh, gut, ein weiterer Jemand.«

Tess beäugte sie skeptisch. »Was soll das denn heißen?«

»Heute Abend findet im Zentrum eine große Party statt. Komm doch bitte mit, sonst muss ich wieder ganz allein mit allen tanzen.«

»Danke, aber ich passe.«

»Bitte? *Bitte, bitte?* Ich bin verzweifelt.«

»Freundschaft hat ihre Grenzen, Georgia Quinn.«

»Ich bettle, wenn's sein muss.«

Nach langem Schweigen zeigte Tess mit dem Finger auf sie. »Wenn auch nur ein Siebzigjähriger mit der Hand unter die Gürtellinie wandert, bin ich weg. Verstanden?«

»Abgemacht«, schlug Georgie erleichtert ein. »Zieh dich rasch um.«

»Äh, Georgie, hast du schon das Neueste gehört? Wegen Nathan und der Jugendlichen, nach der sie gesucht haben?«

Georgie erstarrte. »Nein«, meinte sie, wobei ihr ganz plötzlich das Atmen schwerfiel. »Was denn?«

»Sie haben sie in einem Hotelzimmer am Connell Highway mit einem Typen aus dem Internet aufgestöbert.«

»Woher weißt du das?«

»Sie – und Nathan – wurde in die Notaufnahme gebracht.«

Georgie umklammerte das Geländer. »Was ist passiert?«

»Der Kerl, bei dem sie war, hat auf die Polizisten geschossen …«

»Auf Nathan wurde *geschossen*?«

»Er wurde *an*geschossen. Ein Streifschuss am Arm. Ist bloß eine Fleischwunde, sonst geht's ihm gut.«

»Gott sei Dank.« Georgie atmete tief durch. »Gut. Und das Mädchen?«

Tess schüttelte angewidert den Kopf. »Sie behauptet steif und fest, dass sie mit allem einverstanden gewesen sei, aber danach sah es für uns nicht aus. Er ist ziemlich heftig mit ihr umgesprungen.«

Georgies Magen zog sich zusammen. »O nein.«

»Ein vierundvierzig Jahre alter Kerl mit einer Sechzehnjährigen.«

»Widerlich.«

»Zum Glück haben sie das Mädchen gefunden. Wer weiß, was er noch mit ihr vorhatte.«

Georgie biss sich auf den Daumennagel, während Nervosität sie durchströmte. »Meinst du, ich sollte …?«

»Was?«

»Nichts. Vergiss es.«

»Dass du nach ihm sehen solltest?«, fragte Tess. »Ja, das denke ich. Ich bin mir sicher, dass er sich darüber freuen würde.«

»Als wären wir zusammen.«

»Nur weil du mit ihm geschlafen hast, heißt das nicht, dass du ihm keinerlei menschliches Mitgefühl entgegenbringen kannst.«

»Himmel, Tess. Musst du es ausgerechnet so ausdrücken?«

Tess zuckte die Achseln.

»Meinetwegen, ich denke drüber nach. Aber jetzt muss ich ins Zentrum zurück, bevor die Insassen das Irrenhaus übernehmen.«

»Zwingst du mich echt, dich zu begleiten?«, jammerte Tess.

»Menschliches Mitgefühl, Tess. Bring mir was davon entgegen, okay?«

Lachend lief Tess die Treppe hoch, um sich umzuziehen.

***

Sie erreichten das Seniorenzentrum, als Cats Musiker gerade einen tragbaren Verstärker und ein Mikrofon aufbaute. Georgie ging zu ihm. »Hi, ich bin Georgie und vorübergehend die Leiterin.« Sich an das Wort »vorübergehend« zu klammern war nötig, um nicht den Verstand zu verlieren. »Vielen Dank, dass Sie es so kurzfristig einrichten konnten.«

»Ian.« Als er ihre ausgestreckte Hand nahm, bildeten sich beim Lächeln kleine Fältchen in seinen Augenwinkeln, wie bei Nathan, und sofort dachte sie wieder an … *Stopp.*

»Kein Problem. Heute Abend hatte ich frei, also passt es ganz gut. Ich hoffe, es macht Ihnen nichts aus, dass mein Bruder mit meiner Tochter vorbeikommt.«

»Natürlich nicht. Die Senioren laden ihre Kinder und Enkel ein, es werden vermutlich noch weitere Zwerge hier sein.«

»Großartig, danke. Sie hat nicht oft die Gelegenheit, meine Auftritte mitzuerleben, da ich meistens in Bars singe.«

»Sie ist uns herzlich willkommen. Sie spielen doch auch ein oder zwei Lieder, die den Leuten hier bekannt sind, oder?«

Sein Lachen erinnerte sie erneut an Nathan. Der Kerl verfolgte sie.

»Ich bin mir sicher, dass ich da was im Repertoire hab. Wie lange dauert die Veranstaltung?«

»Bis zweiundzwanzig Uhr. Ich schreibe Ihnen einen Scheck. Sind dreihundert Dollar okay?«

»Das geht auf mich. Mein Großvater hat das Zentrum geliebt, und wegen der Menschen hier waren seine letzten Lebensjahre etwas ganz Besonderes. Das ist das Mindeste, was ich tun kann.«

Gerührt erwiderte Georgie: »Danke.« Seine Worte erinnerten sie daran, warum sie hier war und sich darum bemühte, das Zentrum und das Andenken ihrer Mutter zu bewahren.

In dem Moment trat Tess neben sie und reichte Georgie ihr Handy. »Es hat geklingelt.«

»Ian, das ist meine Mitbewohnerin Tess.«

Sie schüttelten einander die Hände, wobei seine warmen blauen Augen sie interessiert von oben bis unten musterten.

»Hilfst du mir mit den Snacks?«, fragte Georgie Tess.

»Klar.«

Sobald sie außer Hörweite waren, legte Tess eine Hand auf Georgies Arm. »Warum kommt er mir so bekannt vor?«

»Wie eigenartig. Ich habe genau das Gleiche gedacht.« Sie erwähnte nicht, dass er sie an Nathan erinnerte, denn sie wollte nicht, dass Tess wieder mit dem Thema anfing.

»Er ist süß«, meinte Tess.

»Dich hielt er auch für süß.«

»Ach, sei still«, winkte Tess ab und stieß Georgie freundschaftlich mit der Schulter an.

***

Als die Party schon in vollem Gange war, kam Georgie mit zwei großen Beuteln Eis aus der Küche zurück.

»Kaltfront«, verkündete Tommy Dawson, einer der Senioren. »Eine Kaltfront hält auf uns zu.« Die Gruppe, in der er saß, lachte gackernd, Georgie hingegen verdrehte bloß die Augen.

Sobald sie das Eis in den Kühlboxen aufgefüllt hatte, begrüßte sie Henrys Frau Alice. Neben ihr saß Bills Frau Annette – eine Achtzigjährige mit rotem Haar und einer Vorliebe für Goldschmuck, die nicht nur dreißig Jahre jünger aussah, sondern sich auch so benahm. Zudem hieß es, dass sie ihre Liebesromane hinter fantasievollen Umschlägen versteckte, damit niemand erfuhr, was genau sie da las.

»Georgie, Liebes, du hast die weißesten Beine der Welt«, bemerkte Marion Sorenson, eine praktizierende Sonnenanbeterin, nachdem sie sich wieder niedergelassen hatte. Marion und ihr Mann Don gehörten zu den jünger wirkenden Senioren.

»Tu dir einen Gefallen, und meide die Sonne, Georgie«, beschwor Annette sie, deren Porzellanhaut Zeugnis eines Lebens war, in dem sie sich genau an diesen Rat hielt. »Sie wird ihr hemmungsloses Sonnenbaden noch bitter bereuen.«

»Bislang hat es mir nicht geschadet«, erwiderte Marion.

»Was führen sie jetzt wieder im Schilde?«, wollte Alice mit einem Blick zu den alten Männern wissen, die sich in einer Ecke herumdrückten. Alice hatte eine gepflegte, sportliche Figur, hübsches graues Haar und strahlend blaue Augen.

»Gute Frage«, meinte Georgie. »Ich schau mal nach.« Ian stimmte gerade »Feeling Groovy« an, als sie sich den Herren näherte. »Was ist los, Jungs?« Mit ernsten Mienen traten sie beiseite und nahmen sie in ihren Kreis auf.

»Wir haben noch immer nichts von Gus gehört«, erklärte Henry.

Beschämt, weil sie völlig vergessen hatte, dass der gute Gus vermisst wurde, wandte Georgie sich an Walter. »Wolltest du nicht zu ihm fahren?«

Er nickte. »Sein Auto stand da, aber er ist nicht an die Tür gegangen.«

»Ich hab Roxy noch mal angerufen«, fügte Bill hinzu. »Sie hat mir versprochen, nach ihrer Schicht bei ihm vorbeizuschauen. Ich schätze, heute war es etwas aufregend. Hast du das mitbekommen?«

Alle Blicke richteten sich auf Georgie, die nickte. »Haltet mich auf dem Laufenden.« Damit drehte sie sich um … und schnappte nach Luft. Nathan kam durch die Tür, einen Arm in einer Schlinge. An seiner anderen Hand hielt er ein hinreißendes kleines Mädchen mit blonden Löckchen, dem ein Mann mit Gehstock und finsterer Miene folgte.

In dem Moment hob Nathan den Kopf und stellte fest, dass sie ihn anstarrte.

Bei seinem Lächeln setzte ihr Herz einen Schlag aus.

Mit dem Kind an der Hand durchquerte er den Saal und erreichte Georgie, die wie angewurzelt dastand. Er ließ sie keine Sekunde aus den Augen, als hätte er Angst, sie könnte ihm entwischen, wenn er das täte.

»Was … Was machst du denn hier?« Da war wieder dieses lästige Stottern. Verdammt.

Er deutete mit dem Kopf zu Ian. »Das ist mein Bruder.«

»Ach«, entfuhr es ihr, weil ihr in dem Moment die ganze Sache klar wurde. Der Musiker der Familie, ein alleinerziehender Vater, der Nathan ähnlich genug sah, dass sie ihn fast erkannt hätte.

»Das ist meine Nichte Rosie.«

Georgie hockte sich hin. »Hi, Rosie. Ich bin Georgie.«

»Freut mich«, grüßte Rosie sie höflich und mit ausgestreckter Hand.

Ebenso entzückt von ihren Manieren wie von ihrem Engelsgesicht und den großen blauen Augen, schüttelte sie der Kleinen die Hand.

»Das ist Daddy.« Das Mädchen zeigte auf Ian.

»Hat man mir erzählt. Möchtest du mit den anderen Kindern tanzen?«

»Darf ich, Onkel Nate?«

Bei dem bewundernden Blick, mit dem Rosie ihren Onkel bedachte, zog sich Georgies Herz zusammen.

»Na klar. Bleib einfach da, wo ich dich sehen kann.«

Damit hüpfte sie davon, um ihren Vater zu begrüßen.

Den Blick auf Rosie geheftet, richtete Georgie sich wieder auf. »Sie ist wirklich süß.«

»Finde ich auch.«

»Wie alt ist sie?«

»Fast vier.«

Schließlich wagte Georgie es, die Augen auf seinen verletzten Arm zu richten. »Bist du … Ich meine, ich hab gehört, was passiert ist.«

Er betrachtete sie, half ihr aber nicht weiter.

Dazu gezwungen, ihn direkt anzuschauen, fragte sie: »Geht's dir gut?«

»Ist nur ein Kratzer.«

»Sieht für mich nach mehr aus.« Sein Gesicht wirkte blasser als sonst, seine Pupillen waren geweitet, und Georgie musste sich ernsthaft zusammenreißen, um ihn nicht in ihre Arme zu reißen. Trotz aller Mühe, Abstand zu wahren, überwältigte sie die Erleichterung darüber, ihn gesund und munter vor sich zu haben.

Er deutete mit dem Kopf zu Tess. »Sie hat mich dazu gezwungen, die verdammte Schlinge zu tragen. Damit der Kratzer entlastet wird.«

»Musste der ›Kratzer‹ genäht werden?«

»Irgendwie schon.«

»Mit wie vielen Stichen?«

»Ich hab nicht mitgezählt.«

»Wenn du es mir nicht verrätst, frag ich sie.«

»Fünfzehn innen, neun außen.« Er ließ das Lächeln aufblitzen, das, wie ihr nun klar wurde, ein Markenzeichen der Caldwells war. »Zufrieden?«

»Das nennst du einen *Kratzer*?«

»Aber Georgie, du klingst ja beinahe besorgt. Da lohnt es sich ja glatt, angeschossen zu werden.«

Sie verdrehte die Augen. »Du bist doch verrückt.«

»Tanz mit mir.«

Sie hob den Kopf und merkte, dass er sie mit festem, eindringlichem Blick beobachtete. »Ich kann nicht. Der Punsch muss aufgefüllt werden.« Als sie sich von ihm entfernen wollte, legte er seinen unverletzten Arm um ihre Taille, um sie zurückzuziehen.

»Bitte?«, flehte er mit lausbubenhaftem Lächeln. »Ich wurde heute angeschossen. Das ist das Mindeste, was du für mich tun kannst.«

Ihre Hände ruhten auf seiner Brust. »Willst du wirklich auf die Tränendrüse drücken?«

»Wenn es nötig ist.«

Ian suchte sich genau diesen Moment aus, um »And I Love You So« anzustimmen.

Nach ein paar neugierigen Blicken zu ihr und Nathan griffen sich die alten Männer ihre Frauen und wanderten auf die Tanzfläche. Walter tippte Tess auf die Schulter, woraufhin die finster zu Georgie sah, ehe sie ihm folgte.

»Nur einen Tanz«, drängte Nathan.

Ihr verräterischer Körper ging bereits mit ihm mit. »Es scheint dir schwerzufallen, das Konzept von ›ein Mal‹ zu verstehen. Bist du sicher, dass dir *ein* Tanz genügt?«

»Nein«, raunte er ihr ins Ohr, was ihr einen Schauer durch den Körper jagte. »Ich bin mir ziemlich sicher, dass es nicht reichen wird.«

»Nathan.«

»Psst.« Trotz seines verletzten Arms hielt er sie fest. »Das ist das Lied meiner Eltern. Ian hat es vor ein paar Jahren auf der Feier zu ihrem vierzigsten Hochzeitstag gespielt.«

»Er ist echt gut.«

»Nicht wahr? Er macht schon Musik und singt, seit ich denken kann.«

Erleichtert, dass sie sich wieder auf sicherem Boden bewegten, erkundigte sie sich nach seiner Familie. Vielleicht könnte sie so den Druck seiner Erektion an ihrem Bauch ignorieren. »Wer ist denn der Kerl, der da drüben so griesgrämig neben der Tür steht?«

Er seufzte. »Das ist mein Bruder Bennett. Ich hab ihn überredet, mitzukommen, falls Rosie was braucht, wobei ich ihr mit dem kaputten Arm nicht helfen kann. Ich dachte, mit drei heilen Beinen und drei heilen Armen können wir uns prima um sie kümmern.«

»Ich nehme an, die Aussicht auf einen Tanzabend im Seniorenzentrum hat ihn nicht gerade mit Begeisterung erfüllt.«

»Da hast du recht. Ich hingegen konnte gar nicht schnell genug hier sein, nachdem Ian mir verraten hat, wo er heute Abend auftreten wird. Schön, wie sich alles fügt, oder?«

»›Zufall‹ ist ein besseres Wort«, erwiderte sie trocken.

»Hängt von der Perspektive ab. Aus meiner Sicht ist ›schön‹ das beste Wort.«

Sie konnte nicht leugnen, dass es sich schön anfühlte, von ihm gehalten zu werden, selbst wenn es nur mit einem Arm war. Dann wanderte seine Hand ihren Rücken rauf und legte sich in ihren Nacken, eine Geste, die derart intim und zart war, dass sie beinahe vor Verlangen dahinschmolz. Das war ein riesiger Fehler. Dass sie sich von ihm halten ließ, würde ihn bloß weiter anheizen. Sie drückte gegen seine Brust, um sich von ihm zu lösen.

Er hielt sie fester. »Das Lied ist noch nicht vorbei«, beschwerte er sich.

»Ich hab was zu tun.«

»Nur noch eine Minute.«

Sie ließ die Hände auf seinen Hüften ruhen und versuchte, an etwas anderes zu denken als an den würzigen, holzigen Duft, an dem sie ihn stets erkennen würde. Während er sich mit ihr zur Musik bewegte, wurde in ihr die Erinnerung daran wieder lebendig, wie sich seine Haut auf ihrer angefühlt hatte. Sie spürte ein Ziehen, das stärker war, als sie es jemals empfunden hatte, und hob den Kopf. Er hatte den Blick auf sie gerichtet.

»Woran denkst du?«

Da sie schlecht zugeben konnte, dass sie darüber nachgedacht hatte, wie schön es war, nackt mit ihm in der Horizontalen zu sein, antwortete sie: »Als ich gehört habe, dass du heute angeschossen worden bist …«

»Was?«, hakte er nach.

»Ich …« Sie schluckte schwer und zwang sich dazu, seinen Blick zu erwidern. »Da hatte ich Angst um dich.«

Ein Lächeln breitete sich langsam auf seinem attraktiven Gesicht aus. »Es ist zwar keine Liebeserklärung, aber es soll mir genügen. Für den Moment.«

KAPITEL 10

Nathan sah ihr nach, wie sie mit gereckten Schultern den großen Saal durchquerte und in der Küche verschwand. Er hatte sie aus dem Konzept gebracht, was ihn zutiefst befriedigte. Trotz aller Mühe, sich reserviert zu geben, konnte sie ihm nicht widerstehen – ganz und gar nicht.

Da Rosie mit Tess über die Tanzfläche wirbelte, gesellte sich Nathan zu Ben, der am Rand stand.

»Ist Blondie die Fünf-Kondome-Braut?«, wollte Ben wissen.

Nathan unterdrückte das überwältigende Verlangen, seinem Bruder einen Kinnhaken zu verpassen. »Sei still.« Er atmete ein paarmal tief durch, wie er es gelernt hatte.

Ben lachte bloß. »Sie schien nicht gerade auf dich zu stehen, wenn du mich fragst.«

»Hab ich aber nicht.«

»Wer ist denn die bei Rosie?«

»Georgies Mitbewohnerin Tess.«

»Ich nehme an, Georgie ist die Blondine.«

Mit zusammengebissenen Zähnen nickte Nathan. Er hatte keinerlei Interesse daran, mit Ben über Georgie zu sprechen.

Ben pfiff leise. »Und wer ist *die*?«

Nathan folgte seinem Blick und erkannte Cat, die sich gerade mit Georgie unterhielt.

»Die andere Mitbewohnerin Cat.«

»Miau.«

»Ben, ich schwöre dir ...«

»Entspann dich, Dad. Ich gucke nur.«

Tess ließ Rosie mit den anderen Kindern auf der Tanzfläche zurück und gesellte sich zu ihren Mitbewohnerinnen. Nathan konnte nicht leugnen, dass die drei gemeinsam ein hübsches Bild abgaben. Ein Anflug von Eifersucht erwischte ihn eiskalt, denn ihm entging nicht, wie jeder Mann im Saal – ob alt oder jung – sich auf Georgie und ihre Freundinnen konzentrierte. Er wollte sie sich am liebsten schnappen und mit ihr verschwinden, bevor ihm jemand anderes zuvorkam.

»Stell mich vor«, verlangte Ben.

»Auf keinen Fall.«

»Ich benehme mich auch. Versprochen. Komm schon, Nate. Du kannst sie nicht alle für dich behalten.«

»*Eine* doofe Bemerkung oder *ein* unangemessenes Wort, und ich steck dich in den Knast.«

»Pfadfinderehrenwort«, versprach Ben feierlich, aber das Funkeln in seinen Augen war nicht dazu angetan, Nathans Argwohn zu zerstreuen.

Widerwillig brachte er Ben zu den drei Frauen, die gerade die Köpfe zusammensteckten.

»Wie geht's dem Arm?«, erkundigte sich Tess.

»Prima. So gut wie neu.«

»Der wird dir noch höllisch wehtun, sobald die Wirkung der Schmerzmittel nachlässt.«

Er zuckte die Achseln. »Ich bin zäh, das ertrag ich schon.«

Ben stieß ihn an.

Mit angespanntem Kiefer verkündete er: »Cat, Tess, Georgie, das hier ist mein Bruder Ben.«

»Bennett Caldwell.« Er stützte sich auf den Stock und gab jeder von ihnen die Hand. »Nennt mich bitte Ben.«

Nathan würde schlecht werden, wenn er weiter mit ansehen müsste, wie harmlos Ben jetzt tat, aber er bemühte sich um einen neutralen Gesichtsausdruck. In diesem Moment gönnte sich Ian eine Pause und kam ebenfalls zu ihnen, Rosie auf dem Arm.

Nathan wiederholte die Vorstellung. Dabei entging ihm nicht, wie seine Brüder überlegten, welche der drei Frauen sie genauer kennenlernen wollten, und ihn überkam das dringende Bedürfnis, Georgie wegzuzerren, damit die beiden sie nicht mehr auf dem Schirm hatten.

»Danke, dass du den Gig so kurzfristig angenommen hast«, wandte sich Cat an Ian.

»Jeder Freund von Tony ist auch ein Freund von mir«, versicherte ihr Ian. »Er hat durchschimmern lassen, du würdest in der Klemme stecken.«

»Stimmte ja auch.« Cat deutete auf Georgie.

»Wie lange bist du schon Boss im Underground?«, fragte Ian und setzte Rosie wieder ab, damit sie mit den anderen Kindern spielen konnte.

Sogleich mündete ihr gemeinsames Interesse an der Clubszene von Newport in ein angeregtes Gespräch zwischen ihnen, während dessen sie gemeinsam zum Tisch mit den Erfrischungen wanderten.

»Entschuldigt mich«, meinte Georgie. »Ich muss noch ein paar Anrufe erledigen.« Damit verschwand sie in ihrem Büro.

Ben gab Nathan mit einem Blick zu verstehen, dass er sich verziehen sollte.

Es behagte Nathan nicht, Tess mit Ben allein zu lassen, schon gar nicht nach dem Eindruck, den er letztens von ihr bekommen hatte. Wenn sie ohnehin in Schwierigkeiten steckte, dann konnte sie es absolut nicht gebrauchen, sich auf eine so problematische Persönlichkeit wie Ben einzulassen.

In der Notaufnahme hatte Nathan mehrfach versucht, Tess allein abzufangen, um der Sache nachzugehen, doch sie war ihm ausgewichen – als hätte sie gewusst, was passieren würde, wenn sie mit ihm allein wäre. Das genügte ihm schon als Bestätigung seiner Vermutungen. Da war was im Busch.

Mit einem Auge auf Ben und dem anderen auf Rosie begab er sich zu Georgies Büro.

»Aber Lorraine«, hörte er sie in einem Tonfall, der ihn überraschte. »Sie haben mir *zwei Wochen* versprochen. Es waren jetzt nur *zwei Tage*.«

Nathan lehnte sich gegen die Wand vor dem Büro und lauschte.

»Das kann er nicht machen. Es ist ja nicht so, als *wollte* ich hier feststecken.« Sie schwieg kurz, um zuzuhören. »Ich weiß, dass Sie es versucht haben. Ja, schon klar. Mir tut es auch leid. Sie haben ja keine Ahnung, wie sehr.«

Was zum Henker?, fragte er sich. *Wer ist Lorraine?*

Frustriert warf Georgie das Handy auf den Schreibtisch.

Er streckte den Kopf um die Ecke und sah, wie sie vor sich hinstarrte, die grünen Augen ganz groß. »Was ist los?«

Sie schien durch ihn hindurchzuschauen. »Man hat mich gefeuert.«

»Hier im Zentrum?«

Sie schüttelte den Kopf und erklärte: »Bei Davidson's.«

»Ach so.« Nicht sicher, ob er hier willkommen war oder nicht, blickte er kurz in den Saal und stellte fest, dass Rosie sich an Ians Bein gehängt hatte, daher betrat er das Büro und setzte sich auf den Tisch. »Kann ich was für dich tun?«

»Nur, wenn du den Regionalleiter kennst, einen Mistkerl namens Terry Paulson, der meine Chefin Lorraine angewiesen hat, mich durch diese Nina aus Savannah zu ersetzen. Die hat es schon seit Jahren auf meinen Job abgesehen. Jetzt ist es ihr endlich gelungen, mich loszuwerden.«

»Das tut mir leid.«

»Mir auch. Acht Jahre für nichts.«

»Du findest was Neues. Bei so viel Erfahrung.«

Sie zuckte die Achseln und ließ die Schultern hängen.

Es gefiel ihm nicht, sie so zu sehen. »Komm zu uns nach draußen«, schlug er mit einem aufmunternden Lächeln vor. »Heute Abend kannst du ohnehin nichts mehr unternehmen, warum amüsierst du dich nicht etwas?«

»Ich bin nicht in der Stimmung.«

Da er nicht wusste, was er sonst tun sollte, griff er nach ihrer Hand und war erleichtert, dass sie sie nicht zurückzog.

»Danke«, flüsterte sie, als sie ihn ein paar Momente später wieder losließ. »Mir geht's besser.«

Er spürte, dass sie allein sein wollte, und stand auf. »Du weißt, wo du mich findest, wenn ich dir helfen kann?«

Sie nickte.

Kaum war Nathan an der Tür, stürmte der schlimme Gus rein. »Roxy hat gerade bei Bill angerufen.« Seine Augen waren vor Schock weit aufgerissen. »Es geht um den guten Gus. Er ist schwer verletzt. Jemand ist in sein Haus eingebrochen und hat ihn krankenhausreif geschlagen.«

Georgie sprang auf die Füße. »Nein«, keuchte sie entsetzt.

»Sie bringen ihn ins Newport Hospital.«

Sie war schon auf dem Weg zur Tür, doch Gus hielt sie zurück. »Es ist echt übel, Schatz.« Seine alten Augen füllten sich mit Tränen. »Roxy meinte, es wäre echt übel.«

Nathan legte ihr eine Hand auf den Rücken, während Gus sie an sich zog. Über ihren Kopf hinweg begegneten sich die Blicke der Männer.

»Ich fahre dich hin«, sagte Nathan.

Georgie löste sich aus der Umarmung und wandte sich um. »Aber dein Arm.«

»Mit dem ist alles in Ordnung.« Damit schob er sie aus dem Büro. »Auf geht's.«

***

Nachdem sich die Nachricht über Gus wie ein Lauffeuer verbreitet hatte, war das Zentrum kurze Zeit später wie leer gefegt. Nur Cat, Ian, Rosie, Ben und Tess blieben zurück.

»Ihr könnt ruhig schon los«, rief Tess Georgie zu. »Wir räumen auf und schließen ab.«

Die anderen nickten zustimmend.

»Danke.« Georgie kämpfte gegen die aufsteigende Panik an. *Wie konnte ich mich so irren?* Sie hatten sie um Hilfe gebeten, und sie hatte sie einfach aus Bequemlichkeit abgefertigt. Ihre Mutter wäre sofort zu Gus gefahren und hätte notfalls die Tür eingetreten. Ganz sicher hätte sie nicht zugelassen, dass dieser liebenswerte Mann den ganzen Tag schwer verletzt und einsam in seinem Haus lag.

Unfähig, das alles noch länger zu ertragen, brach Georgie in Tränen aus. Nathan legte seinen gesunden Arm um sie und führte sie zum Auto.

Auf dem Weg zum Krankenhaus machte sie sich ununterbrochen Vorwürfe. »Das ist alles meine Schuld«, flüsterte sie.

»Wie kommst du denn darauf?«

»Sie wussten, dass etwas nicht stimmt, aber ich habe nichts unternommen. Ich hätte die Polizei rufen oder selbst hinfahren sollen. Das hätte meine Mutter getan. Wenn er stirbt …«

Er zog den Arm aus der Schlinge, warf sie auf den Rücksitz und griff nach ihrer Hand. »Wenn er stirbt, dann sind daran nur die Leute schuld, die bei ihm eingebrochen sind und ihn zusammengeschlagen haben.«

Sie klammerte sich an seine Hand und suchte Trost in seiner Kraft. Wie leicht es doch wäre, sich auf so einen beständigen, verlässlichen Mann zu stützen. »Ihr werdet sie fassen, oder?«, fragte sie leise.

»Wir finden sie«, versicherte er ihr. »Sie werden nicht einfach davonkommen.«

»Er ist ein so liebenswerter Mann und mein Freund.«

Er drückte ihr die Hand. »Halt durch, Süße.«

Das wäre ein guter Moment, um ihm zu sagen, dass sie nicht seine Süße war, aber so wie er ihre Hand hielt und ihr Trost spendete, brachte sie das nicht über sich. Ganz kurz würde sie sich gestatten, sich an ihn zu lehnen.

***

Die Notaufnahme war überlaufen von Senioren aus dem Zentrum, die darauf warteten, von ihrem Freund zu hören. Sie waren derart besorgt, dass sie nicht mal eine Bemerkung darüber fallen ließen, dass Georgie Hand in Hand mit Nathan auftauchte. Das verriet ihr mehr als alles andere, wie ernst die Lage war.

Nathan führte sie zu einer hochgewachsenen Polizistin mit lockigem Haar und großen blauen Augen. Sie stand bei Bill und Annette Bradley. »Georgie, das hier ist Sergeant Roxy Bradley«, stellte Nathan sie vor.

»Georgie Quinn«, erwiderte sie und schüttelte Roxy die Hand. »Ich arbeite im Seniorenzentrum. Wissen Sie schon, was passiert ist?«

»Wie es aussieht«, erklärte Roxy, »hat er die Diebe wohl überrascht. Das Haus war ziemlich gründlich auseinandergenommen. Die Spurensicherung untersucht gerade alles.«

»Wie sind sie denn reingekommen?«, wollte Nathan wissen.

»Sie haben die Hintertür aufgebrochen.«

»Deshalb ist Walter nichts Ungewöhnliches aufgefallen«, murmelte Georgie mehr zu sich selbst als zu den anderen.

»Was meinen Sie?«, hakte Roxy nach.

»Walter ist zu ihm gefahren, um nach ihm zu schauen, weil er nicht im Zentrum war. Gus' Freunde meinten, es sähe ihm nicht ähnlich, nicht aufzutauchen, ohne einem von ihnen Bescheid zu geben. Deshalb haben sie sich Sorgen gemacht, also ist Walter hin. Er hat erzählt, Gus' Auto habe vor dem Haus gestanden, aber es sei niemand an die Tür gekommen. Ich schätze, hinten hat er nicht nachgeschaut.«

»Ich rede mal mit ihm«, sagte Roxy. Für Nathan fügte sie erklärend hinzu: »Er ist einer von Dads besten Freunden.«

»Haben sich die Ärzte schon zu Gus' Zustand geäußert?«, fragte Georgie.

Roxy schüttelte den Kopf. »Sie haben versucht, ihn zu stabilisieren, mehr weiß ich nicht.«

Bei der Nachricht zog sich Georgie der Magen zusammen, und Nathan drückte ihr die Hand.

»Bei dir alles klar, Nate?«, erkundigte sich Roxy. »Hab gehört, du hast heute Zielscheibe gespielt?«

Nathan zuckte die Achseln. »Keine große Sache.«

»Was für eine Szene, in die du da reingeplatzt bist, was?«

Sein Kiefer spannte sich, doch er nickte nur.

»Zum Glück warst du rechtzeitig da. Gute Arbeit, Detective.«

»Es war Teamarbeit«, erwiderte er. »Weißt du, wie es ihr geht?«

»Sie behalten sie über Nacht hier. Ihre Eltern sind bei ihr.«

»Gut.«

»Ich unterhalte mich dann mal mit Walter«, entschuldigte sich Roxy. »Hat mich gefreut, Georgie.«

»Mich auch.«

Nachdem Roxy sie verlassen hatte, führte Nathan sie von den anderen weg und zog sie an sich. »Entspann dich, Georgie.«

»Das kann ich nicht.«

Er massierte ihr die Schultern. »Versuch es.«

»Dir tut bestimmt der Arm weh. Du solltest ihn schonen.«

»Lass das mal meine Sorge sein.«

Unfähig, sich dem Trost zu entziehen, den er ihr bot, lehnte sie sich an ihn. »Warum musste das passieren? Wer würde denn einem derart netten Menschen so etwas antun?«

»Selbst nach all meinen Jahren als Polizist überrascht es mich immer noch, zu was Menschen fähig sind.«

Sie hob den Kopf. »Was war heute los?«

»Darüber darf ich nicht sprechen.«

»Was, wenn du darüber reden *musst*?«

Er legte ihr die Hände ans Gesicht und strich mit den Daumen über ihre Kinnpartie. »Du bist unglaublich, Georgie Quinn.«

Seine leisen Worte und die sanfte Berührung stahlen sich in ihr Herz, und sie konnte den Blick nicht von ihm abwenden, auch wenn sie wusste, dass es ihrem Vorhaben, sich nicht auf ihn einzulassen, kaum zuträglich war, wenn sie hier stand und ihn anstarrte. Sie fragte sich, ob sich etwas für ihn ändern würde, wenn er von dem Risiko für ihre Gesundheit wüsste. Er würde vermutlich die Beine in die Hand nehmen, wenn er davon erfuhr. Und wer könnte es ihm verdenken?

Der innige Moment zwischen ihnen wurde von plötzlicher Hektik auf dem Flur gestört. Sie hörte das Wort »Intensivstation«, als auch schon ein Krankenbett durch eine Tür ein Stück vor ihnen und zum Fahrstuhl geschoben wurde. Als sie zu dem Patienten schaute, verriet ihr nur der schneeweiße Haarschopf, dass es Gus war. Sein Gesicht war grün und blau verfärbt und bis zur Unkenntlichkeit angeschwollen.

Sie keuchte auf. »O Gott, Gus.« Als sie sich wieder rühren konnte, stürzte sie zur Tür. Wenn sie nicht sofort hier rauskam, würde sie sich übergeben müssen. Nathan und einige andere versuchten, sie aufzuhalten, aber sobald sie im Freien war, rannte sie schon.

***

Georgie lief stundenlang umher. Vielleicht konnte sie weitere schlechte Nachrichten verhindern, wenn sie einfach nicht stehen blieb. Das war doch lächerlich. Ihre Mutter war gestorben, ihrer Schwester mussten beide Brüste abgenommen werden, ihr eigenes Leben könnte vom Ergebnis eines Bluttests abhängen, ihr Freund hatte Schluss gemacht, ihr Boss hatte sie gefeuert, Gus war überfallen und zusammengeschlagen worden.

Konnte es noch schlimmer werden? Gus könnte sterben. *Nein! Er wird nicht sterben. Das kann er nicht.*

Sie fand sich am Ende der Dean Avenue wieder, wo sie eine Weile innehielt, bevor sie sich dazu durchringen konnte, umzukehren. Erschöpft bis auf die Knochen, konnte sie einfach nicht mehr weiter. Außerdem schob sie nur das Unausweichliche auf. »Bitte, lieber Gott«, flüsterte sie, »lass ihn nicht sterben. Bitte.«

Als sie das Haus erreichte, stockte sie. Nathan saß auf der obersten Stufe der Verandatreppe.

Sie sprachen beide gleichzeitig.

»Was willst du denn hier?«

»Wo warst du?«

Georgie verschränkte die Arme vor der Brust und blickte den Bürgersteig entlang. »Ist er tot?«

»Nicht dass ich wüsste, aber ich habe die letzten zwei Stunden nach dir gesucht.«

»Das hättest du nicht tun müssen.«

»Doch, das musste ich. Ist alles in Ordnung, Georgie?«

Sie zuckte die Achseln. »Ich weiß nicht mal mehr, wie sich das anfühlt.«

»Warum hast du mir nicht erzählt, dass deine Mutter gestorben ist?«

Sie dachte kurz nach, dann hob sie den Kopf. »In der Nacht, die wir gemeinsam verbracht haben … da wollte ich einfach eine Pause. Ich wollte endlich einmal nicht mehr an all das denken müssen.«

Er streckte die Hand nach ihr aus. »Ich war davon ausgegangen, dass sie im Urlaub wäre oder so. Dass sie krank war, wusste ich gar nicht.«

Sie nahm seine Hand und ließ sich von ihm die Stufen raufziehen, setzte sich neben ihn. »Es ging so schnell, und sie wollte nicht, dass die Leute wussten, wie schlimm es um sie stand, also haben wir es für uns behalten. Sie hat sich mehr um ihre Freunde im Zentrum gekümmert als um sich selbst.«

»Es tut mir leid.« Bei den Worten nahm er ihre Hand zwischen seine beiden. »Ich finde es absolut bewundernswert, wie du versuchst, das Zentrum am Laufen zu halten. In den letzten Jahren seines Lebens hat mein Großvater praktisch dort gewohnt.«

»Hat Ian mir auch erzählt.« Einen Herzschlag lang hielt sie inne, doch es reichte, um die Entscheidung zu treffen, sich ihm anzuvertrauen. »Seit Wochen bin ich dort, tue, was getan werden muss, quäle mich durch die Tage, bis sie jemanden finden, der meine Mutter ersetzen kann. Die ganze Zeit habe ich gedacht, der Job wäre unter meiner Würde, als wäre ich zu gut dafür oder so.«

»Ich verstehe das. Du hast für deine Karriere in Atlanta schwer geschuftet.«

»Das stimmt«, erwiderte sie. »Heute Abend im Krankenhaus ist mir allerdings klar geworden, dass ich diejenige bin, die nicht gut genug für sie ist. Meine Mutter wäre zu Gus gefahren. Sie hätte nach ihm gesucht, bis sie ihn gefunden hätte, und vielleicht hätte er dann nicht einen ganzen Tag lang auf dem harten Fußboden liegen und um sein Leben kämpfen müssen.«

»Tu dir das nicht an, Georgie. Du gibst dein Bestes.«

»Aber das ist nicht genug.« Tränen begannen ihr über die Wangen zu laufen. »Siehst du das nicht?« Leise wiederholte sie: »Es ist nicht genug.«

Er legte die Arme um sie und drückte sie fest an sich, während sie schluchzte.

Sie weinte, bis ihr die Augen brannten und die Brust schmerzte.

Nach einer Weile stand er mit ihr in den Armen auf und trug sie nach drinnen.

Als sie hochblickte, erkannte sie, wie er vor Schmerz das Gesicht verzog. »Das solltest du nicht tun, Nathan.«

Er zwang sich zu einem Lächeln. »Wo ist dein Zimmer?«

Sie wies ihn zur Treppe. Verlegen, allerdings auch gerührt, versuchte sie es mit einem Scherz: »Muss ich mir Gedanken darüber machen, was deine Brüder mit meinen Mitbewohnerinnen anstellen?«

»Nein. Sie werden sich gut um sie kümmern.«

»Wenn sie wie du sind, dann haben meine Freundinnen großes Glück.«

Sanft legte er sie aufs Bett. »Georgie Quinn, war das etwa ein Kompliment?«

Sie ließ die Arme um seinen Hals liegen. »Bleibst du eine Weile?«

»Das lässt sich einrichten.« Damit streckte er sich neben ihr aus und zog sie an sich.

Sie bettete den Kopf auf seine Brust. »Tut dein Arm weh?«

»Höllisch. Tess hatte recht.«

Alarmiert hob sie den Kopf. »Hast du keine Schmerztabletten?«

»Doch, im Auto. Ist schon gut.«

»Soll ich sie dir holen? Es gibt keinen Grund, warum du das aushalten solltest.«

»Okay, aber *ich* hol sie, allerdings nur, wenn ich wieder zurückkommen darf.«

Sie lächelte schwach. »Natürlich.«

Er drückte ihr einen Kuss auf die Stirn. »In dem Fall bin ich gleich wieder da.«

KAPITEL 11

Tess wischte im Seniorenzentrum über den Tresen zwischen Küche und Gemeinschaftsraum, wobei sie den Rest des Reinigungskommandos im Auge behielt.

Cat kam zu ihr und flüsterte dicht an ihrem Ohr: »Ian hat mich gefragt, ob ich noch mit ihm und dem kleinen Hosenscheißer Eis essen gehe.«

»Nenn sie nicht so«, wies Tess sie zurecht. »Sie heißt Rosie, und sie ist hinreißend.«

Cat zuckte die Achseln. »Jedenfalls ist hier nicht mehr viel aufzuräumen, also, äh, schätze ich, dass ich mit ihm gehe, okay?«

»Du kannst mich doch nicht mit dem da allein lassen.« Tess warf einen finsteren Blick zu Ben, der durch den Saal humpelte und die Stühle an die Tische rückte.

»Er ist harmlos.«

»Woher willst du das wissen?«, zischte Tess. »Du hast ihn erst vor einer Stunde kennengelernt.«

»Er ist Nathans Bruder. Das sollte reichen, um für ihn zu bürgen.«

»Etwas an ihm macht mich nervös.«

»Warum gehst du dann nicht mit uns zusammen raus? Du kannst Georgies Auto nach Hause fahren.«

»Sind denn ihre Schlüssel hier irgendwo?«

»Ich hab den Tennisball auf ihrem Schreibtisch gesehen.«

Sie mussten beide grinsen. Georgie verlegte ständig ihre Schlüssel, also hatte Cat einen Tennisball an den Ring gehängt, damit sie ihn nicht so leicht übersehen konnte.

»Gehst du wirklich mit Ian aus?«, wollte Tess wissen und bedachte Ben erneut mit einem nervösen Blick.

»Es ist doch nur ein Eis. Außerdem hat er das Kind dabei, viel kann er also gar nicht unternehmen.«

»Rosie«, beharrte Tess. »Ihr Name ist Rosie.«

Cat verzog das Gesicht.

»Was hast du bloß gegen Kinder?«

»Es wäre leichter, dir aufzuzählen, was ich *nicht* gegen sie habe.«

»Das ist ja schrecklich«, rief Tess. »Ich kenne sonst niemanden, der keine Kinder mag.«

»Jetzt tust du es.«

»Wenn du so empfindest, solltest du dich vielleicht nicht mit ihm verabreden.«

»Warum nicht? Wir versorgen sie mit Eis, dann lässt sie uns hoffentlich in Ruhe, damit ich ihn näher kennenlernen kann. Er ist wunderbar, oder?« Ohne auf Tess' Antwort zu warten, fügte sie hinzu: »Scheint eine Familieneigenschaft der Caldwells zu sein.«

»Von dem finsteren Typen da drüben einmal abgesehen.« Tess deutete mit dem Kopf zu Ben, der mit seinem heilen Bein den letzten Stuhl unter den Tisch trat.

»Er ist nicht gerade unansehnlich. Lass dich von seiner Gereiztheit nicht abschrecken.«

»Zu spät.«

»He, Cat«, rief Ian. »Kommst du?«

Sie blickte erst zu Rosie, dann zu ihm. »Klar, ich bin dabei.«

»Sei nett zu ihr«, flüsterte Tess.

»Ja, ja.«

»Ich bin auch gleich weg«, verkündete Tess laut genug, dass Ben sie hören konnte.

»Macht es dir was aus, mich mitzunehmen?«, erkundigte der sich. »Ian fährt in die andere Richtung, und ich kann noch nicht nach Hause laufen.«

Tess sah Cat nach, die mit Ian und Rosie durch die Tür verschwand. »Äh, klar, kein Problem, würde ich sagen. Ich hol nur schnell die Schlüssel.«

Rasch lief sie in Georgies Büro, schnappte sich den Schlüsselbund und schaltete das Licht aus. Sie schloss die Hintertür am Ende des Flurs ab und schob den Riegel vor. Ihr Herz schlug augenblicklich schneller, sobald sie an den langen, dunklen Korridor dachte, der zu dem Saal führte, in dem ein Mann, den sie nicht kannte, darauf wartete, mit ihr ins Auto zu steigen.

»Setz dich in Bewegung, Tess«, ermahnte sie sich halblaut. »Einen Fuß vor den anderen. Er ist Nathans Bruder. Wir mögen Nathan. Er ist nett und lustig. Nathan mag Georgie. Schön weitergehen. Du bist fast da.«

Ben lehnte an der Wand und rieb sich den Oberschenkel.

»Fertig?«, fragte sie mit erzwungen fröhlicher Stimme.

Er schrak zusammen, und als er sich aufrichtete, bemerkte sie flüchtig einen gequälten Ausdruck auf seinem Gesicht.

»Alles in Ordnung?«

Seine Lippen waren vor Schmerz ganz blass. »Ja«, behauptete er durch zusammengebissene Zähne. »Ist nur ein Krampf.«

Sie eilte zu ihm. »Ich bin Krankenschwester, ich kann dir helfen.«

»Nein!«, lehnte er harsch ab.

Erschrocken riss sie die Hand zurück und richtete sich auf.

Er hatte seine dunkelblauen Augen auf sie geheftet, und sein Gesicht war aschgrau vor Schmerz und Erbitterung. »Das ist gleich vorbei.«

Sie wies zur Tür. »Nach dir.«

Mit verzerrtem Gesicht humpelte er vor ihr her.

Sie schaltete das letzte Licht aus, zog die Tür hinter sich zu und schloss ab. »Glaubst du, das war alles?«

»Über dem Griff gibt's noch ein Bolzenschloss.«

Mithilfe des Nachtlichts über ihnen ging sie den dicken Bund Schlüssel durch, bis sie den richtigen fand.

»Was soll das mit dem Tennisball?«, fragte Ben.

»Georgie verlegt ständig ihre Schlüssel.«

»Das ist ein ganz schön dicker Schlüsselbund.«

Tess verriegelte die Tür. »Weshalb sie ihn nicht jeden Tag verlegen sollte, wie in den ersten paar Wochen.«

Sobald sie im Auto saßen, bemühte sie sich, seine kräftige Gestalt zu ignorieren, während sie versuchte, herauszufinden, wo sich alles befand. Noch nie hatte sie ein Auto gefahren, das derart chic oder neu gewesen war. »Wo, denkst du, ist denn hier wohl das Scheinwerferlicht?«, fragte sie.

Er beugte sich an ihr vorbei, um es einzuschalten.

»Oh«, entfuhr es ihr, so geschockt war sie davon, dass sein Körper ihren berührte. Sie räusperte sich. »Ich wollte ins Krankenhaus, bevor ich nach Hause fahre. Stört es dich?«

»Bist du einer von diesen Gutmenschen?«

»Wenn es mich zu einem Gutmenschen macht, wenn ich mich nach dem Zustand eines alten Mannes erkundigen will, der brutal überfallen und zusammengeschlagen worden ist, dann ja, ich schätze schon.«

»Kennst du ihn überhaupt?«

»Nein, aber er ist ein Freund von Georgie, und bei ihr möchte ich danach auch noch vorbeischauen.«

Er schnaubte. »Du würdest prima zu Nate passen, dem Gutmenschen schlechthin.«

»Nathan scheint ein wundervoller Mann zu sein.«

»Warum schmeißt du dich dann nicht an ihn ran?«

»Weil er Georgie mag.«

»Du *würdest* dich also an ihn ranschmeißen, wenn Georgie nicht wäre. Verstehe.«

»Ohne Georgie würde ich ihn nicht mal kennen. Außerdem habe ich kein Interesse daran, mit jemandem zusammen zu sein.«

»Warum nicht?«

»Bist du immer derart neugierig und nervig?«, antwortete sie mit einer Gegenfrage und steuerte den Wagen über die Spring Street zum Broadway.

»Irgendwie schon. Also, warum gehst du mit niemandem aus?«

»Mir ist nicht danach.«

Er hob eine Augenbraue. »So gar nicht? Du kommst mir gar nicht frigide vor. Ganz im Gegenteil.«

»Ich weigere mich, diese Unterhaltung mit dir zu führen. Wir sind uns ja gerade erst begegnet.«

»Himmel, bist du verklemmt.«

Sie warf ihm einen finsteren Blick zu. »Du hast vielleicht Nerven. Du kennst mich doch gar nicht.«

»Ich kenne andere Frauen deiner Art.«

»Und was für eine Art soll das sein?«

»Verklemmt und überempfindlich.«

»Schluss. Es reicht, klar? Bleib einfach still da sitzen. Für jemanden, der eine Mitfahrgelegenheit braucht, bist du ganz schön selbstherrlich.«

»Ich nenne die Dinge bloß beim Namen.«

»Du wolltest still sein, schon vergessen?«

Er lachte leise, was sie noch mehr in Rage brachte.

»Worüber lachst du?«

»Ich darf ja nicht sprechen.«

»O Mann! Wie kannst du nur mit Nathan verwandt sein? Du bist ihm überhaupt nicht ähnlich.«

»Gott sei Dank.«

»Von ihm könntest du dir eine Scheibe abschneiden.«

»Verschone mich.«

Sie hielt auf dem Parkplatz vor der Notaufnahme. »Da du dich nicht benehmen kannst, schlage ich vor, dass du hier wartest.«

»Mein Bein wird steif, wenn ich zu lange sitze.«

»Was ist überhaupt passiert?«, fragte sie, unfähig, sich zurückzuhalten.

»Was kümmert dich das? Ich dachte, du magst mich nicht.«

»Tu ich auch nicht, aber als Krankenschwester interessiert es mich einfach.«

»Als Krankenschwester«, äffte er sie nach.

Sie stieg aus dem Auto und knallte die Tür hinter sich zu. Ohne über die Schulter zu blicken, um festzustellen, ob er ihr folgte, marschierte sie zur Notaufnahme. Drinnen fand sie eine Gruppe Senioren aus dem Zentrum, die sich in einer Ecke versammelt hatten, und trat zu ihnen. Weder Georgie noch Nathan waren irgendwo zu entdecken.

»Hi, ich bin Tess, Georgies Mitbewohnerin. Ich wüsste gern, wie es Gus geht.«

»Sie haben ihn auf die Intensivstation gebracht«, erwiderte Walter. »Mehr wissen wir auch nicht. Sie wollen uns nichts verraten, weil wir nicht zur Familie gehören.«

»Ich arbeite hier, vielleicht kann ich was rausfinden.«

»Das wäre äußerst lieb von Ihnen«, meinte Walter. »Danke.«

»Ist Georgie noch da?«

»Sie hat Gus kurz zu Gesicht bekommen, und ich schätze, das hat sie ganz schön mitgenommen. Der Caldwell-Junge ist ihr nachgerannt.«

Tess lächelte. »Dann ist sie vermutlich in guten Händen.« Damit tätschelte sie Walter den Arm. »Warten Sie hier, ich bin gleich zurück.«

Im Schwesternzimmer entdeckte sie Pam und Debby, zwei der älteren Pflegerinnen der Notaufnahme.

»Warum bist du denn an deinem freien Abend hier?«, fragte Pam.

»Ich wollte mich nach dem Freund einer Freundin erkundigen. Der ältere Mann, den sie eingeliefert haben, nachdem er zu Hause überfallen wurde. Wisst ihr etwas über seinen Zustand?«

Die beiden wechselten einen Blick.

»Es sieht nicht gut aus«, erklärte Pam. »Auf der Computertomografie sind ihnen Blutungen im Gehirn aufgefallen, doch sie halten es für zu riskant, ihn zu operieren.«

»Er liegt im Koma«, fügte Debby hinzu. »Sie haben ihn vor ein paar Minuten auf die Intensivstation gebracht. Die Leute, die wegen ihm hier sind, wollen nicht fort, bis wir ihnen etwas mitgeteilt haben, aber du kennst die Regeln. Wir müssen seine Privatsphäre schützen. Wir haben seine Tochter angerufen, und sie hat versprochen, noch diese Nacht herzukommen. Sie kann entscheiden, wie viel sie ihnen mitteilen möchte.«

Tess nickte. »Ich sage ihnen, dass man ihn stabilisieren konnte und dass sie ihn morgen besuchen dürfen.«

»Das wäre toll«, bedankte sich Debby. »Sie nehmen da eine Menge Platz weg.«

»Wer ist eigentlich der große, gut aussehende Fremde, der dich begleitet hat?«, wollte Pam wissen.

Tess blickte über die Schulter und runzelte die Stirn, als sie Ben entdeckte, der sie vom Eingang aus beobachtete. »Lass dich von seinem Äußeren nicht täuschen. Er ist ein Idiot.«

»Warum ist er dann bei dir?«

»Ich bin seine Mitfahrgelegenheit. Mehr nicht.«

»Na klar«, antwortete Debby und zwinkerte Pam zu. »Sicher.«

»Danke für die Info.«

»Kein Problem.«

Damit begab sich Tess wieder zum Wartebereich, um Bill und den anderen so viel mitzuteilen, wie sie konnte, was ihnen jedoch nicht reichte.

»Privatsphäre des Patienten, von wegen«, brummte einer von ihnen.

Tess beschloss, dass das wohl der schlimme Gus sein musste. »Ich weiß, dass Sie sich um Ihren Freund sorgen, und es tut mir leid, dass auch ich Sie auf die Krankenhausregeln hinweisen muss. Wenn seine Tochter hier ist, wird sie Ihnen mehr über seinen Zustand verraten können. Warum gehen Sie bis dahin nicht nach Hause und ruhen sich etwas aus? Die Besuchszeiten beginnen morgen um elf, aber es dürfen immer nur ein oder zwei Personen auf die Intensivstation, teilen Sie sich also am besten für die Besuche auf.«

»Danke, Tess«, wandte sich Walter an sie. »Das machen wir.«

Erst nachdem alle durch die Tür zur Notaufnahme verschwunden waren, trat sie zu Ben, der weiter auf sie wartete. Wieder einmal wünschte sie sich, Ian hätte *sie* auf ein Eis mit ihm und seiner reizenden Tochter eingeladen. *Warum hab ich den hier am Hals?*

»Bist du so weit?«, fragte sie, ohne ihn anzusehen.

»Elegant gelöst«, erwiderte er. Er stieß sich von der Wand ab, an der er gelehnt hatte.

»Was denn?«

»Wie du dich um die alten Leute gekümmert hast. Du hast ihnen nichts gesagt, aber sie sind trotzdem ganz zufrieden abgezogen.«

Sie zuckte die Achseln. »Es gehört nicht viel dazu, sich wie ein normaler Mensch zu verhalten. Das könntest du ruhig auch mal probieren.«

Er lachte laut auf. »Autsch.«

»Wem der Schuh passt.«

Beim Auto hielt er sie mit einer Hand auf dem Arm zurück.

Sie bemühte sich, nicht zusammenzuzucken, indem sie sich ins Gedächtnis rief, dass nicht alle Männer Monster waren.

»Wir scheinen uns auf dem falschen Fuß erwischt zu haben«, meinte er. »Wie wäre es, wenn wir noch mal von vorne anfangen?«

Skeptisch musterte sie ihn.

Er streckte ihr seine Rechte hin. »Ich bin Bennett Caldwell.«

Zögernd ergriff sie sie und schaute zu ihm hoch. »Tess Daniels.«

Er ließ sie sprachlos zurück, als er ihre Hand an die Lippen hob und einen Kuss daraufdrückte. »Freut mich, Tess Daniels.«

***

Schweigend fuhren sie zur Extension Street. Er hatte sie mit der unerwartet romantischen Geste völlig verunsichert. Alles Romantische lag ihr derart fern, dass sie nicht wusste, was es zu bedeuten hatte. Wollte er sich nur dafür entschuldigen, wie er sich vorhin verhalten hatte? War er tatsächlich interessiert an ihr? Falls ja, was hielt sie dann davon? Diese Verwirrung war einer der Gründe, warum sie Männern für immer abgeschworen hatte. Trotzdem fragte sie sich, ob sie einen Blick auf den Menschen erhascht hatte, der er unter der gänzlich unausstehlichen Fassade war.

»Es ist im Irak passiert«, erklärte er plötzlich.

»Wie bitte?«

»Du hattest dich nach dem Bein erkundigt.«

»Stimmt, das hatte ich.«

»Vor fünfzehn Monaten saß ich in Falludscha im Jeep hinter dem Steuer, als wir auf eine Bombe am Straßenrand trafen. Ein Freund, der ebenfalls im Wagen war, war sofort tot.«

Sie hatte keine Ahnung, wie sie darauf reagieren sollte. Nach langem unangenehmen Schweigen bemerkte sie: »Du hast Glück, dass du das überlebt hast.« Während sie das sagte, zuckte sie innerlich zusammen, denn ihr wurde klar, wie dämlich das klang.

»Ja.« Er lachte bitter. »Glück.«

Sie schluckte schwer und zwang sich dazu, die Unterhaltung fortzusetzen. »Hast du noch weitere Verletzungen erlitten?«

»Schrapnellwunden auf meiner gesamten rechten Seite. Daher die Narben im Gesicht. Aber mein Bein hat es am schlimmsten erwischt. Es war völlig zertrümmert. Irgendwie – keine Ahnung, wie – hab ich es geschafft, einen Druckverband anzulegen, weshalb ich nicht verblutet bin.«

»Du erinnerst dich nicht?«

Er schüttelte den Kopf. »An nichts. Wir fuhren die Straße entlang, danach herrscht in meinem Kopf völlige Leere, und meine Erinnerungen setzen erst drei Tage später wieder ein.«

Er deutete auf der Extension Street auf ein weißes Haus am Fuße des Hügels. »Da ist es – trautes Heim, zumindest bis Nate es verkauft und sich seinem nächsten Projekt widmet.«

Tess parkte vor dem Gebäude, ließ den Motor allerdings laufen. In ihrem Kopf wirbelten Fragen umher, die ihr förmlich unter den Nägeln brannten, doch sie fand keine Worte.

»Also, danke fürs Mitnehmen.«

»Du wohnst also mit Nathan zusammen?«

Sein Lächeln ließ seine schroffe Miene zugänglicher wirken und verwandelte ihn von einem halbwegs gut aussehenden in einen umwerfend attraktiven Mann. »Ich hatte eine Wohnung in der Stadt, die ich aber aufgegeben habe, als ich zum Dienst in der Nationalgarde eingezogen wurde. Als ich versehrt zurückkehrte, haben meine Brüder beschlossen, dass ich nicht alleine leben kann, bis ich etwas mobiler geworden bin. Nate hat den Kürzeren gezogen und musste mich aufnehmen. Ich vermute allerdings fast, er hat es extra so gedreht, damit er mich im Auge behalten kann.«

Der bittere Ton in seiner Stimme führte sie zu der Frage: »Kommt ihr nicht miteinander aus?«

»Bevor wir zusammen in einem Haus gewohnt haben, schon. Jetzt nerven wir einander bloß noch.«

»Ich bin mir sicher, dass dein sonniges Gemüt damit überhaupt nichts zu tun hat.«

»Du hältst dich aber nicht zurück, was, Schwester Tess?«

»Wem nützt es denn, wenn man sich zurückhält?«

Er studierte sie eine Weile. »Wenn du das so siehst, wie wäre es dann, wenn wir den Hügel runtergehen und uns einen Drink gönnen?«

»Äh, also, na ja. Ich denke, eher nicht. Ich muss morgen wieder früh arbeiten, ich sollte also lieber nach Hause.«

»Nur einen? Ich verspreche auch, dass ich mich wie ein perfekter Gentleman benehme.«

»Du würdest mir also was vormachen?«

Er lachte.

»Vielleicht ein andermal.«

»Wenn du beschließt, dass du mich nicht magst, kannst du ja einfach abhauen. Was soll ich schon dagegen unternehmen? Dir nachlaufen? Wie du siehst, bist du bei mir völlig sicher.«

Sie widerstand dem Drang, ebenfalls zu lachen. Wenn er sich Mühe gab, erschien er ihr beinahe menschlich. Im Hinblick auf die Sachen, die er ihr anvertraut hatte, konnte der Gutmensch in ihr nicht anders, als die verletzte Seele zu erkennen, die sich unter der rauen Schale verbarg. Gegen ihren Willen war sie von ihm fasziniert.

»Also gut.« Sie schaltete den Motor ab – genau wie ihre rasenden Gedanken. »Ein Drink.«

Kapitel 12

Während Nathan seine Schmerzmittel holte, gestattete Georgie sich nicht, darüber nachzudenken, warum es eine schlechte Idee war, wieder mit ihm im Bett zu liegen. Stattdessen dachte sie daran, wie froh sie war, dass er auf sie gewartet hatte, wie lieb es von ihm gewesen war – noch dazu mit dem verletzten Arm –, sie ins Bett zu tragen, und wie er ihr an diesem langen, schwierigen Abend mehr als nur einmal genau die Unterstützung geboten hatte, die sie gebraucht hatte.

Wenig später kehrte er mit den Tabletten und einem Glas Wasser zurück, das er ihr ebenfalls anbot.

Sie trank einen Schluck und reichte es ihm zurück.

Nachdem er eine Tablette genommen hatte, stellte er die Flasche und das Glas auf den Nachttisch und griff nach ihr. Er hielt sie, als wäre sie das Kostbarste auf der Welt, strich ihr mit den Fingern durchs Haar und küsste sie auf die Stirn. »Erzähl es mir«, bat er sie leise.

»Was?«

»Alles.«

Also tat sie es. Von dem Anruf, mit dem sie von der Diagnose ihrer Mutter erfahren hatte, bis zur Kündigung und zu dem Schock über Gus' Anblick vorhin. Lediglich was die Diagnose ihrer Mutter auch für ihre Gesundheit und die ihrer Schwester bedeutete, ließ sie aus. Sobald sie all das losgeworden war, stellte sie überrascht fest, dass es ihr besser ging.

»Das alles in drei Monaten?«

»Ja.«

»Kein Wunder.«

»Was?«

»Kein Wunder, dass du in deinem Leben keinen Platz für eine weitere Komplikation hast. Du hast nicht übertrieben.«

Dabei kannte er noch nicht mal den wichtigsten Grund, warum sie ihn auf Abstand hielt. »Es tut mir leid, dass ich dich verletzt habe. Das wollte ich nicht.«

»Wir reden nicht über mich, sondern über dich, Georgie. Ich bin beeindruckt.«

»Ehrlich?«

»Ja, bin ich. Du hast dich heute selbst fertiggemacht, weil du nicht genug für Gus getan hast. Was ist mit all dem, was du in den letzten Monaten für die alten Leute übernommen hast – während du dich auch noch um deine Mutter gekümmert hast?«

»Ich will aber gar nicht dort sein. Ich verabscheue jeden Augenblick, den ich in diesen miefigen, viel zu heißen Räumen mit den alten Männern verbringen muss, die nicht mal *versuchen*, sich ihre anzüglichen Witze zu verkneifen. Bin ich deshalb nicht ein schlechter Mensch?«

»Nein«, versicherte er ihr mit einem leisen Lachen. »Bist du nicht. Dir sind alle Entscheidungsmöglichkeiten genommen worden. Es ist nur natürlich, dass du dich dem widersetzt. Das ginge jedem so. Andererseits kann man ihnen keinen Vorwurf daraus machen, dass sie scharf auf dich sind. Sie sind schließlich auch bloß Menschen.«

Seine Worte hingen einige stille Minuten lang schwer in der Luft. »Hat dein Freund dir wirklich am Telefon den Laufpass gegeben?«

»Ja. Genau an dem Tag, an dem ich dich getroffen habe. Ein weiterer Grund, warum die Sache mit der Mülltonne mich so kalt erwischt hat.«

Die Hand, mit der er ihr durch das Haar gestrichen hatte, hielt plötzlich inne.

»Was?« Da er ihr nicht antwortete, drehte sie sich zu ihm um. »Nathan? Was ist los?«

»Dann bin ich also, was, lediglich ein Ersatz?«

»Nein, ganz und gar nicht.«

Er versuchte, sich aufzusetzen, doch sie ließ ihn nicht.

»Meine Beziehung mit Doug war schon lange vorbei. Vor Monaten schon. Ich hatte es nur noch nicht geschafft, es offiziell zu beenden. Dann ist er mir zuvorgekommen, weshalb ich stinksauer war. Du bist *kein* Ersatz, Nathan, das schwöre ich dir.« Sie fuhr ihm mit der Hand über die Brust und streichelte sein Gesicht. »Was zwischen uns vorgefallen ist, hat allein etwas mit dir und mir zu tun. Glaubst du mir?«

»Ich möchte es.«

Obwohl sie es besser wusste, beugte sie sich vor und presste ihre Lippen auf seine. »Du musst mir glauben.« Sie fuhr mit der Zunge über seine Unterlippe.

Er atmete scharf ein. »Georgie.«

Ihre Lippen schwebten über seinen. »Ich muss dir was erzählen, aber ich möchte nicht, dass du denkst, damit hätte sich zwischen uns was geändert.«

Er legte ihr die Hände auf die Hüften und hielt sie fest. »Was denn?«

»Ich bin dankbar, dass du heute Abend hier bist und mir zuhörst, doch ich habe weiter keinen Platz …«

Er verschloss ihr mit einem glühenden Kuss die Lippen, und sie hatte das Gefühl, als raubte er ihr allen Sauerstoff direkt aus den Lungen … und dabei auch gleich noch jegliche Vernunft. Er strich ihr über Rücken und Haar.

Sie versuchte den Kuss zu unterbrechen. Da war eine weitere Sache, die sie ihm mitteilen musste. »Warte«, keuchte sie. »Nathan. Ich muss dir sagen …«

»Ich höre zu«, erwiderte er, bevor er sie erneut küsste.

Ihr Herz raste, und es kostete sie größte Anstrengung, dem Verlangen nicht nachzugeben, das zwischen ihnen aufloderte, sobald sie in seiner Nähe war. Sie unterbrach den Lippenkontakt und war sich darüber im Klaren, wie benommen sie wirken musste, als sie zu ihm runterschaute. Sie räusperte sich und zwang sich dazu, sich zu konzentrieren. »Erinnerst du dich, wie du mir anvertraut hast, dass du mich schon seit Wochen begehrst?«

»Ja.« Er liebkoste mit den Lippen ihr Kinn. »Es stimmt, das tue ich.«

Sie erbebte. »Also, mir, äh …« Sie atmete tief durch. »Mir ging es genauso.«

Verwirrt zog er die Augenbrauen zusammen. »Was ging dir so?«

Ihr glühten die Wangen vor Verlegenheit und Verlangen. »Ich wollte dich auch. Wochenlang habe ich dich beim Joggen beobachtet, und ich … ich wollte dich, wie ich noch nie zuvor einen Mann gewollt habe. Noch nie. Was zwischen uns vorgefallen ist, hatte also nichts mit der Suche nach einem Ersatz zu tun. Ich … ich möchte einfach, dass du das weißt.«

Eine Weile betrachtete er sie, und sie hatte keine Ahnung, was er dachte. »Wie kannst du das im selben Atemzug sagen, wie dass du keinen Platz für mich in deinem Leben hast?«

»Weil …«

»Lass mich rein, Georgie. Ich gehe nirgendwohin. Was ich in deiner Nähe empfinde, gefällt mir. Es ist schon viel zu lange her, dass ich mich das letzte Mal so gefühlt habe, und dem kann ich nicht einfach den Rücken kehren, nur weil du keinen Platz hast.« Er küsste sie. Fest. »Mach Platz.«

Bestürzt von seiner heftigen Reaktion, erwiderte sie: »Ich fahre nach Atlanta zurück. Schon bald.« *Außerdem muss ich mir vermutlich beide Brüste entfernen lassen, wie meine Schwester.*

»Ich weiß ja nicht, ob es dir aufgefallen ist, aber während du damit beschäftigt warst, die Dinge in Ordnung zu bringen, damit du nach Atlanta zurückkehren kannst, hast du dir hier ein Leben aufgebaut. Im Zentrum gibt es eine kleine Armee von Menschen, die für dich über glühende Kohlen laufen würden, du hast zwei gute Freundinnen, die hier mit dir im gleichen Haus wohnen, und zu guter Letzt, ob du es nun willst oder nicht, hast du auch noch mich. Ich hab keine Ahnung, was in Atlanta auf dich wartet, doch da dein Freund es für angebracht gehalten hat, dir telefonisch das Aus eurer Beziehung mitzuteilen, kann ich mir nicht vorstellen, dass es viel besser ist als das, was direkt vor deiner Nase liegt. Hier.«

Sie ließ sich zurück in die Kissen sinken und dachte über seine Worte nach. Wenn sie sich eingestand, dass er recht haben könnte, würde das bedeuten, dass ihre Welt wieder einmal auf den Kopf gestellt wurde. Sie war sich nicht sicher, ob sie dafür bereit war – außerdem erschien es ihm gegenüber nicht fair, in Anbetracht dessen, was in ihrer Zukunft liegen könnte.

»Ich hab recht«, beharrte er. »Das weißt du.« Er stützte sich auf den gesunden Arm, schaute zu ihr runter und beugte sich vor, um sie sanft zu küssen. »Wenn er dich geküsst hat, hat dir dann auch der Atem so gestockt, wie wenn ich dich küsse?« Er schob ihr eine Hand unter den Rock und legte sie auf ihr Bein. »Hat sich deine Haut unter seiner Hand erhitzt wie unter meiner?« Ganz zart streichelte er ihren Oberschenkel. »Wenn er dich geliebt hat, bist du dann immer wieder zum Höhepunkt gekommen wie bei mir?«

»Nein«, flüsterte sie. »Nein.« Sie schloss die Augen, während er sie mit zärtlichen Worten liebkoste, mit denen es ihm gelang, die Mauern zu durchbrechen, die sie um sich errichtet hatte. Er wusste genau, welche Wirkung er auf sie hatte, also versuchte sie gar nicht erst, es zu leugnen. Stattdessen griff sie nach ihm, presste die Lippen auf seine, und prompt stockte ihr der Atem, so wie er es beschrieben hatte.

Er küsste sie ganz sanft, wobei er sich ihrem Tempo anpasste.

Es war, als ertränke sie in ihm – in seinem Duft, der hungrigen Berührung ihrer Lippen und Zungen, seiner Hand auf ihrem Rücken, mit der er sie fest an sich drückte, in der warmen Abendluft und dem Zirpen der Grillen, das durch das offene Fenster drang. In ihrer ersten Nacht hatten sie sich oft geliebt, aber hier, in diesem Augenblick, nur mit seinem Mund auf ihrem, berührte er sie tiefer, als es jemals jemand anders vermocht hätte.

Schließlich löste er sich von ihr, jedoch ohne die Hand wegzunehmen, und musterte sie lange.

»Darf ich dich etwas fragen?«, wollte sie wissen.

»Alles, was du willst.«

»Warum ich? Ich bin nicht unbedingt nett zu dir.«

Er lachte auf. »Oh, du bringst mich noch um«, erklärte er und wischte sich die Augen trocken.

»Ich meine es ernst.«

»Ich auch. Ich lach mich kaputt.«

Sie stieß ihn von sich. »Okay, wenn du dich so verhältst …«

»Komm schon«, bat er und streckte die Hand nach ihr aus. »Ich mach doch nur Spaß.«

»Ich weiß, warum du mir nicht antworten willst.«

»Ach ja?«

»Weil du keine Ahnung hast, was dir an mir gefällt.«

»Das stimmt nicht …«

»Ach, Moment. Jetzt weiß ich es.«

»Ich kann es kaum erwarten, das zu hören.«

»Weil ich leicht zu haben war.«

»Leicht?« Diesmal lachte er noch heftiger, was sie bloß weiter aufregte. »Süße, dir kann man ja vieles nachsagen, aber nicht, dass du leicht zu haben wärst.«

»In jener Nacht schon.«

»Ich doch genauso.«

Sie warf ihm einen vernichtenden Blick zu. »Männer werden nicht nach demselben Maßstab beurteilt.«

»Niemand urteilt über dich, Georgie, am allerwenigsten ich.« Er strich ihr über das Haar. »Ganz gleich, was zwischen uns geschieht, die erste Nacht mit dir werde ich nie vergessen. Niemals.«

»So etwas habe ich noch nie geschehen lassen«, gestand sie.

»Was denn?«

Vor Verlegenheit glühte ihr Gesicht. »Bei der ersten Verabredung … Und ein paar der anderen Sachen auch.«

»Es war für uns beide eine ganz besondere Nacht. Ich hoffe, es war die erste von vielen.«

»Was mich zu meiner ursprünglichen Frage zurückbringt: Warum ich?«

Mit einem echten Lausbubenlächeln erwiderte er: »Wenn ich mich für eines entscheiden müsste, dann wären das die Grübchen.«

Sie kniff die Augen zusammen. »Du begibst dich hier echt in Gefahr, Nathan. Das sollte dir klar sein.«

»Zum Glück habe ich keine Angst vor dir.«

»Solltest du aber vielleicht.«

»Vielleicht.«

»Ich will trotzdem nichts Festes anfangen.«

Ihm fielen die Lider zu. »Okay.«

»Schläfst du etwa?«

»Ich denke schon.«

»Nathan …«

»Liegt vielleicht an der Tablette«, murmelte er, wobei er den Arm hob. »Blutet es nach?«

Sie schob den Ärmel des T-Shirts hoch und atmete scharf ein. »Tut es. Was soll ich tun?«

»Hast du Pflaster da?« Während er die Augen geschlossen hielt, ging sein Atem in einen schläfrigen Rhythmus über.

Sie sprang vom Bett und rannte ins Bad. Wenig später kehrte sie mit einem nassen Lappen, Wundauflagen und Fixierpflaster zurück, nur um ihn leise schnarchend vorzufinden. Mit einem tiefen Seufzer krempelte sie den Ärmel hoch, entfernte den blutdurchtränkten Verband und schnappte beim Anblick der vernähten Wunde nach Luft. Sie säuberte den Arm mit dem warmen Waschlappen und verband ihn neu. Dabei genoss sie das Bild, das er ihr bot. Selbst im Schlaf sah er unfassbar gut aus.

Er regte sich nicht, selbst als sie die Mullbinde mit dem Pflaster fixierte. Schließlich berührte sie mit der Hand seine Stirn und stellte überrascht fest, dass er Fieber hatte.

Der arme Kerl. Er hatte einen schrecklichen Tag hinter sich, und irgendwie hatte er es dennoch geschafft, sich um sie zu kümmern. Bei einer Sache hatten Tess und Cat wohl recht: Männer wie er wuchsen nicht auf Bäumen. Sie musste höllisch aufpassen, denn es wäre viel zu leicht, sich in ihn zu verlieben.

Bei allem, was sie im Moment durchmachte, hätte das Timing kaum schlechter sein können. Sie hatte sich immer vorgestellt, wie es wohl wäre, wenn sie sich mal verliebte. Was sie sich nicht vorgestellt hatte, waren Brustkrebsgene, Senioren, eine Anhörung vor dem Nachlassgericht, ein großes Haus, um das sie sich kümmern musste, oder ein aus der Bahn geworfenes Leben in einer anderen Stadt, Hunderte von Meilen von hier entfernt.

Auch wenn der Zeitpunkt für eine feste Beziehung denkbar schlecht war, könnte sie vielleicht ein wenig Zeit mit ihm verbringen, sich mit ihm amüsieren, das Ganze nicht zu ernst nehmen. Solange ihnen beiden klar war, worauf sie sich einließen, würde niemand verletzt werden, richtig? Sie band ihm die Turnschuhe auf und streifte sie ihm ab, bevor sie die Decke unter ihm wegzog, um ihn damit zuzudecken. Einer spontanen Eingebung folgend, beugte sie sich vor und küsste ihn.

Er murmelte etwas im Schlaf, wachte aber nicht auf.

Das Telefon klingelte, und Georgie lief ins Zimmer ihrer Mutter, um den Anruf entgegenzunehmen.

»Georgie?«, fragte Bill Bradley.

»Hi, Bill. Wie geht es Gus?« Sie wappnete sich für die Antwort.

»Unverändert, wie es scheint. Die Ärzte wollen uns nicht viel verraten.«

»Ich fasse einfach nicht, dass das passiert ist. Hat sich die Polizei schon bei dir gemeldet?«

»Roxy meint, sein Sohn Roger könnte in Schwierigkeiten mit Drogendealern stecken. Offenbar haben sie im Haus seines Vaters nach dem Geld gesucht, das er ihnen schuldet. Vielleicht hat er es diese Woche dort versteckt, als er da war, um Gus zum Arzt zu fahren.«

Da ihr die Knie nachgaben, setzte sie sich auf das Bett ihrer Mutter. »War Roger im Krankenhaus?«

»Von ihm hat noch niemand etwas gehört. Gus' Tochter Dawn fliegt heute Nacht aus Florida her.«

»Na ja, wenigstens ist ein Teil seiner Familie bei ihm.«

»Er hat doch uns«, erwiderte Bill fest.

»Natürlich hat er uns. Lass es mich wissen, wenn es etwas Neues gibt. Selbst wenn es mitten in der Nacht ist, okay?«

»Mach ich.«

»Ich hätte hinfahren sollen, als ihr mir gesagt habt, dass ihr euch um ihn sorgt.«

»Deine Mutter hat ständig von dir und deiner Schwester erzählt, wusstest du das?«

Überrumpelt von dem Themenwechsel gestand sie: »Nein, wusste ich nicht.«

»Immer wieder hieß es ›Ali hier, Georgie da‹. ›Ali kommt nach Hause, Georgie hat eine neue Wohnung.‹ Das Zentrum war ihr Job, aber du und deine Schwester, ihr wart ihr Leben, Schatz. Ihr wart ihr größter Stolz und ihre größte Freude.«

Georgie schnürte sich die Kehle zu. »Danke, Bill.«

»Ich denke, dass du das bereits wusstest. Sie wäre stolz darauf, wie du dich um das Zentrum kümmerst.«

»Das hoffe ich sehr«, sagte sie und blinzelte die Tränen weg. »Wir sehen uns morgen.«

»Werden wir. Alles in Ordnung bei dir, Georgie?«

Sie schaute über den Flur zu Nathan, der ausgestreckt auf ihrem Bett schlief. »Ja, hier ist alles gut.«

KAPITEL 13

Kurz nach zwei erwachte Georgie schweißgebadet. Nathan hatte die Arme um sie gelegt und stöhnte leise im Schlaf. Nachdem sie sich aus seiner Umarmung befreit hatte, merkte sie erschrocken, dass seine Haut förmlich glühte. Sie legte ihm die Hand auf die verschwitzte Stirn und atmete scharf ein.

»Nathan.« Hastig schaltete sie das Nachtlicht ein und rüttelte ihn an der Schulter. »Wach auf.«

»Heiß, Georgie, zu heiß …« Die nächsten Worte waren nur ein zusammenhangloses Flüstern.

Sie zog die Decke von ihm und rannte ins Bad, um einen Waschlappen unter kaltes Wasser zu halten. Damit kehrte sie zu ihm zurück und wischte ihm über das Gesicht.

Er öffnete die Augen und blinzelte, bis er sich ans Licht gewöhnt hatte. »Was ist los?«

»Du hast Fieber. Ich schau mal, ob wir was dagegen haben. Kommst du zurecht?«

»Solange du mich nicht allein lässt.«

Lächelnd fuhr sie ihm erneut mit dem Lappen übers Gesicht. »Du lässt dir keine Gelegenheit entgehen, was?«

Er schloss die Augen. »Kann ich mir nicht leisten.«

In keinem der Medizinschränke in den Bädern fand sie, wonach sie suchte. Schließlich fiel ihr ein Schrank in der Küche ein, in dem ihre Mutter ein paar Medikamente aufbewahrt hatte, also ging sie nach unten, wo sie Tess vorfand, die an der Arbeitsfläche lehnte und ein Glas Wasser trank.

»Warum bist du wach?«, fragte Georgie.

»Ich war bisher gar nicht im Bett.«

»Ach tatsächlich?«

»Ben hat mich auf einen Drink eingeladen, woraus dann zwei wurden, und jetzt bin ich zu viel zu später Stunde noch wach. Dafür werde ich morgen büßen.«

»Du und Ben?«, hakte Georgie nach, während sie nach dem Medikament suchte. »Was für eine interessante Kombination.«

»Keine Kombination, nur ein Drink. Er ist ganz in Ordnung, wenn man ihn näher kennenlernt. Übrigens hab ich dein Auto nach Hause gebracht. Die Schlüssel liegen auf dem Tresen.«

»Danke.«

»Wegen Gus tut es mir leid.«

»Mir auch.« Georgie seufzte. »Er ist wirklich einer von den Guten.«

»Wonach suchst du eigentlich?«

»Was gegen Fieber.«

»Bist du krank?«

Sie warf Tess einen Blick zu. »Äh, jetzt dreh deswegen nicht gleich durch, aber Nathan ist oben, und er hat Fieber.«

Mit offenkundig mühsamer Selbstbeherrschung fragte Tess: »Hat er die Medikamente eingenommen, die sie ihm heute mitgegeben haben?«

Georgie nickte. »Hat ihn ausgeknockt. Deshalb ist er hier.«

»Ist das der einzige Grund?«

»Tess.«

Sie lachte. »Ich habe oben, was du brauchst. Ich hol's dir.«

»Großartig. Danke.« Georgie füllte ein Glas mit frischem, eiskaltem Wasser und ging damit die Treppe hoch und in ihr Zimmer, wo Nathan wieder eingeschlafen war.

Wenig später kehrte Tess mit Tabletten und einem Fieberthermometer fürs Ohr aus der zweiten Etage zurück. »Darf ich?«

Georgie bedeutete ihr, sich keinen Zwang anzutun.

Nathan rührte sich nicht, als Tess seine Temperatur maß.

»Wow, fast vierzig Grad. Vorhin ging es ihm doch noch gut. Was ist passiert?«

»Also, er, äh … hat mich irgendwie nach oben getragen, weil ich so aufgebracht war.«

»Georgie, das hätte er nicht tun dürfen.«

»Ich weiß. Das habe ich ihm auch gesagt.«

»Wir müssen ihn erst mal aus den Klamotten rauskriegen.«

»Müssen wir?«, fragte Georgie alarmiert.

Bereits ganz im Schwesternmodus, hob Tess ihn an und zog ihm das T-Shirt aus. Als sie nach dem Knopf seiner Jeans griff, wandte sie sich an Georgie: »Willst du da bloß rumstehen?«

»Ja, das war der Plan.«

»Georgie, komm schon.«

Widerstrebend half sie ihr dabei, ihm die Hose abzustreifen.

»Erzählt mir bitte nicht, dass ich halluziniere«, brummte er, als er nur noch in Boxershorts dalag. »Beide?«

Georgie verdrehte die Augen. »Offensichtlich geht's ihm gut.«

Tess grinste. »Heute Nacht nicht, mein Großer.« Sie schüttelte zwei Tabletten aus der Flasche und half ihm, sich aufzusetzen, damit er sie runterschlucken konnte.

Georgie beobachtete die Szene seltsam distanziert. Tess wusste, was zu tun war, es war also das Beste, ihr nicht im Weg zu stehen.

Er zuckte zusammen, als er versuchte, den Arm zu bewegen.

»Wer ist denn für dieses Pfuschwerk verantwortlich?«, erkundigte sich Tess mit Blick auf den stümperhaften Verband, den Georgie vorhin fabriziert hatte.

»Das war ich«, gestand sie. »Was hab ich denn falsch gemacht?«

»Abgesehen von allem? Hat es geblutet?«

»Ein wenig«, gab Georgie zu.

Kurzerhand nahm Tess den Verband ab und inspizierte die Wunde. »Das muss ausgespült werden. Ich hole das Zeug dafür.«

Sobald sie allein waren, streckte Nathan die Hand nach ihr aus.

Sie verschränkte die Finger mit seinen.

»Warum bist du denn so blass?«, wollte er wissen.

»Bin ich das?«

»Ja.«

»Ich hatte Angst, weil du förmlich geglüht hast, als ich aufgewacht bin.«

»Achtung, du hast es nicht von mir, aber ich glaube, ich bedeute dir allmählich etwas.«

»Nein. Ich wusste nur nicht, wie ich deinen Leichnam loswerden soll, solltest du dich in meinem Bett spontan selbst entzünden.«

Mit geschlossenen Augen und fest um ihre geschlungenen Fingern lachte er leise. »Ich würde mich liebend gerne in deinem Bett spontan selbst entzünden. Du musst es nur sagen.«

Darüber musste sie ebenfalls lachen. »Du lässt echt nicht locker.« Während sie ihn betrachtete, wie er dort in ihrem Bett lag, wünschte sie sich, sie hätte ihn getroffen, bevor ihr Leben aus der Bahn geworfen worden war.

Tess kehrte mit einem Stapel Handtücher und einer großen Spritze zurück.

»Was hast du vor?«, fragte Nathan alarmiert.

»Es ist bloß Wasserstoffperoxid, ein wenig Alkohol und Wasser. Es könnte brennen, aber nur kurz.«

Nathan zog an Georgies Hand. »Legst du dich zu mir?«

Mit einer zustimmenden Kopfbewegung bedeutete Tess ihr, dass sie ihm den Wunsch ruhig erfüllen konnte.

Also legte sie sich neben ihm aufs Bett, sodass er den Kopf an ihre Brust lehnen konnte.

»Was ist denn hier los?«, fragte Cat von der Tür her.

»Nathan verglüht«, erklärte Tess.

»Wenn er in Georgies Bett verglüht, was zum Henker hast du dann hier verloren?«, wollte Cat mit amüsierter Miene wissen.

»Ich wünschte, in Georgies Bett zu verglühen würde genau das bedeuten, was du denkst«, erwiderte Nathan.

»Lass deinen Arm locker«, verlangte Tess, die Georgie über seinen Kopf hinweg einen Blick zuwarf. »Halt ihn fest«, murmelte sie.

Georgie nickte, doch ihr Magen verkrampfte sich nervös. Sie schlang die Arme fest um ihn.

»Es wird bloß ganz kurz brennen«, erklärte Tess fröhlich.

»Ach du Scheiße!«, zischte er. Alle Farbe wich ihm aus dem Gesicht, während er sich fest auf die Unterlippe biss. »Komm schon, das reicht.«

Tess hielt ihn mit eisernem Griff fest. »Nur noch einen winzigen Moment.«

Er stöhnte.

Georgie drückte seinen Kopf an ihre Brust und strich mit den Fingern durch sein Haar.

Tess trocknete die Wunde und legte einen neuen Verband an. »Morgen früh schau ich es mir wieder an. Versuch, ein wenig zu schlafen.«

»Danke«, krächzte er mit brüchiger Stimme.

»Hol mich, wenn du mich brauchst«, sagte sie zu Georgie.

»Mach ich. Danke, Tess.«

»Gute Nacht«, verabschiedete sich Cat.

Sobald Tess den Flur betrat, hörte Georgie, wie sie sich bei Cat nach ihrem Date mit Ian und Rosie erkundigte.

Ihre Stimmen verklangen auf dem Weg nach unten.

»Cat und Ian?«, flüsterte Nathan.

»Offensichtlich auch Tess und Ben.«

»Krass. Da bin ich eine Nacht mal nicht auf der Höhe, und die Welt dreht durch.«

»Alles in Ordnung?« Seine Lippen waren vor Schmerz bleich. »Brauchst du was?«

»Nur eins.«

»Was?«

»Dich. Ich will dich halten.«

»Das kannst du nicht. Du musst den Arm schonen und brauchst Ruhe.«

»Dann halte du mich. Ich kann nicht bei dir schlafen, ohne dich zu berühren.«

Sie rutschte unter ihm weg und legte sich neben ihn. »Ich will dir nicht wehtun.«

Vorsichtig drehte er sich auf die unverletzte Seite und griff nach ihr.

Sie rückte ein Stück näher an ihn ran, und er legte die Hand auf ihre Hüfte. »Genau das brauchte ich«, erklärte er mit zufriedenem Seufzen. »Eins noch?«

»Ich mag gar nicht fragen.«

»Meinst du, du könntest mich vielleicht küssen?«

»Nathan …«

»Nur einen Kuss.« Er sah sie bittend an. »Ich bin immerhin verwundet.«

»Wie lange willst du das denn noch ausnutzen?«

»Solange es geht?«

Sie gab ihm einen Kuss auf die Wange. »Da. Jetzt schlaf.«

»Das war nichts. Das kannst du doch besser. Ich *weiß*, dass du das besser kannst.«

»Wenn ich dich küsse, wirst du dann schlafen?«

»Versprochen.«

Sie stützte sich auf einen Ellbogen, beugte sich vor, um ihre Lippen auf seine zu pressen, und wollte sich gerade wieder zurückziehen, als er seine Hand in ihr Haar grub und sie festhielt.

Mit der Zunge fuhr er ihr über die Lippen.

Überrascht keuchte sie auf, denn sie spürte sofort das mittlerweile vertraute Verlangen, das er jedes Mal in ihr weckte.

Kurz entschlossen nutzte er ihre momentane Abgelenktheit aus und vertiefte den Kuss.

Sie legte ihm die Hand auf eine Schulter, woraufhin er zwar zusammenzuckte, sie aber weiter festhielt. Mit der Hand strich er über ihren Rücken und zog sie dichter an sich.

»Nathan«, schalt sie ihn, nachdem sie sich von seinen Lippen gelöst hatte. »Dein Arm.«

»Küss mich, Georgie.«

»Hab ich doch schon.«

»Das hat mir nicht gereicht.« Er hakte ein Bein um ihre Hüfte, um sie noch näher an sich zu ziehen.

Sein Körper war warm und erregt, der Blick von Fieber und Verlangen verschleiert. »Trägst du immer Boxershorts im Bett?«, fragte er.

»Meistens.«

»Heiß. Und dieses kleine Hemdchen, das mag ich auch.«

Sie schaute an sich herab und erkannte, dass ihr Oberteil nicht viel der Fantasie überließ. Als sie versuchte, es zu richten, hielt er sie zurück.

»Nicht.«

Ihre Blicke begegneten sich.

Sie wusste, dass er sie wieder küssen würde, und wieder stockte ihr der Atem, weil Vorfreude und Vernunft miteinander im Wettstreit lagen. Erneut standen sie kurz davor, die Kontrolle zu verlieren. Sie musste dem ein Ende setzen, also versuchte sie, sich von ihm zu lösen, aber er wehrte sich.

»Georgie«, flüsterte er, ehe er wieder den Mund auf ihren drückte.

Sie wollte ihm widerstehen. Ehrlich, das wollte sie. Doch sobald seine Lippen mit ihren verschmolzen, schien sie jeder vernünftige Gedanke zu verlassen.

Er wechselte die Stellung, um sie besser küssen zu können, und seine Erektion drückte gegen ihr Bein.

Sie wusste, dass sie ihn nicht ermutigen sollte. Ganz bestimmt sollte sie ihn auch nicht durch den dünnen Baumwollstoff seiner Unterhose massieren. Äußerst schlecht, da war sie sich sicher, aber … nun ja, sie konnte einfach nicht anders.

Er stöhnte und drängte sich gegen ihre Hand, während er ihre Brust umfing. Als er mit dem Daumen über die Brustspitze glitt, raubte ihr das heftige Verlangen, das sie durchströmte, fast den Atem.

Er befreite ihre Brust aus dem Hemd. »Hmm«, meinte er, und sein Mund vibrierte an ihrer erhitzten Haut. »So hübsch. So perfekt.«

Sie versteifte sich, weil sie wieder an die Bluttests und die Brustamputation denken musste. »Stopp«, flüsterte sie. »Hör bitte auf.«

Heftig keuchend ließ er den Kopf auf ihre Schulter sinken. »Entschuldige.«

Sie war zugleich wütend auf sich, frustriert über das unerfüllte Verlangen, das noch immer in ihr pochte, und traurig – unendlich traurig.

Der sanfte Druck seiner Lippen auf ihrer Schulter ließ sie förmlich in seinen Armen dahinschmelzen.

»Du hältst mich sicherlich für schrecklich ...«

Mit einem zärtlichen Kuss brachte er sie zum Verstummen. »Ich halte dich für die heißeste, begehrenswerteste, faszinierendste, frustrierendste, hinreißendste, fürsorglichste Frau, die ich jemals gekannt habe, und es ist schon sehr lange her, dass ich mich nach jemandem so verzehrt habe wie nach dir – und nicht nur im Bett.«

Sie musste sich anstrengen, dass ihr nicht der Mund offen stehen blieb. Wie konnte er so etwas sagen? Wie sollte sie ihm widerstehen, wenn er solche Sachen aussprach?

Sein Lächeln war klein, wirkte aber zufrieden. »Kein Kommentar?«

»Du spielst nicht fair«, erwiderte sie leise.

Er zog sie fest an sich und schaltete hinter ihr das Licht aus. »Stimmt.«

***

Pulsierender Schmerz in seinem Arm riss ihn am nächsten Morgen genau um die Zeit aus dem Schlaf, zu der er sonst aufstand, um zu joggen. Heute war ihm das allerdings nicht möglich. Frustriert merkte er, wie schwach und erschöpft er von dem Fieber war, das weiter in ihm tobte. Hilflos, verletzt oder krank zu sein hatte ihm noch nie behagt. Seine Mutter hatte ihn oft als den schlimmsten Patienten von allen bezeichnet, was in seiner Familie schon was heißen wollte.

Um sich von dem Schmerz in seinem Arm abzulenken, beobachtete er die schlafende Georgie und fragte sich, ob sie sich wieder zurückziehen würde, sobald sie aufwachte und ihn in ihrem Bett vorfand. Als er sich daran erinnerte, wie sie ihm vorgeworfen hatte, er spiele nicht fair, musste er lächeln. Natürlich spielte er nicht fair. Wieso auch? Er spielte, um zu gewinnen, und offensichtlich war sie an diese Strategie nicht gewöhnt.

Der alte Doug Wie-hieß-er-noch-gleich aus Atlanta gehörte sicher zu denen, die einfach nur ihre Spielchen trieben. Sie hatte erwähnt, er wäre Sportmanager. *Das Ego von dem Typen muss man sich mal vorstellen. Hält sich vermutlich für Gottes Geschenk an die Frauenwelt.* Er hasste solche Kerle, die allen anderen den Ruf ruinierten. Georgie hatte Besseres verdient.

Vielleicht war es Zeit für etwas gute alte Romantik. Wieder lächelte er, weil er sich vorstellte, dass er sie aus der Bahn warf. Das gefiel ihm. Die Idee reizte ihn immer mehr, je länger er darüber nachdachte. Er würde sich von seinem Bruder Kevin, dem König der Romantik, ein paar Ratschläge holen.

»Weshalb grinst du so?«, murmelte Georgie.

»Oh, oh«, erwiderte er, wobei er die Arme um sie schlang. »Bist du etwa ein Morgenmuffel?«

Mit einem unwilligen Laut drehte sie sich von ihm weg, vermutlich, um weiterzuschlafen.

Er küsste sie auf den Nacken und stellte zufrieden fest, wie sie darunter erbebte.

»Wie ich sehe, geht's dir besser«, meinte sie.

»Besser, aber nicht richtig gut. Ich muss heute noch ein wenig gepflegt werden.«

»Ich schau mal, ob Tess Zeit hat.«

Trotz der Schmerzen spannte er den Arm an, den er um sie gelegt hatte. »Tess will ich nicht.« Verblüfft stellte er fest, dass allein der Klang ihrer Stimme genügte, um ihn zu erregen.

»In der Not frisst der Teufel Fliegen«, erklärte sie trocken.

»Ich möchte dich als meine Pflegerin engagieren.«

Sie brummte. »Das kannst du dir nicht leisten.«

»Sei dir da nicht so sicher«, entgegnete er direkt an ihrem Ohr.

Sie quietschte auf. »Lass das.«

Statt aufzuhören, knabberte er an ihrem Ohrläppchen. »Ich hör auf, wenn du dich einverstanden erklärst, mich gesund zu pflegen.«

»Ich hoffe, du hast jede Menge Zeit.«

Überrascht zuckte sie zusammen, als er ihre Brust liebkoste. »Ich habe den ganzen Tag. Tatsächlich bin ich die nächsten Tage krankgeschrieben, und ich brauche jemanden, der sich um mich kümmert.«

Sie wand sich aus seiner Umarmung und drehte sich zu ihm um. »Ich bin eine schreckliche Krankenschwester. Hast du nicht mitbekommen, wie Tess über den Verband geschimpft hat, den ich dir letzte Nacht angelegt habe?«

Er zuckte die Achseln. »Wie du schon sagtest: In der Not frisst der Teufel Fliegen.«

»Du bist also in Not?«, fragte sie mit einem Lächeln, bei dem sich die Grübchen wieder zeigten.

Sein Herz setzte kurz einen Schlag aus, als er eines davon berührte. Er *liebte* diese Grübchen. »Öffnest du heute das Zentrum?«

Ihr Lächeln verblasste. »Vermutlich nicht, da wohl alle im Krankenhaus sind. Ich werde dort auch mal vorbeischauen müssen.«

»Dann verbring den Tag doch mit mir.«

»Ich werde Newport schon bald verlassen.«

»Hattest du erwähnt.«

»Ich möchte nicht, dass du das vergisst.«

»Ich unterbreite dir lediglich ein Geschäftsangebot.«

Skeptisch zog sie die Augenbrauen zusammen.

»Ein Geschäft mit gewissen Vorzügen?«, ergänzte er mit einem, wie er hoffte, gewinnenden Lächeln.

Als sie die Hand an sein Gesicht legte und ihn streichelte, hörte er fast auf zu atmen. Lange betrachtete sie ihn. »Es ist echt schwer, dich nicht zu mögen. Weißt du das?«

Lachend küsste er ihre Handfläche. »Ich mag deine zweifelhaften Komplimente, Georgie Quinn. Heißt das, du wirst dich heute um mich kümmern?«

Widerwillig erklärte sie: »Ich werde mein Möglichstes tun.«

Kapitel 14

Beim Zähneputzen betrachtete Georgie Nathan, der ausgestreckt auf ihrem Bett lag, und musste sich eingestehen, dass es ihr gefallen hatte, neben ihm aufzuwachen. Mist. Trotz ihrer Mühe, Abstand zu wahren und sich nicht zu sehr auf ihn einzulassen, hatte er das nervige Talent, sich an ihrer Abwehr vorbeizuschmuggeln.

Wenn er doch bloß nicht derart nett und lustig wäre. Und sexy. *So* sexy. Warum konnte er nicht wenigstens ein bisschen hässlich sein? Oder selbstsüchtig? Es würde auch helfen, wenn er keinen Humor hätte. *Alles*, was ihr einen Grund gäbe, ihm zu widerstehen, sich von ihm fernzuhalten, ihn *nicht* zu mögen.

Plötzlich stand er neben ihr im Bad und drehte am Hahn das Wasser ab, das sie laufen gelassen hatte, während sie sich die Zähne putzte. Verdutzt starrte sie ihn an.

»Literweise Wasserverschwendung«, erklärte er mit verlegenem Lächeln.

Sie drehte den Wasserhahn wieder auf und spuckte die Zahnpasta aus. »Was soll das werden?«

»Was denn?« Er kratzte sich die Brust und streckte sich. »Die Tür war offen.«

»Du könntest dir wenigstens was anziehen. Ich lebe hier nicht allein.«

»Sie haben bereits gestern Nacht alles gesehen, als du und Tess mich ausgezogen habt. Wo wir gerade beim Thema sind: Das würde ich gerne wiederholen, wenn ich nicht im Fieberwahn liege. Ich konnte es gar nicht angemessen genießen.«

»In deinen Träumen.«

Er wackelte mit den Augenbrauen.

Von seiner Nähe ganz aufgewühlt, schob sie sich an ihm vorbei und überquerte den Flur auf dem Weg zu ihrem Zimmer.

»Meine Pflegerin sollte mich waschen.«

Sie wirbelte herum, bloß um festzustellen, dass er ihr gefolgt war. »Nicht mal in deinen *wildesten* Träumen.«

»Dann also nur eine Dusche?«

»Tu dir keinen Zwang an. Die Handtücher sind im Schrank.«

»Meine Pflegerin sollte mich nicht allein lassen. In meinem geschwächten Zustand könnte ich stürzen oder mir die Wunde wieder aufreißen. Du willst doch nicht, dass das passiert, oder?«

»Du forderst dein Glück echt heraus, dabei ist es noch nicht mal halb neun. Deine Pflegerin wird kündigen, wenn du diese sexuelle Belästigung nicht einstellst.«

»Einen Versuch war es wert«, erwiderte er fröhlich. »Ich bin unter der Dusche, falls du mich brauchst.« Damit schnappte er sich Jeans und T-Shirt und lief über den Flur. »Sicher, dass du nicht mitwillst?«

»Absolut.«

»Deine Einstellung zur Krankenpflege könnte etwas Nachbesserung vertragen«, verkündete er, ehe er die Tür zum Bad schloss.

Sie konnte sich ein kleines Lachen nicht verkneifen. Warum musste er nur derart witzig sein? Und süß? Und überhaupt völlig unwiderstehlich? Warum konnte er nicht wie jeder andere Kerl sein und sich in einen Idioten verwandeln, sobald er hatte, was er wollte? *Schließlich habe ich ihm bereits alles gegeben, trotzdem verschwindet er nicht. Was ist bloß los mit ihm? Ist er eine Art Masochist?*

Sie lief nach unten, in der Hoffnung, Cat oder Tess hätte bereits Kaffee aufgesetzt. Von dem Schlafmangel, der Sorge um Gus und dem Aufruhr wegen Nathan brummte ihr der Schädel. In der Küche war bereits eine Party im Gange.

Tess und Cat, die noch immer ihr Schlafzeug anhatten, sowie Ben, Ian und Rosie hockten am Küchentisch und tranken Kaffee und Orangensaft. Sobald Georgie den Raum betrat, besaß zumindest Ian den Anstand, das Gesicht von ihrem knappen Outfit abzuwenden, während Ben sich einen langen, abschätzenden

Blick gönnte. Sie verschränkte die Arme vor der Brust und wünschte sich, sie hätte sich die Zeit genommen, sich etwas Richtiges anzuziehen. »Was ist denn hier los?«

»Wir haben uns Sorgen gemacht, weil Nate gestern Abend nicht nach Hause gekommen ist«, erklärte Ben. »Das sieht ihm nicht ähnlich, also hatten wir gehofft, dass er hier ist.«

»Wir haben ihnen alles erzählt«, erwiderte Tess.

»Wie geht's ihm heute?«, erkundigte sich Ian.

»Er ist quicklebendig.« Sie griff hinter die Tür der Vorratskammer, um sich die Sweatjacke ihrer Mutter zu schnappen, die dort hing. Nachdem sie sich etwas bedeckt hatte, holte sie sich eine Tasse Kaffee und setzte sich zu den anderen an den Tisch.

»Das ist ein gutes Zeichen«, meinte Tess, die einen Klecks von Rosies Orangensaft aufwischte.

»Er ist unter der Dusche«, fügte Georgie hinzu.

Rosie kroch auf Tess' Schoß.

»Rosie«, mahnte Ian sie. »Tess will in Ruhe ihren Kaffee trinken.«

»Ist schon in Ordnung«, wehrte Tess ab, die einen Arm um das Kind legte. Zärtlich strich sie Rosie über die goldblonden Locken, und ein sehnsuchtsvoller Ausdruck trat auf ihr Gesicht. Hätte Georgie sie in dem Moment nicht direkt angesehen, wäre er ihr wohl entgangen.

Auch Ben, der jede ihrer Bewegungen beobachtete, bemerkte ihn. Cat und Ian hingegen schien es schwerzufallen, einander anzuschauen. *Wie interessant.*

Rosie kuschelte eine Weile mit Tess, bevor sie aufstand und zu Cat lief.

»Darf ich jetzt bei dir sitzen?«

Cat, die sonst ganz gefasst wirkte, schien völlig in Panik zu geraten. »Äh, also, ich schätze schon.«

Damit kletterte ihr Rosie auf den Schoß, ohne zu merken, dass Cat sie dort eigentlich gar nicht haben wollte. Anders als Tess, die die Arme um das Kind gelegt hatte, ließ Cat ihre an den Seiten baumeln, als hoffte sie, Rosie würde den Hinweis verstehen und sich einen anderen aussuchen, den sie belagern konnte.

Sie wurde gerettet, als Nathan in die Küche trat, das Haar noch feucht von der Dusche.

Hastig sprang Rosie von Cat runter und rannte zu ihrem Onkel.

Er hob sie mit dem gesunden Arm hoch und küsste sie geräuschvoll. »Na, Große, was geht?«

»Wohin?«

Die anderen lachten, aber Nathan meinte nur: »Eines Tages klappt das schon.«

»Was ist denn mit deinen Augen los?«, fragte Rosie.

»Keine Ahnung. Warum?«

»Die sehen komisch aus. Bist du krank?«

»Ich hab von dem Aua am Arm Fieber bekommen.«

Rosie legte ihm eine Hand auf die Stirn. »Du musst ins Bett. Daddy schickt mich immer ins Bett, wenn ich Fieber habe.«

»Keine Sorge, Georgie wird sich heute um mich kümmern.«

Rosie wandte sich an Georgie. »Kannst du das?«

Tess schnaubte leise.

Georgie warf ihr einen finsteren Blick zu, bevor sie zu Rosie hochsah. »Ich gebe mir die allergrößte Mühe.«

Liebevoll legte Rosie ihre kleinen Arme um Nathans Hals und drückte ihn. »Ich hoffe, dir geht's bald besser.«

»Danke, Baby.«

»Onkel Nate!«

»Ach, entschuldige, so darf ich dich ja nicht mehr nennen. Hab ich vergessen.«

»Schon gut. Ich vergebe dir.«

Georgies Kehle schnürte sich zusammen, während sie beobachtete, wie er mit dem Kind umging.

Mit einem gemurmelten »Entschuldigt mich bitte« stand Cat auf und ging auf die Veranda.

»Passt du kurz auf sie auf?«, wandte Ian sich an Nathan.

Nathan ließ das Mädchen auf und ab hüpfen, und es quietschte vergnügt. »Na klar.«

Zufrieden folgte Ian Cat nach draußen.

Da Nathans Gesicht sich vor Schmerzen anspannte, die er vor Rosie zu verbergen versuchte, führte Georgie ihn zu einem Stuhl und holte ihm eine Tasse Kaffee.

»Danke«, erwiderte er lächelnd.

»Was ist denn mit den beiden los?«, wollte Ben wissen und deutete mit dem Kopf auf die Tür.

»Sie mag Daddy, aber mich nicht«, erklärte Rosie mit gerunzelter Stirn.

Die anderen starrten sie ungläubig an.

***

Ian fand Cat auf der Korbbank. Sie bebte förmlich vor Anspannung.

»Schönes Wetter heute«, bemerkte er. *Großartiger Einstieg, Caldwell. Um nicht zu sagen genial.*

Sie schaute zu ihm rüber. »Hm.«

Kurz entschlossen setzte er sich neben sie. »Ist was?«

»Nein«, erwiderte sie rasch. »Warum?«

Er zuckte die Achseln. »Du scheinst mich heute irgendwie nicht ansehen zu können.«

»Das stimmt doch gar nicht.« Sie drehte sich zu ihm um und erwiderte seinen Blick. »Da, zufrieden?«

»Es war nur ein Kuss, Cat.«

»Es war aber mehr. Wäre es ›nur ein Kuss‹ gewesen, fiele es mir nicht derart schwer, dich anzusehen.«

Von ihrer Ehrlichkeit gerührt streckte er die Hand nach ihr aus. »Es war ein unglaublicher Kuss, oder?«

Sie schüttelte seine Hand ab. »Das hier wird nichts, Ian.«

»Warum nicht? Wir sind beide Single, zumindest hoffe ich, dass du …«

»Bin ich.«

»Wo liegt dann das Problem?«

»Du bist ein netter Kerl …«

»Danke. Lass uns heute Abend ausgehen.«

»Wenn du mich mal ausreden ließest …«

»Nur wenn du zustimmst.«

Ihr entrang sich ein genervtes Stöhnen. »Ich muss arbeiten.«

»Essen musst du auch.«

»Was ist mit … Was ist mit Rosie?«

»Ich kenne ein paar Leute, die mir aushelfen, weil ich oft nachts arbeiten muss.«

»Wo ist ihre Mutter?«

»Sie spielt keine Rolle.«

»Du bist also …«

»Ein alleinerziehender Dad? Ja.«

»Oh.«

»Ist das ein Problem?«

Sie kaute kurz auf der Unterlippe, dann schaute sie mit einem verletzlichen Ausdruck in den braunen Augen, der ihre schroffe Schale Lügen strafte, zu ihm hoch. »Ich hab's nicht so mit Kindern.«

»Das verlange ich ja gar nicht.«

»Aber sie ist, wie du weißt, Teil des Bildes.«

»Es ist bloß ein Abendessen. Ich mache dir keinen Antrag und bitte dich auch nicht, mein Kind großzuziehen.«

Sie wurde blass, und er lachte.

Er beugte sich vor und hörte amüsiert, wie sie scharf einatmete. Sie war nicht so hart, wie sie vorgab, nicht im Geringsten. »Seit sie da ist, bin ich nicht viel weggegangen, aber da es sich bloß um ein Abendessen handelt, nicht um eine Eheschließung, sollte das kein Problem sein.«

»Solange wir nur essen gehen und dir klar ist, dass ich kein Interesse an einer Fertig-Familie habe, einverstanden.«

»Klingt fair.«

»Was soll ich anziehen?«

»Was möchtest du denn anziehen?«

»So etwas wie gestern Abend.«

»Hast du noch eins von diesen Spaghettiträgertops?«

»Jede Menge.«

»Das passt dann doch.«

»Nur ein Abendessen«, wiederholte sie argwöhnisch. »Früh am Abend. Um acht muss ich im Club sein.«

»Ich hole dich um sechs ab.«

***

»Warum glaubst du, dass Cat dich nicht mag, Schatz?«, wollte Nathan von Rosie wissen.

Sie zuckte die Achseln. »Weiß ich nicht. Einfach so.«

»Also, es stimmt nicht«, versicherte ihr Tess. »Du brauchst nicht weiter darüber nachzudenken.«

Rosies Blick wanderte zur Tür. »Er mag sie.«

»Vielleicht«, räumte Nathan ein. »Aber er würde nichts mit jemandem anfangen, der dich nicht ebenso lieb hat wie er, wie wir *alle*.«

»Genau«, mischte sich Ben ein. »Das lassen wir gar nicht erst zu.«

Rosie strahlte ihren Onkel an.

»Hast du schon gefrühstückt, Rosie?«, fragte Tess.

Sie nickte. »Ich und Daddy hatten um halb sieben Cornflakes.«

Ben zuckte zusammen. »Gönn ihm doch etwas Schlaf, Kleine.«

»Daddy meint, ich stehe mit den Hühnern auf.«

Lachend strich Nathan ihr übers Haar. »Es ist ein Wunder, dass er an den Abenden, an denen er arbeitet, nicht am Mikro einschläft.«

Bei der Vorstellung musste Georgie lächeln. Sie erhob sich. »Ich gehe duschen, und danach fahre ich ins Krankenhaus.«

»Und wer kümmert sich um mich, wenn du weg bist?«, fragte Nathan.

Sie verdrehte die Augen. »Rosie, kannst du kurz auf Onkel Nate aufpassen? Achte darauf, dass er nichts anstellt.«

»Okay, Georgie«, versprach das Kind mit ernster Miene.

»Rosie hat das Sagen«, erklärte Georgie ihm auf dem Weg aus der Küche.

»Schauen wir uns mal den Garten an.« Nathan streckte seiner Nichte eine Hand hin.

***

Sobald sie allein waren, wandte sich Ben an Tess, und bevor er den Mut verlor, erklärte er: »Du siehst heute Morgen wunderschön aus.«

Sie starrte ihn an.

»Ich hatte schon die ganze Zeit gehofft, dass ich Gelegenheit bekomme, dir das zu sagen.«

»Danke«, erwiderte sie verblüfft. Dann stand sie auf und räumte die Tassen und Becher vom Tisch. Als sie nach seinem Becher griff, nahm er ihre Hand.

»Mache ich dich nervös, Tess?«

Sie betrachtete ihn kurz. »Ja.«

»Warum?«

»Ich bin mir nicht sicher.«

»Liegt es an mir? Oder an allen Männern?«

»Ein bisschen von beidem.«

Zufrieden, dass sie ihm genug traute, um das zuzugeben, schloss er die Hand fester um ihre. »Vor mir brauchst du keine Angst haben.«

»Das ist gut zu wissen.«

»Ich fand es schön mit dir gestern Abend.«

»Ich auch. Mit dir, meine ich.«

Fasziniert von der Röte auf ihren Wangen, erwiderte er: »Weißt du, heute Morgen bin ich zum ersten Mal, seit all das passiert ist, aufgewacht und hatte etwas anderes als meine Probleme im Kopf.«

»Ehrlich?«

Er nickte.

Ohne seine Hand loszulassen, setzte sie sich neben ihn. »Ich habe über etwas nachgedacht, was du gestern erwähnt hast, wegen deinem Freund Greg.« Sie hielt inne. »Aber wenn du lieber nicht darüber sprechen möchtest …«

»Raus damit.«

Sie blickte erst auf ihre verschränkten Hände und sah ihn schließlich mit ihren wunderschönen blaugrauen Augen an. Die Muskeln in seinem Bauch spannten sich, und zum ersten Mal seit Langem regte sich Verlangen in ihm. Er wollte sie. Bei dieser Erkenntnis wären ihm die Knie weich geworden, hätte er gestanden.

»Du hast von den Schuldgefühlen gesprochen, weil er gestorben ist und du überlebt hast.«

Ein Muskel in seiner Wange spannte sich an. Darüber redete er nicht. Nie. Doch sie hatte etwas an sich, das ihn dazu gebracht hatte, es ihr gestern Abend zu erzählen. »Ja.«

»Also, ich habe mich gefragt, ob du, wenn du die Möglichkeit hättest, seinen Eltern und seiner Freundin mitzuteilen, was er dir anvertraut hat … vor dem Unfall …«

»Du meinst, bevor er getötet wurde«, flüsterte Ben.

»Entschuldige. Ich weiß nicht, wie ich das ausdrücken soll.«

»Das gelingt dir schon ganz gut. Kümmere dich am besten gar nicht um mich und meine Befindlichkeiten.«

Sie lächelte. »Meinst du, es würde irgendwie auch dir helfen, wenn du ihnen sagst, dass er zuletzt an sie gedacht hat?« Die Worte sprudelten aus ihr raus, als hätte sie Angst, den Mut zu verlieren, wenn sie nicht schnell genug sprach.

Er rieb sich über die Bartstoppeln und versuchte, den Kloß in seinem Hals runterzuschlucken.

Mit geneigtem Kopf betrachtete sie ihn. »Ben? Alles in Ordnung?«

»Glaubst du denn, sie wollen mich überhaupt sehen? Würde ich sie nicht nur daran erinnern, dass er gestorben ist und ich nicht?«

»Wenn ich einen Sohn hätte, der auf diese Art gestorben wäre, dann würde ich wissen wollen, dass er im letzten Moment an mich und unser gemeinsames Leben gedacht hat.« Sie nahm seine andere Hand und hielt sie fest. »Ich würde es wissen wollen, Ben. Jede Mutter würde das wollen.«

Ohne darüber nachzudenken, was das bedeuten könnte, ließ er eine ihrer Hände los, strich ihr über die Wange und beugte sich vor, um sie zu küssen. Da sie sich nicht wehrte oder ihn wegschob, legte er ihr die Hand in den Nacken. Auch wenn er sie enger an sich zog, blieb der Kuss zärtlich, trotz des heftigen Verlangens, das ihn erfasste.

»Heißt das, dir gefällt meine Idee?«, fragte sie mit einem kleinen, schüchternen Lächeln, das ihm das Herz erwärmte. Ihm fiel auf, dass ihr Blick noch immer auf seinem Mund ruhte – besser dort als auf seinem Schritt, wo sie einen eindeutigen Beweis dafür vorfinden würde, wie sehr er sie wollte.

Er nickte. »Mir gefällt deine Idee. *Du* gefällst mir.«

»Ich muss mich für die Arbeit fertig machen.«

»Treffen wir uns später?«, fragte er, ohne ihre Hand loszulassen.

»Nach meiner Schicht bin ich normalerweise ziemlich kaputt, und gestern Abend war ich echt lange auf.«

»Wir müssen ja nichts Besonderes unternehmen. Wir können uns einfach was zu essen bestellen und einen Film schauen.«

Sie zögerte, aber nur kurz. »In Ordnung.«

»Eins noch«, setzte er hinzu, wobei er das Gesicht von ihr abwandte, weil Verlegenheit drohte, ihn verstummen zu lassen. Schließlich hob er den Kopf wieder. »Ich kann dich nicht abholen, weil ich bisher nicht fahren kann. Möglicherweise werde ich das nie wieder können.«

»In dem Fall hast du Glück. Ich habe nämlich ein Auto, und da ich dich gestern nach Hause gebracht habe, weiß ich auch, wo du wohnst.«

Er strahlte. »Mir gefällt, wie du das sagst.«

»Ich bin dann gegen acht bei dir, okay?«

»Kann's kaum erwarten.«

KAPITEL 15

Georgie verließ das Bad und hörte, wie sich Cat und Tess oben unterhielten. In der Hoffnung, alles über Ian und Ben zu erfahren, eilte sie, das Haar mit einem Handtuch umwickelt und den Bademantel ihrer Mutter fest um sich geschlungen, rauf, um herauszufinden, worüber sie sprachen.

»Was meinst du, Georgie?«, fragte Tess.

»Wozu?«

»Zeig es ihr, Cat.«

In einem langen, rot bedruckten Hippie-Rock und einem ihrer typischen eng anliegenden Oberteile trat Cat aus ihrem Zimmer.

Georgie starrte sie an. Sie hatte ihre Mitbewohnerin noch nie etwas derart Feminines tragen sehen und war von der Verwandlung wie geblendet.

»Wage es ja nicht, zu lachen«, warnte Cat sie.

»Ich? Lachen?«

»Sag einfach, was du davon hältst«, brummte ihre Freundin gereizt. »Ist es okay?«

»Du siehst fantastisch aus«, staunte Georgie. »Was ist denn der Anlass?«

»Sie ist mit Ian zum Abendessen verabredet«, erklärte Tess. »Ich fände es schöner, wenn sie was Kürzeres tragen würde, damit sie ihre fabelhaften Beine zeigen kann.«

»Da ist was dran.«

»So etwas besitze ich gar nicht«, jammerte Cat. »Und ich *weigere* mich, wegen eines Abendessens mit einem Typen, den ich erst gestern kennengelernt habe, neue Klamotten zu kaufen.«

»Ich habe ein paar Sachen, die dir passen könnten«, bot Georgie an.

»Im Ernst?«, fragte Cat fröhlicher. »Es stört dich nicht?«

»Natürlich nicht. Was mir gehört, gehört auch dir.« Mit einem Lächeln fügte sie hinzu: »Haben wir uns wirklich mit drei *Brüdern* verabredet?«

Tess zuckte zusammen. »Ich weiß. Es ist irgendwie total abgedroschen.«

»Also, raus mit der Sprache. Du zuerst, Tess.«

Sie zuckte die Achseln. »Keine Ahnung. Ich mag ihn. Er ist nett. Die Seite zeigt er zwar nicht vielen, aber ich habe sie gesehen.«

»Nathan hat erwähnt, dass er ziemlich viele Probleme hat, seit er aus dem Irak zurückgekehrt ist«, berichtete Georgie. »Ich möchte nicht, dass du verletzt wirst, nach allem, was du bereits durchgemacht hast.«

»Ich auch nicht«, gestand Cat.

»Ich habe ihr alles erzählt«, erklärte Tess.

»Gut. Ich bin froh, dass sie Bescheid weiß.«

»Das mit Ben ist nichts Ernstes«, versicherte ihnen Tess. »Keine Sorge.«

»Ist bei mir genauso«, behauptete Cat. »Es ist bloß ein Abendessen.«

Tess wandte sich an sie und erkundigte sich zögernd: »Darf ich dich was fragen?«

»Sicher.«

»Was hast du für ein Problem mit Rosie? Sie weiß, dass du sie nicht leiden kannst.«

»Quatsch.« Cat verdrehte die Augen. »Wie alt ist sie? Drei?«

»Fast vier, und sie hat gute Instinkte«, beharrte Tess. »Sie kann es spüren.«

»Ach, bitte. Nur weil ich nicht gefühlsduselig werde wie du, heißt das nicht, dass ich sie nicht leiden kann.«

»Ich bin nicht gefühlsduselig«, protestierte Tess empört.

Cat suchte bei Georgie Bestätigung. »Äh, doch, bist du.«

»Wir reden aber nicht über mich«, wies Tess sie hitzig zurück. »Sie ist vielleicht erst drei, sie ist allerdings nicht dumm. Wenn du mit ihm rumhängen willst, dann musst du auch nett zu ihr sein.«

»Ich hänge nicht mit ihm rum, ich gehe mit ihm zu Abend essen, allerdings bereue ich das allmählich.«

»Also gut, Ladys, beruhigt euch.« Georgie trat zwischen sie. »Ich weiß, dass du es vielleicht nicht so meinst, allerdings vermittelst du schon den Eindruck, als ob du sie nicht magst.«

»Genau«, bekräftigte Tess.

»Das stimmt so aber nicht«, murmelte Cat, sichtlich genervt davon, dass sie von ihren beiden Freundinnen so in die Zange genommen wurde.

»Er hat sie beeindruckend gut erzogen, so ganz allein«, stellte Tess fest.

»Auf jeden Fall«, pflichtete Georgie ihr bei. »Ich hole mal die Röcke, damit wir uns anschauen können, ob einer davon passt.« Sie lief nach unten und kehrte wenig später mit den Klamotten zurück. Ein Paar hochhackiger Sandalen baumelte von ihren Fingern.

Cat beäugte die Schuhe kritisch, doch Georgie scheuchte sie völlig ungerührt in ihr Zimmer. »Probier sie an.«

Während sie auf Cat warteten, lief Tess in ihr eigenes Zimmer, um sich den grellgrünen Schwesternkittel überzuwerfen und Turnschuhe anzuziehen.

Schließlich tauchte Cat in einem schwarzen Spaghettiträgertop wieder auf, das ihre zarten Schultern betonte. Sie hatte Georgies Minirock aus Jeansstoff an, die hohen Schuhe und wirkte todunglücklich. »Das kann ich nicht tragen.«

Georgie und Tess starrten sie an.

»Oh, wow«, hauchte Georgie schließlich. »Du bist total sexy, Cat.«

»Im Ernst«, stimmte Tess ihr zu. »Kann ich dich als Körperdouble einstellen?«

»Seid still, und bleibt bei der Sache, okay? Ich werde stolpern und auf dem Hintern landen, wenn ich diese Weiberschuhe tragen muss.«

»Wirst du nicht«, versicherte ihr Georgie. »Du hast den ganzen Tag dafür, dich an sie zu gewöhnen.«

»Ich fühle mich nicht wohl. Das wird er merken.«

Tess legte ihre Hände auf Cats Schultern. »Georgie hat recht: Du bist sexy – und Ian wird viel zu sehr damit beschäftigt sein, sich zu beherrschen und die Hände bei sich zu behalten, sodass ihm gar nicht auffallen wird, wie unwohl du dich fühlst, glaub mir.«

»Meinst du?«

»Da bin ich mir sicher«, entgegnete Tess. »Amüsier dich.«

Dann umarmte Tess sie, und Georgie stellte erleichtert fest, dass Cat die Umarmung erwiderte. Offenbar hatte der Streit wegen Rosie keine tiefen Gräben aufgerissen.

»Danke«, meinte Cat. »Ich danke euch beiden.«

»Kein Problem«, winkte Tess ab. »Ich muss zur Arbeit, aber ich möchte vorher noch Nathans Arm begutachten. Wir sehen uns später.«

Sobald sie fort war, wandte sich Cat an Georgie. »Was hältst du von ihr und Ben?«

»Ich weiß, dass Nathan Bedenken hat. Er hat zwar keine Ahnung, was wir von ihr erfahren haben, doch er spürt, dass etwas nicht stimmt.«

»Ein Piepen auf dem Cop-Radar?«

»So in der Art.«

»Wir werden das wohl im Auge behalten müssen«, überlegte Cat.

»Ja. Was ist mit dir? Bei dir alles in Ordnung?«

»Natürlich«, schnaubte sie. »Dieser ganze Weiberkram geht mir auf den Keks.« Mit verstellter hoher Stimme ergänzte sie: »Dates und Kerle und was ich anziehen soll. Igitt.«

Georgie lachte.

»Weißt du, was mich echt nicht mehr loslässt? Ian erinnert mich an einen Schauspieler oder eine andere Berühmtheit, aber ich komme nicht drauf, an wen.«

»Dennis Quaid«, erklärte Georgie, ohne zu zögern.

»Ja, genau.« Cat lachte. »Gott, das hat mir keine Ruhe gelassen.«

»Freut mich, dass ich helfen konnte.« Damit wandte sie sich der Treppe zu. »Morgen will ich einen vollständigen Bericht über deinen Abend mit Dennis.«

»Georgie?«

Sie drehte sich um.

»Du und Nathan.«

»Was ist mit uns?«

»Du weißt, dass ich auf deiner Seite bin, oder?«

»Natürlich.«

»Allerdings ist mir nicht entgangen, wie sehr er in dich verschossen ist, so wie er dich ansieht. Er ist ein guter Mensch, und ich möchte nicht, dass er verletzt wird, wenn du nicht das Gleiche für ihn empfindest.«

Überrascht von Cats Offenheit, wusste Georgie nicht, wie sie reagieren sollte.

»Ich weiß, dass mich das eigentlich nichts angeht.«

»Nein, du hast ja recht«, antwortete Georgie. »Ich versuche, einen klaren Kopf zu bewahren, aber er macht mir das nicht leicht. Er ist so …«

»Charmant?«, fragte Cat mit amüsiert hochgezogenen Brauen.

»Genau. Und hartnäckig. Wie soll ich da weiter Widerstand leisten? Ich habe ihm schon gesagt, dass ich mich nicht auf ihn einlassen will. Er scheint mich allerdings gar nicht zu hören. Und je mehr Zeit ich mit ihm verbringe, desto schwieriger wird es. Was soll ich denn tun?«

Cat lachte leise. »Er übt sich in selektiver Wahrnehmung – eine Gabe, die bei den meisten Männern angeboren ist. Folgende Frage: Ist dir schon mal in den Sinn gekommen, dass er ›der Richtige‹ sein könnte?«

»Nein«, lehnte Georgie vehement ab. »Ist es nicht. Danach suche ich im Moment auch gar nicht.«

»Die Liebe richtet sich nicht nach dem Terminkalender, Georgie.«

Ihr fielen die Augen förmlich aus dem Kopf. »Liebe? Was hat das denn damit zu tun?«

»Vielleicht alles?«

»Ich will nicht mehr darüber reden. Viel Spaß mit Ian. Du siehst hinreißend aus.« Mit diesen Worten eilte sie die Stufen runter, bevor Cat etwas erwidern konnte, und marschierte in ihr Zimmer, wo Nathan auf dem Bett saß.

»Oh, oh«, meinte er. »Was ist los?«

»Nichts.« Sie zerrte sich Unterwäsche und eine kurze Hose aus der Kommode und knallte die Schubladen zu.

»Irgendwas ist passiert.«

»Nichts ist passiert. Kannst du bitte …« Genervt wirbelte sie herum, erkannte aber, dass sein Gesicht wieder sehr blass war. »Was? Was ist los? Ist es dein Arm?« Sie ließ die Kleidung zu Boden fallen, durchquerte den Raum und nahm sein Gesicht in die Hände.

Seufzend schloss er die Lider und legte ihr den heilen Arm um die Taille. »Tess hat wieder die Spritze eingesetzt. Es tut weh.«

Alle Kampfeslust wich aus ihr, und sie zog ihn an sich.

Eine Weile schwiegen sie, bis er flüsterte: »Du riechst gut.«

»Du auch.«

Er legte den Kopf schief und schaute zu ihr rauf.

»Es tut mir leid, dass du Schmerzen hast.« Sie fühlte ihm mit einer Hand die Stirn. »Und schon wieder erhöhte Temperatur.«

»Ich hab grad noch ein paar Tabletten geschluckt.«

»Warum ruhst du dich nicht eine Weile aus, solange ich im Krankenhaus bin?«

Er schüttelte den Kopf. »Ich will bei dir sein.«

Entnervt erwiderte sie: »Ich komme doch wieder.«

»Nicht nötig.«

»Du solltest dich heute schonen, Nathan.«

»Mach ich«, versicherte er ihr, während er aufstand, ohne den Arm von ihr zu nehmen. Dann beugte er sich vor und drückte den Mund auf ihren. »Zieh dich in Ruhe an.«

Sobald sich die Tür hinter ihm geschlossen hatte, ließ Georgie sich aufs Bett fallen und drückte sich die Fäuste auf die Augen. Sie würde nicht weinen, sie würde nicht zulassen, dass er sie derart aufwühlte, und ganz gleich, was Cat auch behauptete, sie würde sich *nicht* in den Typen verlieben. Auf keinen Fall.

***

Sie frühstückten in einem Diner an der Thames Street und fuhren anschließend mit seinem Auto zum Krankenhaus, wobei Georgie darauf bestand, hinter dem Steuer zu sitzen.

»Ich wusste gar nicht, dass jemand am Morgen derart viel verspeisen kann.«

Er tätschelte sich zufrieden den Bauch. »Ich bin im Wachstum.«

»Kein Wunder, dass du jeden Tag joggst.« Nach einer Pause schaute sie zu ihm rüber. »Kann ich dich etwas fragen, was mich vermutlich nichts angeht?«

»Nur zu.«

»Warum bist du eigentlich Single?«

»Meinst du nicht eher: Wie kann es sein, dass jemand mit meinem fabelhaften Aussehen, Charme, Sinn für Humor und Sex-Appeal noch immer auf dem Markt ist?«

Da hatte er den Nagel auf den Kopf getroffen, aber das würde sie so nie zugeben. Sie verdrehte die Augen. »Mach mal halblang, okay?«

Lachend zuckte er die Achseln. »Hat sich so ergeben.«

»Du wolltest nie heiraten?«

»Das hab ich nicht behauptet.«

»Also gut«, erwiderte sie, mehr von sich selbst genervt als von ihm. Warum war ihr das so wichtig? Wenn sie sich gestattete, über die Antwort darauf nachzudenken … »Vergiss, dass ich gefragt habe.«

»Es gab mal eine. Die hätte ich vermutlich geheiratet.«

»Aber?«

»Sie ist gestorben.«

Georgie atmete scharf ein und blickte ihn erschreckt an. »O Gott, Nathan. Das tut mir leid.«

»Ist schon lange her.«

Etwas in seinem Tonfall verriet ihr allerdings, dass der Schmerz noch immer tief saß.

Ihre Gedanken wirbelten umher, doch sie schien keine Worte zu finden.

»Du kannst ruhig fragen, Georgie«, gab er ihr leise die Erlaubnis.

»Nein, kann ich nicht. Das steht mir nicht zu.«

Er griff nach ihrer Hand. »Ich habe sie in meinem ersten Studienjahr kennengelernt, und wir waren ein paar Jahre lang zusammen.«

Von seinen stillen Worten wie in einen Bann gezogen fuhr sie auf den Parkplatz des Krankenhauses, schaltete den Motor aus und wandte sich auf dem Sitz zu ihm um. »Wie hieß sie?«

»Ellen.«

Sie drängte die Fragen zurück, mit denen sie ihn überhäufen wollte, und wartete, bis er sich gefasst hatte.

»In den Weihnachtsferien unseres dritten Studienjahres waren wir auf einer Feier in der Dixon Street. Um zu den Partyräumen zu gelangen, musste man eine Treppe außerhalb des Gebäudes raufsteigen. Bevor wir die Feier wieder verließen, bin ich noch mal schnell zurück ins Bad, während sie sich mit ein paar Leuten auf dem Treppenabsatz unterhalten hat.«

Sie hielt seine Hand fest, und ihr Magen verkrampfte sich furchtsam.

»Ich war nur zwei Minuten weg, aber als ich zurückkehrte, lag sie zusammengekrümmt am Fuß der Treppe, und die anderen waren verschwunden.«

Sie keuchte erschrocken auf.

»Einen Monat lang wurde sie künstlich am Leben erhalten, bevor ihre Eltern beschlossen, sie gehen zu lassen. Ich habe ein Semester ausgesetzt und war völlig besessen davon, herauszufinden, was passiert war. Wurde sie runtergestoßen? Oder ist sie auf dem Eis ausgerutscht, nachdem die anderen wieder drinnen waren?«

»Hast du es jemals erfahren?«

Er schüttelte den Kopf. »Ich war nur *zwei Minuten* weg – die einzigen zwei Minuten meines Lebens, für die ich alles geben würde. Es kam mir einfach so willkürlich vor, weißt du? Wäre ich nicht zurückgegangen, würde sie noch leben. Dann wären wir vermutlich verheiratet und hätten Kinder. Dass das Leben dir das einfach antun kann.« Nach langem Schweigen fügte er hinzu: »Manchmal fällt es mir wirklich schwer, das zu glauben.«

»Es tut mir leid«, flüsterte Georgie, denn in dem Moment wurde ihr klar, dass er der letzte Mann war, mit dem sie sich verabreden sollte. Er hatte bereits eine Frau verloren, die er geliebt hatte. Wie konnte sie da von ihm verlangen, das Risiko erneut einzugehen? »Es klingt völlig unzureichend, aber es tut mir aufrichtig leid.«

Er hob ihre verschränkten Hände an seinen Mund.

»Deshalb bist du Polizist geworden, nicht wahr?«

Nickend gestand er: »Nicht zu wissen, warum sie gestorben ist, war für mich, ihre Eltern und all die Leute, denen sie etwas bedeutet hatte, das Schlimmste. Wenn ich auch nur eine andere Familie vor einem ähnlichen Schicksal bewahren könnte, dann wäre Ellens Tod vielleicht nicht umsonst.«

Sie umklammerte seine Hand.

»Ich habe schwer daran gearbeitet, der jüngste Detective in der Geschichte unserer Behörde zu werden, und Beförderungen abgelehnt, die mich von der Straße fernhalten und an den Schreibtisch versetzen würden. Ich bin genau da, wo ich sein will, denn hier kann ich etwas bewirken.«

»Trotzdem denkst du noch an das, was Ellen zugestoßen ist.«

»Ständig.« Ein schiefes Lächeln zeigte sich auf seinem Gesicht, doch die Augen wirkten weiter traurig. »Dieses Versagen steckt mir tief in den Knochen. Allerdings habe ich eine Menge daraus gelernt. Das Leben ist kurz, die Liebe ist süß, am Bedauern kannst du wachsen oder zerbrechen, nichts ist für die Ewigkeit.«

Das Leben konnte so ungerecht sein, so unglaublich ungerecht. »Was für eine harte Lektion für einen Zwanzigjährigen.«

»Das war es. Danach hatte ich mit vielen Problemen zu kämpfen, jahrelang war ich stinksauer auf die Welt.«

»Das kann ich verstehen.«

»Der Zorn hat mich innerlich aufgefressen, und es hat lange gedauert, ihn zu überwinden.« Er schaute zum Fenster raus und dann wieder zu ihr. »Der Tag bei der Mülltonne?«

Sie nickte.

»Ich war schon lange nicht mehr derart wütend geworden.«

»Jetzt, da ich dich besser kenne, ist mir klar, warum du so sauer warst.«

»Trotzdem … bin ich zu weit gegangen.«

»Du hast dich immerhin mit wundervollen Blumen dafür entschuldigt.« Sie küsste ihn. »Danke, dass du mir von Ellen erzählt hast.«

»Danke, dass du zugehört hast.« Eine Weile erwiderte er ihren Blick. »Seitdem gab es keine mehr, die mir etwas bedeutet hat. Bis jetzt.«

»Nathan …«

»Ich weiß, was du sagen willst, aber ich kann nicht ändern, was ich für dich empfinde.« Er streichelte ihr Gesicht und fügte hinzu: »Du hast einfach etwas Besonderes an dir, Georgie Quinn.«

Ihr Magen zog sich zusammen, als ihr Cats Warnung durch den Sinn schoss. Wenn er doch nur aufhören würde, Dinge zu tun oder zu sagen, die es ihr so verdammt einfach machten, sich in ihn zu verlieben.

***

Sie entdeckten die Gruppe aus dem Seniorenzentrum im Wartebereich der Intensivstation, wo Georgie und Nathan der Tochter von Gus vorgestellt wurden.

»Mein Vater hat große Stücke auf Ihre Mutter gehalten und hat nur Gutes über Sie zu erzählen«, erklärte Dawn und reichte Georgie die Hand.

»Freut mich zu hören«, antwortete Georgie. »Gibt's was Neues?«

Sie schüttelte den Kopf. »Er ist weiter in einem kritischen Zustand, doch er hält tapfer durch.«

»Haben Sie schon was zu den Ermittlungen gehört?«, erkundigte sich der schlimme Gus bei Nathan.

»Heute habe ich noch mit niemandem gesprochen, aber ich werde mal anrufen und schauen, was ich rausfinden kann.«

»Dafür wären wir dankbar«, erwiderte Walter. »Roxy ist im Einsatz, sie hat also auch nichts erfahren.«

Nathan beugte sich vor, um Georgie leise mitzuteilen: »Ich bin draußen auf dem Gang, wo ich das Handy nutzen kann. Kommst du zurecht?«

»Ich hoffe es.«

»Wenn du kurz wartest, begleite ich dich.«

»Ich schaff das schon.«

Er gab ihr einen Kuss auf die Stirn und verließ den Raum.

»Ihr beide wirkt ja sehr vertraut«, bemerkte Annette mit einem kleinen Lächeln. »Er ist aber auch unglaublich süß.«

»Wir sind nur Freunde«, beharrte Georgie.

»Freunde mit gewissen Vorzügen«, brummte der schlimme Gus, und die anderen kicherten.

Georgies Gesicht glühte vor Verlegenheit. Auch wenn sie es schön fand, dass sie wieder lachen konnten, wünschte sie sich doch, es wäre nicht auf ihre Kosten.

»Soll ich mit dir reinkommen, Liebes?«, fragte Bill.

»Das wäre nett.«

Er legte ihr einen Arm um die Schultern. »Gehen wir.«

Innerlich wappnete sie sich gegen den Anblick, ehe sie sich von Bill an der Schwesternstation vorbei in einen der Räume mit den Glaswänden führen ließ, in dem das Piepsen der Monitore und Gus' angestrengte Atemzüge die einzigen Geräusche waren. Sie kämpfte gegen den Drang an, davonzulaufen. Das hatte sie gestern Abend getan. Heute würde sie bleiben und sich dem hier stellen, ganz gleich, wie viel Kraft sie das kosten würde, denn genau das hätte ihre Mutter auch getan.

»O Gott«, keuchte sie, als sie schließlich Gus' Gesicht sah. Was gestern Abend noch blau und grün gewesen war, leuchtete jetzt in einem zornigen Lila und war heftig geschwollen.

Bill drückte ihr die Schultern. »Schaut schrecklich aus, was?«, meinte er mit gedämpfter Stimme.

Wegen des Kloßes in ihrer Kehle konnte sie nicht sprechen, also nickte sie nur.

»Sie behaupten, es wären keine Knochen gebrochen, was an ein Wunder grenzt.«

»Warum wacht er dann nicht auf?«, wollte sie wissen.

»Es gibt eine Blutung in seinem Gehirn. Sie hoffen, dass sie ihn operieren können, wenn er etwas stabiler ist, doch bis dahin …«

»Ist es vielleicht zu spät.«

»Ja, aber sie haben uns geraten, mit ihm zu reden, weil vertraute Stimmen anregend wirken könnten.«

Zögernd trat sie einen Schritt auf das Bett zu.

»Ich lass euch mal allein«, verabschiedete sich Bill. »Unterhalte dich mit ihm. Ich weiß, dass er dich hören kann.«

Sie vernahm, wie sich die Tür hinter ihm schloss, und suchte nach einer Stelle an Gus' zerschlagenem Leib, an der sie ihn berühren konnte, ohne ihm wehzutun. Sie griff nach der Hand, an deren Finger ein Messgerät angebracht war, und überlegte sich, was sie sagen könnte. »Hi, Gus, ich bin's, Georgie. Es tut mir leid, dass du verletzt wurdest. Wie konnte dir das nur jemand antun?«

Ein Schluchzen stieg ihr die Kehle hoch, aber sie schluckte es runter. Das musste er nicht hören. Also räusperte sie sich und zwang sich zu einem fröhlicheren Tonfall. »Du würdest mich wahrscheinlich ganz schön aufziehen, wenn du könntest, weil ich heute mit Nathan Caldwell hier aufgetaucht bin und letzte Nacht auf der Feier mit ihm getanzt habe. Erinnerst du dich, wie er mich bei der Mülltonne angeschnauzt hat? Er ist noch am selben Abend vorbeigekommen, um sich mit Blumen bei mir zu entschuldigen. Dann hat er mich zum Abendessen eingeladen und, na ja, eins hat zum anderen geführt, doch das willst du sicherlich nicht hören.

Jedenfalls mag ich ihn, auch wenn ich es gar nicht möchte. Das ist schon ziemlich verdreht, oder? Cat, meine Mitbewohnerin, denkt, er könnte genau der Richtige für mich sein. Wie komisch ist das denn? Ich meine, wir haben uns erst vor ein paar Tagen kennengelernt. Zugegeben, seitdem ist viel passiert, aber trotzdem. Verrückt, was?«

Sie beobachtete, wie sich Gus' Brust in einem regelmäßigen Rhythmus hob und senkte.

»Weißt du, wenn ich nach dem Richtigen suchen würde«, fuhr sie fort, »wäre er ein äußerst reizvoller Kandidat. Er ist irgendwie süß. Also, du findest das vielleicht nicht, ich allerdings schon. Cat und Tess stimmen mir da übrigens zu. Ach, und halt dich fest: Sie verabreden sich mit seinen Brüdern. Also gehen jetzt bei uns die Männer ein und aus. Ich frage mich, was meine Mutter davon halten würde. Sie fehlt mir«, gestand sie seufzend. »In all dem Chaos mit dem Haus und dem Zentrum und dem Nachlass vergesse ich leicht, dass sie wirklich nicht mehr da ist. Manchmal greife ich nach dem Telefon, weil ich ihr etwas erzählen will. Früher habe ich ihr alles anvertraut. Jeden Tag haben wir miteinander gesprochen. Hast du das gewusst? Das verrate ich nicht vielen Menschen, weil es irgendwie eigenartig ist, täglich mit der eigenen Mutter zu telefonieren, wenn man schon fast dreißig ist. Doch so war es nun mal. Wir standen uns schon immer sehr nahe. Meine Freundinnen haben sich ständig mit ihren Müttern gezankt, aber ich nicht. Letztens habe ich sogar ihre Handynummer gewählt …«

Kapitel 16

Nathan stand wie angewurzelt in der Tür, der Wunsch, sie zu trösten, lag im Widerstreit mit dem überwältigenden Bedürfnis, mehr von ihrem Geständnis zu hören. Wie sehr er sich wünschte, sie würde ihn genauso ins Vertrauen ziehen. Cat dachte also, er könnte »der Richtige« für Georgie sein. Interessant. *Außerdem hält sie mich für süß.* Äußerst *interessant …*

»… erst als ihre Mailbox rangegangen ist, habe ich mich wieder daran erinnert, dass sie fort ist. Ich schäme mich, das zuzugeben, aber ich habe drei Mal angerufen, nur um ihre Ansage zu hören. Schon traurig, oder? Außerdem können Ali und ich Dad nicht finden. Wir haben versucht, ihn zu erreichen, um ihm mitzuteilen, dass Mom gestorben ist, doch er hat sich nicht zurückgemeldet. Wir standen ihm nicht unbedingt nahe, seit er Mom verlassen hat, aber wir dachten, er will vielleicht wenigstens wissen, was los ist.«

Sie strich Gus das Haar aus der Stirn. »Jetzt wird Ali operiert, und sie lässt nicht locker damit, dass ich diesen dämlichen Bluttest machen soll. Ist es denn falsch, so etwas nicht erfahren zu wollen? Warum kann ich nicht einfach abwarten?«

Wovon redete sie da? Die Trauer in ihrer Stimme drückte ihm derart das Herz ab, dass es ihm plötzlich wichtiger war, sie zu trösten, als seine Neugierde zu befriedigen. Also räusperte er sich.

Sie wirbelte herum.

»Hi«, grüßte er sie. »Wie geht es ihm heute?«

»Wie gestern.« Sie musterte ihn misstrauisch. »Wie lange stehst du schon da?«

Er kam zu ihr an Gus' Seite. »Bin grad durch die Tür.«

»Aha.«

Sie schien ihm nicht zu glauben.

»Hast du was über den Fall in Erfahrung bringen können?«

Er deutete mit den Augen auf Gus. »Ich erzähl es dir draußen.«

Sie beugte sich vor, suchte sich eine Stelle im Gesicht des alten Mannes, die nicht verfärbt war, und gab ihm schließlich einen Kuss auf die Stirn. »Werd wieder gesund«, flüsterte sie. »Bitte. Du fehlst mir.«

Als Nathan merkte, dass sie weinte, legte er ihr die Hände auf die Schultern. Dass sie sich umdrehte und an ihn klammerte, überraschte ihn.

»Lass uns gehen.« Den gesunden Arm fest um sie geschlungen, führte er sie auf den Flur.

Ihre Tränen durchweichten sein Hemd. »Tut mir leid«, schniefte sie. »Ich scheine in letzter Zeit ständig zu weinen.«

»Dafür hast du auch gute Gründe.«

»Ich ertrage es nicht, ihn so zu sehen.« Sie blickte hoch, und die Verzweiflung auf ihrem Gesicht brach ihm fast das Herz. »Sag mir, dass sie den Typen geschnappt haben, der dafür verantwortlich ist.«

»Sie haben an der Tür einige brauchbare Fingerabdrücke gefunden und folgen noch ein paar anderen vielversprechenden Spuren. Sie werden ihn kriegen, Georgie. Wenn nicht, dann übernehme ich das. Versprochen.«

»Versprich mir nichts, was du nicht halten kannst.«

»Das würde ich nie tun.«

»Danke.«

»Wofür?«

»Das hier.« Sie barg das Gesicht an seiner Brust. »Dafür, dass du hier bist.«

Die Zärtlichkeit, die in ihm aufstieg, traf ihn völlig unvorbereitet. Jede andere Frau hätte er schütteln mögen, wenn sie ihm ständig widersprüchliche Signale geschickt hätte. Doch Georgie hielt er fest und war dankbar für die Gelegenheit, selbst wenn ihm einige Fragen auf der Zunge lagen, die er ihr liebend gern gestellt hätte.

Nachdem sie eine halbe Stunde bei den anderen im Wartebereich verbracht hatten, versprachen Georgie und Nathan, sich später bei ihnen zu melden.

Als sie nach draußen in die Sonne traten, schien Georgie etwas aufzuleben.

»Worauf hast du Lust?«, fragte er sie.

»Keine Ahnung. Ich weiß gar nicht, wann ich das letzte Mal nichts zu tun hatte.«

Auf dem Weg zum Auto hakte er den Zeigefinger um ihren. »Wie wäre es mit einem Ausflug? Es gibt da was in Portsmouth, was ich mir mal anschauen wollte.«

»Klingt gut.«

»Vorher muss ich aber nach Hause und mich umziehen.«

»Okay.«

»Diese umgängliche Version von Georgie Quinn gefällt mir, mit der komme ich gut klar.«

»Sie hat heute einen zeitlich begrenzten Gastauftritt.«

»Dann nutze ich das besser gründlich aus.«

***

Georgie kam sich vor, als würde sie an den Ort des Verbrechens zurückkehren, als sie Nathan in sein Haus folgte.

»Es dauert nicht lange«, versicherte er ihr auf dem Weg nach oben. »Hol dir was zu trinken, wenn du möchtest. Der Kühlschrank ist gleich um die Ecke.«

Sie nahm sich eine Cola light und trat auf die hintere Terrasse, wo Ben gerade die Morgenzeitung las.

»Hi«, begrüßte er sie.

»Ach, hallo.«

Er deutete auf den anderen Stuhl. »Setz dich doch.«

»Wir bleiben nicht lange.«

»Wie du willst.«

Einige Minuten verstrichen in unbehaglichem Schweigen, bis Nathan in Shorts und einem T-Shirt mit dem Aufdruck eines Fünftausend-Meter-Laufs wieder auftauchte.

»Was hast du heute vor, Ben?«

»Ich hänge hier nur rum und warte.«

»Worauf?«

»Darauf, dass Tess' Schicht vorbei ist.«

»Ben, was das mit Tess betrifft …«

»Ich habe keine Ahnung, warum dich das irgendwas angehen sollte«, fiel ihm Ben ins Wort.

»Du musst bei ihr vorsichtig sein …«

»Wie kommst du darauf, dass ich das nicht sein könnte?«

»Seit deiner Heimkehr bist du nicht gerade für dein Feingefühl anderen gegenüber bekannt.«

»Du verschwendest deine Energie, Nate.«

»Sei nett zu ihr, sonst wirst du dich vor mir verantworten müssen.«

»Spar dir das Aufspielen als Familienoberhaupt, kleiner Bruder, das zieht nicht mehr.«

Nathan machte einen Schritt vor, doch Georgie hielt ihn mit einer Hand auf dem Arm zurück. Nach einem letzten finsteren Blick zu seinem Bruder führte Nathan sie nach drinnen.

»Wohin gehört die?« Sie hob die leere Dose.

Er nahm sie ihr ab und warf sie in den mittleren von drei Mülleimern.

»Was ist das denn?«

»Meine Recycling-Ecke. Papier, Plastik und Dosen, Biomüll.«

Sie krauste die Nase. »Biomüll? Wie eklig.«

Er seufzte nur übertrieben, aber sie konnte in seinen Augen noch immer die Anspannung nach der Konfrontation mit Ben erkennen. »Es gibt so viel, was ich dir beibringen muss. Mir ist aufgefallen, dass ihr bei euch im Haus den Müll gar nicht trennt. Ich besorg euch einen Mülleimer dafür.«

»Nicht nötig. Ich werde nicht lange dort wohnen.«

»Was ist mit Tess und Cat? Schmeißt du sie raus, wenn du ausziehst?«

Sie folgte ihm zu seinem Auto. »Natürlich nicht. Sie werden sich um das Haus kümmern, wenn ich nach Atlanta zurückkehre.«

»Daran hältst du weiter eisern fest, was?«

»Woran?«

»Dass du nach Atlanta zurückwillst.«

Auf dem Fahrersitz drehte sie sich zu ihm um. »Warum sollte ich das nicht? Ich *wohne* dort, Nathan.«

»Wie du meinst.«

»Wenn ich auch nur die geringste Hoffnung darauf haben will, meine Karriere wieder auf die Spur zu bringen, dann dort. Da sitzen all meine beruflichen Kontakte. Wenn ich nicht bald wieder dorthin zurückkehre, werden alle erfahren, dass Davidson's mich gefeuert hat. Glaubst du, es kümmert jemanden, dass meine Mutter krank geworden ist und das Seniorenzentrum in Newport an mir hängen geblieben ist? Sie werden ›gefeuert‹ hören, und dann darf ich genau da anfangen, wo ich vor acht Jahren war.«

»Es tut mir leid. Ich bin auf Ben sauer und habe das an dir ausgelassen.«

»Verstehst du, was ich dir grad erzählt habe? Hast du mich *gehört*?«

»Ab der Aussage, dass du zurück nach Atlanta willst, ist alles ein wenig verschwommen«, zog er sie auf. Er griff nach ihrer Hand und führte sie an die Lippen. »Ich hab dich gehört, Süße. Das alles erscheint mir auch recht sinnvoll, es gefällt mir nur nicht, dass du dann so weit weg von mir bist.«

»Fängst du schon wieder an?«

»Ups«, erwiderte er mit verlegenem Lächeln. »Tut mir leid.«

»Tut es nicht. Wohin fahren wir überhaupt?«

»Nimm die West Main.« Nach einem längeren Schweigen fragte er: »Was ist eigentlich los mit Tess? Ich bin mir sicher, dass du es weißt.«

»Darüber kann ich nicht mit dir sprechen.«

»Steckt sie in Schwierigkeiten?«

»Nicht mit dem Gesetz oder so.«

»Versteckt sie sich? Vor etwas oder jemandem?«

Sie zögerte, nur ganz kurz, aber das reichte ihm.

»Das ist es, nicht wahr?«

»Ich kann nicht, Nathan. Verlang nicht von mir, das Vertrauen meiner Freundin zu missbrauchen.«

»Selbst wenn ich ihr helfen könnte?«

»Du kannst nicht alles in Ordnung bringen.«

»Besonders, wenn ich gar nicht weiß, was das Problem ist.«

»Sei nicht eingeschnappt«, erwiderte sie. »Das steht dir nicht.«

»Ich bin nicht eingeschnappt.«

Sie schnaubte. »Wie du meinst«, wiederholte sie seine Worte.

»Wo wir schon dabei sind, da gäbe es noch etwas, was ich für dich tun kann.«

»Was denn?«, fragte sie argwöhnisch.

»Ich könnte vermutlich deinen Vater ausfindig machen, wenn du wirklich wissen willst, wo er ist.«

»Du hast also doch gelauscht. Ich wusste es.«

Er blickte geradeaus, als hätte sie nichts gesagt.

»Willst du nicht mal *versuchen*, dich zu rechtfertigen?«

»Nein.«

In ihr brodelte es, während sie sich verzweifelt bemühte, sich daran zu erinnern, was sie Gus alles erzählt hatte. *Mist.* Sie hatte ihm erzählt, dass Cat behauptete, Nathan könnte »der Richtige« sein. Hatte er das auch mitbekommen? Sie umklammerte das Lenkrad. *O Gott, der Bluttest.* Den hatte sie ebenfalls erwähnt.

»Willst du, dass ich versuche, ihn aufzuspüren?«

Trotz ihrer Verärgerung war sie interessiert. »Wie würdest du das denn angehen?«

»Ich könnte erst mal seine Kreditkarten überprüfen. Es besteht eine gute Chance, dass er damit Spuren hinterlassen hat. Mit ein wenig Nachforschen könnte ich die finden.«

Ein paar Minuten lang dachte sie schweigend darüber nach. »Er ist abgehauen, als ich auf der Highschool war, und danach hatten wir kaum Kontakt zu ihm. Meine letzte Info ist, dass er in Phoenix wohnt, aber unter der Telefonnummer dort, die wir von ihm haben, gibt es keinen Anschluss mehr.«

»Ich könnte ihn finden.«

»Darf ich darüber nachdenken?«

»Na klar.«

»Danke für das Angebot.«

Er zuckte die Achseln. »Ist keine große Sache.«

»Für mich schon.« Sie fuhren von Middletown nach Portsmouth. »Wo ist also der Ort, den du dir mal anschauen willst?«

»Es ist die Portsmouth-Abbey-Schule.«

»Da bin ich früher sonntags eislaufen gewesen, als ich noch auf die Highschool ging.«

»Ich auch. Ich frage mich, ob wir jemals zur gleichen Zeit dort waren.«

Sie schenkte ihm ein Lächeln. »Gut möglich.«

»Georgie.«

»Ja?«

Er blickte auf ihre verschränkten Hände und spielte mit ihren Fingern. »Du hast Gus von einem Bluttest erzählt. Was meintest du damit?«

Ihr Magen zog sich nervös zusammen. »Ich dachte, du hättest nicht gelauscht.«

»Na ja, wir haben ja bereits festgestellt, dass das gelogen war.«

»Es ist nichts. Ehrlich.«

»Klingt nicht nach nichts.«

»Ich möchte nicht darüber reden. Können wir uns heute einfach amüsieren? Du glaubst ja nicht, wie sehr ich einen freien Tag von alldem gebrauchen kann.«

»Okay«, gab er nach, aber ihr entging nicht, dass sie ihn mit ihrer ablehnenden Antwort verletzt hatte. »Ich hoffe, dass du es mir irgendwann anvertraust, denn bis dahin werde ich mir Sorgen um dich machen.«

»Das ist nicht nötig.«

Er zuckte die Achseln. »Ich kann nicht anders.« Dann ließ er ein spitzbübisches Lächeln aufblitzen. »Aber nur um sicherzugehen: Geschlechtskrankheiten hast du keine, oder?«

Erleichtert, dass er die Sache – vorerst – auf sich beruhen ließ, lachte sie. »Ach, sei still.« Sie bog nach links auf die Cory's Lane ab, fuhr die gewundene Straße entlang und lenkte den Wagen in die Einfahrt der angesehenen Privatschule, die über den Sommer verlassen dalag. Im selben Augenblick wurde ihr das Ziel ihrer Reise klar. »Ach, das ist doch wohl ein Scherz. Wir haben den ganzen weiten Weg auf uns genommen, um eine Windmühle zu besichtigen?«

»Keine Windmühle, sondern eine *Windkraftanlage.* Die erste ihrer Art in dieser Gegend.«

Sie stöhnte. »Wir hätten an den Strand fahren können oder auf dem Ocean Drive einen Drachen steigen lassen oder den Booten im Hafen zuschauen, aber nein, wir besuchen ein riesiges Windrad. Was ich für ein Glück hab.«

Er grinste und öffnete seine Tür. »Ich sage es dir nur ungern, aber Sarkasmus steht dir nicht, Georgie Quinn. Komm, lass uns spazieren gehen.«

Während sie noch immer vom Strand träumte, stieg sie aus dem Auto und nahm seine ausgestreckte Hand. »Dafür schuldest du mir was, Caldwell.«

»Das klingt doch vielversprechend.«

Sie lachte. Er ließ nicht locker.

Auf dem Trampelpfad zum Windrad erklärte er ihr, dass es fünfzig Meter hoch und jedes der Rotorblätter dreiundzwanzig Meter lang war.

»Du bist echt ein Nerd, Nathan. Mal im Ernst.«

»Das trifft mich schwer.« Er wirkte eher amüsiert.

»Also, wozu das Ganze?« Sie legte den Kopf in den Nacken, um besser hochsehen zu können.

»Sie hoffen, dass sie damit die zweihunderttausend Dollar hohe Stromrechnung der Schule halbieren können.«

»So viel?«

»Ja. Es wird vermutlich auch Heizkosten sparen.«

»Wie teuer war es?«

»Eine Million zweihundertfünfzigtausend Dollar. In zehn Jahren haben sie das Geld also wieder drin, und es hat eine Lebensdauer von fünfundzwanzig Jahren. Ziemlich cool, oder?«

»Ziemlich«, erwiderte sie mit einem ausgesprochenen Mangel an Interesse.

»Das hier ist die Zukunft, Georgie. Wir können nicht ewig von ausländischem Öl abhängig sein. Diese alternativen Energiequellen werden irgendwann überall stehen. Die Highschool hat eine weitere Anlage, wenn du eine noch größere sehen willst.«

»Danke, ich passe. Warum bist du eigentlich so umweltbewusst?«

»Meine Mutter ist ein Umweltschützer-Hippie.«

Sie starrte ihn an und versuchte sich vorzustellen, wie er bei einer Hippie-Mutter groß geworden war. »Ist nicht wahr.«

Er bedachte sie mit einem strahlenden Lächeln, das jeden Zentimeter seines Gesichts aufleuchten ließ. »Denkst du, ich bin ein zu großer Nerd, um eine Hippie-Mutter zu haben?«

»So was in der Art.«

»Es stimmt aber. Wenn du mir nicht glaubst, frag Ben oder Ian. Nach dem College hat sie zwei Jahre in einer Kommune in Utah gelebt. Sie waren der Umweltschutzbewegung um Jahre voraus, genau wie Mom selbst, weshalb wir schon recycelt haben, lange bevor es in war. Da es damals in der Gegend keine Möglichkeit dafür gab, haben wir den Müll einmal im Monat nach Boston gefahren. Sie hat die ganze Nachbarschaft mit an Bord geholt, und das Auto war für gewöhnlich bis zum Rand gefüllt mit Dosen und Zeitungen und Bierflaschen. An den Biergestank während der Fahrten erinnere ich mich noch besonders lebhaft.«

Sie lachte.

»Eines meiner liebsten Geräusche ist das Brechen der Flaschen im Recyclingtruck, wenn die Müllabfuhr kommt.«

»Ohne Zweifel das Highlight deiner Woche.«

»Mein liebster Tag.«

»Du bist wirklich ein totaler Nerd, Caldwell.«

Lächelnd ließ er die Hände auf ihren Hüften ruhen und zog sie zu sich. »Trotzdem bist du verrückt nach mir.«

Sie wägte das beinahe gefährliche Funkeln in seinen Augen ab. »Bilde dir bloß nichts ein.«

Er legte ihr den gesunden Arm um den Hals und küsste sie. Während er gestern auf Zärtlichkeit gesetzt hatte, entschied er sich diesmal für Leidenschaft.

Georgie krallte sich in sein Hemd, um Halt zu finden. Ihr schwirrte der Kopf, und ihr Herz raste. Sie liebte seine Küsse, das Gefühl seiner weichen Lippen auf ihren, wie seine Bartstoppeln über ihre Wangen rieben – ganz zu schweigen davon, wie er schmeckte und welche Wirkung sein würziger, männlicher Duft auf sie hatte, wenn er in ihrer Nähe war. Es war in Ordnung, all das zuzugeben, oder? Nur weil es ihr gefiel, ihn zu küssen, hieß das ja nicht, dass sie ihn liebte.

Die Hand, die in ihrem Rücken ruhte, wanderte nach unten und legte sich auf ihren Hintern. Er zog sie fest an sich.

»Nathan«, keuchte sie. »Jemand könnte uns sehen.«

Er hob den Kopf und blickte sich kurz um. »Wer denn?« Dann wandte er seine Aufmerksamkeit wieder ihrem Mund zu.

»Warte«, bat sie und drückte ihm die Hände gegen die Brust. »Ich muss erst mal zu Atem kommen.«

Er ließ ein großspuriges Lächeln aufblitzen. »Hab ihn dir geraubt, was?«

»Schau nicht so zufrieden.«

»Ich bin noch lange nicht zufrieden«, versicherte er ihr mit tiefer Stimme, die blauen Augen voller Verlangen. Er nahm ihre Hand und führte sie zum Auto.

Ihr Herz schlug weiter heftig, während sie ihm über den Trampelpfad folgte.

Sobald sie den Parkplatz erreichten, presste er sie mit dem Rücken gegen das sonnengewärmte Auto. Er legte eine Hand an ihr Gesicht und küsste sie diesmal ganz sanft, als wollte er sie aus dem Gleichgewicht bringen. »Du bist wunderschön, Georgie«, flüsterte er an ihren Lippen und zog sie fester an sich, zuckte jedoch zusammen, als sein verletzter Arm gegen die Bewegung protestierte.

»Nein, bin ich nicht. Ich bin zu klein, meine Augen stehen zu eng beieinander und ...«

Mit einem weiteren leidenschaftlichen Kuss brachte er sie zum Schweigen. »Wenn ich dir sage, dass du wunderschön bist, dann kannst du mir ruhig glauben.« Seine Finger glitten unter den Saum ihres Tops und liebkosten ihre erhitzte Haut. »Hast du an die erste Nacht gedacht, die wir zusammen verbracht haben?«, flüsterte er an ihrem Ohr.

Sie schaute ihn an. »Nein«, entgegnete sie, aber das Beben in ihrer Stimme verriet sie.

»Lügnerin«, erwiderte er leise lachend.

Seine Lippen an ihrem Ohr ließen sie erschaudern.

»Ich denke die ganze Zeit daran. Ich *träume* davon.« Unter dem Oberteil fuhren seine Hände über ihre Rippen. Seine Daumen berührten ihre Brustspitzen.

»Nathan«, stöhnte sie und drängte sich ihm entgegen. »Hör auf.«

»Okay.«

Er gab ihr einen Kuss auf die Stirn und zog die Hand unter dem Top hervor. Sie hätte ob des Verlusts aufschreien können. *Warte*, wollte sie rufen. *Ich meine es nicht so.*

»Wollen wir los?«, fragte er unerträglich gelassen.

War das sein Ernst? Konnte er das wirklich einfach so abstellen? Mit jedem Kuss trieb er sie weiter in den Wahnsinn, was, wie sie vermutete, exakt sein Plan war. Sie konnte kaum stehen, geschweige denn fahren, doch nachdem sie sich mit der Hand über die glühenden Lippen gefahren war, bemühte sie sich, sich zusammenzureißen.

»Wie wäre es, wenn ich erst mal fahre?«, fragte er. Sein Lächeln zeigte ihr, dass er ganz genau wusste, welche Wirkung sein rascher Rückzug auf sie hatte.

»Meinetwegen.« Sie warf ihm die Schlüssel an den Kopf, ließ sich auf den Beifahrersitz fallen und schlug die Tür zu.

»Welche Laus ist dir denn über die Leber gelaufen?«, wollte er wissen, nachdem er zu ihrer Erbitterung die Schlüssel in der Luft gefangen hatte und ins Auto gestiegen war.

Sie warf ihm einen völlig ungläubigen Blick zu. »Gar keine.«

»Süße, du bist erregt, und das ärgert dich. Hab ich recht?«

»Gott, du bist ganz schön eingebildet. Wie erträgst du das nur?«

»Wenigstens weiß ich, was ich will. Du hingegen? Wer ahnt schon, was du von einem auf den nächsten Moment willst? Heiß, kalt, warm, eisig, *glühend* und genauso schnell wieder völlig unterkühlt. Das ist übrigens ein echter Stimmungskiller, musst du wissen.«

»Bist du fertig?«

»Ich fange gerade erst an.«

»Ich habe dir gesagt, was ich will – ganz am Anfang. Schon vergessen? Erinnerst du dich daran, wie ich dir ans Herz gelegt habe, dass ich nichts Festes anfangen will? Klingelt da was?«

»Was Festes anfangen? Ist es das, was wir tun? Na ja, zumindest hat es jetzt einen Namen. Das ist ja schon mal ein Fortschritt.«

»Ey, echt«, entfuhr es ihr. »Du bringst mich leichter auf die Palme als sonst wer. Du hörst nur, was du hören willst, ständig tauchst du auf, machst dich unentbehrlich, küsst mich, bis ich fast in Ohnmacht falle … Was soll ich tun? Wie soll ich damit umgehen? Verrat mir das mal.«

Er lächelte breit, und es kostete sie alle Kraft, ihm das Lächeln nicht direkt aus dem Gesicht zu ohrfeigen.

»Warum ziehst du so ein Gesicht?«, wollte sie wissen.

»Ich bin also unentbehrlich, was?«

»Siehst du, was ich meine? Du hörst nur, was du hören willst. Ich schwöre, wenn du nicht schon verletzt wärst, würdest du jetzt was erleben.«

»Das will ich sehen. Wenn mir der Arm nicht mehr so höllische Schmerzen bereitet, kannst du loslegen.«

»Jetzt lachst du auch noch über mich.«

»Na ja, schon.« Er nahm eine Locke von ihrem Haar zwischen die Finger. »Ich schätze, da hast du recht.«

Mit finsterer Miene schlug sie seine Hand weg.

»Willst du wirklich, dass ich dich in Ruhe lasse, Georgie?«, fragte er leise. »Willst du, dass ich verschwinde und nie wieder zurückkomme? Denn wenn es das ist, was dich glücklich macht, dann tu ich es, auch wenn du und deine Launen mir fehlen würden. Also, ist es das, was du willst?«

Als sie ihm ins Gesicht sah, um herauszufinden, ob er das ernst meinte, zog sich ihr der Magen zusammen. Aller Übermut war fort, der Humor verschwunden, von Traurigkeit ersetzt. Dass sie ihm das angetan hatte, ließ ihren Ärger dahinschmelzen. »Nein.«

»Bist du sicher? Du musst dir schon sicher sein, denn das Angebot werde ich nicht wiederholen.«

»Ich bin mir ganz und gar nicht sicher. Das ist ja das Problem.«

»Hier ist etwas, was ich dir mit größter Sicherheit sagen kann: Ich verliebe mich in dich, Georgie Quinn, und du bist unentbehrlich für mich. Sogar lebensnotwendig.«

»Du musst wirklich aufhören, mir solche Dinge zu erzählen.«

Er beugte sich vor und küsste sie. »Okay.«

Kapitel 17

Mit Schmetterlingen im Bauch und in etwa so selbstsicher wie ein Teenager, der kurz davor stand, das heißeste Mädchen der Schule auszuführen, wischte sich Ian Caldwell die Handflächen an der Jeans ab, während er auf der Veranda wartete, bis er den Mut aufbrachte, zu klingeln. Wann war er vor einem Date das letzte Mal derart nervös gewesen? Noch nie.

»Komm rein«, rief Cat durch das Fenster im zweiten Stock. »Ich bin gleich unten.«

Er trat in die Diele und nutzte die Gelegenheit, sich das Haus einmal genauer anzuschauen. Am Morgen war er viel zu sehr damit beschäftigt gewesen, Cat nicht anzustarren, weshalb ihm kaum etwas anderes aufgefallen war. Es gab viel dunkles Holz, aufgelockert durch bunte Farbtupfer – Rot, Gelb und hier und da groß gemusterte, schwere Polstermöbel. Als er am Wohnzimmer vorbeikam, hörte er Schritte auf der Treppe und blickte nach oben.

Beine … lange, sahnig weiße Beine auf … Waren das Stöckelschuhe? Trug sie seinetwegen *hochhackige* Schuhe? Ihm stockte der Atem. Grundgütiger, sie war zweifelsohne die heißeste Frau, der er jemals begegnet war, und sie trug für ihn High Heels.

Als sie den Fuß der Treppe erreicht hatte, schien sie nicht zu wissen, was sie mit ihren Händen anfangen sollte. Da verstand er, dass auch sie nervös war. Zumindest hatten sie das gemeinsam.

»Hi«, begrüßte sie ihn.

»Du bist …« Seine Stimme verlor sich, weil ihm die Worte fehlten.

»Die Schuhe sind etwas zu viel. Das wolltest du doch sagen, oder?«

Langsam schüttelte er den Kopf und trat einen Schritt näher. »Nein. Das wollte ich ganz und gar nicht sagen.«

Sie schluckte. »Was denn dann?«

»Herrlich«, ergänzte er, wobei er einen weiteren Schritt vortrat. »Umwerfend, atemberaubend, überwältigend, einfach bezaubernd.«

Ihre großen braunen Augen weiteten sich. Sie wich einen Schritt zurück und stieß gegen die Wand hinter sich.

Er stützte sich mit den Händen auf beiden Seiten ihres Kopfes ab. »Cat.«

»Ja?«, erwiderte sie, die Stimme von dem, wie er hoffte, gleichen Verlangen belegt, das ihn durchströmte.

»Seit gestern Abend kann ich nur noch daran denken, dich wieder zu küssen.«

»Ach, wirklich?«

Ganz auf ihren Mund konzentriert, antwortete er: »Ja.« So schwer es ihm auch fiel, er rührte sich nicht. Stattdessen wartete er auf ein Signal von ihr, irgendetwas, das ihm verriet, dass sie sich auf einer Wellenlänge befanden …

Sie legte ihm die Hand in den Nacken und zog seinen Kopf zu sich.

Das schien ihm eindeutig. Kaum berührten sich ihre Lippen, sprang der Funke über, und all sein Blut strömte in südlichere Regionen. Mit ihren Händen auf seinem Hintern presste sie ihn so fest wie möglich an sich. Und er … Wagte er es, diese unglaublichen Brüste zu streicheln? Der Gedanke an sie hatte ihn die halbe Nacht wach gehalten.

Gott, warum nicht? Er hob die Hände und fand sich geradewegs im Himmel wieder. Als er irgendwann später seine Lippen von ihren löste, barg er das Gesicht an ihrem Hals und atmete in tiefen Zügen ihren dunklen, erotischen Duft ein.

Sie grub die Finger in sein Haar und schmiegte sich an ihn.

»Cat«, murmelte er dicht an ihrer Haut. »Himmel.«

Sie fasste ihn an der Hand und zog ihn mit sich nach oben in ihr Zimmer, schloss die Tür hinter sich und drehte den Schlüssel um. In seinen wildesten Träumen hätte er sich nichts ausmalen können, was sich mit diesem Geräusch vergleichen ließe.

»Du musst doch arbeiten«, brachte er hervor, als sie ihm das Hemd über den Kopf zerrte und den Mund auf seine Brustwarze drückte.

»Mir bleiben noch zwei Stunden. Wird es denn derart lange dauern?«

»Wir können von Glück reden, wenn es *zwei Minuten* dauert.«

Bei ihrem sinnlichen tiefen Lachen wäre er fast gekommen. Er wollte das Tempo drosseln, sich Zeit nehmen, aber es schien ihm nicht zu gelingen. Er tastete nach dem Saum ihres Oberteils und schob es ihr über den Kopf, wobei er die herrlichsten Brüste enthüllte, die er jemals gesehen hatte. Er legte die Hände darauf, beugte sich vor und nahm nacheinander die Spitzen in den Mund.

Sie schrie auf, klammerte sich an ihn. »Ian …«

»Sag mir, was du willst.«

Sie zeigte es ihm, indem sie an seinem Hosenbund zerrte.

Er schleuderte die Jeans von sich, hob Cat hoch und ließ sich mit ihr auf das ungemachte Bett fallen. Noch nie in seinem Leben hatte er jemanden derart heftig begehrt. Als er ihr den Rock über die Hüften streifte, stellte sich ihm die Frage, ob diese Frau, dieser Augenblick, der Maßstab werden würde, an dem sich alle in Zukunft messen müssten.

»Kondom«, keuchte sie. »Im Nachttisch.«

Ohne sich von ihr zu lösen, öffnete er die Schublade und wühlte sich auf der Suche nach den Kondomen durch Nagellack, Ohrringe und anderen Frauenkram. »Wo?«

Sie drehte ihn unter sich und streckte den Arm aus, wobei eine ihrer Brustspitzen direkt über seinem Gesicht schwebte. Was sollte man da schon tun? Er zog sie fest in den Mund, und sie kreischte überrascht auf und raubte ihm den Atem, als sie sich an ihm rieb. »Cat, Liebste, *beeil dich.*«

Mit einem kleinen Lachen verkündete sie: »Hab eins«, setzte sich aufrecht auf ihn und riss die Verpackung mit den Zähnen auf.

Noch nie hatte er etwas Erotischeres erlebt – bis sie ihm das Kondom mit dem Mund überrollte.

»Cat.« Er griff nach ihr, zog sie zu sich hoch und erfüllte sich einen weiteren Traum, indem er über das Augenbrauenpiercing leckte. »Ja.«

»Was?«

»Das ist genauso sexy, wie ich es mir vorgestellt habe.«

Im verblassenden Tageslicht begegnete sie seinem Blick. »Du hast dir das vorgestellt?«

»Ja, und das.« Mit dem Knie spreizte er ihre Beine und drang ganz langsam in sie, um ihr Zeit zu geben, sich an ihn zu gewöhnen. »Und jede Menge andere Dinge.« Wieder gab er ihr einen tiefen Kuss, den sie leidenschaftlich erwiderte, was ihn zusammen mit den Aktivitäten weiter unten viel zu früh an den Rand des Höhepunkts brachte.

Sie richtete sich auf und sank tiefer auf ihn, was seiner bereits überstrapazierten Kontrolle nicht zuträglich war.

Er stöhnte und umklammerte ihre Hüften, als sie begann, ihn zu reiten.

Verzweifelt wollte er sich mehr Zeit verschaffen, also setzte er sich auf, legte einen Arm um sie und kostete erst die eine, dann die andere Brustspitze. Ihr leises Wimmern steigerte sein Verlangen nur noch weiter.

Als sie die Hände an sein Gesicht legte und ihn zu sich zog, ließ er widerstrebend von ihrem Busen ab. Sobald ihre Lippen seine berührten, öffnete er die Augen, um keine Sekunde ihres Höhepunktes zu verpassen. Er presste sie an sich und stieß ein-, zweimal fest in sie.

Ihre Oberschenkel bebten, ihre inneren Muskeln umschlossen ihn wie eine samtene Faust, und sie warf den Kopf in den Nacken, die Lippen geöffnet. Sie klammerte sich an ihn, als er ein weiteres Mal heftig in sie drang, und kam mit einem Aufschrei, der ihn mit sich riss.

***

Er war noch immer in ihr, während Cat mit wild klopfendem Herzen auf ihm lag und ihr Körper nach dem besten Orgasmus, den sie jemals gehabt hatte, leise summte.

»Davon darfst du Nathan nichts verraten«, erklärte sie.

Er lachte leise, was sie am ganzen Körper spürte. »Warum sollte ich das tun?«

Sie hob eine Schulter zu einem halbherzigen Achselzucken. »Kerle reden.«

Er nahm ihr Gesicht zwischen seine Hände und drängte sie dazu, ihn anzusehen. »Dieser hier nicht.«

Sie glaubte ihm. Er strahlte eine Aufrichtigkeit aus, die ihn vertrauenswürdig erscheinen ließ.

»Ich frage mich allerdings, warum es dich stört, wenn es ausgerechnet Nathan erfährt.«

»Weil er es Georgie erzählen würde, und sie würde es mir ewig vorhalten, nachdem ich sie so aufgezogen habe, weil sie und Nathan …«

»Was denn?«

In die Enge getrieben suchte sie nach einer Möglichkeit, das Thema zu wechseln. Weil ihr nichts einfiel, griff sie auf einen uralten Trick zurück und küsste ihn – gab ihm einen leidenschaftlichen, bewusstseinsverändernden Kuss, einen der besten, die sie jemals jemandem gegeben hatte – wenigstens ihrer Meinung nach.

Er rollte sie auf den Rücken und erwiderte den Kuss begeistert.

Triumphierend schlang sie ihm die Arme um den Hals und hielt ihn fest.

»Netter Versuch«, flüsterte er. »Raus damit.«

»Verdammt«, murmelte sie.

Lachend zog er sich schließlich aus ihr zurück und küsste sich zu ihren Brüsten vor. Er strich mit der Zunge träge um ihre Brustspitzen, verweigerte ihr dabei aber, was sie wirklich wollte. »Verrat es mir.«

Sie griff in sein Haar und versuchte – erfolglos – seinen Mund zu lenken. Mit frustriertem Stöhnen gestand sie: »Also gut, sie haben miteinander geschlafen. Bist du jetzt glücklich?«

»Noch nicht.« Er belohnte sie, indem er rasch über eine der geschwollenen Brüste leckte. »Etwas verrät mir, dass an dieser Geschichte mehr dran ist.«

»Ian«, kreischte sie. Sie beugte den Rücken und zog an seinem Haar.

»Sag's mir einfach.« Er widmete sich ihrem Bauch. »Ich werde es auch nicht weitererzählen.«

Obwohl ihr das Atmen schwerfiel, von Sprechen gar nicht zu reden, brachte sie heraus: »Sie sind ziemlich heftig zur Sache gegangen – an dem Abend, als sie sich kennengelernt haben.«

Er hob den Kopf und zog eine Augenbraue hoch. »Im Ernst?«

»Ja. Gibst du jetzt Ruhe und kümmerst dich um mich?«

Mit seinen breiten Schultern drängte er ihre Beine auseinander, damit er weiter nach unten rutschen konnte. »Herzlich gern.« Er neckte sie mit Zunge und Fingern, bis sie sich hilflos unter ihm wand. »Wofür steht ›Cat‹ eigentlich?«

»Wie kannst du jetzt noch reden?«, keuchte sie.

Er strich mit einem Finger über das Zentrum ihrer Weiblichkeit. »Fällt mir grad nicht so schwer wie dir.«

»Wenn ich es dir verrate, hörst du dann auf, herumzualbern, und kommst zur Sache?«

»Es gibt nur einen Weg, das rauszufinden.«

»Catherine, aber wenn du mich so nennst, erlebst du deinen nächsten Geburtstag nicht.«

»Catherine«, hauchte er, während er mit einem Finger in sie drang. »Gefällt mir. Altmodisch und anständig.«

»Ja, genau wie ich.« Sie drängte sich fest gegen seine Hand, bettelte stumm um mehr.

»Wie alt bist du?«

»Achtundzwanzig«, teilte sie ihm mit. »Und du?«

»Sechsunddreißig. Das ist vielleicht ein eigenartiger Zeitpunkt, angesichts dessen, was wir hier gerade tun, aber wie lautet dein Nachname?«

Ihr Lachen wandelte sich in ein Stöhnen, sobald er den Mund auf ihre empfindlichste Stelle drückte. Kaum schob er einen zweiten Finger nach, befand sie sich auf dem besten Weg zum nächsten Höhepunkt.

Plötzlich verharrte er. »Ich warte.«

»Kelly«, antwortete sie, ohne zu zögern.

Er neigte den Kopf und gab ihr mehr. »Freut mich, dich kennenzulernen, Catherine Kelly.«

Sie kam mit einem spitzen Schrei. Offenbar reichte ihm das nicht, denn er gönnte ihr keine Pause und brachte sie zu einem weiteren Höhepunkt.

»Catherine Kelly, der Schreihals«, flüsterte er, die Lippen an ihrem Oberschenkel. »Äußerst unanständig und *heiß*.«

Schweißgebadet und befriedigter, als sie jemals zuvor gewesen war, schloss sie die Augen und atmete ein paarmal tief durch. Sie riss sie gleich wieder auf, als er erneut in sie eindrang. »Kondom«, erinnerte sie ihn.

»Hab ich«, versicherte er ihr, bevor er ihr einen sanften Kuss gab.

Sie umklammerte seine muskulösen Arme, während er sich abstützte und in sie stieß.

»Ian …«

»Was, Baby?«

»Ich denke …« Sie atmete abrupt ein, weil er tief in sie drang. »Ich komme schon wieder.«

»Okay.« Er verschloss ihr den Mund mit seinem, um ihre Schreie zu dämpfen. Dann steigerte er das Tempo und kam mit einem unterdrückten Laut selbst zu einem explosiven Höhepunkt. »Verdammt«, keuchte er, sobald er wieder reden konnte. Er rollte sich auf die Seite, damit er sie nicht erdrückte, und zog sie mit sich.

Sie schmiegte sich an ihn, streichelte sein weiches Brusthaar und schlief ein.

***

Während Cat in seinen Armen schlummerte, regten sich in Ian Schuldgefühle. Er mochte es nicht, seine Zeit nicht mit Rosie zu verbringen. Einen Babysitter anzuheuern, damit er mit einer Frau schlafen konnte, die er gerade erst getroffen hatte, widersprach außerdem seiner Vorstellung davon, wie man sich als verantwortungsvoller Vater zu verhalten hatte. Seit Rosie da war, hatte es nicht viele Gelegenheiten gegeben, mit jemandem ins Bett zu steigen, es war also nichts, was er oft tat – okay, eigentlich nie. Tagsüber kümmerte er sich um Rosie, an den meisten Abenden arbeitete er. Daraus bestand sein ganzes Leben.

Seine verwitwete Nachbarin Mrs O'Connell passte immer gern auf die Kleine auf, wenn er wegmusste. Da sie seine Handynummer hatte und ihn jederzeit erreichen konnte, hatte er ihr gegenüber nicht erwähnt, dass er heute keinen Gig hatte. Gelogen hatte er nicht, er hatte es nur unterlassen, ihr mitzuteilen, dass seine Pläne für den Abend keinen Auftritt beinhalteten. Allerdings waren seine Pläne heute ohnehin alle über den Haufen geworfen worden – nicht, dass er sich deswegen beklagen würde.

Was für eine unglaubliche Frau Catherine Kelly doch war. Er strich mit der Hand über die sexy Meerjungfrauentätowierung auf ihrem rechten Schulterblatt und fragte sich, ob das hier eine einmalige Sache war oder der Anfang von etwas Dauerhaftem. Er hoffte auf Letzteres, denn er hatte noch nicht mal ansatzweise genug von ihr.

Jetzt, da sie schlief, konnte er endlich in Ruhe darüber nachdenken, was sie ihm über Nathan und Georgie anvertraut hatte. Das erklärte auf jeden Fall, warum es Nate derart aufwühlte, dass sie nicht mit ihm zusammen sein wollte. Er war nicht der Typ für einen One-Night-Stand. Seit seine Freundin vom College gestorben war, war er selten mit Frauen ausgegangen. Er verdiente ein wenig Glück, und Ian hoffte, seinem Bruder würde nicht erneut das Herz gebrochen werden.

Mit einem Blick auf die Uhr stellte er fassungslos fest, dass es schon halb acht war. Noch nie waren anderthalb Stunden derart rasend verflogen. Er tat das nur ungern, doch ihr blieb bloß noch eine halbe Stunde, bis sie zur Arbeit musste. »Cat«, flüsterte er daher. »Catherine.«

Ihre Lider hoben sich flatternd, und einen Moment lang wirkte sie überrascht, ihn in ihrem Bett vorzufinden.

Er konnte den genauen Moment sehen, in dem sie sich daran erinnerte, was zwischen ihnen vorgefallen war.

Ihr Lächeln war verschlafen und sexy. »Hi.«

»Selber hi. Du musst zur Arbeit.«

Sie stöhnte.

Er zog sie auf sich. »Melde dich krank.«

»Das kann ich nicht.«

»Bist du nicht der Boss?«

»Schon, aber …«

»Was?« Er legte ihr die Hände auf den Hintern und knabberte an ihrem Hals.

»Fällt mir nicht mehr ein.«

»Wann hast du dich denn das letzte Mal krankgemeldet?«

»Noch nie.«

»Es gibt für alles ein erstes Mal.«

»Ich habe normalerweise auch keinen Sex beim ersten Date.«

Gerührt von ihrem Geständnis küsste er sie und wurde überrascht von ihrer leidenschaftlichen Erwiderung.

»Ich fasse nicht, dass ich dich schon wieder will«, flüsterte er.

»Hast du denn keinen Hunger?«

»Mach dir um mich keine Sorgen. Ich kann nur mit Sex durchkommen.«

Sie stützte das Kinn auf seine Brust und lächelte. »Ich habe gerade eine großartige Idee gehabt.«

»Was denn?«

»Wie wäre es, wenn ich mich krankmelde und wir die ganze Nacht hierbleiben?«

»Warum ist mir das nicht eingefallen?«

Sie kreischte auf, als er sie kitzelte.

Plötzlich hörte er jemanden auf dem Flur und bedeckte ihren Mund mit der Hand.

Das Klopfen an der Tür ließ beide zusammenzucken.

»Cat?«, fragte Tess. »Bist du da?«

Cat und Ian verharrten vollkommen still, bis sie hörten, wie Tess sich wieder entfernte. Dann brachen sie in lautes Gelächter aus.

Kapitel 18

Tess lief mit dem eigenartigen Gefühl wieder nach unten, etwas gestört zu haben. Aber was? Georgie war, soweit sie wusste, irgendwo mit Nathan unterwegs. Cat war mit Ian ausgegangen.

Es sei denn …

Was, wenn sie gar nicht weg waren? Wäre das nicht interessant? Sie kicherte leise. Und das, nachdem Cat Georgie derart aufgezogen hatte. Sie verließ das Haus und machte sich auf zu ihrem Auto. Normalerweise würde sie den kurzen Weg zu Ben zu Fuß zurücklegen, aber sie wusste, dass er nicht weit laufen konnte, sollten sie beschließen, auszugehen.

Während des langen Tages im Krankenhaus hatte sie oft an ihn gedacht, und sie freute sich schon darauf, ihn wiederzutreffen. Sie parkte auf der Extension Street und klappte die Sonnenblende mit dem Spiegel runter, um etwas Lipgloss aufzutragen. Dann atmete sie tief durch, um ihre Nerven zu beruhigen, und stieg aus.

Ben erwartete sie bereits an der Tür.

»Hallo«, sagte sie und eilte die Treppe rauf, froh, ihn zu sehen.

»Ich dachte schon, du tauchst gar nicht mehr auf.«

Sie fand seine Ungeduld derart hinreißend, dass sie sich auf die Zehenspitzen stellte und ihm einen Kuss auf die Wange gab. »Entschuldige, dass ich zu spät bin. Direkt zum Schichtwechsel haben wir die Opfer eines Verkehrsunfalls reinbekommen. Wie war dein Tag?«

»Lang und öde. Bis jetzt.«

Sie spürte seinen Blick auf sich, als sie sich streckte, um die Verspannungen in ihrem Körper loszuwerden. »Wonach ist dir denn?«

»Worauf auch immer du Lust hast.«

»Wie wäre es, wenn wir uns etwas zu essen besorgen, einen Film ausleihen und bei mir unterkommen, wo es richtige Möbel und sogar einen Fernseher gibt?«

»Klingt nach einem Plan.« Er wies zur Tür.

Als sie sah, wie er sich die wenigen Stufen runterquälte, zog sich ihr Herz zusammen.

»Entschuldige«, sagte er, den Mund vor Schmerzen verkniffen. »Die einfachsten Dinge dauern ewig.«

»Dafür musst du dich nicht entschuldigen, Ben.«

»Ich hasse es, ein Krüppel zu sein.«

Langsam schlenderten sie den Hügel zu ihrem Auto hinauf.

»Darf ich dich etwas fragen?«, setzte sie an.

»Klar.«

»Warum wurde das Bein nicht amputiert?«

»Ich hab sie nicht gelassen.«

»Du wärst vielleicht besser dran.«

»Möglich.« Er verstummte, bevor er hinzufügte: »Das habe ich noch nie laut ausgesprochen.«

Sie schwieg, in der Hoffnung, er würde weiterreden.

»Ich war tagelang nicht bei Sinnen. Irgendwann wurde ich wach und hörte, wie sie sich darüber unterhielten, das Bein abzunehmen, weil jeder Knochen zerschmettert sei und das Knie völlig kaputt. Da bin ich durchgedreht. Sie mussten mich ruhigstellen, aber als ich wieder zu mir kam, war alles noch dran.«

Sie öffnete ihm die Beifahrertür, half ihm aber nicht weiter, da sie spürte, dass er das nicht wollte.

»Nachdem sie das Morphium abgesetzt hatten, waren die Schmerzen schlimmer als alles, was ich je erlebt hatte«, fuhr er fort, sobald sie im Auto saßen. »Da wusste ich, dass es vermutlich ein Fehler gewesen war, es nicht amputieren zu lassen.«

»Es ist nicht zu spät.«

»Darüber habe ich in letzter Zeit auch nachgedacht«, gestand er.

»Wirklich?«

Er nickte. »Die Physiotherapeuten meinen, meine Mobilität wird vermutlich nicht besser, und die Schmerzen sind schrecklich, fast so schlimm wie damals, als es passiert ist. Es macht mich krank.«

»Hast du Medikamente?«

»Die vertrage ich nicht besonders gut. Wenn ich sie einnehme, bin ich für den Rest des Tages zu nichts zu gebrauchen.«

»Ben«, seufzend griff sie nach seiner Hand, »du musst diese Schmerzen nicht ständig aushalten. Das ist doch kein Leben.«

Er hob ihre Hand an die Lippen. »Mein Leben hat in den letzten vierundzwanzig Stunden Auftrieb bekommen.«

Sie lächelte ihn an und drückte seine Hand. Wenn sie bei ihm war, fiel es ihr leicht, zu vergessen, dass sie Männern für immer abgeschworen hatte. »Was hältst du von thailändischem Essen?«

Ohne den Blick von ihr zu nehmen, erwiderte er: »Ich liebe es.«

»Ben?«

»Ja?«

»Ich brauche die Hand zum Fahren.«

»Ah, ja. Richtig.« Er ließ sie los.

»Nur am Anfang, dann kriegst du sie wieder.«

***

Nathan parkte vor Georgies Haus und lief ums Auto, um ihr die Tür zu öffnen.

Sie unterdrückte ein Gähnen, während sie seine ausgestreckte Hand nahm.

»Ist es dir zu spät geworden?«, erkundigte er sich grinsend.

»Nein. Es war schön – schöner als seit Langem für mich.«

»Fand ich auch.« Auf der ersten Stufe hielt er sie zurück. »Was hat dir am besten gefallen?«

Sie wandte sich um, genau auf Augenhöhe mit ihm. »Es ist ein Unentschieden zwischen dem Windrad und dem Drachensteigenlassen im Brenton Point Park.«

Er lächelte. »Mir hat das Nickerchen am Strand gefallen.«

»Es war alles schön.«

»Es *ist* alles schön, Georgie. Zwischen uns läuft es gut. Spürst du das ebenfalls? Wenigstens ein bisschen?«

Sie legte die Hände an sein Gesicht und antwortete ihm mit einem Kuss, von dem ihm die Knie weich wurden. Wenn sie nur wüsste, dass sie sein Herz in den Händen hielt und damit tun konnte, was immer sie wollte. Ganz gleich, wie oft er sich auch sagte, dass es nicht zu seinem Besten war, sich auf eine Frau einzulassen, die nicht hier sein wollte und ganz offensichtlich Sachen vor ihm verheimlichte, er konnte sich einfach nicht von ihr fernhalten.

Sie küsste sich von seinem Mund aus seine Kinnlinie entlang.

Er erstarrte überrascht und erregt und voller anderer Emotionen, die er nicht benennen konnte.

»Beantwortet das deine Frage?«, flüsterte sie.

»Ja. Das tut es. Heißt das, wir sind zusammen, Georgie?«

Seufzend erwiderte sie: »Ich schätze schon.«

»Aber du möchtest es eigentlich nicht.«

»Mein Zuhause ist in Atlanta, aber dein ganzes Leben spielt sich hier ab. Über kurz oder lang werden wir vor einem gewaltigen geografischen Problem stehen.«

»Wie wäre es damit, dass wir uns einfach so oft wie möglich treffen, bis du wegmusst, und dann sehen wir mal?«

Ein strahlendes Lächeln breitete sich auf ihrem Gesicht aus und ließ die Grübchen wieder erscheinen. »Dann sehen wir mal was?«

»Was passiert.«

»Können wir das Ganze denn so angehen, einfach bloß Spaß haben, ohne dass es zu ernst wird?«

»Ich kann dir nur versprechen, dass ich es versuchen werde«, antwortete er, auch wenn er wusste, dass es bereits viel zu spät dafür war – zumindest für ihn –, ihr Spaß ohne mehr zu versprechen.

»Du siehst schon viel besser aus als heute Morgen.« Zärtlich berührte sie sein Gesicht und fügte hinzu: »Das Fieber scheint abgeklungen zu sein.«

»Weil meine persönliche Krankenschwester sich heute so gut um mich gekümmert hat.«

Sie schlang ihm die Arme um den Hals und küsste ihn erneut, dieses Mal mit Verführung im Sinn. Mit der Zunge fuhr sie ihm über die Lippen und strich ihm mit den Fingern durchs Haar.

Er legte ihr einen Arm um die Taille, um sie an sich zu ziehen.

»Hmm«, seufzte sie. »Das nenne ich Spaß.«

»Für wen?«, fragte er, die Stimme angespannt.

Als sie den Kopf lachend in den Nacken warf, begann er an der zarten Haut ihres Halses zu knabbern. Das Lachen ging in ein Stöhnen über. »Nathan?«

»Ja?«

»Willst du die Nacht hier verbringen?«

Mehr als alles andere auf der Welt. »Ich kann nicht, Süße.«

»Warum nicht?« Sie wirkte überrascht und gekränkt.

»Du willst, dass es nichts Ernstes ist. Hast du das nicht gerade gesagt?«

Sie nickte.

»Das schaffe ich nicht, wenn wir erneut im Bett landen.« Er zwang sich zu einem Lächeln. »Das heißt aber nicht, dass wir nicht rummachen können.« Den gesunden Arm fest um sie geschlungen, zog er sie wieder an sich und führte sie die Stufen rauf. Auf der Korbbank angekommen, presste er seinen Mund auf ihren.

Der Kuss wurde heiß und innig und endlos. Sie klammerte sich an seine Schultern und drückte ihn fest an sich.

Was ist los mit dir, Mann? Sie wollte mit dir ins Bett. Aber was würde passieren, wenn sie ihn wieder verlassen würde? Was dann? Doch wäre ein bisschen nicht besser als nichts? Nein, denn bei Georgie würde ihm das nie genügen.

Das Klingeln ihres Handys unterbrach die leidenschaftliche Umarmung.

Er löste sich von ihr, damit sie es aus der Tasche ihrer kurzen Hose ziehen konnte, und half ihr, sich aufzusetzen.

»Joe? Was ist los? Stimmt was nicht mit Ali?«

Er spürte, wie sie sich verkrampfte.

»Ich habe vor ein paar Tagen mit ihr telefoniert. Sie schien sich ganz sicher, dass sie das wollte. Hat sie ihre Meinung geändert?«

Er griff nach ihrer freien Hand und hielt sie zwischen seinen fest.

»Was kann ich tun? Soll ich zu euch kommen?« Sie lauschte kurz. »Also gut. Wenn du dir sicher bist. Wie fühlst du dich?« Wieder hielt sie inne und hörte zu. »Es tut mir aufrichtig leid, Joe. Ich weiß, dass das für euch beide nicht leicht ist – für keinen von uns. Sie soll mich morgen anrufen. Okay. Danke. Sag ihr, dass ich sie lieb habe.« Damit beendete sie den Anruf und starrte in die Dunkelheit, einen traurigen Ausdruck auf dem Gesicht.

»Was ist los?«, wollte Nathan wissen.

»Meine Schwester hat im Moment Probleme. Kaum jemand weiß davon, und mein Schwager brauchte einfach nur jemanden, mit dem er darüber sprechen konnte.«

»Möchtest du darüber reden?«

»Sie … wird diese Woche operiert, und es ist schwierig.«

»Nichts Ernstes, hoffe ich.«

Sie schaute auf ihre verschränkten Hände. Schließlich hob sie den Blick und sah ihn direkt an. »Es ist eine doppelte Brustamputation.«

Der Schmerz auf ihrem Gesicht traf ihn wie eine Faust in den Magen. »Das tut mir wahnsinnig leid, Georgie. Ist das nicht die gleiche OP wie die, die deine Mutter hatte?«

Sie nickte. »Mich trifft es vielleicht auch«, erwiderte sie derart leise, dass er sie fast nicht hörte.

Aber eben nur fast.

»Wie meinst du das?«, zwang er sich zu fragen.

»Der Bluttest, den ich bei Gus erwähnt habe?«

Er nickte, nicht ganz sicher, ob er das tatsächlich wissen wollte, jetzt, da sie beschlossen hatte, es ihm anzuvertrauen.

»Damit wollen sie bestimmen, ob bei mir genau wie bei meiner Mutter und meiner Schwester das Risiko, an Brustkrebs zu erkranken, siebenmal so hoch ist wie beim Rest der Bevölkerung.«

Er bemühte sich, sich den Schrecken nicht anmerken zu lassen, denn er spürte, dass das das Letzte war, was sie jetzt gebrauchen konnte. »Du möchtest dich aber nicht testen lassen?«

»Nein. Ich möchte die Uhr um drei Monate zurückdrehen, bis zu der Zeit, bevor ich wusste, dass die Möglichkeit überhaupt besteht, dass ich das veränderte Gen geerbt habe, wie meine Mutter und meine Schwester – vermutlich auch meine Tante und meine Großmutter. In den letzten vier Jahren sind drei Frauen von der mütterlichen Seite meiner Familie an Brustkrebs gestorben. Bisher wurde lediglich meine Cousine Bonnie ohne Befund auf das Gen getestet.«

Bestürzt versuchte er, all das zu verarbeiten. »Deine Schwester hat aber keinen Krebs, oder?«

Sie schüttelte den Kopf. »Noch nicht. Aber sie hat Kinder, eins ist drei, das andere fünf Jahre alt, weshalb sie nicht darauf warten wollte, dass er ausbricht.«

»Du schon?«

»Bei mir ist das was anderes. Sie ist seit Jahren glücklich verheiratet, und ihrem Mann ist es egal, ob sie Brüste hat oder nicht. Er will nur, dass sie lebt.«

»Mir ginge das ganz genauso, wenn es die Frau betrifft, die ich liebe.« Er bemühte sich, gelassen zu klingen. Zum ersten Mal seit der Szene am Müllcontainer spürte er, wie er fast die Kontrolle verlor.

»Es ist nett, dass du das sagst«, meinte sie und klang völlig am Boden zerstört. »Aber das ist das Letzte, womit du dich jetzt rumschlagen solltest, ganz besonders nach allem, was mit Ellen passiert ist.«

»Ich werde sauer, wenn du mich deswegen auf Abstand hältst.«

»Ich will dich da nicht mit reinziehen.«

»Zu spät«, flüsterte er und nahm sie in die Arme. »Mich wirst du nicht mehr los. Außerdem wirst du den Test machen lassen, damit du das vergessen und dein Leben davon unbeeinträchtigt weiterleben kannst.«

»Setz mich bitte nicht unter Druck.« Ihr Blick brach ihm das Herz. »Meine Mutter hat mich vor ihrem Tod dauernd deswegen bearbeitet, und dann der Arzt meiner Mutter, meine Schwester und Tess. Es ist auch so schon schwer genug.«

»Wirst du mit mir darüber sprechen, Georgie?«

»Ich möchte es, aber es ist nicht fair …«

Er legte ihr einen Finger an den Mund. »Sch. Entscheide das nicht für mich. Ich bin genau da, wo ich sein will, bei dem Menschen, mit dem ich zusammen sein möchte.«

Sie schmiegte sich in seine Arme, offensichtlich erleichtert, dass sie ihm endlich ihre größte Sorge anvertraut hatte.

Sein Herz setzte kurz aus, weil er erkannte, dass er sie liebte, und der Gedanke daran, dass sie krank werden und womöglich sterben könnte, obwohl es sich verhindern ließe … Er hielt sich davon ab, den Gedanken zu Ende zu führen. Sie hatte ihn darum gebeten, sie nicht unter Druck zu setzen, und er würde sich Mühe geben, ihren Wunsch zu respektieren, doch dass ihr dieses Schicksal widerfuhr, würde er nicht zulassen. Nicht, solange er etwas dazu zu sagen hatte.

In der Zwischenzeit wollte er es genießen, dass er wieder verliebt war, trotz aller möglichen Hindernisse auf ihrem Weg. Es war viel zu lange her, dass er das letzte Mal etwas Derartiges empfunden hatte.

Durch das offene Fenster hörte er überraschend eine Stimme, die wie Bens klang. Lachen. Er setzte sich aufrecht hin und lauschte.

»Was ist los?«, wollte Georgie wissen.

Er blickte zu ihr. »Ich weiß gar nicht, wann ich das letzte Mal gehört habe, wie Ben lacht.«

Erneut drang lautes Gelächter von drinnen heraus.

Ein Kloß bildete sich in seiner Kehle.

Georgie legte ihm einen Arm um die Mitte und den Kopf an seine Brust.

»Entschuldige.« Er hielt sie fest. »Es ist nur … Es ist so schön.«

»Das kann ich mir vorstellen. Willst du reingehen und nachschauen, was da los ist?«

»Gleich.« Er hob ihr Kinn für einen zärtlichen Kuss. »Mein Bruder Kevin grillt morgen Nachmittag. Möchtest du mit mir hingehen?«

»Bewegt sich das innerhalb der Grenzen, die ich gesetzt habe?«

Er beschloss, sie nicht daran zu erinnern, dass sie diese Grenzen gerade eben weit hinter sich gelassen hatten. »Ben, Ian und Rosie kennst du doch schon.«

»Stimmt.«

»Es gibt noch drei weitere Brüder, ein paar Schwägerinnen, zwei Nichten und einen Neffen. Außerdem meine Eltern, aber die sind in Florida, vor denen bist du also sicher.«

»Wenn deine Eltern nicht beteiligt sind, bin ich dabei.«

Er streichelte ihr Gesicht. »Kommst du heute Abend zurecht?«

Sie nickte. »Danke, dass du mir zugehört hast.«

»Jederzeit, Süße.« Er nahm ihre Hand, um ihr aufzuhelfen. »Dann wollen wir mal sehen, was so lustig ist.«

Drinnen fanden sie Ben und Tess im Wohnzimmer vor.

»O mein Gott, Leute, schaut euch das an«, rief Ben, in dessen Blick es fröhlich funkelte. »Wir spielen versautes Scrabble. Ihr glaubt gar nicht, wie verdorben die unschuldige Schwester Tess ist.«

Tess errötete, und Nathan sah auf das Spielbrett. Ihm fielen fast die Augen aus dem Kopf. »Wessen Wort ist *das*?«

»Ihres«, prustete Ben. »Sie ist ganz schön unanständig. Ich liebe es.«

»Er hat mich herausgefordert«, verteidigte sich Tess, die gerade »t-e« an »vögel« hängte. »Was soll ich denn tun? Das wären dann zweiundvierzig Punkte.«

»Wie kommst du denn darauf?«

»Doppelter Wortwert.«

Ben schüttelte den Kopf. »Ich gebe auf, du gewinnst. Dein Verstand ist zu viel mehr Zweideutigkeit fähig als meiner.«

»Unmöglich«, murmelte Nathan und stellte überrascht fest, dass Ben darüber lachte, statt ihn anzugehen. »Ich fahr heim, soll ich dich mitnehmen?«

Ben schaute zu Tess, die gerade das Spiel wegräumte. »Gibst du mir noch eine Minute?«

»Klar.« Nathan fasste Georgie am Arm und nahm sie mit in die Küche, wo er sie gegen die Arbeitsfläche drängte. »Ben will sie vermutlich küssen. Während er also damit beschäftigt ist, können wir uns ja überlegen, wie wir uns die nächsten Minuten vertreiben.«

Sie strich über seine Brust. »Ich fühle mich, als wären wir wieder auf der Highschool.«

»Macht Spaß, oder?« Er rieb mit den Lippen über ihren Hals.

»Und wie. Ich frage mich, wie Cats Date mit Ian verlaufen ist.«

»Ich bin mir sicher, dass du morgen früh alles erfährst, und dann kannst du mich anrufen. Wirst du mich jetzt endlich küssen?«

***

Im zweiten Stock drückte Ian das Ohr an die Tür. »Klingt, als würden die da unten eine Party veranstalten«, brummte er.

Amüsiert beobachtete Cat, wie er auf und ab lief. »Komm zurück ins Bett.«

»Gibt's hier eine Feuerleiter? Die brauche ich vielleicht.«

»Kannst du nicht über Nacht bleiben?«

»Ich muss heim zu Rosie.«

Ihr Lächeln verblasste.

»Ach, Cat.« Er setzte sich auf den Bettrand und verschränkte die Finger mit ihren. »Du weißt, dass ich eine Tochter habe. Ich muss zu ihr nach Hause, selbst wenn ich liebend gern die Nacht mit dir verbringen würde.«

»Ich schätze, das ist schon was wert. Wenigstens möchtest du es.«

»Du kannst dich gerne in mein Haus schleichen, sobald der Babysitter fort ist«, versuchte er sie zu überreden, bevor er mit den Lippen ihr Schlüsselbein liebkoste.

»Und wann muss ich verschwinden?«

»Um sechs?«, verkündete er mit einem entschuldigenden Grinsen.

»So verlockend das klingt, muss ich doch ablehnen.«

»Wie soll's denn dann weitergehen? Ich will dich wiedersehen.«

»Du willst mich *nackt* wiedersehen.«

»Das auch.«

»Was, wenn das alles ist, was ich will?«

»Nur Sex?«

»Ich bin grad einer haarigen Angelegenheit entronnen. Deshalb wohne ich jetzt hier, ich muss mich neu sortieren.«

»Lass mich noch mal zusammenfassen: Die heißeste Frau, der ich jemals begegnet bin, mit der ich bereits drei Mal den besten Sex meines Lebens hatte, will eine Beziehung, die nur auf Sex basiert?«

Lachend nickte sie.

»Lass mich drüber nachdenken.«

»Ernsthaft?«

»Ich bin fertig. Ja. Einverstanden.«

»Sollten wir nicht einschlagen oder so?«

»Oder so.« Damit drückte er seinen Mund auf ihren. »Definitiv oder so.«

***

Nachdem sie das Spiel weggeräumt hatte, kehrte Tess zum Sofa zurück und setzte sich neben Ben. »Das hat Spaß gemacht«, meinte sie.

»Mir auch.«

»Denkst du schlechter von mir, jetzt, da du meinen schmutzigen Verstand kennst?«

»Nein.«

»Was ist los, Ben?«

»Früher war ich geschickt … im Umgang mit Frauen. Jetzt sitze ich hier und will dich unbedingt küssen, scheine aber alle meine Tricks vergessen zu haben.«

Er wirkte derart verloren, dass sich ihr Herz zusammenzog – eine gefährliche Entwicklung für eine Frau, die den Männern abgeschworen hatte. Sie setzte sich vorsichtig rittlings auf seinen Schoß, wobei sie auf sein verletztes Bein achtgab. »Hast du Schmerzen?«

»Nicht im Bein, falls du das meinst.«

Erfreut führte sie seine Arme um sich, beugte sich vor. »Fällt es dir wieder ein?«, flüsterte sie.

»Allmählich.«

Sie streifte seinen Mund mit ihren Lippen.

Seine Hände strichen über ihren Rücken, umfassten ihren Hinterkopf. »Tess.« Sein Kuss war sanft, es war beinahe, als hätte er Angst, zu viel zu verlangen.

Als sie die Zunge in seinen Mund schob, erstarrte er kurz, bevor er den Kuss erwiderte.

Er zog sie fester an sich, direkt auf seine Erektion.

»Ben«, keuchte sie.

»Hmm?«

»Ich denke, du hast deine Tricks wiedergefunden.«

»Gott sei Dank«, murmelte er an ihrem Hals.

»Nathan wartet auf dich«, rief sie ihm ins Gedächtnis, klammerte sich dabei allerdings weiter an ihn.

»Um wie viel wettest du, dass er sich die Zeit schon irgendwie vertreibt?«

Lächelnd suchte sie nach seinen Lippen.

Dieses Mal hielt er nichts zurück, und als sie sich schließlich voneinander lösten, fühlte sie sich schwindlig und atemlos.

»Arbeitest du morgen?«

Sie schüttelte den Kopf.

»Mein Bruder grillt, möchtest du mitkommen?«

»Ja«, erwiderte sie, ohne zu zögern, erleichtert, dass sie nicht lange von ihm getrennt sein würde. »Sehr gern.«

»*Ich* habe *dich* gern, Schwester Tess. Sehr sogar.«

»Ich dich auch, Bennett Caldwell.«

Für einen langen Moment starrten sie einander an, bevor er sie erneut küsste.

»Hast du noch andere Tricks auf Lager?«, flüsterte sie. »Außer diesem?«

Er knurrte an ihrem Ohr. »Das hier ist nichts.«

Hitze und Vorfreude sammelten sich in ihrem Unterleib, und sie erbebte in seinen Armen. »Vielleicht zeigst du sie mir ja mal.«

Sein Lächeln verblasste, ganz leicht, aber es entging ihr nicht.

Er strich ihr über den Rücken und erklärte: »Ich breche besser auf. Nate wartet.«

Von seinem abrupten Rückzug getroffen, rutschte sie von seinem Schoß.

Er griff nach seinem Stock und zog sich mit schmerzverzerrtem Gesicht auf die Füße. Sobald er stand, streckte er ihr die Hand hin und half ihr auf. Ihre Hand fest in seiner, gab er ihr einen zärtlichen Kuss auf den Mund. Ihre Blicke begegneten einander, und sie erkannte Sehnsucht und Verlangen in seinem, allerdings auch Angst – nur wovor, das konnte sie sich nicht vorstellen.

»Sehen wir uns morgen?«, fragte er.

»Auf jeden Fall.« Was immer ihm Sorge bereitete, sie würde es schon noch herausfinden.

Kapitel 19

Nachdem Nathan und Ben aufgebrochen waren, ging Georgie zu Tess ins Wohnzimmer. »Du scheinst dich ja amüsiert zu haben.«

»Hab ich.« Ein verträumter Ausdruck trat auf ihr Gesicht. »Er ist wundervoll.«

»Tess ist verliebt«, trällerte Georgie.

»Genau wie Georgie«, entgegnete Tess.

»Scheint ganz so, was?«

»Weißt du, es würde mir nicht das Herz brechen, solltest du beschließen, hierzubleiben.«

Georgie spielte mit dem Saum an einem der Sofakissen. »Mom wollte, dass ich wieder herziehe. Jahrelang hat sie mich gedrängt, heimzukommen, dorthin, wo ich hingehöre. Aber wie könnte ich das jetzt, da sie nicht mehr hier ist?«

»Sie wollte, dass du glücklich bist.«

»Ja, schon.« Georgie zuckte die Achseln. »Aber ich kenne ihn nicht mal eine Woche. Ich kann doch nicht mein ganzes Leben umkrempeln für jemanden, den ich gerade erst getroffen habe – selbst wenn ich ihn mehr mag als jeden anderen Mann zuvor. Das widerspricht allem, woran ich glaube.«

»Wie fühlst du dich, wenn du bei ihm bist?«

»Sicher«, erwiderte Georgie, ohne zu zögern. »Amüsiert, aus dem Gleichgewicht gebracht, frustriert.«

Tess lachte leise. »Noch etwas?«

»Geliebt«, flüsterte sie. »Bei ihm fühle ich mich geliebt. So habe ich noch nie empfunden.«

»Georgie«, seufzte Tess. »Wie kannst du dem den Rücken kehren, ohne ihm zumindest eine Chance zu geben?«

»Genau deshalb wollte ich mich gar nicht erst auf ihn einlassen. Ich fühle mich nicht fähig, eine weitere große Entscheidung zu treffen.« Sie blickte zu Tess. »Ich habe es ihm erzählt. Das mit dem Test.«

»Was hat er gesagt?«

»Genau das Richtige«, gestand sie.

»Siehst du?«

»Was ist denn hier los?«, fragte Cat von der Türschwelle aus. Sie trug nur einen Bademantel.

»Was machst du hier?«, rief Georgie. »Ich dachte, du arbeitest.«

»Ich hatte nach dem Abendessen Kopfschmerzen, also habe ich mich krankgemeldet.«

»Dachte ich doch, dass ich dich oben gehört habe«, erklärte Tess.

»Wie lief dein Date?«, erkundigte sich Georgie.

»Gut«, erwiderte Cat.

Georgie musterte sie argwöhnisch. »Nur ›gut‹?«

»Ja.« Cat wandte das Gesicht ab.

»O mein Gott«, flüsterte Georgie.

»Was?«, fragte Tess alarmiert.

Georgie starrte Cat an. »Ihr wart zusammen im Bett.«

»Waren wir nicht.«

Georgie atmete scharf ein. »Du *lügst*.« Nie hätte sie es für möglich gehalten, doch Cat Kelly errötete vor ihren Augen. »Ach, du schlimmes, *schlimmes* Mädchen«, wiederholte sie Cats Worte von vorgestern.

Tess war offenbar sprachlos, bis sie fragte: »Wie war's denn?«

Cat ließ sich in einen der großen Sessel sinken. »So, *so* gut.«

Georgie lachte. »Du bist vielleicht eine Scheinheilige.«

»Ich weiß. Sei einfach still, okay?«

»Wo ist er denn jetzt?«, wollte Tess wissen.

»Vermutlich auf der Feuerleiter. Er musste heim, wollte aber nicht, dass ihr rausfindet, dass er noch hier ist.«

Georgie betrachtete Tess. »Vielleicht hat er Angst, dass wir es seinen Brüdern erzählen könnten.«

»So etwas in der Art«, gestand Cat.

Tess lachte. »Euer schmutziges Geheimnis ist bei uns sicher.«

»Kann ich ihm mitteilen, dass die Luft rein ist? Ihr werdet doch kein Wort verraten, oder?«

Georgie wollte sie leiden lassen – und wie sie das wollte –, aber sie würde darauf verzichten. »Wir werden uns bemühen, nichts zu sagen.«

»Ich hoffe, ihr genießt das hier.« Cats Stirn umwölkte sich.

»Ich amüsiere mich köstlich. Du, Tess?«

»Königlich.«

Mit erhobenem Stinkefinger verließ Cat das Zimmer.

Georgie und Tess brachen in Gelächter aus.

»Du bist die Nächste«, verkündete Georgie.

»Niemals«, wehrte Tess ab. »Anders als ihr besitze ich noch so etwas wie Selbstbeherrschung.«

»Wie es scheint, ist niemand vor den unwiderstehlichen Caldwells sicher.«

Als sich Tess' Augen mit Tränen füllten, verstummte Georgie. »Was?«

Sie schüttelte den Kopf.

Georgie stand auf und setzte sich neben ihre Freundin aufs Sofa. »Rede mit mir.«

»Es ist nur … Ich bin hier so glücklich«, erklärte Tess leise. »Ich liebe es hier – dich und Cat, und so albern es auch ist, ich finde es großartig, dass wir was mit Brüdern laufen haben, mit hinreißenden, charmanten, *sexy* Brüdern. Ich liebe meinen Job und dieses Haus. Es ist schön, dass ich mich hier sicher fühle und dass ich morgen mit Ben zum Grillen gehe. Es ist eigentlich nichts Besonderes, aber es ist etwas, das ich schon lange nicht mehr gemacht habe, und ich freue mich total drauf. Ich weiß gar nicht mehr, wann ich mich das letzte Mal auf etwas gefreut habe.«

Zutiefst gerührt fragte Georgie: »Warum hast du ihn nicht schon viel früher verlassen, Tess?«

»Ich konnte es nicht. Er hat alles kontrolliert, und ich hatte solche Angst vor ihm.«

»Was ist mit deiner Familie? Sie hätten dir doch sicherlich geholfen.«

Ihr Lächeln wirkte traurig und verbittert. »Er war Partner in einer Anwaltskanzlei meines Vaters. Meine Familie hat mir nicht geglaubt.«

Georgie bemerkte, wie sich Ian durch die Haustür rausschlich, nahm den Blick aber nicht von Tess. »Wie bist du ihm denn am Ende entkommen?«

»Ich bin mit gebrochenen Rippen im Krankenhaus gelandet. Den Ärzten gegenüber hat er behauptet, ich hätte mir die Verletzung bei einem Surfunfall zugezogen.« Sie schnaubte verächtlich. »Ich habe in meinem ganzen Leben noch nie auf einem Surfbrett gestanden.«

Cat schlüpfte ins Wohnzimmer und setzte sich, ohne Tess zu unterbrechen.

»Da hatte er mir zum ersten Mal etwas gebrochen. Mir war klar, dass er mich irgendwann umbringen würde, sollte ich nach Hause zurückkehren. Also verließ ich das Krankenhaus mitten in der Nacht, fuhr mit dem Taxi durch die Stadt zu der Klinik, in der ich arbeitete, und holte die tausend Dollar, die ich zusammen mit ein paar Fotos und persönlichen Gegenständen in meinem Spind versteckt hatte. Dann bin ich in den Zug nach Rhode Island gestiegen, wobei ich auf dem ganzen Weg wie Espenlaub gezittert habe. Zunächst habe ich als Privatschwester gearbeitet und darauf gewartet, dass ich meinen Namen legal – und geheim – ändern und eine Lizenz erwerben konnte.«

»Du bist nur mit dem Hemd am Leib losgezogen«, staunte Cat.

»Eine Erinnerung an die sieben Jahre mit ihm brauche ich ganz sicher nicht.«

»Das war wirklich tapfer von dir, Liebes.« Georgie zog sie in die Arme.

»Trotzdem schäme ich mich unendlich«, flüsterte Tess, »dass ich mich so lange derart schlecht von ihm habe behandeln lassen. Was für eine Frau duldet so etwas?«

»Er hat dich terrorisiert.« Cat setzte sich auf Tess' andere Seite. »Nichts davon ist deine Schuld.«

»Ständig habe ich gedacht, wenn ich anders wäre – wenn ich den Haushalt besser führen oder ihm etwas Ausgefallenes kochen oder mich nach seinen Vorstellungen kleiden würde oder überhaupt einfach täte, was er wollte ... im Bett. Ich dachte, wenn ich alles richtig mache, wäre er vielleicht nicht dauernd derart wütend auf mich.«

»Er gehört in den Knast«, knurrte Cat.

»Da hat sie recht«, stimmte Georgie ihr zu. »Nathan sollte davon erfahren. Er wird wissen, wie man dir helfen kann.«

»Ich brauche keine Hilfe. Jetzt nicht mehr. Ich war äußerst vorsichtig. Nichts kann ihn hierherführen.«

»Trotzdem, wenn Nathan davon wüsste ...«

Tess legte ihr eine Hand auf den Arm. »Ich bin endlich frei, Georgie. Ich mochte in aller Ruhe genießen, was sich zwischen Ben und mir entwickelt. Ich will zur Abwechslung einfach nur normal sein. Wenn du Nathan davon erzählst, wird er die Polizei einschalten, dann verliere ich mein schönes neues Leben. Dann hätte ich wieder einen Grund, Angst zu haben.«

»Er würde auf dich achtgeben. Das weißt du.«

»Ja, das würde er, aber ich möchte es trotzdem nicht. Versprich mir, dass du ihm nichts verrätst.«

Georgie schaute zu Cat, die mit dem Kopf auf Tess deutete, als wollte sie ihr raten, ihre Wünsche zu respektieren.

»Von mir erfährt er nichts«, versicherte ihr Georgie. »Es sei denn, es ändert sich was und ich habe den Eindruck, dass du in Gefahr bist. Wenn das passiert, werde ich nicht zögern, ihn zu informieren.«

»Ich schätze, damit kann ich leben.« Tess griff nach den Händen ihrer Mitbewohnerinnen. »Wir kennen uns noch nicht lange, aber ich habe euch echt lieb. Wirklich und wahrhaftig.«

»Geht mir genauso«, erwiderte Cat knapp.

Georgie nickte zustimmend.

***

Am nächsten Morgen wurde Georgie von einem Anruf von Ali geweckt.

»Ich fasse nicht, dass Joe sich bei dir gemeldet hat«, sagte sie. »Das sollte er doch nicht.«

»Dir ebenfalls einen guten Morgen.« Georgie unterdrückte ein Gähnen und streckte sich. »Ich schätze, du fühlst dich besser.«

»Mir geht's gut. Das habe ich ihm auch mitgeteilt, aber er ist durchgedreht, nur weil ich nicht aufhören konnte, zu weinen. Es war der einzige Zusammenbruch, seit ich die Entscheidung getroffen habe. Einen Ausraster wegen der ganzen Sache sollte man mir gestatten.«

»Natürlich sollte man das. Er hatte Angst, Ali. Sei ihm nicht böse. Er musste einfach mal mit jemandem reden, der weiß, was los ist.«

»Ich bin nicht böse. Aber ich kann es kaum erwarten, dass die Sache endlich erledigt ist.«

»Das ist sie ja bald.«

»Genau. Können wir bitte das Thema wechseln? Wie geht es dir?«

»Ich halte durch.« Sie gähnte erneut ausgiebig. »Du wirst nie glauben, mit wem ich mich treffe.«

»Was ist mit Doug?«

»Das ist vorbei. Einen Tag nach deiner Abreise, am selben Tag, an dem ich den Joggertypen kennengelernt hab.«

»Ist nicht wahr.«

»Doch, ist es.« Georgie beschrieb ihrer Schwester die jugendfreie Version der Ereignisse, aber als sie fertig war, hüllte Ali sich in Schweigen. »Hallo? Bist du noch da?«

»Er ist der Richtige, Georgie«, sagte sie leise.

Georgie lachte. »Du und Cat. Hast du mit ihr geredet?«

»Weiß er es? Von dem Test und dem Gen und allem?«

»Ich habe es ihm gestern Abend erzählt.«

»Und?«

»Er meint, es spielt keine Rolle. Dass mein Leben wichtiger wäre als meine Brüste.«

»Heirate ihn.«

»Ja, klar. Geht sofort los.«

»Wirst du den Test machen lassen?«

»Ich denke darüber nach.«

»Das ist zumindest ein Fortschritt. Wie ist der Sex?«

»Alison.«

»Was? Erzähl mir jetzt nicht, dass du noch nicht mit ihm geschlafen hast, nachdem du seit Wochen heiß auf ihn warst.«

Beim Gedanken an ihre erste Nacht mit Nathan brannten ihr die Wangen. »Er ist großartig.«

»Heirate ihn.«

»Ich bin froh, dass es dir besser geht, Ali. Ruf mich an, bevor du ins Krankenhaus fährst.«

»Nur wenn du mir versprichst, dass du den heißen Detective heiratest, dem du wichtiger bist als deine Brüste.«

»Mach's gut, Ali.« Sie beendete das Telefonat und schleppte sich aus dem Bett, um etwas zu erledigen, was sie schon lange hätte tun sollen.

Mit einem Stapel Kisten kehrte sie ins Haus zurück und begab sich direkt nach oben, bevor sie die Aufgabe erneut aufschieben konnte, die sie sich für den Vormittag vorgenommen hatte. Sie wusste, dass ihre praktisch veranlagte, durchorganisierte

Mutter etwas dagegen einzuwenden hätte, dass ihre Kleidung Staub ansammelte, wenn stattdessen jemand anderes sie nutzen könnte.

Während sie die Kommode leer räumte, fand sie ein gehäkeltes Taschentuch, das sie an die ältere Witwe erinnerte, die nebenan gewohnt hatte, als Georgie und Ali noch klein gewesen waren. Mrs Marchant hatte sich darüber beklagt, dass es so wenig für die älteren Leute zu tun gab – ganz zu schweigen von den wenigen Gelegenheiten, alleinstehende Herren »im genau richtigen Alter« kennenzulernen. Nancy Quinn hatte darin ein klares Bedürfnis erkannt und das Zentrum ins Leben gerufen.

Georgie bewunderte ihre Mutter deswegen und bemühte sich, ihren Ansprüchen gerecht zu werden. Zunächst hatte sie ein schlechtes Gewissen gehabt, weil sie eine Laufbahn eingeschlagen hatte, der ihre Liebe zur Mode mit ihrem Geschick fürs Marketing verband, das sie bei verschiedenen Ferienjobs in den Boutiquen von Newport entdeckt hatte. Angesichts der Errungenschaften ihrer Mutter hatte sie befürchtet, dass ihre Entscheidungen im Vergleich dazu reichlich oberflächlich wirkten. Ihre Mutter hatte sie hingegen ermutigt, ihrer Leidenschaft nachzugehen. »Du hast viele Jahre im Beruf vor dir«, hatte sie erklärt, »da solltest du besser lieben, was du tust.«

Und das tat sie. Die Herausforderung reizte sie ebenso sehr wie die einzelnen Schritte, die dafür nötig waren, Kleidung, Schmuck, Schuhe und Accessoires so zu präsentieren, dass sie die Kunden anlockten und zum Kauf verleiteten. Sie liebte das Brainstorming mit ihren Mitarbeitern, die Zeichnungen, Farben, Stoffe, Materialien und Gerüche. Sie musste einen Weg finden, ihre Karriere wieder auf die rechte Spur zu bringen.

Mit zügigen Handgriffen und bemüht, nicht darüber nachzudenken, was sie da gerade tat, sortierte Georgie die Klamotten ihrer Mutter. Sie trennte die Sachen, die sie für sich und Ali behalten wollte, von denen, die sie spenden würde, und denen, die sie wegwerfen müsste. Sie betrachtete ein Kleid, dessen Stil seit zwanzig Jahren nicht mehr in Mode war. Mit gerunzelter Stirn murmelte sie: »Was hat sie sich nur dabei gedacht, das alles zu behalten?«

Im hinteren Teil des Schranks stieß sie auf Kleidungsstücke, die sie ihrer Mutter von Davidson's geschickt hatte, viele davon noch mit Etikett. Wenig überrascht von der Entdeckung, musste sie lachen. Sosehr sie sich auch angestrengt hatte, war es ihr doch nie gelungen, ihrer Mutter einen Sinn für Mode beizubringen. Jeans und T-Shirt waren die Grundsäulen in ihrem Kleiderschrank.

Nachdem sie mit den Klamotten fertig war, widmete sie sich dem Schreibtisch und sah die Papiere durch. Ein paar Rechnungen, die ihr zuvor entgangen waren, Schriftverkehr, der das Zentrum betraf, und ein Stapel alter Bilder. Die Kleidung, die Hüte, die weißen Handschuhe und die Brille im Fünfzigerjahre-Stil entlockten ihr ein Lächeln. Im rechten unteren Schubfach fand sie einen Stapel Zettel, der von einem rosa Band umwickelt war. Neugierig löste sie das Band und atmete scharf ein – es waren die Briefe, die sie ihrer Mutter im ersten Studienjahr geschrieben hatte.

Während sie die Seiten durchblätterte und die ersten ängstlichen Monate weit weg von zu Hause – weg von ihrer Mutter – wieder aufleben ließ, riss die Wunde ihres Verlusts erneut auf. Tränen flossen ihr ungehindert über die Wangen, als sie erkannte, dass niemand sie jemals wieder derart lieben würde.

Sie wusste nicht, wie lange sie dagesessen und die Briefe umklammert hatte, als ihr Handy klingelte und sie aus den Gedanken riss. Sie griff in die hintere Gesäßtasche ihrer kurzen Hose, zog das Telefon hervor, wischte sich über das Gesicht und klappte das Gerät auf.

»Georgie? Ich bin's, Tara. Ist es grad ungünstig?«

»Nein«, versicherte sie ihrer Assistentin bei Davidson's. »Wie läuft's bei dir?«

»Tut mir leid, dich an einem Sonntag zu stören«, erklärte Tara mit ihrem starken Südstaatenakzent, »aber du musst zurückkommen.«

»Warum? Was ist los?«

»Die halbe Abteilung droht mit Kündigung, wenn Nina Taft die Leitung übernimmt. Sie wollen Lorraine sagen, dass sie gehen, wenn sie dich nicht wieder einstellt.«

»Das ist doch verrückt«, rief Georgie, obwohl die Loyalität ihrer Angestellten sie rührte. »Das kannst du nicht zulassen. Lorraine steht selbst unter Druck von oben, es ist nicht ihre Schuld, dass ich gefeuert worden bin.«

»Deine Schuld ist es aber auch nicht«, erwiderte Tara entrüstet. »Du kannst ganz sicher nichts dafür, dass deine Mutter krank geworden ist, Georgie. Hier bricht schon kein Chaos aus, nur weil du mal nicht da bist. Wir halten die Stellung, du wärst echt stolz auf uns.«

Sie lächelte. »Daran hege ich keinen Zweifel.«

»Wir waren völlig überrumpelt, als Lorraine uns am Freitagabend per E-Mail mitgeteilt hat, dass du entlassen worden bist. Gestern Abend haben wir uns bei Melinda getroffen, und da habe ich erfahren, was alle vorhaben.«

»Ich war auch ziemlich geschockt«, gestand Georgie. »Glaub mir. Aber ich verstehe, dass Lorraine meine Stelle nicht ewig frei halten kann.«

»Das ist doch Bockmist«, entfuhr es Tara, die viel zu damenhaft war, um richtig zu fluchen. »Du rackerst dir den Hintern für den Laden ab, da sollte dir der Job bis in alle Ewigkeit sicher sein.«

»Das weiß ich zu schätzen, Tara, und es tut mir leid, dass ich alle so in die Bredouille gebracht habe.«

»Gibt es denn keine Chance, dass du zurückkommst? Schon bald? Bevor nichts mehr von der Abteilung übrig ist? Wir *brauchen* dich, Georgie.«

Sie fühlte sich in tausend verschiedene Richtungen gezerrt und musste darüber nachdenken. »Ich brauche noch Zeit, um die Dinge hier zu Ende zu bringen.«

»Wenn ich mit Sicherheit weiß, dass du in zwei Wochen wieder hier bist, kann ich die anderen vielleicht davon überzeugen, nicht zu kündigen.«

»Auch wenn ich wieder bei euch bin, heißt das nicht, dass sie nicht Nina ins Spiel bringen.«

»Wenn wir Lorraine wissen lassen, dass wir alle verschwinden, wenn sie das tun, dann hören sie vielleicht auf uns.«

»Ich möchte nicht, dass leere Drohungen ausgesprochen werden. Man weiß nie. Sie könnte euren Bluff durchschauen. Unternehmt nichts Verrücktes, hörst du?« Sie verdrängte jeden Gedanken an Nathan und versprach: »In zwei Wochen bin ich wieder da, wenn nicht sogar eher.«

Tara seufzte erleichtert auf. »Danke, Georgie.«

»Hoffentlich kann ich Lorraine davon überzeugen, mich wieder einzustellen.«

»Wir bekommen das hin, keine Sorge.«

»Ich weiß das zu schätzen, Tara, ehrlich.«

»Wie läuft es denn sonst bei dir?«

Georgie schaute auf die Briefe in ihrem Schoß. »Es gibt gute und schlechte Momente, aber so weit ist alles in Ordnung. Danke der Nachfrage.«

»Du fehlst uns.«

»Du fehlst mir auch.«

»Halte mich auf dem Laufenden, wann du kommst.«

»Mach ich. Und hindere du die Truppen daran, zu meutern.«

»Ich bemühe mich. Pass auf dich auf, Georgie.«

»Ja, mach ich. Danke für den Anruf.«

Als sie das Zimmer ihrer Mutter verließ, nahm sie die Briefe mit, durchquerte den Flur und steckte sie in ihren Koffer. Im Bad spritzte sie sich kaltes Wasser ins Gesicht und kämmte sich das Haar. Sie wollte unbedingt ins Krankenhaus, um Gus zu besuchen, und brauchte genug Zeit zum Duschen und Umziehen, bevor Nathan sie um zwei abholte.

Ihr Magen zog sich nervös zusammen, sobald sie an ihn und das Versprechen dachte, das sie gerade ihrer Assistentin gegeben hatte. Von Anfang an hatte sie ihm deutlich gesagt, dass sie irgendwann nach Atlanta zurückkehren würde, er konnte also nicht sauer sein, wenn sie das jetzt tat. Oder?

Sie beschloss, ihr Telefonat mit Tara für sich zu behalten, aber ihr wurde klar, dass sie langsam ernsthaft anfangen sollte, die Dinge in Newport zu Ende abzuwickeln. In dem ganzen Chaos der letzten Monate hatte sie die Leute in Atlanta einfach vergessen, die ebenfalls auf sie zählten. Sie durfte sie nicht im Stich lassen. Und das würde sie auch nicht. Nachdem Nathan und Ben aufgebrochen waren, ging Georgie zu Tess ins Wohnzimmer. »Du scheinst dich ja amüsiert zu haben.«

»Hab ich.« Ein verträumter Ausdruck trat auf ihr Gesicht. »Er ist wundervoll.«

»Tess ist verliebt«, trällerte Georgie.

»Genau wie Georgie«, entgegnete Tess.

»Scheint ganz so, was?«

»Weißt du, es würde mir nicht das Herz brechen, solltest du beschließen, hierzubleiben.«

Georgie spielte mit dem Saum an einem der Sofakissen. »Mom wollte, dass ich wieder herziehe. Jahrelang hat sie mich gedrängt, heimzukommen, dorthin, wo ich hingehöre. Aber wie könnte ich das jetzt, da sie nicht mehr hier ist?«

»Sie wollte, dass du glücklich bist.«

»Ja, schon.« Georgie zuckte die Achseln. »Aber ich kenne ihn nicht mal eine Woche. Ich kann doch nicht mein ganzes Leben umkrempeln für jemanden, den ich gerade erst getroffen habe – selbst wenn ich ihn mehr mag als jeden anderen Mann zuvor. Das widerspricht allem, woran ich glaube.«

»Wie fühlst du dich, wenn du bei ihm bist?«

»Sicher«, erwiderte Georgie, ohne zu zögern. »Amüsiert, aus dem Gleichgewicht gebracht, frustriert.«

Tess lachte leise. »Noch etwas?«

»Geliebt«, flüsterte sie. »Bei ihm fühle ich mich geliebt. So habe ich noch nie empfunden.«

»Georgie«, seufzte Tess. »Wie kannst du dem den Rücken kehren, ohne ihm zumindest eine Chance zu geben?«

»Genau deshalb wollte ich mich gar nicht erst auf ihn einlassen. Ich fühle mich nicht fähig, eine weitere große Entscheidung zu treffen.« Sie blickte zu Tess. »Ich habe es ihm erzählt. Das mit dem Test.«

»Was hat er gesagt?«

»Genau das Richtige«, gestand sie.

»Siehst du?«

»Was ist denn hier los?«, fragte Cat von der Türschwelle aus. Sie trug nur einen Bademantel.

»Was machst du hier?«, rief Georgie. »Ich dachte, du arbeitest.«

»Ich hatte nach dem Abendessen Kopfschmerzen, also habe ich mich krankgemeldet.«

»Dachte ich doch, dass ich dich oben gehört habe«, erklärte Tess.

»Wie lief dein Date?«, erkundigte sich Georgie.

»Gut«, erwiderte Cat.

Georgie musterte sie argwöhnisch. »Nur ›gut‹?«

»Ja.« Cat wandte das Gesicht ab.

»O mein Gott«, flüsterte Georgie.

»Was?«, fragte Tess alarmiert.

Georgie starrte Cat an. »Ihr wart zusammen im Bett.«

»Waren wir nicht.«

Georgie atmete scharf ein. »Du *lügst.*« Nie hätte sie es für möglich gehalten, doch Cat Kelly errötete vor ihren Augen. »Ach, du schlimmes, *schlimmes* Mädchen«, wiederholte sie Cats Worte von vorgestern.

Tess war offenbar sprachlos, bis sie fragte: »Wie war's denn?«

Cat ließ sich in einen der großen Sessel sinken. »So, *so* gut.«

Georgie lachte. »Du bist vielleicht eine Scheinheilige.«

»Ich weiß. Sei einfach still, okay?«

»Wo ist er denn jetzt?«, wollte Tess wissen.

»Vermutlich auf der Feuerleiter. Er musste heim, wollte aber nicht, dass ihr rausfindet, dass er noch hier ist.«

Georgie betrachtete Tess. »Vielleicht hat er Angst, dass wir es seinen Brüdern erzählen könnten.«

»So etwas in der Art«, gestand Cat.

Tess lachte. »Euer schmutziges Geheimnis ist bei uns sicher.«

»Kann ich ihm mitteilen, dass die Luft rein ist? Ihr werdet doch kein Wort verraten, oder?«

Georgie wollte sie leiden lassen – und wie sie das wollte –, aber sie würde darauf verzichten. »Wir werden uns bemühen, nichts zu sagen.«

»Ich hoffe, ihr genießt das hier.« Cats Stirn umwölkte sich.

»Ich amüsiere mich köstlich. Du, Tess?«

»Königlich.«

Mit erhobenem Stinkefinger verließ Cat das Zimmer.

Georgie und Tess brachen in Gelächter aus.

»Du bist die Nächste«, verkündete Georgie.

»Niemals«, wehrte Tess ab. »Anders als ihr besitze ich noch so etwas wie Selbstbeherrschung.«

»Wie es scheint, ist niemand vor den unwiderstehlichen Caldwells sicher.«

Als sich Tess' Augen mit Tränen füllten, verstummte Georgie. »Was?«

Sie schüttelte den Kopf.

Georgie stand auf und setzte sich neben ihre Freundin aufs Sofa. »Rede mit mir.«

»Es ist nur … Ich bin hier so glücklich«, erklärte Tess leise. »Ich liebe es hier – dich und Cat, und so albern es auch ist, ich finde es großartig, dass wir was mit Brüdern laufen haben, mit hinreißenden, charmanten, *sexy* Brüdern. Ich liebe meinen Job und dieses Haus. Es ist schön, dass ich mich hier sicher fühle und dass ich morgen mit Ben zum Grillen gehe. Es ist eigentlich nichts Besonderes, aber es ist etwas, das ich schon lange nicht mehr gemacht habe, und ich freue mich total drauf. Ich weiß gar nicht mehr, wann ich mich das letzte Mal auf etwas gefreut habe.«

Zutiefst gerührt fragte Georgie: »Warum hast du ihn nicht schon viel früher verlassen, Tess?«

»Ich konnte es nicht. Er hat alles kontrolliert, und ich hatte solche Angst vor ihm.«

»Was ist mit deiner Familie? Sie hätten dir doch sicherlich geholfen.«

Ihr Lächeln wirkte traurig und verbittert. »Er war Partner in einer Anwaltskanzlei meines Vaters. Meine Familie hat mir nicht geglaubt.«

Georgie bemerkte, wie sich Ian durch die Haustür rausschlich, nahm den Blick aber nicht von Tess. »Wie bist du ihm denn am Ende entkommen?«

»Ich bin mit gebrochenen Rippen im Krankenhaus gelandet. Den Ärzten gegenüber hat er behauptet, ich hätte mir die Verletzung bei einem Surfunfall zugezogen.« Sie schnaubte verächtlich. »Ich habe in meinem ganzen Leben noch nie auf einem Surfbrett gestanden.«

Cat schlüpfte ins Wohnzimmer und setzte sich, ohne Tess zu unterbrechen.

»Da hatte er mir zum ersten Mal etwas gebrochen. Mir war klar, dass er mich irgendwann umbringen würde, sollte ich nach Hause zurückkehren. Also verließ ich das Krankenhaus mitten in der Nacht, fuhr mit dem Taxi durch die Stadt zu der Klinik, in der ich arbeitete, und holte die tausend Dollar, die ich zusammen mit ein paar Fotos und persönlichen Gegenständen in meinem Spind versteckt hatte. Dann bin ich in den Zug nach Rhode Island gestiegen, wobei ich auf dem ganzen Weg wie Espenlaub gezittert habe. Zunächst habe ich als Privatschwester gearbeitet und darauf gewartet, dass ich meinen Namen legal – und geheim – ändern und eine Lizenz erwerben konnte.«

»Du bist nur mit dem Hemd am Leib losgezogen«, staunte Cat.

»Eine Erinnerung an die sieben Jahre mit ihm brauche ich ganz sicher nicht.«

»Das war wirklich tapfer von dir, Liebes.« Georgie zog sie in die Arme.

»Trotzdem schäme ich mich unendlich«, flüsterte Tess, »dass ich mich so lange derart schlecht von ihm habe behandeln lassen. Was für eine Frau duldet so etwas?«

»Er hat dich terrorisiert.« Cat setzte sich auf Tess' andere Seite. »Nichts davon ist deine Schuld.«

»Ständig habe ich gedacht, wenn ich anders wäre – wenn ich den Haushalt besser führen oder ihm etwas Ausgefallenes kochen oder mich nach seinen Vorstellungen kleiden würde oder überhaupt einfach täte, was er wollte ... im Bett. Ich dachte, wenn ich alles richtig mache, wäre er vielleicht nicht dauernd derart wütend auf mich.«

»Er gehört in den Knast«, knurrte Cat.

»Da hat sie recht«, stimmte Georgie ihr zu. »Nathan sollte davon erfahren. Er wird wissen, wie man dir helfen kann.«

»Ich brauche keine Hilfe. Jetzt nicht mehr. Ich war äußerst vorsichtig. Nichts kann ihn hierherführen.«

»Trotzdem, wenn Nathan davon wüsste …«

Tess legte ihr eine Hand auf den Arm. »Ich bin endlich frei, Georgie. Ich möchte in aller Ruhe genießen, was sich zwischen Ben und mir entwickelt. Ich will zur Abwechslung einfach nur normal sein. Wenn du Nathan davon erzählst, wird er die Polizei einschalten, dann verliere ich mein schönes neues Leben. Dann hätte ich wieder einen Grund, Angst zu haben.«

»Er würde auf dich achtgeben. Das weißt du.«

»Ja, das würde er, aber ich möchte es trotzdem nicht. Versprich mir, dass du ihm nichts verrätst.«

Georgie schaute zu Cat, die mit dem Kopf auf Tess deutete, als wollte sie ihr raten, ihre Wünsche zu respektieren.

»Von mir erfährt er nichts«, versicherte ihr Georgie. »Es sei denn, es ändert sich was und ich habe den Eindruck, dass du in Gefahr bist. Wenn das passiert, werde ich nicht zögern, ihn zu informieren.«

»Ich schätze, damit kann ich leben.« Tess griff nach den Händen ihrer Mitbewohnerinnen. »Wir kennen uns noch nicht lange, aber ich habe euch echt lieb. Wirklich und wahrhaftig.«

»Geht mir genauso«, erwiderte Cat knapp.

Georgie nickte zustimmend.

***

Am nächsten Morgen wurde Georgie von einem Anruf von Ali geweckt.

»Ich fasse nicht, dass Joe sich bei dir gemeldet hat«, sagte sie. »Das sollte er doch nicht.«

»Dir ebenfalls einen guten Morgen.« Georgie unterdrückte ein Gähnen und streckte sich. »Ich schätze, du fühlst dich besser.«

»Mir geht's gut. Das habe ich ihm auch mitgeteilt, aber er ist durchgedreht, nur weil ich nicht aufhören konnte, zu weinen. Es war der einzige Zusammenbruch, seit ich die Entscheidung getroffen habe. Einen Ausraster wegen der ganzen Sache sollte man mir gestatten.«

»Natürlich sollte man das. Er hatte Angst, Ali. Sei ihm nicht böse. Er musste einfach mal mit jemandem reden, der weiß, was los ist.«

»Ich bin nicht böse. Aber ich kann es kaum erwarten, dass die Sache endlich erledigt ist.«

»Das ist sie ja bald.«

»Genau. Können wir bitte das Thema wechseln? Wie geht es dir?«

»Ich halte durch.« Sie gähnte erneut ausgiebig. »Du wirst nie glauben, mit wem ich mich treffe.«

»Was ist mit Doug?«

»Das ist vorbei. Einen Tag nach deiner Abreise, am selben Tag, an dem ich den Joggertypen kennengelernt hab.«

»Ist nicht wahr.«

»Doch, ist es.« Georgie beschrieb ihrer Schwester die jugendfreie Version der Ereignisse, aber als sie fertig war, hüllte Ali sich in Schweigen. »Hallo? Bist du noch da?«

»Er ist der Richtige, Georgie«, sagte sie leise.

Georgie lachte. »Du und Cat. Hast du mit ihr geredet?«

»Weiß er es? Von dem Test und dem Gen und allem?«

»Ich habe es ihm gestern Abend erzählt.«

»Und?«

»Er meint, es spielt keine Rolle. Dass mein Leben wichtiger wäre als meine Brüste.«

»Heirate ihn.«

»Ja, klar. Geht sofort los.«

»Wirst du den Test machen lassen?«

»Ich denke darüber nach.«

»Das ist zumindest ein Fortschritt. Wie ist der Sex?«

»Alison.«

»Was? Erzähl mir jetzt nicht, dass du noch nicht mit ihm geschlafen hast, nachdem du seit Wochen heiß auf ihn warst.«

Beim Gedanken an ihre erste Nacht mit Nathan brannten ihr die Wangen. »Er ist großartig.«

»Heirate ihn.«

»Ich bin froh, dass es dir besser geht, Ali. Ruf mich an, bevor du ins Krankenhaus fährst.«

»Nur wenn du mir versprichst, dass du den heißen Detective heiratest, dem du wichtiger bist als deine Brüste.«

»Mach's gut, Ali.« Sie beendete das Telefonat und schleppte sich aus dem Bett, um etwas zu erledigen, was sie schon lange hätte tun sollen.

Mit einem Stapel Kisten kehrte sie ins Haus zurück und begab sich direkt nach oben, bevor sie die Aufgabe erneut aufschieben konnte, die sie sich für den Vormittag vorgenommen hatte. Sie wusste, dass ihre praktisch veranlagte, durchorganisierte Mutter etwas dagegen einzuwenden hätte, dass ihre Kleidung Staub ansammelte, wenn stattdessen jemand anderes sie nutzen könnte.

Während sie die Kommode leer räumte, fand sie ein gehäkeltes Taschentuch, das sie an die ältere Witwe erinnerte, die nebenan gewohnt hatte, als Georgie und Ali noch klein gewesen waren. Mrs Marchant hatte sich darüber beklagt, dass es so wenig für die älteren Leute zu tun gab – ganz zu schweigen von den wenigen Gelegenheiten, alleinstehende Herren »im genau richtigen Alter« kennenzulernen. Nancy Quinn hatte darin ein klares Bedürfnis erkannt und das Zentrum ins Leben gerufen.

Georgie bewunderte ihre Mutter deswegen und bemühte sich, ihren Ansprüchen gerecht zu werden. Zunächst hatte sie ein schlechtes Gewissen gehabt, weil sie eine Laufbahn eingeschlagen hatte, der ihre Liebe zur Mode mit ihrem Geschick fürs Marketing verband, das sie bei verschiedenen Ferienjobs in den Boutiquen von Newport entdeckt hatte. Angesichts der Errungenschaften ihrer Mutter hatte sie befürchtet, dass ihre Entscheidungen im Vergleich dazu reichlich oberflächlich wirkten. Ihre Mutter hatte sie hingegen ermutigt, ihrer Leidenschaft nachzugehen. »Du hast viele Jahre im Beruf vor dir«, hatte sie erklärt, »da solltest du besser lieben, was du tust.«

Und das tat sie. Die Herausforderung reizte sie ebenso sehr wie die einzelnen Schritte, die dafür nötig waren, Kleidung, Schmuck, Schuhe und Accessoires so zu präsentieren, dass sie die Kunden anlockten und zum Kauf verleiteten. Sie liebte das Brainstorming mit ihren Mitarbeitern, die Zeichnungen, Farben, Stoffe, Materialien und Gerüche. Sie musste einen Weg finden, ihre Karriere wieder auf die rechte Spur zu bringen.

Mit zügigen Handgriffen und bemüht, nicht darüber nachzudenken, was sie da gerade tat, sortierte Georgie die Klamotten ihrer Mutter. Sie trennte die Sachen, die sie für sich und Ali behalten wollte, von denen, die sie spenden würde, und denen, die sie wegwerfen müsste. Sie betrachtete ein Kleid, dessen Stil seit zwanzig Jahren nicht mehr in Mode war. Mit gerunzelter Stirn murmelte sie: »Was hat sie sich nur dabei gedacht, das alles zu behalten?«

Im hinteren Teil des Schranks stieß sie auf Kleidungsstücke, die sie ihrer Mutter von Davidson's geschickt hatte, viele davon noch mit Etikett. Wenig überrascht von der Entdeckung, musste sie lachen. Sosehr sie sich auch angestrengt hatte, war es ihr doch nie gelungen, ihrer Mutter einen Sinn für Mode beizubringen. Jeans und T-Shirt waren die Grundsäulen in ihrem Kleiderschrank.

Nachdem sie mit den Klamotten fertig war, widmete sie sich dem Schreibtisch und sah die Papiere durch. Ein paar Rechnungen, die ihr zuvor entgangen waren, Schriftverkehr, der das Zentrum betraf, und ein Stapel alter Bilder. Die Kleidung, die Hüte, die weißen Handschuhe und die Brille im Fünfzigerjahre-Stil entlockten ihr ein Lächeln. Im rechten unteren Schubfach fand sie einen Stapel Zettel, der von einem rosa Band umwickelt war. Neugierig löste sie das Band und atmete scharf ein – es waren die Briefe, die sie ihrer Mutter im ersten Studienjahr geschrieben hatte.

Während sie die Seiten durchblätterte und die ersten ängstlichen Monate weit weg von zu Hause – weg von ihrer Mutter – wieder aufleben ließ, riss die Wunde ihres Verlusts erneut auf. Tränen flossen ihr ungehindert über die Wangen, als sie erkannte, dass niemand sie jemals wieder derart lieben würde.

Sie wusste nicht, wie lange sie dagesessen und die Briefe umklammert hatte, als ihr Handy klingelte und sie aus den Gedanken riss. Sie griff in die hintere Gesäßtasche ihrer kurzen Hose, zog das Telefon hervor, wischte sich über das Gesicht und klappte das Gerät auf.

»Georgie? Ich bin's, Tara. Ist es grad ungünstig?«

»Nein«, versicherte sie ihrer Assistentin bei Davidson's. »Wie läuft's bei dir?«

»Tut mir leid, dich an einem Sonntag zu stören«, erklärte Tara mit ihrem starken Südstaatenakzent, »aber du musst zurückkommen.«

»Warum? Was ist los?«

»Die halbe Abteilung droht mit Kündigung, wenn Nina Taft die Leitung übernimmt. Sie wollen Lorraine sagen, dass sie gehen, wenn sie dich nicht wieder einstellt.«

»Das ist doch verrückt«, rief Georgie, obwohl die Loyalität ihrer Angestellten sie rührte. »Das kannst du nicht zulassen. Lorraine steht selbst unter Druck von oben, es ist nicht ihre Schuld, dass ich gefeuert worden bin.«

»Deine Schuld ist es aber auch nicht«, erwiderte Tara entrüstet. »Du kannst ganz sicher nichts dafür, dass deine Mutter krank geworden ist, Georgie. Hier bricht schon kein Chaos aus, nur weil du mal nicht da bist. Wir halten die Stellung, du wärst echt stolz auf uns.«

Sie lächelte. »Daran hege ich keinen Zweifel.«

»Wir waren völlig überrumpelt, als Lorraine uns am Freitagabend per E-Mail mitgeteilt hat, dass du entlassen worden bist. Gestern Abend haben wir uns bei Melinda getroffen, und da habe ich erfahren, was alle vorhaben.«

»Ich war auch ziemlich geschockt«, gestand Georgie. »Glaub mir. Aber ich verstehe, dass Lorraine meine Stelle nicht ewig frei halten kann.«

»Das ist doch Bockmist«, entfuhr es Tara, die viel zu damenhaft war, um richtig zu fluchen. »Du rackerst dir den Hintern für den Laden ab, da sollte dir der Job bis in alle Ewigkeit sicher sein.«

»Das weiß ich zu schätzen, Tara, und es tut mir leid, dass ich alle so in die Bredouille gebracht habe.«

»Gibt es denn keine Chance, dass du zurückkommst? Schon bald? Bevor nichts mehr von der Abteilung übrig ist? Wir *brauchen* dich, Georgie.«

Sie fühlte sich in tausend verschiedene Richtungen gezerrt und musste darüber nachdenken. »Ich brauche noch Zeit, um die Dinge hier zu Ende zu bringen.«

»Wenn ich mit Sicherheit weiß, dass du in zwei Wochen wieder hier bist, kann ich die anderen vielleicht davon überzeugen, nicht zu kündigen.«

»Auch wenn ich wieder bei euch bin, heißt das nicht, dass sie nicht Nina ins Spiel bringen.«

»Wenn wir Lorraine wissen lassen, dass wir alle verschwinden, wenn sie das tun, dann hören sie vielleicht auf uns.«

»Ich möchte nicht, dass leere Drohungen ausgesprochen werden. Man weiß nie. Sie konnte euren Bluff durchschauen. Unternehmt nichts Verrücktes, hörst du?« Sie verdrängte jeden Gedanken an Nathan und versprach: »In zwei Wochen bin ich wieder da, wenn nicht sogar eher.«

Tara seufzte erleichtert auf. »Danke, Georgie.«

»Hoffentlich kann ich Lorraine davon überzeugen, mich wieder einzustellen.«

»Wir bekommen das hin, keine Sorge.«

»Ich weiß das zu schätzen, Tara, ehrlich.«

»Wie läuft es denn sonst bei dir?«

Georgie schaute auf die Briefe in ihrem Schoß. »Es gibt gute und schlechte Momente, aber so weit ist alles in Ordnung. Danke der Nachfrage.«

»Du fehlst uns.«

»Du fehlst mir auch.«

»Halte mich auf dem Laufenden, wann du kommst.«

»Mach ich. Und hindere du die Truppen daran, zu meutern.«

»Ich bemühe mich. Pass auf dich auf, Georgie.«

»Ja, mach ich. Danke für den Anruf.«

Als sie das Zimmer ihrer Mutter verließ, nahm sie die Briefe mit, durchquerte den Flur und steckte sie in ihren Koffer. Im Bad spritzte sie sich kaltes Wasser ins Gesicht und kämmte sich das Haar. Sie wollte unbedingt ins Krankenhaus, um Gus zu besuchen, und brauchte genug Zeit zum Duschen und Umziehen, bevor Nathan sie um zwei abholte.

Ihr Magen zog sich nervös zusammen, sobald sie an ihn und das Versprechen dachte, das sie gerade ihrer Assistentin gegeben hatte. Von Anfang an hatte sie ihm deutlich gesagt, dass sie irgendwann nach Atlanta zurückkehren würde, er konnte also nicht sauer sein, wenn sie das jetzt tat. Oder?

Sie beschloss, ihr Telefonat mit Tara für sich zu behalten, aber ihr wurde klar, dass sie langsam ernsthaft anfangen sollte, die Dinge in Newport zu Ende abzuwickeln. In dem ganzen Chaos der letzten Monate hatte sie die Leute in Atlanta einfach vergessen, die ebenfalls auf sie zählten. Sie durfte sie nicht im Stich lassen. Und das würde sie auch nicht.

Kapitel 20

Im Krankenhaus erfuhr Georgie, dass Gus hatte stabilisiert werden können und die Ärzte ihn am nächsten Morgen operieren wollten.

»Er ist noch nicht über den Berg«, erklärte der schlimme Gus. »Aber zumindest hat er jetzt eine echte Chance.«

»Gott sei Dank«, flüsterte Georgie, ganz schwach vor Erleichterung.

»Roxy hat angerufen und mir mitgeteilt, dass sie Gus' Sohn Roger zur Befragung auf dem Revier haben«, fügte Bill hinzu. »Er redet nicht, aber sie nehmen ihn ganz schön in die Mangel. Sie sind sich sicher, dass er etwas mit alledem zu tun hat.«

»Ich frage Nathan, ob er etwas rausfinden kann«, versprach Georgie.

Gus hob eine Augenbraue. »Was läuft da zwischen dir und dem Caldwell-Jungen?«

»Wir sind *Freunde*«, erklärte sie zum gefühlt hundertsten Mal.

»Das bricht mir das Herz«, beklagte sich Walter. »Ich dachte wirklich, zwischen uns gäbe es ein besonderes Band, Georgie. Aber wie soll ich mich mit diesem Schrank von einem großen, blonden Kerl messen ...«

»Vergiss nicht, dass er *jung* ist«, bemerkte Bill lachend.

»Ja, das auch noch«, räumte Walter ein.

Georgie lächelte. »Wenn ich über sechzig wäre, Walter, dann hätte ich nur Augen für dich.«

»Was sind schon dreißig Jahre unter Freunden?«, fragte er hoffnungsvoll.

»Ein ganzes Leben?«, meinte Bill.

»Auf wessen Seite stehst du eigentlich?«, schnaubte Walter.

»Ich muss los.« Georgie drückte ihm liebevoll den Arm. »Ruft mich an, wenn sich bei Gus was tut, ja?«

»Machen wir, Schatz«, versicherte er ihr.

Auf dem Heimweg stellte sie überrascht fest, wie sehr ihr die alten Männer fehlen würden. Obwohl sie die Arbeit bei ihnen zunächst bloß widerwillig übernommen hatte, hatten sie es geschafft, dass sie ihr ans Herz gewachsen waren. Genau wie Nathan. Ihn würde sie auch vermissen. Wenn sie etwas anderes behaupten würde, wäre das gelogen. Wie war es nur möglich, dass er sich innerhalb weniger Tage derart in ihr Leben geschlichen hatte?

Ihn hatte sie im Hinterkopf, als sie duschte und sich eine schwarze Caprihose, eine Seidenbluse mit Blumenmuster und Sandalen mit Keilabsätzen anzog – ein Outfit, das eher zu dem passte, was sie sonst anhatte, als die kurzen Hosen und T-Shirts, die sie in letzter Zeit getragen hatte.

Das schulterlange Haar verdrehte sie und steckte es sich mit einem Clip hoch, ehe sie Lidschatten und einen Lidstrich auftrug, wie es ihr eine der Angestellten der Kosmetikabteilung im Kaufhaus gezeigt hatte. Sie fragte sich, ob es Nathan auffallen würde.

Tess kam die Stufen runter, in einem knielangen gelben Sommerkleid und Sandalen, um die Georgie sie sofort beneidete. »Geht das so?«

»Ich liebe es. Die Schuhe sind fantastisch.«

»Wow, schau dich mal an.«

»Was? Ist es zu viel?«

»Du siehst klasse aus.« Tess trat näher. »Was hast du denn mit deinen Augen angestellt? Die strahlen ja förmlich.«

»Soll ich dir deine ebenfalls schminken?«

»Wärst du so lieb?«

»Ab mit dir in mein Arbeitszimmer.«

Wenige Minuten später betrachtete Tess das Ergebnis im Spiegel. »Du bist ja eine Zauberin. Erklär mir, wie du das angestellt hast.«

Bereitwillig ging Georgie die einzelnen Schritte mit ihr durch.

»Mehr nicht?«

»Mehr ist nicht nötig.«

Tess sah auf die Uhr. »Ich muss Ben abholen.«

»Macht es dich nervös, die Familie kennenzulernen?«

»Warum sollte es? Dich etwa?«

»Nein«, erwiderte Georgie rasch. »Kommt Cat auch mit?«

»Ian hat sie eingeladen, aber sie hat abgelehnt.«

»Ich frage mich, warum«, meinte Georgie, bevor sie sich Lippenstift auftrug.

»Soweit ich gehört habe, will sie eine eher unkonventionelle Beziehung mit ihm eingehen.«

»Wie meinst du das?«

Mit entrüstetem Flüstern erklärte Tess: »Nur S-E-X.«

»Was?«

»Ja.«

Ungläubig schüttelte Georgie den Kopf. »Verdammt, die ist mir eine, was?«

»Ich zolle ihr Respekt. Sie weiß, was sie will und wie sie es bekommt. Ich wünschte, ich wäre auch so.«

»Aber nur Sex? Das funktioniert doch gar nicht, oder?«

Tess zuckte die Achseln. »Wenn das jemand hinkriegt, dann sie.«

»Ich schätze, das werden wir noch sehen.«

»Okay.« Tess warf einen letzten Blick in den Spiegel und fuhr sich mit der Hand über das lange dunkle Haar, das sie für den Anlass offen trug. »Ich bin weg. Bis nachher.«

***

Als Georgie ein paar Minuten später die Treppe runterlief, kehrte Cat gerade von ihrem Ausflug an den Strand zurück. Sie trug einen schwarzen Bikini, eine kurze Cargohose, und ihre Haut war von der Sonne schön gebräunt.

»Wie war's?«, fragte Georgie.

»Herrlich. Genau, was ich gebraucht habe.« Sie betrachtete Georgie. »Wow, schau dich mal an.«

»Ist es fürs Grillen zu viel?«

»Ganz und gar nicht. Irgendwie wirken die Capris an dir *muy glamoroso.*«

»Das ist doch kein Wort – *glamoroso.*«

»Du hast es verstanden, oder nicht?«, erwiderte Cat trocken.

Georgies Lachen erstarb ihr in der Kehle, als sie Nathan erblickte, der mit einem Strauß Margeriten die Stufen raufkam. Ihr Herz raste, und ihr Mund wurde ganz trocken. Die Schlinge, die ihn am Tag zuvor so gestört hatte, war er losgeworden.

»Hi«, grüßte er sie, als er die beiden Frauen in der Tür entdeckte.

Da Georgie sich nicht rührte, um ihn reinzubitten, übernahm Cat das.

Die kurze Khakihose und das weiße Polohemd betonten seine Sonnenbräune. »Für dich.« Er reichte Georgie die Blumen.

Nervös nahm sie ihm den Strauß ab. »Ich hoffe, die sind ökologisch korrekt gezüchtet«, versuchte sie ihre emotionale Reaktion mit Humor zu übertünchen.

»Ich habe sie selbst gepflückt, ich weiß also, woher sie stammen.«

Cat seufzte. »Das ist aber lieb von dir. Nicht wahr, Georgie?«

»Äh, ja«, stammelte sie. »Sehr. Danke schön.«

»Ich stelle sie in eine Vase«, bot Cat an, die ihr die Blumen abnahm.

»Kommst du heute nicht, Cat?«, erkundigte sich Nathan.

Sie schüttelte den Kopf. »Ich hab jede Menge zu tun.«

»Ich hoffe, Ian hat dran gedacht, dich einzuladen.«

»Das hat er«, versicherte sie ihm auf dem Weg aus dem Zimmer. »Viel Spaß.«

»Hast du gehört, wie ihr Date verlaufen ist?«, wollte Nathan wissen.

»Sie meinte, es wäre schön gewesen.«

»Interessant. Er redet ebenfalls nicht darüber.«

Sie wandte sich Richtung Veranda, doch Nathan hielt sie zurück.

»Lass dich erst mal anschauen«, flüsterte er und drängte sie gegen die Tür. Er hob ihr Kinn und betrachtete ihr Gesicht. »Du bist wunderschön«, begann er, schien es sich dann aber anders zu überlegen. »Nein, nicht wunderschön.«

»Der Herr hat's gegeben, der Herr hat's genommen.«

»›Wunderschön‹ ist einfach nicht ausreichend.« Er studierte sie eingehender. »Umwerfend. Ja, das ist besser. Umwerfend.«

»Vielen Dank.« Auf der Suche nach Halt, um seine überwältigende Nähe auszugleichen, legte sie ihm die Hände auf die Hüften. »Nathan?«

Er war ihr nahe, neckte sie, verführte sie. »Ja?«

»Du bist mir viel zu nah.«

Ein sexy Halblächeln trat auf sein Gesicht. »Wirklich?«

»Ja.«

»Wenn ich schon mal da bin, kann ich das auch direkt ausnutzen.« Damit presste er seinen Mund auf ihren.

Sie steckte die Finger durch seine Gürtelschlaufen, weil sie eigentlich damit rechnete, dass sein Kuss sie aus dem Gleichgewicht bringen würde. Stattdessen betörte er sie mit sanftem Druck. Seine Finger liebkosten ihren Hals, jagten Schauer durch sie.

Nachdem er den Kuss beendet hatte, zog er sie in die Arme und hielt sie fest. »Ich konnte letzte Nacht nicht schlafen.«

»Wegen deines Arms?«

»Nein. Ich war sauer auf mich, weil ich nicht bei dir geblieben bin.«

Sie schaute zu ihm hoch und wischte ihm den Lippenstift von der Unterlippe. »Du siehst müde aus.«

»Deinetwegen.«

»Wie kommst du denn darauf? Du bist doch derjenige, der abgelehnt hat.«

»Großer Fehler. Wer weiß, wann ich wieder so ein Angebot bekomme?«

»Von mir, oder ist dir jede Frau recht?«

»Es gibt nur eine Frau, von der ich eine Einladung zum Übernachten möchte.«

»Wie heißt sie denn?«, neckte sie ihn.

»Du kennst sie nicht.«

Sie schlug ihm spielerisch gegen den Bauch.

Lachend legte er den gesunden Arm um sie. »Bist du bereit, den Rest der Caldwell-Brüder kennenzulernen?«

»So bereit wie irgend möglich.«

***

Im Garten von Kevin Caldwells Haus ging es zu wie in einem Bienenstock. Nathan und Georgie fuhren gerade vor, als Ben und Tess aus ihrem Auto ausstiegen. Georgie kämpfte mit ihrer Nervosität, wohingegen Tess vor Freude förmlich strahlte. Tess fest an der Hand, führte Ben sie die Einfahrt rauf.

»Hier sind wir aufgewachsen«, ließ Nathan sie wissen. Sie ließen sich Zeit, um sich Bens Tempo anzupassen. Das große, dreistöckige viktorianische Gebäude hatte eine breite, einladende Veranda. »Kevin und seine Frau Linda haben unseren Eltern das Haus abgekauft, als die nach Florida gezogen sind.«

»Ian und Rosie leben über der Garage.« Ben deutete mit dem Kopf zur Wohnung.

»Es ist schön, dass er Unterstützung in der Nähe hat«, meinte Tess.

»Er bittet uns nicht oft um Hilfe«, erklärte Nathan.

Tess fragte: »Wo ist denn die Mutter?«

»Frag nicht«, brummte Ben.

»Lange Geschichte«, winkte Nathan ab. »Sagen wir mal so: Rosie ist ohne sie besser dran.«

»Ich kann mir nicht vorstellen, dass ihr was fehlt, wenn sie so von Familie umgeben ist«, überlegte Georgie.

»Alle lieben sie«, stimmte Ben ihr zu.

Hinter dem Haus wurden sie von einer ganzen Meute empfangen. Georgie und Tess trafen Kevin, Linda, ihre Kinder John und Chloe, Hugh Caldwell und seine Frau Dani, die hochschwanger war und die zweijährige Sarah an der Hand führte, und Luke, den ältesten Bruder. Ian winkte ihnen von der Schaukel aus zu, auf der Rosie saß und die er gerade anstieß.

Die Meute zerstreute sich wieder, und Nathan atmete scharf ein. »Oh, oh, ich bin erledigt«, murmelte er. »Mom? Was wollt ihr denn hier?«

Georgies Hand spannte sich in seiner.

»Wir wollten euch überraschen«, erklärte die Angesprochene, während sie ihre Söhne umarmte. »Außerdem wollte ich nach Ben schauen, der im Übrigen ganz wunderbar aussieht. Du hingegen wurdest angeschossen, also muss ich dich auch unter die Lupe nehmen. Wie geht's dem Arm?«

»Heute schon viel besser.«

»Davon werde ich mir selbst ein Bild machen.«

»Äh … Georgie«, stotterte Nathan, »das ist meine Mutter Bernie Caldwell. Ich hätte dich ja vorgewarnt, dass du sie kennenlernen wirst, wenn ich davon *gewusst* hätte.«

Amüsiert über sein Gestammel erwiderte Georgie: »Freut mich, Mrs Caldwell.«

»Das hier ist Tess«, erklärte Ben.

Bernie umarmte beide Frauen. »Bitte, nennt mich Bernie.«

»Aber niemals Bernice«, riefen alle sechs Söhne.

»Unverschämte Bande«, beschwerte sich Bernie, bevor sie sich bei Tess und Georgie unterhakte und sie ihren Söhnen entführte. »Alle miteinander. Da steckt eine Frau Herz und Seele in die Erziehung von sechs Jungs, und am Ende steht sie mit einem Haufen unverschämter, undankbarer Bengel da. Wie konnte das nur passieren? Was habe ich falsch gemacht?«

Tess lachte.

Bernie fiel das graue Haar in sanften Wellen über den Rücken, und um die haselnussbraunen Augen bildeten sich kleine Fältchen, wenn sie lächelte, ganz wie bei Nathan und Ian, wie Georgie bemerkte.

»Rosie hat mir schon von euch beiden und der anderen Mitbewohnerin erzählt.

Cat, nicht wahr? Meiner Informantin zufolge mag Nathan Georgie, Tess hat es Ben angetan, und ihr Daddy hat sich in Cat verguckt, die allerdings Kinder nicht besonders zu mögen scheint. Liege ich richtig?«

Erstaunt starrte Georgie sie an.

»Was?«, fragte Bernie. »Ich weiß schon, an wen ich mich wenden muss, wenn ich Informationen brauche.«

»Deine Quelle ist gut informiert.« Tess nahm ein Glas Weißwein von Bernie entgegen.

»Ist diese Cat, die Kinder nicht leiden kann, jemand, wegen dem man sich Gedanken machen muss?«

Tess schüttelte den Kopf. »Cat ist ein toller Mensch und eine gute Freundin. Sie muss Rosie bloß besser kennenlernen, mehr nicht.«

»Das hoffe ich. Was ist mit euch beiden? Gibt es da etwas, was mir Sorge bereiten sollte?«

Georgie und Tess wechselten einen Blick.

»Äh …«, stammelte Georgie.

»Entspann dich«, winkte Bernie ab. »Ich zieh euch nur auf.« Dann wandte sie sich an Tess. »Soweit ich höre, ist mein Bennett in letzter Zeit ein wenig erträglicher. Ich nehme an, dass das mit dir zu tun hat – daher danke.«

»Er hat ziemlich viel hinter sich«, nahm Tess ihn in Schutz.

»Das haben wir alle.« Bernie schüttelte den Kopf. »Selbst wenn ich ewig leben sollte, werde ich diesen Anruf nie vergessen. Aber so schmerzlich es auch war, weiß ich doch, dass es viel schlimmer hätte kommen können. Viel, viel schlimmer.«

Tess griff nach ihrer Hand.

»Ach«, sagte Bernie und riss sich sichtlich zusammen. »Hier ist mein Mann. Dan, Schatz, komm her, und sag Hallo zu Georgie und Tess.«

Georgie musste ein Aufkeuchen unterdrücken, weil ihr plötzlich klar war, wie Nathan mit sechzig aussehen würde. Dans silbergraues Haar bildete die gleichen Locken wie das seines jüngsten Sohnes, und die strahlend blauen Augen fanden sich bei all seinen Kindern wieder. Aber seine Ähnlichkeit mit Nathan war besonders verblüffend.

»Georgie ist mit Nathan hier«, erklärte Bernie, »und Bennett hat Tess mitgebracht.«

»Freut mich.« Dan gab beiden die Hand. »Aber zwei hübsche Damen wie ihr finden doch sicher jemand Besseren als diese beiden Nichtsnutze.«

»Wen nennst du einen Nichtsnutz, alter Mann?«, wollte Nathan wissen und boxte seinen Vater gegen die Schulter, was der nicht ohne Gegenwehr hinnahm.

Als sich auch noch Ian und Hugh ins Getümmel stürzten, brachten die Frauen sich in Sicherheit. Ben feuerte seine Brüder von der Seitenlinie aus an.

»Zu viel Testosteron, wenn die alle aufeinanderhocken«, meinte Bernie und verdrehte die Augen.

»Was ist das Geheimnis, dass die alle derart gut aussehen?«, erkundigte sich Tess.

»Keine Ahnung«, versicherte ihr Bernie, allerdings war der Stolz auf ihre Jungs nicht zu überhören, während sie das Gerangel auf dem Rasen beobachtete. »Was für ein Anblick, was?«

»In der Tat«, stimmte Tess ihr mit einem Lächeln zu. »Ganz besonders jetzt.«

Georgie und Bernie lachten.

Nathans ehemals weißes Hemd war voller Grasflecken, als er mit rotem Gesicht und schwitzend wieder aus dem Haufen auftauchte.

»Nathan«, rief Tess. »Dein Arm.«

»Dem geht's prima.« Er hob ihn. »Siehst du? So gut wie neu.«

»Du musst ihn trotzdem weiter schonen, sonst reißt die Naht wieder auf«, mahnte sie ihn.

»Sie ist Krankenschwester«, erklärte Ben seiner Mutter. »Arbeitet in der Notaufnahme.«

»Unsere Familie kann zweifellos jegliches medizinische Personal gut gebrauchen«, stellte Bernie trocken fest.

»Mom«, warnte Ben. »Hör auf.«

»Ich meine ja nur.«

»Mutter.«

Bernie verzog das Gesicht. »Nenn mich nicht *Mutter.*«

Georgie fragte sich, ob es Tess peinlich war, aber sie schien das alles sogar zu genießen.

Nathan überraschte Georgie, indem er ihr einen Arm um die Schultern legte und einen Kuss auf die Wange drückte.

Sie schaute zu ihm hoch und zwang sich zu einem Lächeln, doch ihr Magen zog sich zusammen vor Nervosität, Beunruhigung und Traurigkeit. Die Traurigkeit drängte sich derart unerwartet an die Oberfläche, dass sie keine Zeit hatte, sich dagegen zu wappnen. »Entschuldige mich bitte«, sagte sie leise.

Kapitel 21

Nathan schaute Georgie hinterher, die mit hängenden Schultern, die Hände in den Hosentaschen, davonging. Verwirrt wandte er sich an Tess. »Was war das denn?«

»Ich bin mir nicht sicher. Mir ist aufgefallen, dass sie angefangen hat, die Sachen ihrer Mutter zu sortieren. Sie hatte heute vermutlich keinen leichten Tag.«

Er fluchte leise.

»Wie lange ist es her, dass sie ihre Mutter verloren hat?«, fragte Bernie.

»Zwei Wochen«, erwiderte Tess. »Vor drei Monaten wurde bei ihr Krebs im fortgeschrittenen Stadium diagnostiziert.«

»Ach du meine Güte«, keuchte Bernie.

Nathan wollte Georgie nacheilen, aber seine Mutter hielt ihn zurück.

»Lass mich.«

»Mom …«

»Sie muss ein wenig bemuttert werden, Nathan, und wenn es etwas gibt, womit ich mich auskenne, dann ist es das.«

»Es geht ihr nicht gut …«

»Natürlich nicht. Ihre Mutter ist gerade gestorben. Lass mich mit ihr reden. Ich verspreche, dass ich mich gut um sie kümmere.«

Ben legte Nathan einen Arm um die Schultern und schob ihn zur Bar. »Lass uns ein Bier trinken. Mom hat das im Griff.«

Auch Tess hakte sich bei Nathan unter und half Ben, ihn wegzubringen.

Nathan schaute über die Schulter und begegnete dem Blick seiner Mutter, die ihm ein warmes Lächeln schenkte und ihm aufmunternd zunickte.

Er ließ sich von Ben ein Bier in die Hand drücken, dabei wollte er eigentlich nur bei Georgie sein. Fürs Erste würde er darauf vertrauen, dass seine Mutter ihr geben konnte, was sie brauchte. Vielleicht gelang es ihr sogar besser als ihm. In der Zwischenzeit würde er die Gelegenheit nutzen und Kevin nach romantischen Ideen aushorchen. Er hatte das unangenehme Gefühl, dass ihm die Zeit weglief.

***

Georgie hatte sich auf den Stufen vor dem Haus niedergelassen und beobachtete eine Gruppe Kinder, die Fußball spielten, was sie augenblicklich an die Kinder erinnerte, mit denen sie aufgewachsen war. Sie hatten im Sommer von morgens bis abends die Dean Avenue und die angrenzenden Straßen terrorisiert. Die meisten Eltern waren mittlerweile Rentner und in den Süden gezogen. Sie fragte sich, wo die Kinder geblieben waren.

In den letzten zwölf Jahren hatte sich dermaßen viel verändert, dass sich Newport schon lange nicht mehr wie ihre Heimat anfühlte. Von einem gelegentlichen Wochenendbesuch bei ihrer Mutter abgesehen hatte sie über die Jahre nur wenig Zeit hier verbracht – und dabei viel vergessen, wie beispielsweise völlig sorglos auf den Straßen zu spielen.

Bernie hielt ihr eine Cola light hin. »Stört es dich, wenn ich mich dazusetze?«

Sie nahm das Getränk entgegen und machte der älteren Frau auf der Stufe Platz. »Entschuldige, dass ich einfach so abgehauen bin.«

»Meinst du, du bist die erste Frau, die vor den Caldwell-Jungs die Flucht ergriffen hat?«

Georgie lächelte. »Du hast eine wundervolle Familie. Da hast du großes Glück.«

»Dessen bin ich mir bewusst. Hat viel Mühe, jede Menge Schweiß und Sorgen und ein wenig Herzschmerz gekostet, aber wir haben es überstanden – wenn auch nur gerade so. Dan weiß es noch nicht, doch wir werden wohl nächstes Jahr wieder herziehen. Wir waren lange genug weg, um zu beweisen, dass sie auf eigenen Füßen stehen können.«

»Ich kann mir gar nicht vorstellen, wie es ist, sechs Jungs zu haben.«

»Ich weiß, was du meinst. Ich hatte mir eigentlich Mädchen gewünscht.«

»Das ging wohl daneben.«

»Ja, allerdings würde ich sie gegen nichts in der Welt eintauschen. Ich habe gelernt, dass das Leben seinen eigenen Weg geht und wir bloß mitschwimmen können.«

»Genau so ist mir mein Leben in letzter Zeit erschienen.«

»Mein herzliches Beileid wegen deiner Mutter.«

»Danke«, sagte Georgie leise.

Bernie legte einen Arm um sie.

»Du erinnerst mich an sie«, meinte Georgie.

»Wirklich?«

»Sie war gut darin, den ganzen Unsinn zu durchschauen und die Dinge beim Namen zu nennen.«

»Ich hatte sie bestimmt gemocht.«

»Vielleicht hast du sie ja sogar gekannt. Nancy Quinn? Sie hat das Seniorenzentrum geleitet.«

»Ach«, rief Bernie bestürzt. »Natürlich hab ich sie gekannt. Mein Schwiegervater hat das Zentrum jahrelang regelmäßig besucht.«

»Nate hat das erwähnt.«

»Ich habe ihn immer hingefahren und mich gern mit deiner Mom unterhalten. Ich wusste gar nicht, dass sie gestorben ist. Das tut mir aufrichtig leid, Liebes.«

»Vielen Dank. Ich arbeite im Zentrum, bis sie jemanden finden, der sie ersetzen kann.«

»Das ist wirklich lieb von dir.«

»Das Zentrum bedeutet so vielen Leuten eine ganze Menge – genau wie meiner Mutter. Ich konnte nicht zulassen, dass es einfach dichtgemacht wird. Allerdings hätte ich nie gedacht, dass sie so lange brauchen würden, um einen Ersatz zu finden. Schließlich muss ich irgendwann auch wieder mein eigenes Leben führen.«

»Wo wäre das?«

»In Atlanta.«

»Ach, ich verstehe.«

»Jetzt fragst du dich sicherlich, wie sehr ich deinem Sohn das Herz brechen werde, wenn ich zurückgehe.«

»Ist mir tatsächlich in den Sinn gekommen. Wenn ich sehe, wie er dich kaum aus den Augen lässt, kann ich mir denken, dass es ziemlich unschön werden wird.«

Stöhnend ließ Georgie den Kopf in die Hände sinken.

»Dan hat zwei Jahre auf mich gewartet«, erklärte Bernie lächelnd.

Georgie blickte sie an. »Ja?«

»Natürlich. Er war scharf auf mich.«

Darüber musste Georgie lachen.

»Er war der sexy ältere Bruder meiner Mitbewohnerin am College. Als ich ihn im Sommer zwischen meinem ersten und zweiten Studienjahr zum ersten Mal gesehen habe, hab ich mich Hals über Kopf in ihn verknallt.«

»Wusste er es?«

»Nein. Auch fünfundvierzig Jahre später kennt er höchstens einen kleinen Teil meiner Tricks von damals. Manchmal muss man die Männer zu ihrem Glück zwingen.«

»Das ist ziemlich raffiniert«, erwiderte Georgie.

Bernie zuckte die Achseln. »Sieht er so aus, als würde er sich quälen?«

»Kein bisschen.«

»Eins kann ich dir aber verraten: Er war ziemlich niedergeschlagen, als ich ihm erklärt habe, dass ich zwei Jahre in einer Kommune in Utah leben und arbeiten wollte. Er war dermaßen sauer, dass er damit gedroht hat, Schluss mit mir zu machen, sollte ich das durchziehen.«

»Was hast du getan?«

»Das Einzige, was mir seinerzeit übrig blieb: Ich habe es durchgezogen. Hat ein paar Monate gedauert, bis er erkannt hat, dass er ohne mich nicht leben kann.« Sie beugte sich vor. »Bis zum Tag meines Todes werde ich es leugnen, doch das hat mich ganz schön ins Schwitzen gebracht. Ich hatte nicht damit gerechnet, dass er so lange brauchen würde, um einzusehen, dass sein Leben ohne mich wertlos ist.«

»Ist er dir nach Utah gefolgt?«, fragte Georgie gespannt.

Sie nickte. »Er hat mir erklärt, dass er mich liebt und den Rest seines Lebens auf mich warten würde, wenn es so lange dauern sollte, bis ich wieder zur Vernunft käme. Ehrlich – zur Vernunft kommen! Dabei war er derjenige mit dem Problem, nicht ich. Da war ich so wütend, dass ich ihm an den Kopf geworfen hab, ich würde die zwei Jahre, die ich der Kommune zugesagt hatte, auch einhalten, und wenn er danach noch da wäre, dann würden wir weitersehen.«

»Das hat Nathan ebenfalls gemeint: Wir werden sehen, was passiert.«

»Ist vielleicht keine schlechte Idee. Bei mir hat das gut funktioniert. Dan war genau da, wo ich dachte, dass er sein würde, als ich wieder ›zur Vernunft gekommen war‹, und seitdem sind wir zusammen. Er liebt mich. Er hat gewartet. Gar nicht mal so kompliziert, wenn man drüber nachdenkt.«

»Nathan liebt mich nicht. Er mag mich nur. Das allerdings ziemlich gern.«

»Hat er dir von Ellen erzählt?«

Georgie nickte.

»Lange habe ich mich gefragt, ob er das, was mit ihr passiert ist, jemals überwinden würde.« Sie schaute Georgie an. »Damals ist dieses ganz besondere Licht in seinen Augen erloschen. Bis heute.«

Mit einem Mal schien Georgie fasziniert von ihren eigenen Füßen.

»Er wird nicht einfach auf dich verzichten, Georgie. Du kannst natürlich abreisen, aber das heißt nicht, dass er dich gehen lassen wird.«

»Was, wenn ich genau das möchte?«

»Willst du das denn?«

»Ich kenne ihn erst seit einer Woche. Woher soll ich wissen, was ich von ihm will?«

»Mir hat ein Blick auf Dan Caldwell genügt, um meine Zukunft zu kennen. Glaub nicht, das wäre unmöglich. Mir ist genau das passiert. Der Weg zu unserem Glück war holprig und voller Schlaglöcher, doch ich habe nie daran gezweifelt, dass es der richtige ist.«

»Ich kann ja nicht mal die Auffahrt erkennen, ganz zu schweigen von einem Weg.«

Bernie lachte. »Wovor hast du am meisten Angst?«

»Im Moment? Dass meine Unentschlossenheit Nathan verletzt.«

»Ich würde behaupten, dass das nur beweist, wie wichtig er dir ist. Wenn du mir die Bemerkung verzeihst.«

»Natürlich ist er das. Wie könnte er es nicht sein? Er ist was … ganz Besonderes.«

»Das war er schon immer«, pflichtete Bernie ihr bei. »Er war das Baby der Familie, aber statt sich nutzlos und verwöhnt zu geben, wie es manche Babys tun, hat er sich als der Pragmatischste unter ihnen erwiesen. Der Einzige mit einem Funken Verstand, als sie noch jünger waren.«

»Ihm zufolge hat sich daran nichts geändert.«

Bernie verdrehte die Augen. »Natürlich behauptet er das.«

»Ich fühle mich zu ihm hingezogen, vielleicht sogar mehr als rein körperlich – nicht, dass seine Mutter das wissen müsste.«

»Seine Mutter freut sich darüber. Keine Sorge.«

»Ich möchte ihm nicht wehtun, doch ich will auch nicht unter Druck gesetzt werden.«

»Du bist nicht für sein Glück verantwortlich, Liebes. Tu, was du tun musst, und wenn es so sein soll, dann wird es geschehen.«

»So einfach kann das nicht sein.«

»Warum nicht?«

»Ich ziehe wieder nach Atlanta. Vielleicht schon nächste Woche.«

»Ich habe in Utah gelebt, während Dan hier war. Utah ist viel weiter weg als Georgia. Heutzutage gibt es außerdem jede Menge Möglichkeiten, trotzdem eine Beziehung zu führen. Mit meinen Enkeln rede ich jede Woche über den Computer.«

Georgie lehnte sich gegen sie. »Es ist schön, dass du zum Gesamtpaket dazugehörst.«

Bernie lachte herzlich. »Es würde mir auch nicht das Herz brechen, dich hier zu wissen. Jetzt erzähl mal, was von dieser Tess zu halten ist, der mein Bennett hinterherhechelt.«

»Sie ist genauso nett, wie sie aussieht.«

»Bringt sie Schwierigkeiten mit sich?«

Georgie zögerte. »Ein paar.«

»Ich schätze, damit muss man rechnen. Was ist mit Cat?«

»Sie war mir bisher eine gute Freundin.«

»Das ist doch schon mal was.«

»Das Muttersein hört wohl nie auf, was?«

»Nicht für mich.«

»Danke.« Georgie ergriff die Hand der anderen Frau.

»Ich danke *dir* – dafür, dass du das Leuchten in Nathans Augen zurückgebracht hast. Es wurde auch wirklich Zeit.«

***

Ian schnappte sich seine Gitarre und schlug die ersten Klänge von »Trouble« an, einem Lied, mit dem er sich heute Morgen schon beschäftigt hatte.

Die Caldwells hatten sich um die steinerne Feuerstelle im Garten versammelt, den sich Ian mit Kevins Familie teilte. Rosie schmiegte sich an ihre Großmutter, die wiederum die Hand um die ihres Mannes gelegt hatte. Georgie lehnte an Nates Brust, und Tess und Ben kuschelten auf einer Doppelliege. Kevin und Linda saßen auf einer weiteren Liege, und Luke – der ewige zufriedene Single – kümmerte sich ums Feuer. Hugh und Dani waren mit Sarah nach Hause gefahren, um sie ins Bett zu bringen.

Ian sang also über die Schwierigkeiten und Sorgen, wenn man eine Frau liebte, und seine Finger flogen förmlich über den Gitarrenhals. Ihm gefiel das Lied von

Ray LaMontagne, beschloss er, während er es zum ersten Mal vor Publikum spielte. Er würde es in sein Set aufnehmen.

Er riskierte einen Blick auf die anderen und bemerkte, wie Georgie zu Nate emporlächelte. Ben küsste Tess, was Ian mit einer unvertrauten Sehnsucht erfüllte. Zwar war er erleichtert, Ben zur Abwechslung mal glücklich zu erleben, aber er wünschte sich, die Frau, die sich in seinem Kopf eingenistet hatte, wäre heute auch hier.

Da seine Eltern zu Besuch waren und liebend gerne auf Rosie aufpassten, könnte er Cat nachher im Club besuchen. Er fragte sich, was sie den ganzen Tag so getrieben hatte. Würde sie ihm davon erzählen, oder befand sich das außerhalb der Grenzen ihrer Abmachung? Hatte sie an ihn gedacht, wie er an sie gedacht hatte? Hatte sie wie er jede Einzelheit immer wieder aufleben lassen?

Aus dem Augenwinkel sah er, wie Georgie Nate einen Arm um den Hals schlang, um ihn zu einem Kuss zu sich runterzuziehen. Es war nichts dabei, dass sein Bruder eine Frau küsste, doch es erinnerte ihn nur immer wieder an das, was in seinem eigenen Leben fehlte.

Zum ersten Mal seit Jahren war er es leid, allein zu sein. Er wünschte sich jemanden, den es nicht störte, ihn vor seiner Familie zu küssen. Er wünschte sich jemanden, der ihn wollte – und seine Tochter. War das zu viel verlangt? Aber die Frau, die er wollte, die, nach der er sich verzehrte, hatte kein Interesse an ihm oder seinem Mädchen. Das hatte sie ihm mehr als deutlich gezeigt.

Rosies Lachen schallte über den Hof.

Sein Blick verharrte auf ihr, das Licht des Feuers tanzte auf ihren goldenen Locken. Sie bedeutete ihm die Welt. Für sie hatte er alles aufgegeben, und er würde es, ohne mit der Wimper zu zucken, genauso wieder tun. Es war ihm wichtig, jemand zu sein, auf den sie stolz sein konnte, zu dem sie aufschauen konnte, weshalb ihn schon den ganzen Tag lang Zweifel plagten wegen der Abmachung, die er mit Cat getroffen hatte.

Seine Brüder ließen sich gerade auf Beziehungen mit Frauen ein, die ihr Leben zum Besseren wandeln könnten, er hingegen steuerte geradewegs auf jede Menge

Probleme zu. Das wusste er, und er hasste es, aber er war sich auch darüber im Klaren, dass er zu ihr gehen würde, sobald sich ihm die Gelegenheit bot.

Kapitel 22

Tess und Ben verließen Kevins Haus erst gegen elf, weil sie noch darauf bestanden hatte, Linda beim Aufräumen zu helfen. Ben gefiel es, dass Tess so hilfsbereit war. Die Güte, die sie ausstrahlte, berührte jeden in ihrer Nähe und war das Erste von vielem gewesen, was ihn zu ihr hinzog. Himmel, er mochte fast alles, was er über sie wusste, was allerdings nicht viel war, wie er am Feuer festgestellt hatte.

»Bist du müde?«, fragte sie.

Ihm entging nicht, dass sie ihr Tempo seinem angepasst hatte, als wäre es ganz natürlich für sie, dermaßen langsam zu gehen. »Eigentlich nicht. Du?«

»Nein.«

»Musst du morgen arbeiten?«

»Erst um drei. Ich habe mit einer Kollegin die Schicht getauscht, die morgen Abend freihaben wollte.«

Er fand es traurig, dass er sie morgen Abend nicht sehen würde. Ein mit Sicherheit endloser Tag war damit noch mal um einiges länger geworden. »Können wir noch irgendwohin? Um zu reden?«

»Wohin möchtest du denn?«

»Wie wäre es mit dem Strand?«

»Ich habe in meinem Auto eine Decke.«

»Perfekt. Lass uns zum King Park fahren.«

»Wohin?«

»Ich sag dir, wo es langgeht.«

Im Auto gab er ihr genaue Anweisungen. »Du bist also nicht von hier? Aus Newport?«

Sie schüttelte den Kopf. »Nach Rhode Island bin ich vor fast einem Jahr gezogen, aber bei Georgie lebe ich erst ein paar Monate.«

»Woher kommst du denn?« Da sie ihm nicht gleich antwortete, schaute er zu ihr und erkannte, wie sie die Zähne zusammenbiss. »Ist das eine komplizierte Frage?«

»Nein«, erwiderte sie leise.

»Du willst nicht damit rausrücken?«

»Daran liegt es nicht.«

Er ließ es auf sich beruhen, bis sie auf einen der Parkplätze des King Park fuhren, der auf den Newport Harbor zeigte.

Tess holte die Decke aus dem Kofferraum des Autos.

Er wusste ihre Geduld zu schätzen, während er mühsam über den Rasen und den Spielplatz zum Strand humpelte. Gott, wie es ihm fehlte, sich ungehindert zu bewegen – etwas, das er, wie so viele, als selbstverständlich erachtet hatte, bis es ihm nicht länger möglich gewesen war.

Tess breitete die Decke auf dem Sand aus und nahm seinen Stock.

Sie schaute zu den Booten hinüber, die vor Anker lagen, als wüsste sie, dass es ihm nicht behagen würde, wenn sie dabei zusah, wie er sich unbeholfen auf der Decke niederließ.

»Wir brauchen vermutlich einen Kran, um mich wieder hochzuhieven«, scherzte er, sobald er saß.

»Ich krieg dich schon hoch.« Sofort fiel ihr auf, was sie da gesagt hatte, und sie lief rot an.

Er fand das derart bezaubernd, dass er lachen musste. »Bitte, nur zu.«

Sie warf ihm einen vernichtenden Blick zu. »Du weißt, was ich meine.«

»Ich weiß, was ich *gehört* habe.« Er griff nach ihrer Hand und verschränkte die Finger mit ihren. »Wirst du mir verraten, warum du nicht willst, dass ich etwas über dich erfahre?«

»Es ist nicht so, dass ich es nicht will.«

»Was ist es dann?«

Kurz betrachtete sie ihn. »Ich ... Meine letzte Beziehung war schwierig, und darüber möchte ich weder reden noch daran denken. Lieber gebe ich vor, dass mein Leben erst angefangen hat, nachdem ich hergezogen bin.«

Er streckte sich auf der Decke aus und nahm sie mit sich. »Es bricht mir das Herz, mir vorzustellen, dass du jemals unglücklich warst.«

»Ben.« Seufzend legte sie den Kopf auf seine Brust. »Das ist das Liebste, was mir jemals jemand gesagt hat.« Sie strich mit der Hand über seinen Bauch. »Ich habe mir geschworen, mich nie wieder mit einem Mann einzulassen.«

Zwar wollte er unbedingt wissen, was eine derart schöne Frau dazu veranlasste, sich so etwas zu schwören, brachte es aber nicht über sich, zu fragen. »Den Schwur wirst du wohl brechen müssen.«

»Ich fürchte, das habe ich schon.« Sie drehte sich auf den Bauch und stützte das Kinn in die Hände, damit sie ihn studieren konnte. »Wie ist dir das nur so schnell gelungen?«

Er fuhr ihr mit den Fingern durch das lange, seidige Haar und zog sie näher zu sich. »Wie hast du es geschafft, dass ich vergesse, launisch und missmutig zu sein?«

Sie lachte über die Grimasse, die er schnitt.

»Küss mich«, flüsterte er. »Bevor ich an unerfülltem Verlangen sterbe.«

Als sich ihre Lippen in der Dunkelheit berührten, drang ihm ihr süßer Duft in die Nase und hüllte ihn ein. Er ignorierte den Schmerz in seiner Hüfte, drehte sich auf die Seite und zog sie fest an sich. Dann strich er über ihren Rücken, bis er die zarte Haut ihres Beines erreichte.

Erschauernd ließ Tess den Kopf in den Nacken fallen.

Sein Bein protestierte schmerzhaft, aber er ignorierte es und rollte sich mit ihr herum, bis sie unter ihm lag. Im Moment hatte er kein Interesse daran, ein Verwundeter zu sein. Er wollte einfach bloß ein Mann sein, der mit jemandem zusammen war, der sein Blut heißer kochen ließ, als es je eine andere Frau fertiggebracht hatte.

Zärtlich fuhr sie ihm durchs Haar.

Der Mond badete sie in seinem fahlen Licht, und ihre Blicke begegneten einander.

»Du hast deine Tricks zurück«, flüsterte sie.

»Meinst du?«

»Ja. Was hast du denn noch so drauf?«, fragte sie mit anzüglichem Lächeln.

Lachend knabberte er an ihrer Unterlippe und legte ihr eine Hand auf die Brust, registrierte ihr Aufkeuchen. »Wunderbare, herrliche Tess.« Mit den Lippen liebkoste er ihren Hals, bis er ihr Ohr erreichte.

Ihre Hände strichen ihm über den Rücken, und jetzt war er damit an der Reihe, überrascht zu sein, als sie seine Pobacken packte und ihn an sich zog.

»Tess«, keuchte er.

»Wir können nicht«, stöhnte sie.

Verwirrt hob er den Kopf. »Was können wir nicht?«

Sie drängte sich gegen ihn und erklärte: »Das hier. Es ist zu früh.«

»Da wir gerade an einem öffentlichen Strand liegen, denke ich schon, dass ich mich beherrschen kann.«

»Gut. Wir dürfen nicht wie die anderen sein.«

»Wie wer?«, fragte er verdutzt.

»Wie deine Brüder und meine Mitbewohnerinnen.«

Er riss die Augen auf. »Von Nate und Georgie wusste ich ja schon, aber Ian und Cat?«

Sie nickte mit schuldbewusster Miene. »Verrat es bitte niemandem.«

»Verdammt, das hat ja nicht lange gedauert.«

Sachte schob sie ihm das Haar aus der Stirn. »Es ist schon lange her«, hauchte sie, »dass ich mich so gefühlt habe.«

Er ließ Küsse auf ihre Stirn, Nasenspitze und ihr Kinn herabregnen. »Wie denn?«

»Aufgeregt, schwindlig, sicher.«

Bei dem letzten Wort brauchte er eine Weile, bis es ihm bewusst wurde. Es kostete ihn einige Mühe, es zu verarbeiten. »Warst du nicht sicher? Vorher?«

Das winzige Nicken schien ihr einiges abzuverlangen.

Wut stieg in ihm auf, darüber, dass ihr jemand hatte wehtun können. Er hielt sie fester, von Zärtlichkeit, dem Drang, sie zu beschützen, und vielen anderen Emotionen überwältigt, die zu empfinden er längst aufgegeben hatte. Hier fand er all das wieder. In seinen Armen lag die Antwort auf jede seiner Fragen. »Jetzt bist du sicher«, versprach er ihr nachdrücklich. »Bei mir.«

Als er sie diesmal küsste, tat er es zärtlich und wartete darauf, dass sie ihm verriet, was sie wollte. Sie enttäuschte ihn nicht. Ganz leicht strich sie mit ihrer Zunge über seine Lippen.

Sein Herzschlag verlangsamte sich. Plötzlich jagte ihm grelles Licht einen Riesenschrecken ein. »Was zum …«

»Newport Police.«

»Na großartig«, brummte Ben.

Tess lachte leise.

»Sch«, zischte er. Blinzelnd blickte er zu dem Cop hoch. »Ich bin Nate Caldwells Bruder.«

»Ach du Scheiße.« Der Polizist schaltete das grässliche Licht aus. »Warum haben Sie das nicht gleich gesagt?«

»Äh, weil ich damit beschäftigt war, geblendet zu werden?«

Der Cop lachte. »Welcher Bruder sind Sie?«

»Ben.«

»Der aus dem Irak?«

»Genau der.« Er fragte sich, ob das Wort »Irak« immer mit seinem Namen verbunden werden würde.

»Wie läuft's denn?«

Er schaute zu Tess runter, danach wieder hoch zu dem Polizisten. »Ziemlich gut, bis Sie hier aufgekreuzt sind.«

Sie bebte von unterdrücktem Lachen.

»Ach, herrje, tut mir leid, Mann. Sie haben doch keinen Alkohol dabei, oder?«

»Keinen Tropfen.«

»Dann genießen Sie Ihren Abend.«

»Das habe ich vor.«

»Ma'am«, wandte sich der jüngere Streifenpolizist an Tess, bevor beide verschwanden.

Sie lachte so heftig, dass ihr die Tränen kamen. »Ich fühle mich, als wäre ich wieder siebzehn.«

»Weil du beim Knutschen am Strand erwischt wurdest?«

»Ich bin nie erwischt worden«, entgegnete sie stolz.

»Es gibt für alles ein erstes Mal.« Er küsste ihr Gesicht, wobei er absichtlich ihren Bemühungen auswich, seinen Mund zu treffen. »Wie wäre es, wenn wir das Ganze an einen bequemeren Ort verlagern?«

»Was hast du denn im Sinn?«, fragte sie atemlos.

»Bei dir oder bei mir?«

Sie presste die Finger in seinen Rücken. »Bei mir sind zu viele Leute.«

»Dann also bei mir.«

***

Vor dem Eingang zum Club Underground erstreckte sich eine lange Warteschlange um den ganzen Block.

»Mist«, fluchte Ian. Er hatte extra bis Mitternacht gewartet, in der Hoffnung, dem zu entgehen. »Was jetzt?« Nachdenklich wanderte er hinter das Gebäude, wo er die Band traf, die sich gerade eine Raucherpause gönnte. Ein paar von ihnen kannte er. »Hi, Scotty.«

Der Mann blinzelte in die Dunkelheit. »Ian Caldwell? Hi, Kumpel, was geht?«

Ian schüttelte ihm die Hand. »Lange nicht gesehen.«

»Was willst du denn hier?«

»Ich muss mit der Managerin reden, aber die Warteschlange ist irre lang.«

»Mensch, hast du sie mal getroffen? Die Managerin? Die ist sexy.«

Das Verlangen, seinem Freund den wollüstigen Blick aus dem Gesicht zu schlagen, überraschte ihn. »Ja, ich kenne sie. Könnt ihr mich reinlassen?«

»Klar.« Scotty nickte einem seiner Kollegen zu, der Ian die Hintertür öffnete.

»Danke.«

»Man sieht sich«, verabschiedete sich Scotty.

Drinnen musste er sich durch die Massen kämpfen, um in den Hauptsaal zu gelangen, aus dem Retro-Dance-Musik schallte, die er verabscheute. Sogleich setzten in seiner rechten Schläfe Kopfschmerzen ein, während er sich an den Besuchern, die ihm derart jung erschienen, dass er sich fragte, ob sie überhaupt alt genug waren, um hier sein zu dürfen, vorbei zur Bar schob.

Als gerade eine Gruppe ihren Platz räumte, schnappte er sich einen der frei gewordenen Hocker. Fünf Minuten verstrichen, bevor er die Aufmerksamkeit des Barkeepers auf sich ziehen konnte, um sich ein Bier zu bestellen. Er ließ seinen Blick über die Menge gleiten und suchte nach Cats typischen roten Stacheln, stattdessen entdeckte er nur ein verschwitztes Kind mit glasigen Augen nach dem anderen. Seit wann waren die denn so jung? Rosie bekäme lebenslang Hausarrest, wenn sie jemals in einem Club wie diesem rumhing.

Er hatte fast sein zweites Bier geleert, und die Band spielte bereits wieder, ehe er Cat endlich am anderen Ende des Bartresens entdeckte, wo sie sich gerade mit einem Typen unterhielt. Er schluckte den Anflug von Eifersucht runter, der in ihm hochkochte, während er zusah, wie sie dem Kerl die Hand auf die Schulter legte und sich vorbeugte, damit sie ihn trotz der Musik verstehen konnte. Sie warf den Kopf in den Nacken und lachte schallend. Als sie ihn wieder senkte, fing sie seinen Blick auf. Ihr Lachen erstarb, und sie schaute ihn fragend an.

Er lächelte und nickte ihr zu.

Kurzerhand beugte sie sich vor, um dem Mann, mit dem sie sich unterhalten hatte, etwas mitzuteilen, klopfte ihm auf die Schulter und kam dann die Bar entlang. Unterwegs verwarnte sie eine Gruppe Männer, die wohl Teil eines Junggesellenabschieds waren, denn einer trug eine Kette mit Sträflingskugel um den Hals, unterzeichnete einen Zettel, der ihr von einem Mitarbeiter unter die

Nase gehalten wurde, und beriet sich mit einem hünenhaften Mann, der zu den Türstehern zu gehören schien. Neben ihm wirkte Cat ganz zierlich. Es sah so aus, als gäbe sie dem großen Kerl Anweisungen. Sobald er weitergewandert war, setzte sie ihren Weg zu Ian fort.

Er ließ sie keine Sekunde aus den Augen. Als sie schließlich vor ihm stand, musste er den Drang unterdrücken, sie in die Arme zu ziehen und anständig zu begrüßen.

Sie beugte sich vor, damit er sie hören konnte, und ihr schwerer, heißer Duft, den er überall erkennen würde, umfing ihn und ließ ihn sofort steif werden. »Was machst du denn hier? Das ist nicht gerade dein Milieu.«

Er tat betroffen. »Ich liebe diesen Club.«

Sie verzog die Lippen zu einem skeptischen Lächeln. »Warum habe ich dich dann noch nie hier gesehen?«

»Du hast nicht aufgepasst?«

»Dummschwätzer.«

Er genoss es, wie sich ihr warmer Atem auf seiner Haut anfühlte, während sie direkt in sein Ohr sprach.

»Wie war die Familienfeier?«

»Schön.« Ganz kurz zögerte er. *Was soll's, warum eigentlich nicht?* »Du hast mir gefehlt.«

Seine Bemerkung schien sie aus dem Konzept zu bringen.

»Meine Eltern sind überraschend aufgekreuzt.«

»Noch ein Grund, besser wegzubleiben.«

Sein Blick wanderte über ihren Körper und verweilte auf ihren Brüsten, die unter dem eng anliegenden T-Shirt besonders gut zur Geltung kamen. »Sie mochten Georgie und Tess.«

»Das sind auch Frauen, die man seinen Eltern vorstellen kann.«

»Du nicht?«

»Das Brauenpiercing und die Tätowierung wirken meist eher abschreckend.«

Er fragte sich, ob sie die genau deshalb hatte, zuckte aber nur die Achseln. »Meine Mutter hat sechs Söhne. Es gibt nicht viel, was sie aus der Fassung bringt.«

Sie riss die Augen auf. »Sechs?«

Grinsend nickte er und kämpfte weiter gegen das überwältigende Bedürfnis an, sie zu berühren.

Sie lenkte seine Aufmerksamkeit auf den dicken Stapel Geldscheine, den sie in der Faust zusammengerollt hatte. »Ich muss ins Büro. Willst du mitkommen?«

So dringend, dass es wehtat. »Ja«, erwiderte er. Er griff nach seiner Geldbörse, um seine Getränke zu bezahlen.

Sie hielt ihn zurück. »Das geht auf mich.« Damit gab sie dem Barkeeper ein Zeichen, zeigte auf Ian und schrieb etwas in die Luft.

Der Barkeeper hob die Daumen.

»Danke«, meinte Ian und folgte ihr, zurück den Weg entlang, auf dem er eben hergekommen war. Halb den langen, dunklen Flur hinunter trat sie durch einen Durchgang, der zu einer Treppe führte.

Am oberen Treppenabsatz zog sie einen Schlüssel hervor und schob eine schwere Tur auf, ehe sie in den großen, vollgestellten Raum trat. Eine Wand bestand aus einem Fenster, durch das man auf die Tanzfläche des Clubs schaute.

»Meine zweite Heimat«, erklärte sie, ehe sie das Geld im Safe hinter dem Schreibtisch wegschloss.

Vor einer anderen Wand stapelten sich Bierkästen, Zettel häuften sich auf dem Tisch, und die einzige Lichtquelle war der Bildschirmschoner auf ihrem Computer.

Ehe sie den Schalter neben der Tür betätigen konnte, nahm er ihre Hand, zog sie in die Arme und gab ihr einen leidenschaftlichen Kuss.

Er hob sie hoch.

Sie schlang die Beine um seine Taille und die Arme um seinen Hals.

Dann presste er sie gegen das Fenster zum Club und unterbrach den Kuss. »Spiegelglas?«

»Ja«, keuchte sie, ehe sie seinen Mund wieder auf ihren zog.

Lange Minuten verstrichen, ehe er nach Luft schnappen musste. Er drückte die Lippen an ihren Hals und flüsterte: »Das habe ich schon den ganzen Tag gebraucht.«

»Hmm«, seufzte sie. Sie neigte den Kopf, um ihn weiter zu dem zu ermutigen, was er mit ihrem Hals anstellte.

»Du auch?« Er hasste den hoffnungsvollen Ton in seiner Stimme.

»Es hat mir gefallen, dich an der Bar zu entdecken.«

Das Geständnis stimmte ihn unglaublich froh. »Das Fenster gibt doch nicht nach, oder?«

»Das wäre echt blöd«, scherzte sie, wobei sie sich gegen ihn drängte.

»Cat.«

»Ian«, neckte sie ihn im selben Tonfall und knabberte an seinem Ohrläppchen.

Er war dermaßen hart, dass er befürchtete, ihm würde etwas abbrechen, wenn sie sich weiter so daran rieb. »Lässt sich die Tür versperren?«

Kurz flackerte Zögern in ihren Augen auf, das genauso schnell wieder verschwand, wie es aufgetaucht war. »Sicher.«

Er ließ sie runter und beobachtete zum zweiten Mal in Folge, wie sie eine Tür versperrte, um ungestört mit ihm zusammen zu sein.

Endlich drehte sie sich wieder zu ihm um und griff mit heißem, selbstbewusstem Lächeln nach dem Saum ihres Tops, das sie sich über den Kopf streifte. Sie hielt seinen Blick fest, während sie die tarnfarbene Hose aufknöpfte und zu Boden fallen ließ.

Er ballte die Hände zu Fäusten und biss sich auf die Unterlippe. Dass sie für ihn strippte, ließ jeden seiner Träume wahr werden.

Ihr Lächeln wandelte sich zu einem aufreizenden Ausdruck, als sie nach hinten griff, um den BH zu öffnen und ihm zuzuwerfen.

Überrascht fing er ihn auf und spürte im weichen Stoff ihre Körperwärme. Er war sich sicher, dass er jeden Augenblick explodieren würde.

Sie tänzelte auf ihn zu, und er erstarrte, aus Angst, dass er erledigt wäre, wenn sie ihn auch nur berührte.

»Du hast irgendwie zu viel an für diese Party«, erklärte sie heiser. Sie schob sein Hemd hoch und streifte es ihm ab. Ihre Lippen erforschten dabei jeden Zentimeter neu enthüllter Haut. »Kondom?«

»Geldbörse«, brachte er heraus.

Sie griff in beide Gesäßtaschen, drückte kurz seinen Hintern, zog das Portemonnaie hervor und klappte es auf.

Ihr Lächeln verblasste, als sie ein Foto von Rosie entdeckte. Darüber konnte er später noch nachdenken, nachdem er sein Verlangen gestillt hatte. Er nahm ihr die Lederbörse ab, holte das Kondom heraus und warf den Geldbeutel zu seinem Hemd auf den Boden. Er fand es zutiefst erotisch, sich vor einem Fenster auszuziehen, hinter dem Hunderte Menschen, die nicht ahnten, was sie hier taten, zur Musik tanzten, die sie hier zwar nicht hörten, aber spürten.

Sie knöpfte seine Hose auf, zog sie nach unten und kniete sich vor ihn. »Cat«, keuchte er, sobald sie ihn in den Mund nahm. Das würde er auf keinen Fall überstehen – nicht nach dem Striptease. »Baby, warte.« Er fuhr mit den Fingern in ihr kurzes Haar. »Ich kann nicht …«

Sie saugte fest und strich mit der Zunge über die Spitze.

Da ihm die Knie weich wurden, lehnte er sich Halt suchend gegen das Fenster. Das hier würde nicht lange dauern. »Cat.«

»Lass dich gehen«, bat sie ihn leise, bevor sie ihn wieder tief in den Mund nahm. »Lass dich einfach gehen.«

Er kniff die Augen zusammen, legte die Hände an ihren Kopf und hielt sich fest, als ihn viel zu schnell ein heftiger Höhepunkt mit sich riss. Als es vorbei war, glitt er am Glas runter auf den Boden und zog sie in seine Arme. Ihr Busen ruhte weich an seiner Brust, während sie abwesend mit einer seiner Brustwarzen spielte. Erstaunt stellte er fest, dass sich sein Glied bereits wieder regte.

»Gut?«, fragte sie.

»So gut, dass ich ganz kurz gestorben bin.«

»Muss ich dich wiederbeleben?«

»Nein, aber eine Mund-zu-Mund-Beatmung wäre angemessen.«

Sie lächelte über seinen Scherz, rutschte an ihm herab und drückte ihre Lippen auf seine, und plötzlich rollten sie gemeinsam über den Teppich. Er umfasste ihre Brüste und neigte den Kopf, um fest an einer Brustspitze zu saugen. Sie wand sich unter ihm, drängte ihn mit kreisenden Beckenbewegungen, sich zu beeilen, also hielt er lange genug inne, um das Kondom aufzuspüren und es sich überzuziehen.

Ursprünglich hatte er es langsam angehen wollen, auskosten wollen, dass sie unter ihm lag. Aber sie verlangte es nach etwas Schnellem, Heftigem. Sie wollte Wildheit. Und sie wollte es jetzt. Nach dem, was sie ihm eben gegeben hatte, gehorchte er nur allzu gern. Da sie seine Lust bereits befriedigt hatte, hatte er reichlich zu geben.

Lange, tiefe Stöße, die wachsende Spannung in ihr. Er konnte kaum glauben, dass es möglich war, die vorige Nacht zu übertrumpfen, doch hier, auf dem Boden ihres Büros, während die Stroboskoplichter aus dem Club ihre Haut in ihre Farbblitze tauchten, war es noch besser.

Er beugte den Kopf, nahm eine ihrer Brustspitzen zwischen die Zähne und griff nach unten, wo sie vereint waren. Er spürte, wie ihre inneren Muskeln ihn umschlossen, und saugte fester. Ihre Beine spreizten sich weiter, als der Orgasmus sie Welle um Welle überrollte.

Sie schrie auf, und statt den Laut wie am Abend zuvor zu dämpfen, ließ er sie, denn der schalldichte Raum dämmte nicht nur gegen die Geräusche von draußen.

Er betrachtete ihr Gesicht, bis sie wieder runterkam, und erkannte, dass er noch nicht fertig war. Noch lange nicht.

Kapitel 23

Nathan brachte Georgie zur Haustür. Cat hatte das Verandalicht brennen lassen, nachdem sie gegangen war, ansonsten war es im Haus finster.

»Wie es aussieht, bin ich die Erste zu Hause.«

»Scheint so.«

Ein unangenehmes Schweigen hing zwischen ihnen in der Luft.

»Georgie …«

»Es war schön heute.« Sie lächelte ihn an. »Entschuldige. Was wolltest du sagen?«

Er setzte eine ernste Miene auf.

Ihr Herz raste.

»Ich will dich«, bekannte er mit leiser, rauer Stimme. Er legte ihr die Hände auf die Schultern und schaute ihr tief in die Augen. »Ich möchte deine Haut auf meiner spüren. Ich möchte dich küssen und schmecken und riechen. Ich will in dir sein, so tief, dass ich nicht mehr weiß, wo du endest und ich anfange. Ich will dich. Unbedingt.«

Noch nie hatte ihr jemand so was gesagt. »Nathan«, seufzte sie. »Ich will dich auch. Ich möchte noch eine Nacht mit dir verbringen, wie am Anfang. Danach sehne ich mich.«

Er legte ihr einen Arm um den Hals und küsste sie derart hungrig, dass es ihr den Atem raubte. Dass dieser starke, anständige, freundliche und attraktive Mann sie wollte …

»Nathan.« Sie drückte sanft, aber entschieden gegen seine Brust. »Seit du mir gestern Abend anvertraut hast, warum du nicht bleiben kannst, hat sich nichts geändert. Wenn wir das hier zu Ende führen, wird alles nur schwieriger …«

»Unmöglich«, scherzte er.

»Hör auf«, bat sie lachend. »Keine Witze. Ich meine es ernst.«

»Ich weiß.« Sein Mund verzog sich unwillig. »Mir ist schon klar, dass du recht hast, sosehr mich das auch schmerzt.«

Sie schlang die Arme um seine Mitte und presste sich fest gegen ihn. »Hilft es denn, wenn du weißt, dass ich dich genauso heftig will?«

»Äh, ja«, brummte er durch zusammengebissene Zähne. »Klar.«

»Tu ich. Wenn ich mir nicht sicher wäre, dass es alles bloß schlimmer machen würde und nicht besser, würde ich dich jetzt nach oben schleifen.«

Er stöhnte auf. »Auf die Vorstellung kann ich verzichten, wenn du mich abweist.«

»Ich wünsche es mir. Ich wünschte, so viele Dinge wären anders.«

Er lehnte die Stirn für lange Zeit gegen ihre, ehe er ihr die Wangen küsste. »Hat das Zentrum morgen geöffnet?«

Sie nickte. »Danach bin ich im Krankenhaus, um herauszufinden, wie Gus' OP verlaufen ist.«

»Ich muss erst mal zum Gericht, aber danach versuche ich, in der Klinik vorbeizuschauen.«

»Du musst wieder arbeiten? Jetzt schon?«

»Diese Woche übernehme ich nur kleine Sachen. Allerdings muss ich zum Haftprüfungstermin des Pädophilen.« Seine Stirn umwölkte sich. »Ich war der Erste vor Ort, also war ich der Einzige, der gesehen hat …«

Sie schluckte. »Was?«

»Was er mit ihr getan hat, bevor er die Waffe unter dem Kopfkissen hervorzog und drauflosfeuerte.« Sein Tonfall klang ganz sachlich, doch sie erkannte die Wahrheit in seinen Augen.

»Möchtest du darüber reden?«

»Einmal vor Gericht reicht mir. Außerdem möchte ich dir die Bilder unbedingt ersparen.«

Sie nahm sein Gesicht zwischen die Hände. »Du kümmerst dich um alle, Nathan Caldwell. Wer kümmert sich um dich?«

»Deswegen habe ich eine Stellenausschreibung laufen. Magst du dich bewerben?«

»Immer wenn dir etwas zu nahe geht, scherzt du.«

»Ehrlich?« Er wirkte überrascht.

»Ja.«

Achselzuckend winkte er ab. »Ich brauche nicht viel.«

»Jeder braucht etwas.«

Er drückte das Gesicht in ihre Hand und küsste ihre Handfläche. »Ist das ein Angebot?«

»Falls es dir hilft: Ich wünschte, ich könnte.«

»Es hilft eine Menge. Was ist mit dir? Wer kümmert sich um dich, wenn du in Atlanta bist?«

Darüber musste sie nachdenken.

»Doug, der Manager?«, spottete er.

Sie lachte. »Wohl kaum.«

»Was wolltest du dann mit ihm?«

»Er war eine Ablenkung.«

»Ist es das, was ich bin?«

»Nein, Nathan, du bist das pure Glück.« Sie nahm die Hände von seinem Gesicht und umfasste seinen Hinterkopf, um ihn zu sich zu ziehen. In den Kuss legte sie alles, was sie hatte, weil sie es ihm zeigen wollte.

Schließlich hob er den Kopf und starrte sie an.

Das Herz in ihrer Brust hämmerte.

»Ich muss los«, flüsterte er. »Bevor ich es nicht mehr schaffe.« Er zog sie fest an sich und gab ihr einen letzten zarten Kuss auf die Lippen. »Bis morgen.«

»Danke, dass du mich deiner Familie vorgestellt hast. Es war echt schön heute.«

»War mir ein Vergnügen, Süße.« Ein letztes Mal drückte er ihre Hand, dann ließ er sie los. »Ich warte, bis du drinnen bist.«

Sie schloss die Tür auf und drehte sich noch einmal zu ihm um. »Schlaf gut.«

»Unwahrscheinlich«, erwiderte er mit diesem unwiderstehlichen Lächeln.

Drinnen beobachtete sie, wie er die Stufen hinab zu seinem Wagen schlenderte. Als er an ihr vorbeifuhr, winkte er.

Lange blieb sie dort stehen und fragte sich, warum sie das Beste, was ihr jemals widerfahren war, einfach so aus ihrem Leben verschwinden ließ.

***

Mit schwerem Herzen ging sie die Stufen hinauf. Auch wenn sie es an Nathans Seite den Tag über geschafft hatte, ihre Sorgen beiseitezuschieben, lasteten sie doch sofort wieder auf ihr, kaum dass sie allein in dem stillen Haus war.

Nachdem sie den ganzen Nachmittag und Abend lang von Nathans großer, herzlicher Familie umgeben gewesen war, wurde ihr jetzt umso deutlicher bewusst, was in ihrem Leben fehlte.

Sie fragte sich, ob Tess der Versuchung nachgegeben und mit Ben geschlafen hatte. Am Feuer hatten die beiden äußerst vertraut miteinander gewirkt, und es würde sie nicht überraschen, wenn Tess es diese Nacht nicht nach Hause schaffen würde. Cat arbeitete, aber Ian hatte Rosie bei Kevin ins Bett gebracht und war wenig später verschwunden. Sie ging davon aus, dass er Cat besuchte.

Angespannt und frustriert, weil sie Nathan hatte fortschicken müssen, beschloss sie, sich wieder dem Zimmer ihrer Mutter zu widmen. Sie zog sich Boxershorts und das Shirt an, in dem sie immer schlief, und band sich das Haar zu einem Pferdeschwanz hoch. Dann beschaffte sie sich einen weiteren Karton und nahm ihn mit sich.

In dem Raum war es derart still, geradezu gespenstisch, dass sie das Radio auf dem Nachttisch einschaltete, ehe sie das Schmuckkästchen zum Bett trug. Sie setzte sich und betrachtete die Stücke, vorwiegend Modeschmuck, wobei sie erneut die

Sachen zusammensammelte, die sie für sich und Ali behalten wollte. Der Schmuck, den sie weggeben würde, bildete einen größeren Haufen. Einige der Anstecknadeln riefen Erinnerungen an Weihnachten und Halloween wach. Auch lange nachdem Georgie und Ali nicht mehr durch die Straßen hatten ziehen wollen, hatte sich ihre Mutter verkleidet, um Süßigkeiten an die Kinder der Nachbarschaft zu verteilen.

In einem Samtkästchen entdeckte sie den Verlobungsring ihrer Großmutter, und ihr wurde klar, dass er auf die Liste der Wertsachen gehörte, die sie am Dienstag beim Nachlassgericht vorlegen musste. Irgendwann würden sie und Ali entscheiden müssen, was aus all den Wertgegenständen und dem Haus werden sollte.

Unten im Schmuckkasten entdeckte sie einen doppelten Boden, den sie anhob, um sicherzugehen, dass sie nichts übersehen hatte. Zwei Zettel lagen zusammengefaltet in dem kleinen Fach. Einer war an Ali adressiert, der andere an sie. Sie öffnete ihren und entdeckte einen Schlüssel, der unter die Zeilen geklebt worden war. Sie erkannte sofort die Handschrift ihrer Mutter.

Meine liebste Georgie,

wenn Du das hier liest, dann hast Du endlich die Kraft gefunden, meine Sachen durchzugehen. Es tut mir leid, was Du und Deine Schwester in den letzten Monaten meinetwegen durchleiden musstet, aber dass Ihr beide hier bei mir wart, hat mir in meinen letzten Tagen so viel Freude bereitet.

Mittlerweile hast Du vermutlich festgestellt, dass ich nicht viele Wertgegenstände besitze. Wie Du weißt, habe ich mir nie viel aus schicken Klamotten oder Schmuck gemacht. Das, was mir im Leben am wichtigsten war, lässt sich nicht mit Geld aufwiegen oder an einem Finger tragen. Du, mein liebes Kind, und Deine Schwester seid diejenigen, die ich am meisten geliebt habe. Ihr wart mein Glück.

Sie musste den Brief beiseitelegen, weil es ihr wegen der Tränen unmöglich war, weiterzulesen. Ein paar Minuten verstrichen, ehe sie den Mut aufbrachte, fortzufahren:

Wenn ich auf mein Leben zurückschaue, so gibt es wenig, was ich bereue. Das, was ich bedaure, ist jedoch nicht unbedeutend. Es tut mir leid, dass ich Dich so stark bemuttert habe und Du deshalb gar nicht mehr nach Hause wolltest, nachdem Du endlich auf dem College warst. Du wusstest, dass Du sonst niemals völlig unabhängig von mir werden würdest. Entschuldige, dass es derart lange gedauert hat, bis ich loslassen konnte, und es tut mir leid, dass Du das Gefühl hattest, so weit wegziehen zu müssen – und so lange fortbleiben zu müssen –, um Deinen eigenen Weg zu finden.

Ich bin stolz auf Dich, Georgie. Unfassbar stolz auf die fürsorgliche, mitfühlende, unabhängige, erfolgreiche Frau, die Du geworden bist. Da Du mich nun nicht mehr umbringen kannst, kann ich wohl auch gestehen, dass ich insgeheim seit Jahren schon Deine Hochzeit plane. Auf dem Dachboden findest Du in einer der Kleiderhüllen mein Hochzeitskleid. Ich wage nicht zu hoffen, dass es Deinem Sinn für Stil entspricht (wo Du den mit mir als Deiner Mutter herhast, wird wohl niemand erfahren), aber es gehört Dir, wenn Du es tragen oder nach Deinem Geschmack umarbeiten lassen möchtest. Du verletzt jedoch auch nicht meine Gefühle (selbst nicht im Himmel), wenn Du etwas ganz Eigenes trägst. Was immer Dich glücklich macht, macht auch mich glücklich.

Das Geld für den großen Tag, den ich mir für Dich ausgemalt habe, habe ich von jeder Gehaltszahlung abgezweigt, die ich jemals vom Zentrum erhalten habe. Der Schlüssel gehört zu einem Schließfach bei der Genossenschaftsbank. Darin findest Du ein Sparbuch auf Deinen Namen. Wenn Du so weit bist, dass Du heiraten willst, hoffe ich, dass Du das Geld nutzt, um den Tag zu finanzieren, an dem all Deine Träume wahr werden. Oder verwende es, falls Dir das lieber ist, als Anzahlung für ein Haus. Jedenfalls hoffe ich, dass Du an mich denkst und Dich daran erinnerst, wie sehr ich Dich liebe.

Sei gut zu Dir, folge Deinem Herzen, setze die Liebe an die erste Stelle, und sei glücklich, Georgie. Sei einfach herzensglücklich, meine Liebe. Du hast mein Leben unendlich bereichert.

Mom

Ihr Schluchzen hallte durch den stillen Raum. Ohne wirklich darüber nachzudenken, durchquerte sie den Flur zu ihrem Zimmer und suchte in ihrer Handtasche nach der Nachricht, die Nathan ihr nach ihrer ersten gemeinsamen Nacht aufs Kissen gelegt hatte. Als sie den Zettel fand, wischte sie sich über die Augen und wählte mit ihrem Handy die Nummer, die er ihr aufgeschrieben hatte.

Seine Stimme klang schwer und schlaftrunken.

»Nathan.«

»Georgie? Süße, was ist los?«

»Ich …« Sie schien keinen klaren Gedanken formulieren zu können, ganz zu schweigen von einem ganzen Satz.

»Ich bin unterwegs. Bin gleich da.«

Ehe sie widersprechen oder ihn daran erinnern konnte, dass er am Morgen zum Gericht musste, hatte er schon aufgelegt.

Sie sperrte die Haustür auf und setzte sich auf die unterste Stufe, das Gesicht in den verschränkten Armen vergraben. Sie hatte nicht gewusst, dass es möglich war, solchen Schmerz zu empfinden. Die Taubheit nach dem Tod ihrer Mutter war verschwunden und hatte sie ohne Schutz gegen diesen neuesten Schlag zurückgelassen.

Sobald sie Nathans eilige Schritte auf der Verandatreppe hörte, hob sie den Kopf.

Bevor sie aufstehen konnte, stürmte er schon durch die Tür, nur in eine Sporthose und Turnschuhe gekleidet.

Beim Anblick ihres tränenüberströmten Gesichts blieb er abrupt stehen und ließ sich vor ihr auf die Knie nieder. An dem Schweiß auf seiner Stirn erkannte sie, dass er hierher gerannt war. In dem Moment flog ihm, ohne dass sie es verhindern konnte, ihr Herz zu.

Er wischte ihr eine Träne von der Wange. »Was ist los, Baby? Was ist passiert?«

»Ich hab …« Sie schüttelte den Kopf, weil sie nicht weitersprechen konnte.

Schnell zog er sie auf seinen Schoß und setzte sich mit ihr in den Armen auf den Boden. »Georgie«, flüsterte er und legte die Hand unter dem Pferdeschwanz in ihren Nacken. »Schon gut.«

»Entschuldige«, schluchzte sie. »Du hast geschlafen.«

»Hab ich nicht. Ich habe an dich gedacht und mir gewünscht, ich wäre bei dir.«

Sein Haar war feucht und sein Kinn glatt rasiert.

»Du riechst gut.« Sie drückte die Nase an seinen Hals.

»Ich habe ausgiebig kalt geduscht, sobald ich zu Hause war.«

Trotz der Tränen, trotz ihres Seelenschmerzes brachte er sie zum Lachen. »Du hast dein Shirt vergessen.«

»Sei froh, dass ich an die Hose gedacht habe. Ich hatte es ziemlich eilig.«

»Ich wollte nur mit dir reden, aber danke, dass du so schnell hergekommen bist.«

»Was ist geschehen, Süße?«

»Ich habe einen Brief von meiner Mutter gefunden.«

»Georgie.« Er drückte sie an sich.

»Möchtest du ihn lesen?«

»Nur, wenn dir das recht ist.«

»Ist es. Ich möchte ihn dir zeigen.« Als sie aufstehen wollte, hielt er sie zurück.

»Warte, bis du so weit bist.«

Lange saß er so mit ihr da, bis sie sich besser fühlte. Schließlich erhob sie sich und streckte ihm eine Hand hin.

Er ergriff sie und folgte ihr die Treppe hinauf. An der Tür zum Schlafzimmer ihrer Mutter betrachtete er die Kisten. »Hast du denn niemanden, der dir dabei helfen kann?«

Sie schüttelte den Kopf, nahm den Brief und reichte ihn Nathan. »Lass uns zu mir gehen. Von dem hier habe ich für heute genug.« Auf dem Weg nach draußen schaltete sie das Radio und das Licht aus, dann zog sie die Tür hinter sich zu.

Nathan streckte sich auf Georgies Bett aus und bat sie mit einer Geste, sich neben ihn zu legen.

Sie schmiegte sich an ihn und lauschte seinem regelmäßigen Atem, während er den Brief las.

»Wow«, entfuhr es ihm, sobald er fertig war. »Das ist beeindruckend.«

»Weißt du, es ist lustig. Ständig hat sie uns erzählt, dass sie sich nicht vorstellen kann, einmal alt zu sein. Sie wusste alles über alte Menschen, nur nicht, wie man einer wird.«

Er betastete den Schlüssel, der unter dem Brief klebte. »Holst du das Sparbuch?«

»Irgendwann. Ich fasse noch immer nicht, dass sie das getan hat.«

»Es ist ein unglaubliches Geschenk, Georgie, der Brief, das Geld, alles. Ich weiß nicht, ob du das jetzt schon erkennen kannst, aber vielleicht eines Tages …«

»Ich weiß, dass ich es kann. Es war bloß ein ziemlicher Schock, ihn zu finden. Ich konnte förmlich ihre Stimme hören. Der Brief hat sie mir zurückgegeben, wenn auch nur kurz, danach habe ich mich allerdings gefühlt, als wäre sie erneut gestorben. Das hat mich wohl derart runtergerissen.«

»Ich kann mir ein Leben ohne meine Mutter gar nicht vorstellen«, gestand er. »Selbst mit dreiunddreißig, selbst aus der Ferne, spielt sie eine wichtige Rolle in meinem Leben.«

»Jetzt, da ihr alle erwachsen seid, ist sie euch sicherlich eher eine wundervolle Freundin.«

»Das ist sie. Deine doch bestimmt genauso.«

»Ja. Auf gewisse Weise meine *beste* Freundin, trotzdem hatte ich keine Ahnung, dass sie von meiner Hochzeit geträumt hat. Das Zentrum hat sie eröffnet, als ich sechs war, und das erste Jahr über hat sie ohne Vergütung gearbeitet. Dreiundzwanzig Jahre lang hat sie also auf eine Hochzeit gespart, die sie nicht mehr erlebt. Das ist so traurig. Aber jetzt ergibt es alles Sinn.«

»Was denn?«

»Am Abend vor ihrem Tod haben wir uns über die Dinge unterhalten, die sie verpassen würde: meine Hochzeit, etwaige Kinder, die ich bekommen könnte. Sie hatte Angst, dass ihr Tod diese Sachen für mich ruinieren würde, und versicherte mir, dass sie stets bei mir sein würde.«

»Ich bin davon überzeugt, dass sie damit auch das hier meinte. Es ist bestimmt eine Menge Geld.«

»Ohne Zweifel.«

»Du musst deswegen jetzt noch nichts unternehmen, Georgie. Erst wenn du so weit bist. Dann komme ich gerne mit, wenn du möchtest.«

Sie schaute zu ihm hoch. »Wirklich?«

»Natürlich.«

Sie gab ihm einen Kuss auf die Brust. »Danke. Dafür, dass du hier bist, wenn ich dich brauche, dafür, dass du so lieb bist.«

»Ich würde nicht für jeden halb nackt durch die Straßen von Newport rennen.«

»Das hoffe ich doch«, erwiderte sie lachend.

»Rate mal, wer gerade in meinem Haus ist?«

»Wer denn?«

»Tess – in Bens Zimmer. Die kichern um die Wette, versuchen aber, ganz leise zu sein, damit ich nicht mitbekomme, dass sie da sind.«

»Nein! Sie hat geschworen, dass sie nicht so leicht zu haben wäre wie der Rest von uns.«

»Der Rest?«

Oh, oh, dachte sie, weil ihr in dem Moment wieder einfiel, dass sie ihm noch gar nichts von Ian und Cat erzählen sollte. »Na, du und ich. Sie wissen, was passiert ist.«

»Du und ich, und wer sonst?«

»Ich hasse es, dass du ein Detective bist«, beschwerte sie sich.

»Du tätest gut daran, das nicht zu vergessen, wenn du Sachen vor mir verbergen willst.« Er bohrte ihr einen Finger in die Seite, woraufhin sie leise aufkreischte. »Also wer sonst?«

»Wer bleibt denn noch?«

»Ian und Cat?«

»Wie die Karnickel«, bestätigte sie.

»Nachdem sie zum Abendessen aus waren?«

»Offenbar gab es kein Abendessen.«

»Was?«

»Du darfst dir nicht anmerken lassen, dass ich es dir verraten habe. Ich hab ihr versprochen, es nicht zu erzählen.«

»Das ist gut. Er braucht eine Freundin, es ist schon viel zu lange her.«

»Seine *Freundin* würde ich sie nicht gerade nennen. Ich denke, zwischen ihnen läuft es anders.«

»Wie meinst du das?«

»Stell dir eher so etwas wie Freunde mit gewissen Vorzügen vor.«

»Sex-Freunde?«

»So was in der Art.«

»Hm.« Nachdenklich rieb er sich mit der Hand über das Kinn. »Das sieht ihm gar nicht ähnlich. Es überrascht mich, dass er dem zugestimmt hat.«

Sie zuckte die Achseln. »Wenn sie dabei glücklich sind.«

»Ich persönlich würde das nicht mitmachen.«

»Nein, wohl nicht.«

Ihre Blicke trafen sich, und sie konnte nicht wegschauen. »Ich bin müde«, flüsterte sie.

»Dann schlaf. Ich bin gleich weg.«

»Nicht.«

»Nicht?«

Ihre Hand wanderte über seinen festen Bauch und wieder hoch. »Ich bin es leid, gegen das anzukämpfen, was zwischen uns ist. Das ist so anstrengend.«

»Georgie.« Ihm entwich ein unsicherer Atemzug. »Du hattest einen langen Tag, einen emotionalen Tag. Das hier ist nicht der richtige Zeitpunkt …«

Mit einem Finger an den Lippen brachte sie ihn zum Verstummen. »Liebe mich, Nathan. Liebe mich, wie du es mir vorhin versprochen hast.«

Er schluckte schwer. »Keine Kondome.«

»Ich weiß, wo ich welche finden kann. Ich hol sie.«

Er legte eine Hand auf ihren Arm, um sie zurückzuhalten. »Bist du dir sicher, Georgie? Wirklich sicher?«

»Ja, bin ich.«

Kapitel 24

Tess rutschte zur Wand, damit Ben genug Platz im Bett hatte. Das T-Shirt, das er ihr gegeben hatte, schob sich über ihrer Unterwäsche hoch, also zupfte sie es mit vor Nervosität feuchter Hand runter. Dass sie mit einem Mann ins Bett stieg, den sie erst vor zwei Tagen kennengelernt hatte – ganz zu schweigen davon, dass sie sich mit ihm eine Zahnbürste teilte –, lief allem zuwider, woran sie glaubte. Dennoch fühlte es sich genau richtig an, mit Ben zu schlafen. Warum? Sie hatte keine Ahnung, aber sie war nicht in der Stimmung, es zu hinterfragen.

Er humpelte vom Bad aus über den Flur, wobei er nur eine Jogginghose und Socken trug.

Beim Anblick seiner bloßen Brust wurde ihr vor Verlangen der Mund ganz trocken. Als er näher trat, sah sie die Narben auf seiner rechten Seite und erinnerte sich wieder an das, was er ihr über die Wunden von den Granatsplittern erzählt hatte.

»Ist ziemlich warm für eine Jogginghose, meinst du nicht?«

»Es ist besser, wenn es bedeckt ist.« Er deutete auf das Bein.

Sie streckte ihm eine Hand entgegen, um ihm ins Bett zu helfen. »Okay?«

»Ja.« Beim Ausrichten des Beins verzog er das Gesicht. »Gib mir eine Sekunde.«

Sie beobachtete, wie er durch den Schmerz atmete. Schließlich legte sie ihm eine Hand auf die Brust und spürte, dass sein Herz ganz schnell schlug.

Er bedeckte ihre Hand, ließ die Augen aber geschlossen.

»So kannst du nicht weitermachen. Wir müssen was unternehmen.«

»Wir?«

»Ja. Du und ich.«

»Bei dir möchte ich glauben, dass alles möglich ist.«

»Das ist es.«

Endlich hob er die Lider und drehte sich zu ihr. »Du wirst mir jetzt nicht sagen, dass du ein Alien bist oder eine Kriminelle auf der Flucht oder verheiratet oder sonst etwas, was mein Leben für immer ruinieren würde, oder?«

Da sie sich nicht länger als verheiratet betrachtete und auch nicht den Wunsch hatte, erneut zu heiraten, schüttelte sie den Kopf.

»Gut, denn am Wochenende, vielleicht sogar, weil du am ersten Abend auf dem Weg zum Krankenhaus so genervt von mir warst …«

Sie bohrte ihm einen Finger in die Seite, bis er lachte.

»Vielleicht ist es auch passiert, als du Rosie gehalten hast und ich dir ansah, dass du mehr als alles andere auf der Welt ein eigenes Kind willst. Könnte auch passiert sein, als ich beim Scrabble rausgefunden habe, was für schmutzige Gedanken sich hinter der Fassade des Unschuldsengels verbergen. Wahrscheinlich war es beim ersten Kuss. War das erst gestern?«

Nickend hielt sie fast den Atem an und wartete darauf, dass er zur Sache kam. »Ben?«

»Hmm?«

»Wovon redest du?«

»Ich versuche, rauszufinden, wann ich mich in dich verliebt habe, Tess.«

»Du … Oh …«

Er wickelte sich eine Locke ihres langen Haars um einen Finger. »Ist das ein gutes ›Oh‹ oder ein schlechtes?«

»Es ist ein wirklich gutes ›Oh‹.« Sie streichelte sein Gesicht. »Denn ich liebe dich auch.«

»Du musst das nicht sagen …«

»Allerdings weiß ich ganz genau, wann es passiert ist.«

»Wirklich?«

»Ja«, erwiderte sie mit einem kleinen Lächeln.

»Verrätst du es mir?«

»Wie dringend willst du es denn wissen?«

»Sehr.« Er zog sie in die Arme und schob sein gesundes Bein zwischen ihre Schenkel. »Ganz, ganz dringend.«

»In dem Fall: Ich habe es in dem Moment erkannt, als du am Strand in die grelle Taschenlampe des Cops geblinzelt hast. Der Ausdruck auf deinem Gesicht war unbezahlbar. Da wusste ich es.«

»Was für ein romantischer Augenblick«, entgegnete er trocken. »Ich bin gerührt.«

Sie hob eine Braue. »Willst du, dass ich es zurücknehme?«

»Bitte nicht«, flüsterte er, ehe er das Gesicht in ihrem Haar verbarg. »Bitte, nimm es nie zurück.«

»Ben?«

»Ja?«

»Wenn wir einander, weißt du, lieben, dann würde ich sehr gerne …«

»Mit mir schlafen?«

Sie streichelte ihn durch die Jogginghose hindurch und nickte. In ihrer ge-samten Ehe hatte sie noch nie etwas derartig Schamloses getan. Damals wäre es ihr nie in den Sinn gekommen, die Initiative zu ergreifen.

»Ich möchte es«, gestand er. »Du kannst dir gar nicht vorstellen, wie sehr.«

»O doch. Ich halte den Beweis ja quasi in Händen.«

»Aber ich weiß nicht, ob ich es kann«, brachte er mit einem traurigen Lächeln hervor.

»Gemeinsam können wir es rausfinden, oder nicht?«

»Ich weiß nicht, ob ich schon so weit bin«, erklärte er. Die Unterhaltung allein schien ihm peinlich zu sein, und er wirkte verlegen. Vielleicht steckte mehr hinter seinen Verletzungen, als er eingeräumt hatte. Jedenfalls wollte sie nicht, dass es so ablief, nicht nachdem sie ihm gerade ihre Liebe gestanden hatte.

Sie nahm die Hand weg, weil sie es bedauerte, ihn gedrängt zu haben.

Er hielt sie zurück. »Das heißt nicht, dass wir nicht ein wenig rummachen können.«

»Ich will dir nicht wehtun.«

»Wirst du nicht.«

Während sie ihn sanft liebkoste, schob er eine Hand unter ihr T-Shirt und stöhnte, als er die warme Haut ihres Rückens unter seinen Fingerspitzen spürte.

»Du fühlst dich gut an«, sagte er.

»Erzähl mir von deinem Leben, bevor du verwundet wurdest. Vor dem Krieg.«

»Ich bin mir nicht sicher, ob ich reden kann, wenn du so weitermachst.«

Sie legte ihre Hand auf seinen Bauch. »Dann setzen wir das später fort.«

Er gab ein protestierendes Stöhnen von sich.

»Du wirst es überleben.« Sie lachte leise. »Je schneller du redest, desto schneller bekommst du, was du willst.«

Als wäre er auf Speed, ratterte er seine Geschichte runter: »Bevor ich zur Nationalgarde eingezogen wurde, war ich Architekt. Ich habe in einem Büro hier vor Ort gearbeitet, hatte in der Stadt eine hübsche Wohnung, eine Freundin, die mich vermeintlich liebte, und jede Menge guter Freunde, die in der Versenkung verschwanden – genau wie meine sogenannte Freundin –, nachdem ich mit einem kaputten Bein zurückgekehrt war.« Damit schob er ihre Hand nach unten und knurrte, als sie ihm auswich.

»Du bist Architekt«, stellte sie überrascht fest.

»War.«

»Bist.«

»Es ist schon ein paar Jahre her.«

»Aber du könntest wieder anfangen. Um an einem Zeichentisch zu sitzen, brauchst du dein Bein nicht.«

»Mein Bein sollte aufhören, so heftig zu schmerzen, dass es jeden Funken Kreativität erstickt, den ich jemals hatte. Es kostet mich schon fast alle Kraft, jeden Tag zu duschen. In meinem Zustand bin ich in dem Job ziemlich nutzlos.«

»Sie haben doch bestimmt deine Stelle frei gehalten.«

»Sie meinten, die Tür wäre stets offen. Das war ein tolles Team, und ich habe meine Arbeit geliebt.«

»Du musst dir das Bein abnehmen lassen, Ben. In den letzten Jahren sind die Prothesen immer besser geworden. Du könntest deine Beweglichkeit zurückerlangen und dein Leben wieder auf die Spur bekommen.«

»Die Frage ist, ob noch genug vom Bein übrig bleibt, um eine Prothese zu befestigen.«

»Du hast dich also erkundigt.«

»Nur kurz. Nicht bis ins Detail.«

»Selbst auf Krücken wärst du besser dran als mit diesen quälenden Schmerzen.«

»Würdest du mich weniger lieben, wenn ich nur ein Bein hätte?«

Sie schnappte empört nach Luft. »Stell mir nie wieder diese Frage, Bennett Caldwell. Niemals wieder.«

»Es ist toll, wenn du so energisch mit mir umspringst.«

»Willst du mich energisch erleben, Mister?«

»O ja, und wie.«

Sie küsste ihn und genoss es besonders, weil sie wusste, dass er sie liebte. Erfüllt von einem Gefühl der Sicherheit und Zufriedenheit, das sie schon längst nicht mehr für möglich gehalten hatte, vertiefte sie den Kuss.

Er legte ihr eine Hand an die Wange und flüsterte, den Mund dicht an ihrem: »Ich habe darüber nachgedacht, was du mir geraten hast. Darüber, Gregs Familie zu besuchen. Bevor ich eine Entscheidung wegen des Beins fälle, würde ich sie gerne treffen, aber nur, wenn du mich begleitest.«

»Selbstverständlich. Wo wohnen sie?«

»In Pittsburgh. Ich wollte seine Eltern morgen anrufen und fragen, ob es ihnen recht ist. Wann musst du denn nächstes Wochenende arbeiten?«

»So bald schon?«

»Ich möchte es hinter mich bringen, damit ich aufhören kann, darüber nachzudenken.«

»Setz du den Termin fest, dann nehme ich mir frei.«

»Danke.« Er schnappte sich ihre Hand und führte sie zurück an die Stelle, wo er sie sich am meisten wünschte. »Mit dem ganzen Gerede hast du einen perfekten Ständer einfach hängen lassen.«

»Mal schauen, was ich deswegen unternehmen kann.«

***

Cat lag auf Ian, während seine Hände verführerisch langsam über ihren Rücken wanderten. Am liebsten hätte sie wie eine Katze geschnurrt, nur tat sie so was nicht – zumindest bislang.

Ian Caldwell. *Hmmm.* Der Mann wusste, wie man eine Frau befriedigte. Bei dem Gedanken fragte sie sich, ob er noch Kraft für eine weitere Runde hatte. Sie blickte durch das Fenster in den Club und stellte fest, dass die Türsteher bereits den Saal räumten und die Band ihre Instrumente einpackte. Sie unterdrückte ein Gähnen, überrascht, dass es schon drei Uhr war. *Die Zeit verfliegt, wenn man Spaß hat*, dachte sie lächelnd.

Ihre Angestellten wussten, wie alles abzulaufen hatte. Sie musste bloß das Geld wegschließen und morgen früh die Buchhaltung erledigen, aber im Moment bedurfte lediglich die herrlich männliche Brust unter ihren Lippen ihrer ungeteilten Aufmerksamkeit.

Sie fuhr mit der Zunge über eine Brustwarze und sah fasziniert zu, wie sie sich augenblicklich aufrichtete. Ein weiterer Teil von ihm regte sich ebenfalls.

»Fang jetzt bloß nichts an«, murmelte er. »Das war unser einziges Kondom.«

»Wie enttäuschend. Ich hätte mehr von dir erwartet.«

»Ach? Warum das denn?«

»Dir haftet dieses ›Allzeit bereit‹ an, wie bei einem Pfadfinder.«

Er flüsterte ihr ins Ohr: »Vögele ich etwa wie ein Pfadfinder?«

Sie musste lachen. »Dein Sinn fürs Detail ist bewundernswert. Gibt es dafür ein Abzeichen?«

»Kann mich nicht erinnern. Ich schau mal an meiner Eagle-Schärpe nach und melde mich bei dir.«

»Ich wusste es. Ich schlafe mit einem Pfadfinder von den Eagle Scouts. Das ruiniert meinen Ruf, tough zu sein.«

»Ja, Nate und ich«, gestand er. »Ich weise dich auch nur ungern darauf hin, dass wir nicht viel geschlafen haben, doch das können wir ändern.« Er umfasste ihr Gesicht mit einer Geste, bei deren Zärtlichkeit ihr das Herz stehen blieb. »Komm mit mir nach Hause. Schlaf mit mir.«

»Ist das unter den Bedingungen unserer Vereinbarung gestattet?«

»Zur Hölle mit der Vereinbarung. Ich will dich in meinem Bett.«

Er war gut – ein guter, freundlicher, ehrlicher, fürsorglicher Mann, der definitiv nicht wie ein Pfadfinder vögelte. Sie wusste, dass sie ihn nicht verdient hatte, aber sie schien ihm einfach nicht widerstehen zu können. »Wo ist Rosie?«

»Sie übernachtet bei meinen Eltern im Haus meines Bruders. Die Luft ist rein.«

»Sicher? Vielleicht wären wir bei mir besser dran.«

»Wenn ich mich morgen früh rausschleiche, möchte ich ungern meinen Brüdern uber den Weg laufen.«

Darüber musste sie nachdenken. »In Ordnung. Also bei dir.«

***

Da Ian zu Fuß in die Stadt gegangen war, nahmen sie Cats Jeep.

»Meine Bude ist über der Garage«, erklärte er, wobei er die lange Einfahrt entlangzeigte.

»Wer wohnt dort?«

»Mein Bruder Kevin.«

»Da übernachten deine Eltern? Direkt nebenan?«

»Sie schlafen auf der anderen Seite des Hauses.« Er grinste und fügte hinzu: »Wir schließen das Schlafzimmerfenster, damit du so laut sein kannst, wie du willst.«

»Ich weiß nicht, Ian. Was werden sie denken, wenn sie mein Auto hier sehen?«

»Nichts werden sie denken. Wir mischen uns nicht in die Angelegenheiten der anderen. Sonst würde ich nicht hierbleiben.«

»Warum eigentlich? Warum wohnst du hier?«

»Es ist günstiger, und auf diese Weise muss ich weniger arbeiten und kann mehr Zeit mit Rosie verbringen.«

Bewundernswert, dachte sie, behielt das jedoch für sich.

»Wenn es dir angenehmer ist, bring ich dein Auto zur Straße, okay?«

»Das wäre besser. Danke.«

»Na dann, rauf mit dir.« Er deutete die Stufen hoch. »Die Tür ist offen.«

»Sei vorsichtig mit der Kupplung, die ist empfindlich.«

»Genau wie ihre Mama.« Er drückte ihr einen Kuss auf die Wange und schob sie aus dem Wagen.

Mit einer Mischung aus Angst und Neugierde – und einem weiteren Blick auf das große, dunkle Haus, das *angrenzende* große, dunkle Haus – stieg sie die Treppe rauf. Sauberkeit war ihr erster Eindruck vom Inneren. Ja, es gab Spielsachen, und ja, eine Gitarre stand in der Ecke, aber alles war ordentlich aufgeräumt.

Sie hatte eine Junggesellenbude erwartet, stattdessen fand sie ein Zuhause vor, in dem Rosie der Mittelpunkt war. Bilder von ihr als Baby und Kleinkind hingen eingerahmt an einer Wand, zusammen mit ihren Kunstwerken. Sie betrachtete die verschiedenen Fotos. Die Kleine war wirklich niedlich, wenn man Kinder mochte.

Ian kam die Stufen raufgelaufen.

Sie wirbelte herum, um ihm zu bedeuten, leise zu sein. »Du weckst noch die Toten mit dem Krach.«

»Sie werden schon nicht aufwachen, Baby. Keine Sorge.«

Es sollte ihr nicht derart gut gefallen, dass er sie so nannte, doch die besitzergreifende Art, mit der er es aussprach, mochte sie, auch wenn sie wusste, dass das nicht klug war.

»Bier?«

»Sicher.«

Er öffnete zwei Flaschen und brachte sie zum Sofa. »Hunger?«

»Nein, danke, ich brauche nichts.«

Er setzte sich neben sie, griff nach ihren Füßen und überraschte sie, indem er ihr die Flip-Flops auszog, ihre Füße in seinen Schoß legte und sie zu massieren begann.

Ihr blieb nichts anderes übrig, als sich genüsslich in eines der großen Kissen sinken zu lassen.

Mit den Daumen rieb er über die Fußsohlen. »Fühlt sich das gut an?«

»Hmm.« Da war er wieder, der Drang zum Schnurren.

»Es ist sicherlich anstrengend, die ganze Nacht auf den Beinen zu sein.«

»Das musst du nicht tun«, erklärte sie eilig, um ihn – und sich selbst – daran zu erinnern, dass sie nicht in die Gefilde der Gefühle abtauchen wollten. Ihnen ging es einzig und allein um eine Sache. Das würde sie ihm ins Gedächtnis rufen. Ganz ehrlich. Sobald sie genug von dieser *himmlischen* Fußmassage hatte. Der Mann hatte wundervolle Hände und wusste, wie er sie einsetzen musste, was er ihr schon mehrfach bewiesen hatte.

»Ich tu das gerne«, versicherte er ihr. Dann presste er überraschend einen Punkt unterhalb ihrer Ferse.

Kurz davor, endgültig ihr inneres Gleichgewicht zu verlieren, trank sie einen langen Schluck von ihrem Bier, schloss die Augen und gab sich dem Genuss hin. Sie hatte nicht mal gewusst, dass ihr Fußmassagen gefielen, bis Ian Caldwell ihr eine verabreichte. »Schöne Wohnung«, meinte sie ein paar Minuten später.

»Meine Prinzessin ist die Herrin dieses Hühnerstalls, wie du siehst.«

»Sie hat Glück, dass sie dich hat.«

Das unerwartete Kompliment schien ihn zu überraschen. »Ich hab Glück. Sie ist bei Weitem das Beste in meinem Leben.«

»Wie kommt's, dass du sie allein großziehst?«

»Ich bin nicht allein. Ich hab ein ganzes Dorf hinter mir.«

»Dann formuliere ich die Frage anders: Wo ist ihre Mutter?«

»Keine Ahnung. Als Letztes habe ich gehört, dass sie nach North Carolina gezogen ist.«

»Sie hat nichts mit ihr zu tun? Mit Rosie?«

Er schüttelte den Kopf, aber an seinem Kiefer zuckte ein Muskel, was ihr entgangen wäre, hätte sie ihn nicht derart eingehend studiert. »Sie hat die Kleine seit der Geburt nicht mehr gesehen.«

Sie beobachtete ihn, wartete ab, weil sie sich fragte, ob er noch mehr erzählen würde.

»Willst du das wirklich hören?«, fragte er skeptisch.

»Ja, ich schätze schon.« Warum sie das wissen wollte, war etwas, worüber sie später nachdenken würde.

Er neigte den Kopf ein paarmal zur Seite, als müsste er sich die Verspannung aus dem Hals massieren. »Sie war eine Kellnerin in einem der Clubs, in denen ich in jenem Sommer aufgetreten bin. Sie war jung – zu jung für mich.«

Fasziniert erkannte sie, dass er sich dafür schämte, sich auf eine jüngere Frau eingelassen zu haben.

»Wir haben erst rumgehangen, dann führte eines zum anderen. Sie hat behauptet, sie würde die Pille nehmen, also habe ich bei den Kondomen nicht aufgepasst – ziemlich dämlich, ich weiß. Später habe ich rausgefunden, dass sie zwar die Pille hatte, sie allerdings immer wieder zu nehmen vergessen hat.«

»Wie bist du dahintergekommen, dass sie schwanger war?«

»Als sie mich bat, für die Abtreibung zu bezahlen.« Er trank einen Schluck von seinem Bier. »Da bin ich durchgedreht. Versteh mich nicht falsch – ich bin keiner von diesen religiösen Fanatikern und stehe voll dahinter, dass eine Frau das Recht auf Selbstbestimmung über ihren Körper hat. Aber nicht, wenn es um mein Kind geht, nicht, wenn ich mich bereit erkläre und in der Lage bin, dem Kind ein schönes Zuhause zu geben.«

»Also hat sie zugestimmt, das Baby zu bekommen?«

»Himmel, nein. Ich musste betteln und flehen und ihr jede Menge Geld geben. Es wurde rasch ziemlich hässlich, weshalb mir die neun Monate wie eine halbe Ewigkeit erschienen. Sie war dermaßen sauer auf mich, dass wir kaum noch miteinander geredet haben, bis Rosie zur Welt kam.«

»Hast du die Geburt miterlebt?«

Zum ersten Mal, seit sie dieses Thema angeschnitten hatte, hellte sich sein Gesicht auf. »Ja«, flüsterte er. »Es war der wundervollste Moment meines ganzen Lebens. Nachdem sie sie auf die Welt gebracht hatte, weigerte sich ihre Mutter, sie auch nur eines Blickes zu würdigen, also reichte der Arzt sie mir. Und vom ersten Moment an wusste ich, dass sich der Kampf gelohnt hat. Rosies Mutter wollte, dass ich möglichst schnell verschwinde. ›Liebend gern‹, hab ich erwidert und bin mit meinem kleinen Mädchen gegangen. Wir haben danach nie wieder was von ihr gesehen oder gehört.«

So viel, was man bewundern und respektieren konnte. *Pass auf, Cat. Sei bloß vorsichtig.* »Was weiß Rosie davon?«

»Dass ihre Mutter nicht so weit war, eine Mom zu sein, und dass ihre gesamte Familie sie liebt.«

»Wirst du ihr irgendwann den Rest erzählen?«

»Ich möchte es nicht, aber ich schätze, früher oder später muss ich wohl.«

»Es ist eine beeindruckende Geschichte.«

»Sie erscheint mir bloß noch wie ein schlechter Traum. Ich denke da einfach nicht mehr dran.«

»Danke, dass du es mir erzählt hast.« Was sie dachte, allerdings nicht aussprach, war, dass er wohl jemand zu sein schien, der es sich nicht einfach machte. Hier war ein Mann, der für sich einstand, der das tat, was er für richtig hielt. Er war ehrenhaft, ganz wie sie vermutet hatte. All diese Erkenntnisse ließen sie ganz schwindelig werden. Wenn er sie jetzt berührte, wenn er sie jetzt ins Bett mitnahm und sie liebte, wäre sie verloren.

Sie räusperte sich. »Ian?«

»Was, Baby?«

»Spielst du mir was vor?«

Kapitel 25

Als Georgie von oben zurückkam, band sich Nathan auf dem Bett gerade die Schnürsenkel auf. Bei dem Lächeln, mit dem er sie anschaute, schmolz sie dahin, und ein Schauer überlief sie. Ihre Haut begann zu glühen, weil ihr bewusst wurde, was sie gleich tun würden, was es bedeutete.

Er schien ihre plötzliche Zurückhaltung zu spüren, denn er stand auf und durchquerte den Raum. »Wessen Vorräte hast du denn geplündert?«

»Cats. Ein paar habe ich ihr gelassen, falls sie selbst welche braucht.«

»Diesbezüglich wäre Ian nie unvorbereitet. Gebranntes Kind und so.« Er griff nach den Kondomen und nahm sie ihr ab. »Nur drei, was? Wird also keine exakte Wiederholung unserer ersten Nacht.«

»Ich weiß nicht, ob ich das ein weiteres Mal überstehen würde.«

»Ich auch nicht.« Mit einem leisen Lachen führte er sie zum Bett. Dort setzte er sich, legte die Arme um sie und küsste sie auf den Bauch.

Sie fuhr ihm mit den Fingern durch die dichten Locken. »Warum fühlt sich das an wie das erste Mal?«

»Weil es das ist.«

»Die anderen fünf Mal hast du wohl vergessen?«

Er hob den Kopf. »Wie könnte ich das vergessen? Aber jetzt ist alles anders, also ist das wie das erste Mal.«

Mit fragend gewölbten Brauen erkundigte sie sich amüsiert: »Alles?«

»Alles«, wiederholte er nachdrücklich.

»Nathan …«

»Sch.« Er zog sie ins Bett.

Sie lagen einander zugewandt und hielten sich an den Händen.

»In jener Nacht war ich nicht wie sonst, Nathan. Ich habe mich selbst nicht wiedererkannt. Ich möchte nicht, dass du enttäuscht wirst.«

»Georgie Quinn«, setzte er an, wobei er ihr das Haar aus dem Gesicht schob, »die einzige Person, die du für mich im Bett sein sollst, bist du. So wie du wirklich bist.«

»Ich bin keine Verführerin oder Sexgöttin.«

Er lachte. Laut. »Wollen wir wetten?«

»Ich meine es ernst«, beharrte sie, ein wenig verärgert über sein Lachen.

»Du bist perfekt, so wie du bist. Alles mit dir wird mir vollkommen genügen.«

»Du solltest doch aufhören, solche Dinge zu sagen.«

»Ich werde mich bessern.« Damit zog er sie fest an sich, hob ihr Kinn und küsste sie, als hätte er alle Zeit der Welt, nur für sie.

Das hatte eine verheerende Wirkung und riss ihre letzten Schutzmauern ein. Der Kuss dauerte eine Ewigkeit, bevor sie das erste sanfte Streicheln seiner Zunge an ihren Lippen spürte. Seine Geduld stand in scharfem Kontrast zu der Dringlichkeit, mit der er ihr vorhin noch die Stärke seines Verlangens beschrieben hatte.

Ihre Hände wanderten über seinen warmen, glatten Rücken, während ein zärtlicher Kuss in den nächsten überging. Da seine Hände an ihrem Gesicht lagen, verriet ihr bloß der Druck seiner Erektion an ihrem Oberschenkel, dass diese träge Verführung auch ihn nicht unbeeindruckt ließ.

Als er endlich mit der Zunge ihren Mund eroberte, war sie bereit, ihn anzuflehen. Seine Hände strichen von ihrem Gesicht über ihre Schultern bis zu ihren Brüsten, und er rieb über die empfindlichen Spitzen, bis sie sich aufrichteten. Schließlich senkte er den Kopf und saugte an ihr, bis der Stoff feucht war und an ihr klebte. Verlangen baute sich in ihr auf, sammelte sich mit fast schmerzhafter Intensität in ihrer Mitte.

Er zog an ihrem Oberteil, und als sie die Arme hob, um ihm beim Ausziehen zu helfen, drückte er sie in die Kissen zurück. »Lass die dort«, flüsterte er, ehe er nach unten rutschte, um zu erforschen, was er gerade entblößt hatte.

Sie schloss die Augen und schwebte auf einer Wolke der Glückseligkeit. Sie spürte, wie ihr die kurze Hose ausgezogen wurde, und danach seine Lippen auf ihren Fußknöcheln, den Knien und Oberschenkeln. Er spreizte ihre Beine, je weiter er sich vorarbeitete. Sie kämpfte gegen das brennende Verlangen an, ihn zu berühren, und ballte die Hände zu Fäusten, als er über sie leckte, in sie fuhr, einmal, zweimal, bevor sie explosiv kam. Es war derart heftig, derart intensiv, dass ihr zwei heiße Tränen unter den fest geschlossenen Lidern hervorquollen.

Er verließ sie gerade lange genug, um sich ein Kondom überzuziehen. Sobald er zurück war, küsste er ihr die Tränen von den Wangen und schob sich langsam in sie. »Georgie«, flüsterte er. »Sieh mich an.«

Sie öffnete die Lider und begegnete im sanften Licht der Nachttischlampe seinem Blick.

»Ich hatte Angst, uns bliebe nur die eine gemeinsame Nacht«, vertraute er ihr an, während er in sie glitt. »So schön das auch war, genügt es mir doch nicht. Nicht mal ansatzweise.«

Sie bog sich ihm entgegen und griff nach unten, um ihn festzuhalten.

Den Blick auf sie geheftet, presste er den Mund auf ihren.

Nach einem langen, atemlosen Moment ließ sie ihn los, damit er sich wieder bewegen konnte.

Seine Lippen schwebten über ihren, ihr Atem vermischte sich. Plötzlich hob er eines ihrer Beine und drückte es in Richtung ihrer Brust, damit er tiefer in sie dringen konnte als jemals zuvor.

Mit einem tiefen Stöhnen erreichte sie einen weiteren Höhepunkt, bei dem sie sich ihm so vollständig hingab, dass sie völlig vergaß, wie wenig sie ihm eigentlich hatte zugestehen wollen. In diesem Moment gab es allein ihn, verbunden mit ihr, eins mit ihr.

»Georgie«, keuchte er, sobald der Orgasmus auch ihn erfasste. Er ließ ihr Bein los und legte die Stirn an ihre Schulter. Sein Atem kam in kurzen Stößen. Als er endlich zu ihr hochschaute, lag sein Herz in seinem Blick. »Georgie, ich lie…«

»Nicht«, flehte sie. Sie legte ihm einen Finger auf die Lippen. »Bitte, nicht.«

Er zog sich aus ihr zurück, rollte sich auf den Rücken und bedeckte mit einem Arm seine Augen.

»Nathan.« Sie drehte sich zu ihm, drückte die Lippen auf seine Brust und legte eine Hand auf seinen Bauch. »Bleib bei mir.«

»Ich bin hier«, versicherte er ihr, aber der Arm blieb über seinem Gesicht. »Wir sollten schlafen. Wir müssen morgen beide früh raus.«

Sie stand auf, sammelte ihre Kleidung ein und lief über den Flur ins Bad. Dort schloss sie die Tür, rutschte auf den Boden und legte den Kopf auf die verschränkten Arme.

***

Cat erwachte mit dem Gesicht nach unten nackt in Ians Bett und versuchte, sich daran zu erinnern, wie sie hierhingelangt war. Sie entsann sich noch, dass sie im Halbschlaf ausgestreckt auf dem Sofa gelegen und ihm gelauscht hatte, wie er mit seiner tiefen, sexy Stimme sang. Sie musste eingedöst sein, denn sie war aufgewacht, als er sie ins Bett getragen hatte. Dann hatten sie die Klamotten auf einen Haufen geworfen, waren ins Bett gefallen und sofort eingeschlafen. Im Laufe der Nacht, die sie ineinander verschlungen verbracht hatten, hatte er nicht ein Mal versucht, sie zu lieben.

Bis jetzt.

Sie seufzte zufrieden unter den ersten Regungen ihres Verlangens, während er ihr mit der Zunge über die Wirbelsäule und bis zum Po strich. Er widmete sich jeder Backe, und sie wand sich unter ihm, bis sie sich gerade weit genug vom Bett hob, dass er unter sie greifen und ihre Brüste umfassen konnte.

Er knabberte an ihrem Nacken.

Sie drängte sich gegen ihn, flehte ihn an, sie zu nehmen. In dem Moment hätte er alles mit ihr anstellen können.

Er hob sie auf Hände und Knie und drang von hinten in sie ein. Mit den Daumen fuhr er über ihre Brustspitzen, massierte ihre Brüste, stieß sich dabei rhythmisch in sie.

O Gott, wie gut sich das anfühlte – *so, so gut.* Vielleicht sogar besser als jemals zuvor. Ja, so gut war es definitiv nie zuvor gewesen. Er war so groß und hart und sie so bereit, und *oh*, es war einfach unbeschreiblich. Wie viel besser es doch war, mit einem Mann zusammen zu sein, der wusste, was er tat. Der genau wusste, wo sie berührt werden wollte. Sie musste ihm keine Landkarte zeichnen und keine Anweisungen geben. Er wusste es einfach.

Der Orgasmus baute sich auf wie eine Welle, die auf den Strand zulief. Sie brauchte nur noch einen …

»Daddy?«, rief eine piepsige Stimme aus dem Wohnzimmer. »Daddy? Warum ist deine Tür zu?«

Er zog sich so abrupt aus ihr zurück, dass sie unelegant auf die Matratze plumpste. »Mist«, fluchte er leise, ehe er in eine kurze Hose schlüpfte und rasch den Reißverschluss hochzog. »Entschuldige, Baby.« Damit stürzte er aus dem Raum und schloss die Tür hinter sich.

»He, Süße«, hörte Cat ihn sagen, während sie den Verlust ihres Orgasmus betrauerte und versuchte, wieder zu Atem zu kommen. Es wäre ein herrlicher geworden. Von Kopf bis Fuß pulsierte das unerfüllte Verlangen in ihr, doch sie lag still da und dachte über eine Möglichkeit nach, wie sie von hier verschwinden könnte, ohne dem Kind zu begegnen.

»Ich hab gespuckt«, berichtete Rosie.

»O nein.« Ian klang erstaunlich gefasst für einen Mann, der vor gerade mal vierzig Sekunden beim Sex unterbrochen worden war. Wie zum Henker schaffte er es, vor ihr zu verbergen, was er gerade getan hatte? »Wirklich?«

»Ja. Oma meint, ich hab gestern Abend zu viele Marshmallows gegessen.«

»Das dachte ich zumindest, aber heute Morgen ist sie mit Fieber aufgewacht«, ertönte eine weitere Stimme. Eine Frau. Eine *ältere* Frau. Großartig. Seine Mutter. *Fantastisch.*

Cat setzte sich auf, suchte ihre Kleidung zusammen, die in wildem Durcheinander mit seiner herumlag, und zog sich so schnell an, wie sie konnte. Zum Glück grenzte ein Bad direkt an sein Schlafzimmer, so konnte sie wenigstens einen Teil des Schadens reparieren, bevor sie sich der Welt präsentierte.

Also wusch sie sich das Gesicht, benutzte seine Zahnbürste und richtete, so gut es ging, ihre Frisur, wobei sie zunehmend wütender wurde. Genau deshalb war es keine gute Idee, sich mit ihm einzulassen. Wenn sie darauf hoffen wollte, möglichst rasch von hier zu verschwinden, würde sie sich seinem Kind *und* seiner Mutter stellen müssen, von denen keine eine Rolle in ihrer Sex-Beziehung spielen sollte. Verdammt, verdammt, verdammt noch mal. Warum hatte sie nicht auf ihr Bauchgefühl gehört und die Finger von ihm gelassen? Warum war sie hergekommen, obwohl sie genau gewusst hatte, dass so etwas passieren könnte?

Sobald sie so weit hergerichtet war, wie es ihr unter den Umständen möglich erschien, begab sie sich zur Tür und stützte eine Weile die Stirn dagegen. *Sie richten sich wohl auf einen hübschen langen Besuch ein*, stellte sie stöhnend fest. Er unternahm nichts, um sie loszuwerden. Wenn ihre Nase sie nicht gänzlich trog, hatte er sogar Kaffee aufgesetzt. *Verdammt. Schmeiß sie raus, Ian. Schmeiß sie raus, damit ich abhauen kann.*

Schließlich fand sie sich damit ab, dass das nicht passieren würde, atmete tief durch – mehr, um ihre Wut einzudämmen, als zur Beruhigung – und öffnete die Tür.

Rosie starrte sie an. »Was will *sie* denn hier?«

»Rosie, sei nett, und sag Hallo zu Cat«, warnte ihr Vater sie mit strenger Stimme.

»Hi«, grüßte Rosie, ohne sie anzusehen, was Cat nur recht war.

»Hallo, Rosie.«

»Cat, das ist meine Mutter Bernie.«

Sie warf einen kurzen Blick auf die attraktive ältere Dame, die das gleiche Lächeln hatte wie Ian und Nathan. Als sie die ausgestreckte Hand der Mutter des Mannes ergriff, der sie vor nicht mal zehn Minuten von hinten genommen hatte, konnte sie bloß daran denken, wie *falsch* das alles war. »Freut mich«, murmelte sie.

»Mich auch«, erwiderte Bernie, die Cat genau musterte. Sie war sich sicher, dass sie die Inspektion nicht bestand.

»Äh, ich muss los.« Sie schnappte sich ihre Tasche vom Couchtisch, auf dem sie sie am Abend zuvor liegen gelassen hatte, und hob ihre Flip-Flops vom Boden auf. An niemanden gewandt rief sie: »Bis später«, und eilte zur Tür.

»Bleib doch, und frühstücke mit uns«, lud Ian sie ein.

Ist das sein Ernst? »Ich kann nicht«, lehnte Cat ab, ohne sich zu ihm umzudrehen. Wenn sie ihn jetzt ansah, wenn sie jetzt dem Blick seiner blauen Augen begegnete … Nein, es war besser so. »Ich hab noch … Dinge zu erledigen. Ich muss los.« Damit huschte sie derart schnell durch die Tür, dass ihr nur wie durch ein Wunder nicht schwindlig wurde.

Ian eilte ihr nach. »Cat.« Er holte sie ein, hielt sie an der Schulter fest und drehte sie um. »Warte. Es tut mir leid.« Ungelenk versuchte er, sie zu umarmen. »Es tut mir *wirklich* leid.«

Sie löste sich von ihm. »Es gibt nichts, wofür du dich entschuldigen müsstest. Das hier ist dein Zuhause. Sie wohnt hier.«

»Das ist das Problem, nicht wahr?« Frustriert fuhr er sich mit der Hand durch das zerzauste Haar.

Sie würde gleich weinen. Wenn sie nicht sofort von hier verschwand, würden die Tränen fließen, und Cat Kelly brach nicht in Tränen aus. »Mir tut es leid, Ian. Ehrlich, aber das hier ist absolut nicht mein Ding.«

»Geh nicht«, bat er sie. »Verlass mich nicht wegen einem beschissenen Morgen.«

»So wird es immer laufen, und das *sollte* es auch. Sie kommt an erster Stelle. Das verstehe ich.«

»Das heißt doch nicht …«

»Ich kann das nicht.« Sie warf einen letzten Blick auf sein Gesicht, dieses einzigartige Gesicht. Zum Teufel mit ihm. »Sorry.«

Damit ließ sie ihn in der Einfahrt stehen und lief zur Straße und zu ihrem Wagen.

Kapitel 26

Da sie schon seit Stunden wach neben ihm lag, bemerkte Georgie es sofort, als Nathan sich aus dem Bett stahl.

Er sammelte seine Shorts vom Boden, schlüpfte hinein und verließ lautlos das Zimmer. Sie wickelte sich fest in die Decke und fragte sich, ob er zurückkehren oder einfach verschwinden würde, ohne noch mal mit ihr zu sprechen. *Moment.* Vorsichtig spähte sie auf den Fußboden, auf dem zwei Turnschuhe der Größe sechsundvierzig lagen.

Sobald sie die Toilettenspülung vernahm, setzte sie sich im Bett auf. Erwartungsvoll und voller Furcht schlug ihr Herz höher. Es würde sie nicht überraschen, käme er zurück, nur um ihr mitzuteilen, dass er die Nase voll hatte. Wer könnte es ihm verdenken?

»Oh, hi«, sagte er, als er ins Zimmer trat. »Ich hoffe, ich hab dich nicht geweckt.«

»Nein, ich war schon wach.«

Er setzte sich aufs Bett, um sich die Schuhe anzuziehen.

»Bist du nervös?«, fragte sie, um die unangenehme Stille zu füllen, die zwischen ihnen hing. »Wegen des Gerichtstermins?«

»Eigentlich nicht. Ich will es bloß hinter mich bringen.«

Ihr fiel nichts ein, was sie dazu sagen sollte. Wie sollte sie ihre Gefühle in Worte fassen, wenn sie sich nicht mal sicher war, was genau sie empfand?

Kaum hatte er sich die Schnürsenkel zugebunden, drehte er sich zu ihr um.

Vor Angst zog sich ihr der Magen zusammen. *Jetzt kommt es.* Sie wollte nicht, dass er ihr seine Liebe gestand, doch wenn er sie verlassen würde, wäre ihr das auch nicht recht. *Noch nicht,* flehte sie innerlich. *Bitte, noch nicht.* Sie wappnete sich.

»Ich muss diese Woche einige Arbeiten am Haus verrichten.« Er griff nach ihrer Hand. »Da werde ich abends ziemlich beschäftigt sein.«

»Okay.« Falls er es beenden wollte, wäre es ihr lieber, wenn er es rasch über die Bühne bringen würde.

»Aber hältst du dir den Freitagabend frei?«

Vor Überraschung ganz durcheinander, starrte sie ihn an. »Ich verstehe es, wenn du mich nicht mehr sehen willst …«

Er führte ihre Hand an die Lippen und jagte ihr einen Schauer über den Rücken. »Warum sollte ich das nicht wollen?«

»Weil ich dich in den Wahnsinn treibe?«

Sein Lächeln erreichte nicht seine Augen, wie es das sonst tat. »Das stimmt wohl, doch ich schätze, ich habe masochistische Züge, denn ich komme immer wieder zurück.«

»Wirst du eines Tages genug davon haben?«

»Eigentlich nicht.« Er schwieg kurz, ehe er nachhakte: »Also, Freitag? Ja?«

Erleichtert, dass es noch nicht zu Ende war, nickte sie.

Er beugte sich vor und küsste sie. »Ich versuche, nachher im Krankenhaus nach Gus zu schauen.«

»Viel Glück vor Gericht.«

»Danke.« Mit einem letzten Kuss stand er auf und begab sich zur Tür.

»Nathan?«

Er drehte sich um.

»Danke, dass du letzte Nacht für mich da warst, als ich dich gebraucht habe.«

»Ich wäre nirgends lieber gewesen, Georgie. Ich hoffe, dass du das eines Tages erkennen wirst.«

Sie lauschte seinen Schritten auf der Treppe, hörte, dass er sich unten mit Cat unterhielt, und vernahm durch das offene Fenster, wie er den Hügel hinab nach Hause joggte. Wie weit sie doch gekommen waren, seit sie sich während seiner morgendlichen Joggingrunden nach ihm verzehrt hatte. Dennoch war ihnen weiterhin nicht klar, wie sie mit all den Gefühlen umgehen sollten, die sie miteinander verbanden. Sie griff nach dem Nachttisch, drehte die zwei übrigen Kondome zwischen den Fingern und bedauerte, dass sie sie nicht benutzt hatten.

Cat erschien in der Tür. »Was ist los?«

»Nicht viel.« Georgie betrachtete ihre Mitbewohnerin. »Hast du geweint?«

»Nein«, erwiderte Cat rasch – zu rasch.

»Was ist passiert, Cat?«

»Nichts.«

Georgie klopfte neben sich aufs Bett.

Offenbar dankbar für die Einladung, trat Cat näher und streckte sich neben ihr aus. »Bist du da drunter nackt?«

»Nein«, erklärte Georgie empört.

»Warst du es?«

»Zu einem gewissen Zeitpunkt. Ich habe deinen Vorrat geplündert«, gestand sie, wobei sie auf die Kondome auf dem Tisch deutete.

»Habt ihr es endlich geschafft, das Ganze zu wiederholen, was?«

»Es ging gerade um dich, nicht um mich.«

»Ich würde lieber über dich reden, da ich nach diesem Morgen eine Weile kein Kondom mehr brauchen werde.«

»Was ist denn geschehen?«

Cat zuckte die Achseln, aber die Geste wirkte derart niedergeschlagen, dass Georgie nach der Hand ihrer Freundin griff.

»Das mit Ian … das läuft nicht.«

»Warum denn nicht?«

»Das Timing, Komplikationen, das Übliche.« Schließlich berichtete sie, was vorgefallen war.

»Ach je«, meinte Georgie voller Mitleid.

»Ohne Scheiß. Das war der peinlichste Moment meines gesamten Lebens.«

»Für ihn war es sicherlich auch kein Vergnügen.«

»Wahrscheinlich nicht«, räumte Cat ein. »Ich wünschte nur, er hätte mir nicht den Sex mit anderen völlig vergällt.«

»Dermaßen gut, was?«

»Unbeschreiblich.«

»Ist bei mir genauso«, gestand Georgie seufzend.

»Muss in den Genen liegen«, vermutete Cat, was sie beide zum Lachen brachte. »Hör mal: Gestern Abend hab ich rausgefunden, dass sie bei den Pfadfindern waren.« Sie streckte die Zunge raus.

»Bei Nathan überrascht mich das überhaupt nicht«, erwiderte Georgie. »Ich bin mir aber nicht sicher, ob ich mir das bei Ian vorstellen kann.«

»Oh, ich schon.« Damit erzählte Cat ihr die Geschichte von Rosies Mutter.

»Wow«, meinte Georgie leise. »Wenn dir das nicht alles verrät, was du über ihn wissen musst …«

»Ja.« Ein tiefes Schluchzen schien Cat völlig zu überraschen.

»Ach Schätzchen.« Georgie legte einen Arm um sie.

»Es war so schön«, gestand Cat weinend. »Ich weiß, dass es bloß ein paar Tage waren, doch ich will nicht, dass es vorbei ist.«

»Warum muss es das denn sein?«

»Das mit uns wird nie funktionieren, warum sollte ich mir das also antun? Schau mich an. Nach nur drei Tagen bin ich völlig am Ende. Ich weiß nicht mal, wann ich das letzte Mal wegen einem Typen geheult habe. Das bin ich nicht. Den Scheiß brauche ich nicht in meinem Leben.«

»Aber wenn du ihn magst …«

»Ich mag ihn sehr. Extrem. Vielleicht mehr, als ich jemals einen Mann gemocht habe. Ich wollte das Ganze locker angehen, aber …«

»Nathan war überrascht, dass Ian dem zugestimmt hat. Offenbar sieht ihm das nicht ähnlich.«

»Ich wusste, dass du dich bei Nathan verplapperst.« Trotz der Tränen musste Cat lachen. »Ich *wusste* es.«

»Tut mir leid.« Bei aller Mühe gelang es Georgie nicht, reumütig zu klingen.

»Tut es nicht.«

In dem Moment öffnete sich knarzend die Eingangstür und schloss sich wieder.

»Rate mal, wer letzte Nacht nicht nach Hause gekommen ist«, flüsterte Georgie.

»Ist nicht wahr«, zischte Cat. »Unsere kleine Miss Ich-bin-so-viel-besser-als-ihr?«

»Genau die.«

»Die ist ja genauso schwach wie wir. Lassen wir sie mal glauben, wir würden noch schlafen.«

Sie lauschten darauf, wie Tess unten rumhuschte, ehe sie sich nach oben begab, und kicherten gedämpft in die Überdecke. Sobald Tess' Schritte näher kamen, flüsterte Cat: »Bereit?«

Georgie hob einen Daumen.

Genau in dem Moment, als Tess sich auf dem Flur an Georgies offener Tür vorbeischlich, räusperten sich die beiden lautstark.

Tess wäre fast aus der Haut gefahren. »Was soll das? Seid ihr etwa zusammen im Bett? Was zum Henker?«

»Wir waren ganz krank vor Sorge«, behauptete Cat. »Die ganze Nacht liegen wir schon wach und fragen uns, ob wir die Polizei oder im Krankenhaus anrufen sollen. Wir hatten keine Ahnung, was wir tun sollten.«

»Ach, sei still.« Tess verdrehte die Augen, die vergnügt und befriedigt funkelten.

»Wo hast du denn gesteckt, junge Dame?«, wollte Georgie mit gestrenger Stimme wissen. Offensichtlich gefiel das Cat, denn sie knuffte sie unter der Decke begeistert in die Seite.

»Du weißt ganz genau, wo ich war. Die Frage ist doch vielmehr, wo *Nathan* die Nacht verbracht hat. Sein Bett wirkte heute Morgen ziemlich leer.«

»Wen kümmert das?«, fragte Cat. »Von den beiden wissen wir doch längst. Was ist mit *dir*? Wie war es?«

Tess ließ sich auf das Fußende des Bettes fallen. »Wir sind nicht, wisst ihr, allzu weit gegangen.« Ihre Wangen glühten rot. »Eine Menge anderes Zeug haben wir angestellt – jede Menge *toller* Sachen –, das Hauptevent blieb allerdings aus.«

»Warum denn?«, wollte Cat wissen.

»Er hat behauptet, er wäre noch nicht so weit.«

»Ehrlich?«, rief Georgie. »Sind Männer nicht prinzipiell *immer* bereit?«

»Du findest das also auch komisch?«, hakte Tess nach. »Eins kann ich euch verraten: An mir hat es nicht gelegen. Trotz allem, was ich euch gesagt habe, war ich absolut dafür.«

»Wusste er das?«, fragte Cat.

»Ja. Ich war nicht besonders subtil. Aber ich frage mich, ob es mit seinen Verletzungen zu tun hat.«

»Möglich«, räumte Georgie ein.

»Er hat mir allerdings gestanden, dass er mich liebt«, teilte Tess ihnen freudestrahlend mit.

»Jetzt schon?«, entfuhr es Cat.

»Wir wissen es einfach. Es ist zwar viel zu früh, doch ich liebe ihn auch.«

»Ich freu mich für dich.« Georgie schnürte es die Kehle zu. Warum war das mit Nathan und ihr nicht ebenso einfach? »Niemand hat das mehr verdient als du.«

»Es ist das schönste Gefühl der Welt.«

Cat schniefte.

»Weinst du?«, rief Tess geschockt.

»Sei nicht albern«, fuhr Cat sie an.

»Ian«, setzte Georgie an. »Es läuft nicht.«

»Warum?«, platzte es aus Tess heraus. »Er hat Ben gestanden, dass er total auf dich steht.«

»Hat er?« Kurz leuchtete Cats Gesicht auf, bevor ihr wieder einfiel, wie aussichtslos die Lage war.

»Es ist wegen Rosie, richtig?«, fragte Tess.

»Ihr haltet mich für ein Monster, dabei wisst ihr gar nicht, warum ich so empfinde«, flüsterte Cat.

»Warum erklärst du es uns nicht?«, hakte Tess nach. »Verrat uns, warum du die Chance verspielst, mit einem tollen Kerl zusammen zu sein, nur weil er eine entzückende Tochter hat. Lass mich ganz ehrlich mit dir sein: Ich verstehe es nicht.«

»Weil du Kinder gernhast. Fällt es dir wirklich so schwer, zu glauben, dass ich da anderer Meinung bin?«

»Ich denke, da steckt mehr dahinter, als du durchblicken lässt.«

»Stimmt«, räumte Cat widerstrebend ein. »Auf die Einzelheiten will ich nicht näher eingehen, aber aus verschiedenen Gründen habe ich die letzten zehn Jahre meinen jüngere Schwester und meinen kleinen Bruder großgezogen. Ab nächster Woche ist mein Bruder *endlich* auf dem College. Ich habe gerade erst mein Leben zurückbekommen und kann nicht wieder mit dem Kind eines anderen von vorne anfangen – ganz gleich, wie toll dieser Jemand auch ist. Verstehst du das, Tess?«

»Natürlich. Das ergibt viel mehr Sinn, als dass du Rosie nicht leiden kannst, bloß weil sie kleiner als anderthalb Meter ist.«

»Rosie ist bezaubernd«, gab Cat zu. »Das erkenne sogar ich. Allerdings weiß ich genau, was vor ihm liegt. Ich kenne die Jahre mit all den Mittagessen und Hausaufgaben und Schulbussen und Stubenarrest und Sport und Übernachtungen und Geburtstagspartys und Tanzengehen und Freunden. Das habe ich schon hinter mir. Jetzt will ich einfach nur mal ich selbst sein. Ich will Cat sein. Nicht Cat, die das Kind von jemand anderem am Hals hat. Es wäre weder mir noch Ian gegenüber fair, wenn ich mich weiter mit ihm einlasse, obwohl ich weiß, dass ich dafür nicht die Kraft habe.«

»Würde es eine Rolle spielen«, erkundigte sich Georgie vorsichtig, »dass du, solltest du bei ihm bleiben – bei *ihnen* bleiben –, das Ganze diesmal nicht allein durchstehen müsstest?«

»Ich weiß es nicht«, erwiderte Cat entmutigt. »Was, wenn ich es versuche und in ein oder zwei Jahren feststelle, dass ich es nicht schaffe? Dann wäre das Kind von seiner eigenen Mutter und mir zurückgewiesen worden. Auch das würde ich nicht verkraften.«

»Ich hasse es, dass es so aussichtslos erscheint«, verkündete Tess. »Ich fand euch beide toll zusammen.«

»Ich fand uns beide auch toll zusammen«, stimmte Cat ihr zu. »Aber wir können nicht alle unser Happy End bekommen. Zwei von dreien ist doch nicht schlecht.«

»Zähl mich noch nicht dazu«, warnte Georgie.

»Ach, ich weiß nicht«, meinte Tess. »Die Chancen für euch beide stehen ganz gut, denke ich.«

»Ich wünschte, ich wäre da genauso zuversichtlich«, seufzte Georgie. »Das wünsche ich mir wirklich.«

***

Georgie holte Donuts und Kaffee, bevor sie das Zentrum um Punkt zehn Uhr öffnete. Danach bereitete sie die Sachen für die Handarbeitsgruppe der Damen vor, die jeden Montagmorgen stattfand, und gab ihnen Starthilfe, bevor sie dem Küchenpersonal mitteilte, dass sie ins Krankenhaus wollte.

Auf der kurzen Fahrt betete sie mehrmals für Gus. Mit den zusätzlichen Donuts und dem Kaffee für ihre Freunde betrat sie den Wartebereich der Intensivstation, wo Walter, Henry, Alice, Bill und Annette bei Dawn, der Tochter des guten Gus, saßen, während der schlimme Gus nervös auf und ab lief. Seine Frau Donna kaute an einem Daumennagel und verfolgte seine Schritte.

»Hi«, erwiderte Georgie ihre Begrüßung und stellte das mitgebrachte Essen auf einem Tisch ab. »Gibt's was Neues?«

»Es sind schon zwei Stunden«, brummte Gus. »Sie hatten neunzig Minuten gesagt. Was zum Henker dauert da so lange?«

»Immer mit der Ruhe, Gus«, sagte Donna in besänftigendem Tonfall.

Er warf ihr einen finsteren Blick zu und setzte seine Tour fort.

»Keine Neuigkeiten sind gute Neuigkeiten«, redete Walter sich ein.

Mit vor Nervosität ganz verkrampftem Magen nahm Georgie zwischen Annette und Walter Platz. Wie alle anderen im Wartebereich wollte auch sie nur hören, dass Gus wieder gesund werden würde.

Die anderen bedienten sich am Kaffee, unterhielten sich jedoch nicht. Die Stille in der sonst so ausgelassenen Gruppe steigerte die allgemeine Angespanntheit.

Es fühlte sich an, als hätten sie schon eine Ewigkeit gewartet, als endlich ein Chirurg aus dem OP-Saal trat und Dawn ein Zeichen gab.

»Schon gut«, versicherte sie ihm. »Sie können es ihnen ebenfalls mitteilen.«

»Die OP ist sehr gut verlaufen«, erklärte der Arzt. »Wir konnten die Blutung stoppen, und er ist stabil.«

»Was passiert jetzt?«, wollte Dawn wissen.

»Wir warten und hoffen. Er bleibt die nächsten Stunden im Aufwachraum, aber ich bin zuversichtlich, dass er das Bewusstsein wiedererlangen wird.«

»Und wenn nicht?«, fragte Gus.

»Darum kümmern wir uns, wenn es so weit ist.« An Dawn gewandt fügte er hinzu: »Ich melde mich bei Ihnen, sobald er wieder in seinem Zimmer liegt.«

»Vielen Dank«, erwiderte sie.

»Also«, meinte Walter, kaum dass der Chirurg verschwunden war. »Ich schätze, das ist das Beste, worauf wir hoffen konnten.«

»Verdammte Ärzte«, knurrte Gus. »Die wollen einem nie etwas garantieren. Sind viel zu sehr damit beschäftigt, ihren eigenen Hintern zu retten, damit man sie nicht verklagt. Quacksalber, jeder Einzelne von ihnen.«

Da sie spürte, wie nervös er die anderen machte, hakte sich Georgie bei ihm unter. »Lass uns ein wenig rumlaufen.«

Donna schenkte ihr ein dankbares Lächeln.

»Du musst dich beruhigen«, erklärte Georgie Gus, während sie Arm in Arm über den langen Gang schlenderten. »Es tut dir nicht gut, dich dermaßen aufzuregen. Denk an dein Herz.«

»Seit dem Bypass geht's der Pumpe prima«, widersprach er. »Die ganze Sache nimmt mich einfach ganz schön mit. Dass jemand wie Gus in seinem eigenen Haus überfallen wird. Er tut keiner Fliege was zuleide, Herrgott noch mal.«

»Ich weiß«, stimmte Georgie ihm zu. »Es ist schrecklich.«

»Und nun soll ausgerechnet sein Sohn etwas damit zu tun haben. Wenn die Kopfverletzung Gus nicht umbringt, dann vielleicht das. Das treibt mich zur Weißglut, Georgie. So richtig zur Weißglut.«

Sein Gesicht lief hochrot an, und sein Atem ging stoßweise.

»Gus hat Glück, einen Freund wie dich zu haben.«

»Wir kennen uns schon ewig«, erklärte er ein wenig sanftmütiger. »Ich habe ihn stets als meine bessere Hälfte betrachtet – nicht auf diese schwule Art natürlich.«

Sie zuckte bei der unangemessenen Bemerkung zusammen. »Ich weiß, wie du es meinst, keine Sorge.«

»Seien wir mal ehrlich«, gestand er traurig, »ohne den guten gibt es auch keinen schlimmen Gus.«

Es brach ihr das Herz, dennoch weigerte sie sich, den Tränen nachzugeben. »Er kommt schon wieder in Ordnung.«

»Woher willst du das wissen?«

»Ich habe da ein gutes Gefühl. Bis hierhin hat er es doch schon geschafft, oder?«

»Das stimmt.« Er blieb stehen und drehte sich zu ihr. »Danke, Georgie.« Er fuhr sich mit der Hand durch den dichten weißen Haarschopf. »Ich weiß es zu schätzen, dass du mich beruhigst. Manchmal werde ich dermaßen sauer, selbst wenn ich weiß, dass es nichts nützt.«

»Dazu hast du jedes Recht.« Kurz darauf machten sie kehrt und gingen wieder zurück. »Wie, denkst du, stehen die Chancen, dass die Sox diese Saison das Rennen machen?«

Plötzlich hellte sich seine Stimmung auf. »Verdammt gut. Sie starten mit einem Vorsprung von sieben Spielen in den August, die Yanks holen uns nie ein.«

Sie glaubte nicht, dass er daran erinnert werden musste, dass die Yankees die Red Sox schon früher eingeholt hatten. Auf dem Weg diskutierten sie weiter über

Baseball, und Gus spottete über ihre Behauptung, die Braves könnten es bis ins Finale schaffen.

»Da ist ja dein junger Bursche«, meinte Gus. »Der hat sich ganz schön rausgeputzt, was?«

Sie hob den Kopf und entdeckte Nathan, der einen dunklen Anzug trug und am anderen Ende des Ganges stand. Da er die Hände in die Taschen gesteckt hatte, erkannte sie die Dienstmarke an seinem Gürtel, bevor sie feststellte, dass sein Blick auf ihr ruhte.

Sie konnte ihn nur erwidern.

»Ach herrje.« Gus lachte leise. »Dich hat's aber schlimm erwischt, was?« Er gab ihr einen Kuss auf die Wange. »Geh ruhig zu ihm. Ich verspreche, dass ich mich benehmen werde.« Er gab Nathan im Vorbeigehen die Hand.

Als Georgie vor Nathan stehen blieb, musste sie sich daran erinnern, das Atmen nicht zu vergessen. »Du siehst gut aus.« Sie widerstand dem Drang, ihm mit den Händen über das strahlend weiße Hemd zu streichen. »Wirklich gut.«

Zwar lächelte er, doch ihr entging die Erschöpfung um seine Augen nicht.

»Wie war's bei Gericht?«

»Zermürbend.«

Ohne zu zögern, schob sie die Arme unter seine Anzugjacke und schlang sie ihm um die Taille, wobei sie das Gesicht an seine rote Seidenkrawatte schmiegte.

Er stützte das Kinn auf ihren Kopf und drückte sie fest an sich. »Ist dir mal aufgefallen«, überlegte er laut, »wie gut du hier reinpasst?«

Sie schloss die Lider gegen die aufkommenden Empfindungen und klammerte sich fest an ihn. Dann spürte sie seine Lippen auf ihrer Stirn.

»Wie geht es Gus?«

»Die OP ist gut verlaufen. Jetzt können wir nur hoffen, dass er wieder aufwacht.«

»Das sind doch tolle Nachrichten. Heute Morgen habe ich erfahren, dass sie in seinem Fall ein paar Leute verhaftet haben.«

Georgie lehnte sich zurück, um zu ihm hochzuschauen.

»Ein paar Dealer, mit denen Roger sich eingelassen hatte. Er hat sich die falschen Leute dafür ausgesucht, sie zu hintergehen.«

»Was ist mit ihm? Wird man ihn anklagen?«

»Sieht nicht danach aus. Wir wissen zwar, dass er gedealt hat, können es aber nicht beweisen. Vielleicht hat er Glück und bekommt eine zweite Chance. Seit sie ihn aufs Revier geschleppt haben, heult er offenbar wie ein Schlosshund wegen dem, was seinem Vater passiert ist.«

»Vielleicht rückt ihm das den Kopf wieder zurecht.«

»Das können wir bloß hoffen. Wenn nicht, wird er über kurz oder lang umgebracht werden oder im Gefängnis landen. Nach diesem Vorfall kannst du darauf wetten, dass wir ihn auf dem Schirm haben.«

»Wie kommt jemand wie Gus zu so einem Kind?«

»Wer weiß? Mein Bruder Hugh hat jahrelang Drogen genommen. Das war für meine Eltern ein absoluter Albtraum. Für uns alle.«

»Das hätte ich nie gedacht. Er schien mir ganz vernünftig.«

»Seine Frau Dani hat ihm das Leben gerettet, weil sie ihm einen Grund gegeben hat, sich zusammenzureißen. Sie hat ihn in den Entzug gebracht, und jetzt ist er seit über acht Jahren clean.«

Georgie erschauderte. »Der bloße Gedanke daran weckt in mir das Bedürfnis, keine Kinder zu bekommen.«

»*Willst* du denn Kinder?«

»Du wirst mich nicht dazu kriegen, jetzt diese Unterhaltung zu führen. Auf keinen Fall.«

Er ließ sein unwiderstehliches Caldwell-Lächeln aufblitzen und meinte: »Ich schätze, es bringt mich nicht wirklich weiter, wenn ich dir verrate, dass ich sechs will.«

Sie schaute ihn mit offenem Mund an. »Das ist doch wohl ein Scherz.«

»Ich gehe davon aus, dass ich dafür zwei oder drei Ehefrauen benötige, aber man soll sich ja Ziele setzen.«

Wäre es ihr nicht derart schwergefallen, zu erkennen, ob es ihm ernst damit war, hätte sie über die Absurdität gelacht. »Also, okay, ich sollte langsam wohl besser zu den anderen zurück.« Sie deutete zum Wartebereich. »Kommst du mit und erzählst ihnen, was es Neues zum Stand der Ermittlungen gibt?«

»Klar.«

Sie trat zur Tür.

»Georgie?« Er fasste sie am Arm. Als sie ihn ansah, beruhigte er sie: »Wir kriegen so viele oder so wenige, wie du willst.«

Sie öffnete den Mund, um etwas zu entgegnen, doch es kam kein Wort heraus.

»Ich weiß«, erwiderte er lächelnd. »Ich soll aufhören, so etwas zu sagen.«

»Ja«, krächzte sie. »Bitte.«

»Ich geb mir Mühe. Ehrlich.«

»Gib dir *mehr* Mühe.« Sie nahm seine Hand und zog ihn hinter sich in den Warteraum, wo sie eine halbe Stunde bei den Senioren blieben, bevor Nathan Georgie zu ihrem Auto brachte.

»Du hast morgen früh deinen Termin vor dem Nachlassgericht, richtig?«

Sie war gerührt, dass er sich daran erinnerte. »Ja.«

»Möchtest du, dass ich dich begleite?«

»Nein, du musst arbeiten …«

»Georgie, wenn du mich brauchst, bin ich für dich da.«

»Das weiß ich zu schätzen, aber ich habe ja meinen Anwalt dabei. Er meint, es wäre reine Routine.«

»Ruf mich an, wenn du fertig bist.«

»Okay.«

»Du wirst mir heute Abend fehlen. Ich wünschte, ich hätte diese Woche nicht so viel zu tun, damit die Jungs am Montag mit der Küche anfangen können.«

»Irgendwann musst du doch schlafen, oder?«, fragte sie lächelnd.

Seine Miene wirkte verdutzt. »Schon.«

Sie strich ihm mit der Hand über die Brust und schaute ihn direkt an. »Vielleicht kannst du ja bei mir schlafen. Nachdem du fertig bist.« Die Überraschung, die über sein Gesicht huschte, freute sie, aber es stimmte sie auch traurig, dass er keine Erwartungen an sie richtete. Jetzt, da sie das wusste, beschloss sie, ihn nicht nur zu überraschen, sondern völlig zu überwältigen. »Wir haben es letzte Nacht gar nicht geschafft, die anderen beiden Kondome zu benutzen.«

Wenn Blicke knistern könnten, hätte es der, mit dem er sie eindringlich stu-dierte, getan. »Nach diesen Worten soll ich den Rest des Tages über normal arbeiten?«

Sie lachte auf. Kurz entschlossen drängte sie ihn gegen das Auto, sah sich rasch auf dem verlassenen Parkplatz um und zog ihn zu einem Kuss herunter, der dazu gedacht war, ihm gehörig einzuheizen. Allerdings zahlte er es ihr mit gleicher Münze heim. Sie schmiegte sich enger an ihn, bis sie fast in seiner Anzugjacke verschwand, und fuhr mit einer Hand zu seinem Schritt.

Aufkeuchend unterbrach er den Kuss. »Georgie, was tust du da?«

»Der Anzug ist sexy, Nathan.« Sie drückte ihn leicht und wurde mit einem Zucken belohnt. »Richtig sexy.«

Er ließ den Kopf in den Nacken sinken und schloss die Augen. »Du bringst mich noch um«, flüsterte er.

»Tut mir leid«, erwiderte sie ohne Reue. »Ich hör schon auf.« Doch stattdessen drückte sie ihn erneut.

Er umfasste ihren Hinterkopf und presste die Lippen fest auf ihre, und ihr wurde klar, dass sie jegliche Kontrolle über die Situation verloren hatte.

»Hast du Zeit für ein mittägliches Stelldichein?«, fragte er, ehe er mit den Lippen ihren Hals und ihr Ohr bedachte.

Sie lachte. »Nein, und du genauso wenig.«

»Ich könnte mir Zeit verschaffen. Ich muss nur behaupten, dass mir mein Arm zu schaffen macht.«

»Das würdest du nicht tun, denn das wäre gelogen, und du lügst nicht. Beeil dich, und mach deinen Job. Ich warte auf dich.«

Ein letztes Mal küsste er sie, diesmal ganz sanft. »Ich werde da sein.«

Kapitel 27

Als Georgie am nächsten Morgen – einen Tag nach der erfolgreichen Operation ihrer Schwester – mit ihrem Anwalt vor dem Nachlassrichter stand und den beiden Männern dabei zuhörte, wie sie über das Vermögen und die Besitztümer ihrer Mutter diskutierten, verstand sie endlich, was die Leute meinten, wenn sie von einer außerkörperlichen Erfahrung berichteten. Sie fühlte sich, als würde sie über dem Zimmer schweben und von oben alles verfolgen. Denn ganz sicher konnten diese Fremden nicht so unpersönlich über ihre Mutter reden, als ginge es lediglich um den wirtschaftlichen Aspekt. Sie hatten sie doch gar nicht gekannt. Sie hatten doch gar nicht das Recht, über ihr Eigentum zu sprechen.

Sie stand kurz davor, diese Überlegungen zu äußern, da wandte sich der Richter direkt an sie.

»Miss Quinn, haben Sie nach bestem Wissen und Gewissen alle Besitztümer Ihrer Mutter aufgelistet?«

Sie räusperte sich. »Ja, Euer Ehren.«

An den Anwalt gewandt fragte er: »Sie haben die Suche nach Gläubigern eingeleitet?«

»Ja, Euer Ehren.«

»Also, in dem Fall werden wir heute in fünfundvierzig Tagen noch einmal zusammenkommen und die Besitzfrage zum Abschluss bringen.«

»Entschuldigen Sie«, meldete sich Georgie. »Muss ich dafür anwesend sein?«

»Ja. Ist das ein Problem?«

Sie sah zu ihrem Anwalt. »Bis dahin bin ich wieder in Atlanta.«

»Sie können eine Bevollmächtigung an eine Person ausstellen, die an Ihrer statt vorspricht, allerdings wäre es weniger kompliziert, wenn Sie selbst erscheinen«, antwortete der Richter.

»Wir finden eine Lösung«, versicherte ihm der Anwalt, bevor er Georgie nach draußen führte. Er besprach sich kurz mit ihr, dann eilte er zu seinem nächsten Termin mit einem Mandanten.

Sobald sie ins grelle Sonnenlicht trat, entdeckte sie Nathan, der an ihrem Auto lehnte. Mit einer Mischung aus Belustigung und Staunen schüttelte sie den Kopf und ging zu ihm. »Warum bist du denn hier?«

Er zuckte die Achseln. »Du warst heute Morgen so still, und ich habe befürchtet, dass das Ganze vielleicht nicht ganz so glatt laufen würde, wie du gehofft hast.«

»Ich dachte, du wolltest dir mehr Mühe geben, nicht immer wieder genau das Richtige zu sagen oder zu tun.« Erleichtert begab sie sich in seine ausgestreckten Arme und genoss seine tröstliche Nähe. »Wie soll sich eine Frau daran erinnern, dass sie dir widerstehen wollte, wenn du das nicht sein lässt?«

»Vielleicht hört sie auf, mir zu widerstehen, wenn ich beharrlich bleibe.«

»Im Moment scheint sie sich nicht allzu sehr zur Wehr zu setzen.«

»Letzte Nacht auch nicht«, rief er ihr ins Gedächtnis.

Ihre Wangen brannten, als sie wieder an die leidenschaftliche Nacht zurückdachte, die sie gemeinsam verbracht hatten.

»Wie war es eben?«

»Wie du es nennen würdest: zermürbend. Es ist so unpersönlich, wie sie ihre finanzielle Situation und ihre Besitztümer durchgehen, als wäre der Mensch, der sie war, nicht wichtig.«

»Leider ist das dabei nie der Fall. Tut mir leid, dass es dich so mitnimmt.«

»Es ist vorbei. Vorerst.«

»Wie geht es deiner Schwester?«

»Unverändert. Sie hat Schmerzen und ist erschöpft. Joe meint aber, dass sie die Nacht über gut geschlafen hat.«

»Das freut mich.« Er streichelte ihr Gesicht und fuhr ihr mit dem Finger über die Unterlippe. »Also, ich habe da über etwas nachgedacht.«

»Was denn?«

»Der Bluttest.«

»Nathan, ich habe dir doch gesagt …«

Er legte ihr den Finger auf die Lippen. »Warte. Hör mir kurz zu, okay?«

Beim Blick in seine herrlich blauen Augen fand sie den Mut, ihre Ängste beiseitezuschieben – aber nur, weil er sie darum bat. Mit kaum merklichem Nicken erlaubte sie ihm, weiterzusprechen.

Er fasste sie sanft an den Schultern. »Was, wenn er negativ ausfällt?«

Sie schüttelte den Kopf. »Wird er nicht.«

»Das kannst du nicht wissen, Süße«, drängte er sie.

»Bei meiner Mutter und meiner Schwester ist er positiv ausgefallen. Warum sollte der Kelch ausgerechnet an mir vorübergehen?«

»Und was, wenn es so ist? Was, wenn du Glück hast? Vielleicht stresst du dich völlig grundlos?«

Sie musste sich eingestehen, dass ihr diese Möglichkeit nie in den Sinn gekommen war. Sie war sich absolut sicher gewesen.

»Es steht fifty-fifty, Süße, und ich setze auf dich.«

Sie schaute zu ihm hoch, er sah so gut aus, wirkte so ernst. Seine gefasste Stärke weckte in ihr die Hoffnung, dass alles möglich wäre – sogar das Unmögliche. Ali hatte recht, genau wie Nathan. Die Angst zehrte an ihren Kräften, lähmte sie förmlich. Da es nicht funktioniert hatte, davor wegzulaufen, war es an der Zeit, zu handeln. Sie atmete tief durch und flüsterte: »In Ordnung.«

Er blickte sie überrascht an. »Ja? Wirklich?«

Sie nickte.

Überschwänglich riss er sie in seine Arme und drückte sie. »Ganz egal, was passiert, Georgie, *völlig egal*, ich werde bei dir sein. Das versichere ich dir.«

Sie klammerte sich mit geschlossenen Augen an ihn, bis er sie endlich absetzte.

»Wie geht es dir?«, fragte er, während er ihr Gesicht liebkoste.

»Erleichtert, eine Entscheidung getroffen zu haben. Lass nicht zu, dass ich kneife, okay?«

»Versprochen.« Er küsste sie.

Lange hielt sie sich an ihm fest, saugte den Trost auf, den er ihr bereitwillig spendete.

»He, hast du heute Morgen mal mit Tess geredet?«, erkundigte er sich schließlich.

»Nein. Ich hab sie gar nicht gesehen. Warum?«

»Ich glaube, sie und Ben fahren am Donnerstag nach Pittsburgh, damit er die Familie seines Freundes besuchen kann, der bei ihm war, als er verletzt wurde. Greg ist gestorben, und Ben ist es schwergefallen, das zu akzeptieren. Offenbar hat sie ihn dazu ermutigt, sich bei Gregs Familie zu melden, in der Hoffnung, dass ihm das hilft.«

»Sie ist ein guter Mensch«, erklärte Georgie. »Nach allem, was sie hinter sich hat …« Sie verstummte, erschrocken, dass sie es fast ausgesprochen hätte.

»Was hat sie hinter sich, Georgie? Es macht mich irre, dass du es mir nicht verraten willst, ganz besonders jetzt, da mein Bruder, der sich mit einer Menge Probleme rumschlagen muss, sich mit ihr einlässt.«

»Ich kann nicht. Ich hab es ihr versprochen.«

»Bei der ganzen Geheimniskrämerei bricht bei mir der Detective durch.«

»Lass es«, erwiderte Georgie. »Lass es einfach. Ich bitte dich.«

»Ich habe bei der Sache ein ganz schlechtes Gefühl, und damit liege ich so gut wie nie falsch. Aber ich lasse es erst mal auf sich beruhen. Allerdings nicht für immer.« Versöhnlich steckte er ihr eine Haarsträhne hinters Ohr. »Wie wäre es mit einem Kaffee?«

»Hast du denn Zeit dafür?«

»Ich habe mir für dich ein paar Stunden freigenommen.«

Sie strich ihm über das Gesicht. »Das ist wirklich schön. Danke.«

***

Nach dem emotionalen zweistündigen Besuch bei Gregs Familie und seiner Verlobten setzte Tess den Mietwagen rückwärts aus der Einfahrt. Es gab so viel, was sie Ben sagen wollte, so viele Gefühle, die sie durchströmten. Sie konnte sich kaum vorstellen, wie es in ihm aussah, nachdem er die schrecklichen Ereignisse wieder hatte aufleben lassen.

Sie schaute kurz zu ihm rüber und bemerkte, dass er seinen Gehstock umklammerte und zum Fenster rausstarrte. »Alles in Ordnung, Ben?«

»Es war richtig von dir, mich hierzu zu ermutigen. Sie waren so dankbar, als ich ihnen erzählt habe, dass er kurz vorher noch von ihnen geredet hat.«

»Ich weiß, dass das nicht einfach für dich war, aber du hast ihnen damit etwas Wundervolles geschenkt.«

»So leid mir seine Eltern und Schwestern auch tun, am meisten fühle ich mit Kristy. Ich meine, wir sind erst seit einer Woche zusammen, doch ich weiß jetzt schon, dass ich nicht ohne dich leben könnte. Sie waren seit Jahren ein Paar, hatten ihre Hochzeit geplant. Wie soll man da weiterleben?«

»Ich kann mir das nicht vorstellen.« Sie griff nach seiner Hand. Sobald sich seine Finger um ihre legten, überflutete sie die Dankbarkeit dafür, dass er an jenem Tag im Irak nicht gestorben war. Der bloße Gedanke daran, wie knapp er dem Tode entronnen war, genügte, dass ihr die Augen feucht wurden.

»Was ist los?«

Sie schüttelte den Kopf.

Er strich ihr die Tränen von der Wange. »Fahr an den Straßenrand, Schatz.«

»Mir geht's gut.«

»Fahr ran«, beharrte er.

Nachdem sie angehalten hatte, trocknete sie sich das Gesicht. »Entschuldige.«

»Was ist denn?«

»Ich musste nur gerade daran denken, wie wenig dazu gefehlt hat, dass ich nie die Chance erhalten hätte, dich kennenzulernen. Auch du hättest dabei sterben können. Und dann hätte ich mein Leben führen müssen, ohne zu wissen, dass du existiert hast, ohne zu wissen, dass ich jemanden derart lieben kann.«

Er umarmte sie. »Ich war echt sauer auf Nate, weil er mich zu dem Tanzabend im Seniorenzentrum geschleift hat. Wer hätte gedacht, dass ich dort der Frau meiner Träume begegnen würde?«

Trotz der Tränen lachte sie. »Wenn man es am wenigsten erwartet.«

»Da standst du also, umringt von alten Männern, die dich anschmachteten, und seitdem ist nichts mehr wie vorher.« Er hielt sie so fest, wie es in dem kleinen Auto ging.

»Heute war ich sehr stolz auf dich«, ließ sie ihn wissen. »Du hast das unglaublich gut gemacht.«

»Schön, dass du das sagst. Ich war schrecklich nervös.«

»Hat man dir gar nicht angemerkt.« Sie gab ihm einen Kuss auf die Wange und schob ihm das Haar aus der Stirn. Er wirkte müde und abgespannt, ein Zeichen dafür, dass ihm sein Bein zu schaffen machte. »Bist du wegen des Rollstuhls immer noch sauer auf mich?«

»Ja.«

Über die knappe Antwort musste sie lachen. »Es war fast eine Meile bis zum Gate. Du hättest deine Kraft für den ganzen Tag aufgebraucht, nur um die Flughäfen zu durchqueren.«

»Es ist peinlich, in einem Rollstuhl durch einen Flughafen geschoben zu werden. Monatelang hab ich mir den Hintern aufgerissen, um dieses verdammte Ding loszuwerden.«

»Ich werde mich nicht dafür entschuldigen, dass ich bloß das Beste für dich will, also wirst du drüber hinwegkommen müssen.«

»Fängst du schon wieder damit an, mich herumzukommandieren?«, neckte er sie. »Daran wirst du arbeiten müssen, wenn wir verheiratet sind. Das ständige Genörgel lasse ich nicht über mich ergehen.«

Bei dem Wort »verheiratet« blieb ihr fast das Herz stehen, und er schien ihr den Schrecken vom Gesicht abzulesen.

»Zu früh?«, fragte er.

»Nein.«

»Was dann?«

»Nichts. Kennst du den Weg zum Hotel?«

***

Ihr Hotelzimmer bot eine spektakuläre Aussicht auf den Monongahela-Fluss.

»Was für ein schöner Ausblick, Ben.«

Er humpelte zum Fenster, um einen Frachtkahn zu beobachten, der durch das spiegelglatte Wasser schnitt. »Gregs Mutter meinte, dies sei eines der schönsten Hotels in Pittsburgh.«

»Ich hoffe, du hast es nicht allein meinetwegen ausgesucht.«

»Für wen denn sonst?«, fragte er amüsiert.

»Ich brauche keine Nobelhotels. Das passt gar nicht zu mir.«

»Genau deshalb hat es mir solchen Spaß gemacht, es zu buchen.«

Sie schlang ihm die Arme um den Hals und stellte sich auf die Zehenspitzen, um ihn zu küssen. »Du solltest dich etwas ausruhen. Ich sehe, dass du Schmerzen hast.«

»Woher weißt du das?«

»Das kann ich dir vom Gesicht ablesen.«

»Sollte ich mir Sorgen machen, weil du mich so leicht durchschaust?«

»Große.«

»Legst du dich mit mir hin?«

»Da musst du mich nicht lange bitten.« Damit griff sie nach dem Saum seines marineblauen Polohemds und zog es ihm über den Kopf. Als sie nach den Knöpfen seiner Hose langte, hielt er sie zurück.

Sie hob den Kopf und bemerkte, wie angespannt sein Gesicht wirkte. »Was?«

»Die kann bleiben.«

»In Ordnung.« Sie schlug den Überwurf und die Bettdecke zurück. »Auf welche Seite möchtest du?«

»Ist mir egal.«

Nachdem sie sich nebeneinander auf dem Bett ausgestreckt hatten, fragte sie sich, wie sie das Gespräch auf Sex bringen sollte. Seine bloße Nähe ließ das Verlangen in ihr auflodern, wie sie es noch nie zuvor erlebt hatte. Doch wenn er nicht dasselbe empfand, könnte das zu einem Problem werden, ganz zu schweigen von einer schrecklichen Enttäuschung. Nach allem, was sie mit ihrem Ex-Mann durchgestanden hatte, würde sie sich auf nicht weniger einlassen als alles.

Er verschränkte die Finger mit ihren, legte ihre verschlungenen Hände auf seine Brust und war innerhalb weniger Minuten eingeschlafen.

In der nächsten Stunde fragte sie sich, wie er schlafen konnte, wenn sie allein in einem eleganten Hotelzimmer im Bett lagen. Irgendwie musste sie die ganze Sache etwas vorantreiben. Aber wie? Was, wenn es einen medizinischen Grund gab, weswegen ihm Sex unmöglich war, und jetzt hatte er Angst, ihr das mitzuteilen? Er wusste, dass sie Krankenschwester war, warum sollte er also glauben, sie würde es nicht verstehen? Es missfiel ihr, ihn in Verlegenheit zu bringen, doch sie begehrte ihn, und nach ihrer katastrophalen Ehe wollte sie unbedingt erfahren, wie es war, sich wirklich zu lieben.

Ihr Herz zog sich zusammen, als sie sich an das letzte Mal erinnerte. Kurt hatte sich ihr aufgezwungen, und weil sie sich gewehrt hatte, hatte er sie geschlagen und ihr dabei zwei Rippen gebrochen. Sie erschauderte bei der grässlichen Erinnerung. Dies war aber eindeutig nicht der richtige Zeitpunkt für solche Gedanken, nicht, wenn der Mann, den sie liebte, neben ihr lag.

Sie stützte sich auf einen Ellbogen und beobachtete ihn im Schlaf, bevor sie sich vorbeugte und ihm zarte Küsse auf den Bauch tupfte.

Er verspannte sich, drückte ihre Finger und schlief weiter.

So nicht, Mister. Mit der Zunge malte sie träge Kreise auf die Haut und das Haar, das in einer schmalen Linie unter dem Bund seiner Hose verschwand. Auch wenn sein Atem gleichmäßig blieb, verfolgte sie fasziniert, wie er hart wurde.

Sollte sie es wagen? Sie biss sich auf die Lippe, während sie sein attraktives Gesicht betrachtete. *Ja.* Vorsichtig knöpfte sie seine Hose auf, zog den Reißverschluss runter und nahm ihn in die Hand.

Sie hielt den Atem an und hoffte, sie würde keinen Herzinfarkt bekommen. Doch er seufzte nur im Schlaf. Sie beugte sich über ihn und nahm ihn in den Mund.

Er wachte abrupt auf. »Tess. Himmelherrgott noch mal, was tust du da?«

Dass er wütend klang, hielt sie nicht zurück. Kurz wagte sie einen Blick nach oben und erkannte, dass er sie eindringlich beobachtete, die Augen vor Verlangen und von irgendetwas anderem ganz schmal. Sie behielt den Rhythmus bei und verdrängte alles aus ihrem Kopf, was nicht damit zusammenhing, ihm größtmögliches Vergnügen zu bereiten.

»Tess«, stieß er durch zusammengebissene Zähne aus.

Sie spürte die Veränderung in seinem Atem, wusste, dass er fast so weit war, und verstärkte ihre Bemühungen.

Er kam mit einem Stöhnen, das jedoch alles andere als verzückt klang. Als sie ihn auf den Bauch küssen wollte, rollte er sich von ihr weg.

Erschüttert und verwirrt starrte sie seinen Rücken an.

»Das hättest du nicht tun sollen«, sagte er schließlich.

»Warum nicht?«, fragte sie. »Ich liebe dich. Ich will dich auch körperlich lieben.«

»Ich kann nicht.«

»Natürlich kannst du. Hast du doch grad bewiesen.«

»Das ist es nicht.«

»Was dann, Ben? Liegt es an mir? Willst du mich nicht?«

»Nein, Schatz«, erwiderte er mit einem trockenen Lachen. »Das ist es auf keinen Fall. Ich will dich mehr als alles andere.« Er drehte sich auf den Rücken und griff nach ihr.

Sie legte den Kopf auf seine Brust und musterte ihn aufmerksam. »Bitte verrat mir, was los ist. Ich möchte es verstehen. Ist es das Bein?«

»Ja.«

»Schmerzt es?«

»Immer.«

»Damit können wir arbeiten. Ich werde dir nicht wehtun, Ben.«

»Ich weiß.« In seiner Wange zuckte vor Anspannung ein Muskel. »Es ist nur …«

In dem Moment verstand sie es endlich. »Du willst nicht, dass ich es sehe, richtig?« Da wurde ihr klar, dass er bisher immer lange Hosen getragen hatte, selbst an den heißesten Tagen.

»Es ist schrecklich verunstaltet, Tess.« Er schluckte krampfhaft. »Total abstoßend.«

»Du denkst, das kümmert mich?«

»Es kümmert *mich*.«

Sie setzte sich auf.

»Wo willst du hin?«

»Nirgendwohin.« Kurz entschlossen hob sie den Rocksaum, drehte ihr Bein zur Seite und zeigte ihm ihre Narben. »Denkst du, auf die bin ich stolz?«

Er richtete sich auf, um sie besser betrachten zu können. »Wie zum Henker ist das denn passiert?«

»Ich wurde verbrannt.«

»Womit?«

»Einer Zigarre.«

Er riss den Kopf rum, begegnete ihrem Blick, und was sie darin erkannte, verriet ihr alles, was sie jemals über ihn wissen musste.

»Jemand hat dir das angetan.«

»Ja.«

Er schüttelte den Kopf und bedeckte das Gesicht mit einer Hand. »Das ist furchtbar. Der Gedanke daran, dass dir jemand absichtlich wehgetan hat …«

»Ich habe dir das nicht gezeigt, um dich aufzuregen, und es ist das Letzte, worüber ich reden möchte.« Sie schüttelte ihn an der Schulter, drückte ihn zurück aufs Bett und setzte sich rittlings auf ihn, wobei sie auf sein verletztes Bein aufpasste. »Auch ich habe Narben, Ben. Deine werden meine Liebe zu dir nicht schmälern.

Nichts könnte das. Liebst du mich weniger, jetzt, da du weißt, dass ich ebenfalls welche habe?«

»Natürlich nicht«, erwiderte er nachdrücklich. »Ich will den, der dafür verantwortlich ist, umbringen.«

Sie lächelte. »Wie wäre es, wenn du diese Energie produktiver einsetzen würdest?«

Seine Hände fanden ihre Hüften und wanderten über ihren Rücken, um sie für einen Kuss zu ihm runterzuziehen. »Ich liebe dich«, flüsterte er an ihren Lippen. »In einer Million Jahre hätte ich mir nicht erträumen können, dass ich dich finden würde.«

»Nun, jetzt, da du mich gefunden hast, was wirst du mit mir anstellen?«, fragte sie neckend.

»Alles – solange du mir versprichst, dass du nicht hinsiehst.«

»Werde ich nicht. Wir brauchen Kondome. Jede Menge.«

»Ob ich das überlebe?«, scherzte er.

Sie lachte und küsste ihn überschwänglich und mit all der Liebe, die sie für ihn empfand.

»Nate hat mir eine Schachtel eingesteckt, bevor ich los bin.«

»Ich wusste, dass ich ihn mag.«

»Er führt sich auf, als wäre er mein Vater. Ich schwöre, er treibt mich noch in den Wahnsinn.«

»Allerdings hat er uns gerade die Mühe erspart, welche besorgen zu müssen.«

»Das stimmt. Vielleicht ist er ja doch nicht so schlimm.«

»Hm«, stimmte sie ihm zu, bevor sie seine Brust mit Küssen bedeckte. Ihr Versprechen, nicht hinzusehen, im Hinterkopf, zog sie ihm die Hose aus und bedeckte das verletzte Bein rasch mit der Decke.

Die Erleichterung in seinem Gesicht, darüber, dass sie seine Sorge aus der Gleichung genommen hatte, war nahezu greifbar, genau wie sie es vorausgeahnt hatte. Sie schlüpfte aus ihrem Kleid, wollte nicht, dass er an etwas anderes dachte als an sie.

»Komm her«, bat er, die Stimme schwer vor Emotionen und Verlangen.

Sie streckte sich auf ihm aus.

Er schlang ihr einen Arm um den Hals, um sie zu einem sinnlichen Kuss an sich zu ziehen, während er mit der anderen Hand ihren BH öffnete.

»Beeindruckend«, flüsterte sie, als er sie wieder hochdrückte, um ihre Brüste streicheln zu können. »Und du dachtest, du hättest deine Tricks vergessen.«

»Ich musste erst dich finden, um mich wieder daran zu erinnern«, erwiderte er, saugte eine Brustwarze in den Mund und rieb mit dem Daumen über die andere.

Sie schaute zu ihm runter, und er blickte zu ihr hoch. »Wo sollen diese Kondome sein?«

Er deutete auf eine Tasche mit Reißverschluss an seinem Gepäck. Ehe sie zum Bett zurückkehrte, schlüpfte sie aus der Unterhose und streifte ihm dann das Kondom über.

Darauf bedacht, sich von seinem verletzten Bein fernzuhalten, setzte sie sich auf ihn und nahm ihn langsam in sich auf.

Zärtlich massierte er ihr die Oberschenkel und verharrte über den kreisförmigen Narben.

Sie machte kleine Bewegungen mit den Hüften, um ihn weiter in sich aufzunehmen, und schaute ihm dabei tief in die Augen. »Gut?«, fragte sie.

»So gut. Und für dich?«

»Hmm«, entgegnete sie lächelnd. »Tut was weh?«

Er schüttelte den Kopf, griff nach ihren Händen und hielt sie fest, als sie sich rascher bewegte. »Tess, Süße, was brauchst du?«

»Nur das hier.«

Mit dem guten Bein als Stütze folgte er ihrem Auf und Ab und brachte sie derart rasch zum Höhepunkt, dass sie keinerlei Zeit hatte, sich auf dessen Urgewalt vorzubereiten. Die Hände auf ihren Hüften, hielt er sie fest, drang ein letztes Mal in sie und folgte ihr in die Seligkeit.

Kapitel 28

Cat polierte energisch das trübe Messinggeländer, das am gesamten Bartresen entlanglief, und versuchte sich daran zu erinnern, wann jemand das verdammte Ding zuletzt gereinigt hatte. Schweiß rann ihr über das Gesicht, während sie sich mit aller Kraft den schwarzen Flecken auf dem einst glänzenden Metall widmete. Musik dröhnte aus der Anlage des Clubs, die sie ebenso wie die anstrengende körperliche Arbeit davon abhalten sollte, ständig an Ian zu denken. Doch leider schlug dieser Plan völlig fehl.

Seit drei Tagen hatte sie ihn weder getroffen noch mit ihm gesprochen – seit drei *langen* Tagen. Von Nathan hatte sie erfahren, dass Rosie sich einen Virus eingefangen hatte und krank war. Er machte sich bestimmt schreckliche Sorgen um sie. Sonst hätte er sicherlich längst mal angerufen, oder? Typen wie er kämpften um das, was sie wollten. Er hatte behauptet, sie zu wollen. Aber wohl nicht so sehr, dass er um sie kämpfen wollte. *Du bist so armselig, Cat. Seit wann ist es dir wichtig, ob ein Kerl dich mag? Seit ich Ian Caldwell kenne.*

Mit einem frustrierten Stöhnen legte sie die Stirn auf den Tresen. Sie hasste sich für das Stöhnen, die Frustration, überhaupt alles. Cat Kelly vergoss wegen Männern keine Tränen. Cat Kelly verachtete Frauen, die wegen Männern weinten. Dass sie seinetwegen gleich in Tränen ausbrechen würde – *schon wieder* –, hätte dafür ausreichen sollen, ihn zu hassen. Aber das brachte sie nicht über sich.

Sie hasste ihn nicht. Er fehlte ihr, er mit seinen breiten Schultern, den unwiderstehlichen blauen Augen und seinem Lächeln. Sie vermisste es, sich, na ja, *weiblich* zu fühlen, wie sie es tat, wenn sie bei ihm war – nicht, dass sie das jemals zugeben würde, selbst unter Androhung von Folter nicht. Er fehlte ihr dermaßen, dass sie schon ganz krank war. *Du kennst ihn nicht lange genug, um ihn derart zu vermissen. Doch, das tue ich,* erwiderte die andere Hälfte ihres Verstandes trotzig. *Ich kenne ihn lange genug. Gerade lange genug, um zu wissen, dass er mir zu Recht wie verrückt fehlt.*

Zum hundertsten Mal vergaß sie ihren Vorsatz, nicht an das Schild vor dem Landing zu denken, auf dem für seinen Auftritt am Nachmittag geworben wurde, und fragte sich, ob er es zu seinem Gig geschafft hatte oder ob er hatte absagen müssen, damit er bei Rosie bleiben konnte. Es gab nur einen Weg, das herauszufinden, aber sie würde da nicht wie eine Stalkerin hinrennen. Das wäre mehr als erbärmlich, ja geradezu verzweifelt. *Du bist schließlich diejenige, die gegangen ist. Das Kind hat er immer noch. Du bist es, die sich nach wie vor nicht mit einem Kind belasten will.* Aber wenn sie mit ihm reden könnte, wenn sie die Grenzen neu abstecken würden, könnten sie sich vielleicht hin und wieder treffen, ohne dass es zu kompliziert wurde.

Sie rieb etwas weniger energisch über das Messing als noch vor ein paar Minuten und ließ sich die Idee eine Weile lang durch den Kopf gehen. Mit einem Fluch pfefferte sie den Lappen hinter die Bar, schnappte sich ihre Tasche und ging, ohne die Musik auszuschalten.

Zu Fuß begab sie sich zum Hafenviertel – bloß um herauszufinden, ob er auftrat, vielleicht auch, um einen Blick auf ihn zu erhaschen. Obwohl sie sich weiszumachen versuchte, dass ihr das genügen würde, wusste sie doch genau, dass das gelogen war.

Auf dem Weg bemühte sie sich, einen kühlen Kopf zu bewahren. Es war am besten, wenn sie nicht allzu viel darüber nachdachte, was sie gerade vorhatte. Sie ging seitlich um das Gebäude herum, spähte in die Bar hinein, um zu schauen, wer gerade auf der Bühne stand, und wäre beinahe ins Wasser gestürzt.

»Verdammt«, fluchte sie leise, sobald sie das Gleichgewicht wiedergefunden hatte, und trat entschlossen durch den Eingang. »Ich darf ja wohl hier sein, genau wie jeder andere. Was soll's, wenn er mich entdeckt?«

»Führst du Selbstgespräche, Cat?«, fragte Ernie, der Barkeeper, grinsend. Vor einigen Jahren hatten sie zusammen in einem anderen Club gearbeitet. Gitarrenklänge wehten von der Bar draußen zu ihnen, da aber niemand sang, konnte sie nicht erkennen, ob es Ian war.

»Sei still, Ernie, und bring mir ein Bier.«

»Noch immer schnippisch, wie ich sehe.«

»Wer spielt denn da?«, fragte sie, bevor sie es sich anders überlegen konnte.

»Ian Caldwell.« Er rümpfte die Nase. »Zu sanft für dich und mich.«

»Genau«, pflichtete sie ihm bei. Ihr Herz jedoch raste, als sie nach dem Geld langte, das sie in die Tasche gesteckt hatte.

»Das übernehme ich.«

»Danke, Ernie.« Sie griff sich das Bier, atmete tief durch und trat auf die Terrasse. Dort gab sie vor, über Ians Anblick überrascht zu sein, und zog eine, wie sie fand, oscarreife Vorstellung ab. Seinem selbstgefälligen Lächeln nach zu urteilen, das auf seinem viel zu attraktiven Gesicht erstrahlte, durchschaute er sie sofort.

Da sie sich gerade ein wenig rebellisch fühlte, setzte sie sich auf einen Barhocker, stemmte die Füße gegen einen zweiten und flirtete mit dem Barkeeper – einem weiteren Typen, den sie aus der Stadt kannte.

Während sie sich bemühte, Ian zu ignorieren, spielte er Neil Youngs »Heart of Gold«. Sie wollte sich nicht davon beeindrucken lassen, dass er mithilfe eines dieser Gestänge, die man sich um den Hals hängte, auch den Part mit der Harmonika übernahm. Er sang davon, ein Herz aus Gold zu suchen, und starrte sie dabei an. Nicht, dass sie hinschaute. Sie überwachte ihn eher aus dem Augenwinkel.

Etwas, das sich auf grässliche Weise wie Scham anfühlte, kroch in ihr hoch, als sie seine Botschaft laut und deutlich vernahm.

Danach spielte er ein Lied, das sie noch nie gehört hatte und das von einem Mann handelte, der eine Frau liebte, die ständig untertauchte. Er bemühte sich nicht mal, subtil zu sein. Wenn er dachte, dass er sie damit aus dem Konzept bringen würde, hatte er sich geschnitten.

Ja, klar.

Wem wollte sie was vormachen? Sie ertrug es nicht mal, ihm länger zuzuhören. Also trank sie das Bier aus, verabschiedete sich von ihrem Freund an der Bar und verschwand, ohne einen weiteren Blick auf die kleine Bühne in der Ecke zu werfen.

Ian rief ihr nach, aber sie blieb nicht stehen. Kurz darauf hatte er sie eingeholt, packte sie am Arm und wirbelte sie zu sich herum.

»Was willst du?«, fuhr sie ihn an.

»Ich könnte dich dasselbe fragen. Was hast du hier verloren, Cat? Willst du noch Salz in die Wunde reiben?«

Sie riss sich von ihm los und merkte, dass Ernie sie interessiert beobachtete. »Das ist hier kaum der rechte Ort«, zischte sie. »Und falls du es wissen willst, Subtilität liegt dir nicht.«

»Können wir kurz dein Büro benutzen?«, erkundigte sich Ian über die Schulter bei Ernie.

»Klar, Kumpel«, erwiderte der amüsiert.

Ian zog Cat mit sich in den Raum und knallte die Tür hinter sich zu.

»Führ dich nicht wie ein Neandertaler auf«, schnaubte sie, ehe sie seine Hand abschüttelte.

»Warum bist du hier?«

»Das hier ist ein öffentlicher Ort. Konnte ja nicht ahnen, dass dir bei der Trennung das Sorgerecht fürs Landing zugesprochen worden ist.«

»Spar dir den Mist für jemanden, der dich nicht sofort durchschaut, und verrat mir, was zum Henker du hier zu suchen hast.«

»Ich habe nicht die geringste Ahnung.« Sie griff nach der Türklinke.

»Wag es nicht, jetzt zu gehen«, drohte er ihr mit einem tiefen Knurren, das sie ihm gar nicht zugetraut hätte. »Du kannst nicht mir nichts, dir nichts hier aufkreuzen, mir das antun und dann einfach wieder verschwinden. Wag es ja nicht.«

»Was tu ich dir an?«

Er trat auf sie zu.

Sie wich zurück, bis sie mit dem Rücken gegen die Tür stieß, was sie daran erinnerte, wie er sie gegen eine andere Wand gedrängt und schier um den Verstand geküsst hatte. Verlangen raubte ihr den Atem. Wenn sie das jetzt wieder taten, konnten sie vielleicht vergessen, wie wütend sie aufeinander waren. Sie streckte die Hand nach ihm aus, zog ihn zu sich runter und küsste ihn.

Als er sich an sie drückte und seine Zunge in ihren Mund schob, fluteten sie Glücksgefühle, weil sie ihm wieder so nah war.

»Ist es das, was du willst, Cat? Kurz vögeln, um die Anspannung loszuwerden? Zu mehr bin ich nicht gut, was?«

Sie stemmte die Hände fest gegen seine Brust, doch er rührte sich nicht von der Stelle. »Lass mich in Ruhe, du Idiot.«

Er schlang den Arm fest um ihre Taille. »Ja, ich muss schon ganz schön dämlich sein, weil ich dich noch immer will.«

»Ich will dich aber nicht, du kannst mich also loslassen, dann bin ich sofort weg.«

»Wenn du mich nicht willst und nicht nur kurz für eine schnelle Runde Vögeln hergekommen bist, warum bist du dann hier?«

»Hör auf, das Wort zu benutzen. Das ist unter deiner Würde.«

»Der Meinung warst du nicht, solange *du* unter mir warst.«

»Echt lustig, Ian. Urkomisch.« Sie boxte ihn gegen die Schulter. Fest.

Er ließ sie abrupt los. »Au. Wofür war das denn?«

»Dafür, dass du mich dazu bringst, dich zu wollen, obwohl ich dich gar nicht wollen will.«

»Ich glaube, mein Kopf ist gerade explodiert.«

»Gut, dann wärst du tot, und ich müsste nicht mehr an dich denken.«

Ein zufriedenes Lächeln zog sich über sein Gesicht. »Du hast also an mich gedacht?«

»Stell das Lächeln ab, bevor ich es dir aus dem Gesicht schlage.«

Er gehorchte, seine Augen funkelten allerdings weiterhin amüsiert.

»Wie geht's Rosie?«

Das Funkeln verblasste. »Lass es, Cat. Sie ist dir ohnehin egal.«

»Ich will nicht, dass sie krank ist.«

»Sie ist wieder auf dem Damm. Danke der Nachfrage. Und jetzt?«

»Ich hätte nicht herkommen sollen.« Bedauernd schüttelte sie den Kopf. »Ich wollte dich sehen, das kann ich nicht abstreiten. Aber ich hatte recht, das hat alles keinen Zweck.«

»Weil ich eine Tochter habe, ich weiß. Mein Pech.«

»Das glaubst du doch gar nicht, also sag es auch nicht.«

»Lass sie da raus. Sie ist tabu.«

»Sie könnte genauso gut direkt hier zwischen uns stehen, das wissen wir beide. Warum sollten wir vorgeben, es wäre nicht so?«

Seine sonst so warmherzigen Augen blickten sie eiskalt an. »Dieses Gespräch ist vorbei. Ich muss zurück zur Arbeit. Schließlich hab ich eine Tochter zu ernähren.«

»Das weiß ich. Hör auf, sie mir ständig unter die Nase zu reiben.«

»Du stehst kurz davor, eine Grenze zu überschreiten, Cat. Eine enorme Grenze, die niemand übertreten darf.«

»Du bist nicht fair.«

»*Ich* bin nicht fair?« Er verdrehte die Augen. »Klar. Ich habe eine Tochter, die mich durch ihre bloße Existenz aus deinem Leben ausschließt, aber *ich* bin nicht fair? Du hast dich ja nicht mal bemüht, sie kennenzulernen, bevor du beschlossen hast, dass sie es nicht wert ist.«

»Ich weiß schon längst jeden Scheiß, den ich verdammt noch mal über sie wissen muss.«

Er wurde blass und trat einen Schritt zurück. »Sei vorsichtig, wie du über mein Kind redest.«

»Entschuldige.« Beschämt fuhr sie sich durch das kurze Haar. »So wollte ich das nicht ausdrücken.«

Er sprach weiter, als hätte sie gar nichts gesagt. »Du kennst sie nicht, weil du sie nicht kennen willst. Das hast du mir vom ersten Tag an klargemacht.«

»Aber du weißt nicht, warum«, erwiderte sie leise.

Nach langem Schweigen erklärte er: »Ich werde es dir nicht aus der Nase ziehen, Cat. Wenn du mir etwas erzählen willst, toll, nur fasse dich kurz. Ich muss noch arbeiten.«

Sie schaute ihn an, um zu entscheiden, ob er es wert war, das Pflaster abzureißen, das sie schon derart lange auf der Seele trug, dass sie sich nicht mehr an ein Leben ohne erinnern konnte. Aber wirklich, wem gaukelte sie etwas vor? Er war es absolut wert. Wenn sie schon nicht zusammen sein konnten, sollte er zumindest erfahren, warum. Das schuldete sie ihm.

»Ich muss los.«

»Nein. Warte.« Sie biss sich auf die Unterlippe, atmete tief durch und schwor sich, das Ganze ohne Tränen hinter sich zu bringen. »Ich habe meinen Vater nie gekannt. Den größten Teil meines Lebens über gab es nur meine Mutter und mich. Sie war schon immer etwas verrückt, aber auf eine lustige Art, weißt du?«

Sein ungeduldiges Achselzucken verriet ihr, dass er noch immer sauer war. »Sprich weiter.«

»Ich war acht, als sie meinen Stiefvater geheiratet hat. Chuck war ganz in Ordnung, er hob zwar nicht die Welt aus den Angeln, doch er war nett. Meine Mutter wurde ja auch nicht jünger, also bekamen sie innerhalb von zwei Jahren zwei Kinder, Marina und Dylan. Zwei Babys innerhalb kürzester Zeit wurden für sie und ihre Ehe schon bald ein Problem. Ständig stritten sie sich, und dann verschwand er, manchmal tagelang, und wir mussten uns um die Kleinen kümmern. Oft ließ sie mich komplett mit ihnen allein, obwohl ich erst zehn war.«

»Das ist ziemlich viel Verantwortung für ein Kind«, meinte er. Seine Haltung wirkte nach ihren Worten nicht mehr ganz so steif.

»Das war es, aber ich hatte sie lieb. Ich hatte ewig auf Geschwister gewartet, und sie waren mir nie zur Last gefallen. Jedenfalls ließen sich meine Mutter und Chuck schließlich scheiden, als ich in der achten Klasse war. Sie hat sich sofort wieder mit Männern getroffen, weshalb ich weiter oft auf die Kleinen aufgepasst habe. Dadurch habe ich mehr Zeit mit ihnen verbracht als ihre Eltern. Ich habe sie vom Bus abgeholt, hab dafür gesorgt, dass sie ihre Hausaufgaben erledigten, ihnen Abendessen zubereitet, sie gebadet und ihnen Geschichten vorgelesen.«

»Cat.« Er blickte sie voller Mitgefühl an – dabei wollte sie das gar nicht von ihm.

»Warte.« Sie hob eine Hand, damit er nicht näher kam. Wenn sie all das jetzt nicht aussprach, würde sie nie wieder den Mut dafür aufbringen. »Als mein Highschool-Abschluss bevorstand, fiel mir auf, dass meine Mutter immer weniger Zeit zu Hause verbrachte. Ich plante derweil meine Flucht, ganz gleich, wie oft ich mich fragte, was aus Marina und Dylan werden sollte, wenn ich fort war. Ich wusste, dass sie sich deswegen ebenfalls sorgten, doch wir haben nie darüber geredet, bis ich vom Berklee College of Music in Boston akzeptiert wurde.«

Er pfiff leise. »Was spielst du denn?«

»Früher«, stellte sie klar, »habe ich Klavier gespielt. Ich habe es mir auf einem Keyboard selbst beigebracht, das ich mir erst leisten konnte, nachdem ich ein Jahr lang dafür gearbeitet hatte, und ich wurde sogar richtig gut.«

»Du musst wahnsinnig gut gewesen sein, wenn du an dem College angenommen wurdest. Da kommt echt niemand rein.«

»Am Ende war es völlig bedeutungslos. Am Abend vor meiner Abschlussfeier kam ich nach Hause und erwischte meine Mutter dabei, wie sie ihre Sachen packte. Ich fragte sie, wohin sie wollte, und sie erklärte mir, dass sie keine alleinerziehende Mutter mehr sein könne. Das hätte sie schon mit mir durchgemacht, und ein weiteres Mal würde sie das nicht schaffen. ›Was sollen wir jetzt tun?‹, wollte ich wissen. ›Was du schon immer getan hast, Cat‹, erwiderte sie. ›Du bist mehr ihre Mutter, als ich es jemals war.‹

An dem Abend ist sie zur Tür raus, und ich habe nie wieder mit ihr gesprochen, auch wenn sie noch immer hier in Newport lebt. Am Anfang hat sie die Kinder ein paarmal besucht, aber nach einer Weile habe ich beschlossen, dass es sie mehr aufregte, wenn sie bei ihr waren, als wenn sie sie überhaupt nicht sahen. Also habe ich dem einen Riegel vorgeschoben. Sie hat sich nie dagegen gewehrt und ist einfach aus unserem Leben verschwunden.«

»Was ist mit dem Vater der beiden?«

»Er hat uns finanziell ein wenig ausgeholfen, doch die Kinder habe ich allein großgezogen. Ich habe ihretwegen auf meine Chance, aufs Berklee zu gehen, verzichtet, aber das war es wert, Ian. Ich bin so stolz auf sie. Marina ist im zweiten Jahr am Providence College, und Dylan fängt nächste Woche an der Syracuse University an – beide mit Stipendien. Irgendwie haben wir es zu dritt geschafft.«

»Respekt. Ich bin sechsunddreißig und habe ganz schön zu kämpfen, obwohl ich mehr Hilfe habe, als ich gebrauchen kann, und du hast zwei Kinder *alleine* großgezogen, dabei warst du nur halb so alt wie ich.«

Sie winkte ab. »Ich wollte dir bloß klarmachen, dass mein Problem mit Rosie nichts Persönliches ist.«

»Das verstehe ich jetzt.«

»Weißt du noch, wie ich dir erzählt habe, ich hätte gerade erst eine Beziehung hinter mir?«

»Die haarige Angelegenheit?«

»Genau die. Wir waren vier Jahre zusammen und haben uns getrennt, weil er heiraten und Kinder wollte. Letztes Jahr hat er bei Dylan und mir gewohnt, doch sobald Dyl sich diesen Sommer seine eigene Bude besorgt hatte, habe ich die Chance ergriffen und das Zimmer bei Georgie gemietet. Ich konnte schlecht bleiben, nachdem ich seinen Antrag abgelehnt hatte.«

Er schaute zu Boden und ließ entmutigt die Schultern sinken.

Sie trat auf ihn zu und streichelte ihm das Gesicht. »Es tut mir leid, dass ich dich verletzt habe. Das hatte ich nie vor. Ich wusste, dass wir uns beide verbrennen, wenn ich so mit dem Feuer spiele, aber ich konnte nicht widerstehen. Ich kann es noch immer nicht.«

»Cat«, flüsterte er, bevor er seinen Mund auf ihren presste.

Sie klammerte sich an ihn, kam seiner Zunge mit ihrer entgegen und keuchte überrascht auf, als er sie von den Füßen hob und in die Arme zog. Der Kuss war lang und innig und verzweifelt. Sie ließ ihn gewähren, bis sie es nicht mehr ertrug, ihm derart nahe zu sein, obwohl sie wusste, dass sie ihn nicht haben konnte.

»Wir können so nicht weitermachen, Ian«, erklärte sie. »Es wird nur von Mal zu Mal schlimmer.«

Als er sie runterließ, spürte sie seine Erektion. »Ich weiß.«

Lange hielten sie einander fest, bis ein Klopfen an der Tür sie aufschreckte.

»Treibt ihr es da drinnen etwa?«, rief Ernie scherzend.

»Nein«, erwiderte Ian, ohne sie loszulassen. »Komm ruhig rein.«

Die Tür öffnete sich. »Der Boss sucht nach dir, Kumpel. Ich habe ihm gesagt, dass du noch was erledigen musst.« Sein Blick wanderte zwischen ihnen hin und her. »Alles in Ordnung?«

»Ja«, versicherte ihm Cat und löste sich aus der Umarmung. »Ich wollte gerade gehen.«

Mit einem »Man sieht sich« verschwand Ernie wieder.

Traurig lächelnd wandte sie sich an Ian: »Melde dich mal.«

»Cat.«

Sie schaute ihn an und prägte sich jede kostbare Einzelheit ein.

Leise fragte er: »Ist dir je in den Sinn gekommen, dass du eine Menge mit einem Mädchen gemeinsam haben könntest, das von seiner Mutter im Stich gelassen worden ist?« Zärtlich streichelte er ihr mit dem Zeigefinger über die Wange und hauchte ihr einen Kuss auf die Stirn. »Pass auf dich auf, Baby.«

Sie sah ihm nach und fühlte sich, als hätte er ihr das Herz aus der Brust gerissen und mitgenommen.

Kapitel 29

Die Laborassistentin zog die Nadel aus der Vene in Georgies Arm und drückte ihr einen Wattebausch auf die Einstichstelle.

Georgie blickte zu Nathan hoch.

Er schenkte ihr ein aufmunterndes Lächeln.

»Es dauert vier bis sechs Wochen«, erklärte die Fachkraft, die sich ein letztes Mal die Anweisungen durchlas, die der Arzt von Georgies Mutter gefaxt hatte. »Hier steht, dass Sie angerufen werden, falls eine weitere Behandlung nötig ist. Außerdem haben Sie angekreuzt, dass Sie schriftlich benachrichtigt werden wollen, sollte das Ergebnis negativ ausfallen. Stimmt das so?«

»Ja.«

»Haben Sie noch Fragen?«

Sie hatte so viele Fragen, dass ihr schon ganz schwindlig war. Sie wollte von der Frau wissen, was *sie* tun würde. Würde sie sich die Brüste abnehmen lassen, wenn das Ergebnis positiv ausfiele? »Nein, danke.«

Mit einem knappen Nicken nahm die Laborassistentin die Ampullen mit dem Blut und verließ das kleine Zimmer.

Nathan half Georgie auf die Füße. »Das war doch nicht so schlimm, oder?«

»Nein, wohl nicht.« Sie betrachtete den Pflasterstreifen, mit dem der Wattebausch festgeklebt war. »Vier bis sechs Wochen. Das ist ganz schön lange.«

»Die vergehen schneller, als du denkst.«

»Was machen wir jetzt?«

Er legte ihr einen Arm um die Schultern und ging mit ihr aus der Klinik. »Wir werden das Ganze vergessen und unser Leben weiterführen.«

Das klang nach einem guten Plan. Sie hoffte nur, dass sie das auch schaffte.

***

Am Freitagmorgen erwachte sie allein in aller Frühe und stellte traurig fest, dass Nathan in der Nacht nicht zu ihr gekommen war. Ihr wurde klar, dass sie sich daran gewöhnt hatte, neben ihm aufzuwachen. Lange saß sie auf der Bettkante und überlegte, wann genau sie angefangen hatte, das, was zwischen ihnen geschah, voranzutreiben. *Als du dich auf dem Krankenhausparkplatz an ihn rangeschmissen und ihn eingeladen hast, mit dir zu schlafen.*

Plötzlich erschien ihr die Vorstellung, nach Atlanta zurückzukehren, wenig reizvoll. Was, wenn sie hierbliebe? Zum ersten Mal gestattete sie sich den Gedanken. Sie könnte hier Arbeit finden, oder? Natürlich wäre es nicht Davidson's, aber vielleicht in einem der Warenhäuser in Providence. Nur, was würde aus ihren Untergebenen in Atlanta werden? Sie verließen sich auf sie. Sie musste zumindest lange genug zurückkehren, um dort alles in Ordnung zu bringen. Danach konnte sie tun, was sie wollte.

Unter der Dusche und auf dem Weg zum Zentrum ging sie ihre Optionen durch. Bis um halb zehn hatte sie die Unterlagen der letzten sechs Monate sortiert und damit den riesigen Ablagestapel vom Schreibtisch entfernt, den sie von ihrer Mutter geerbt hatte. Sie zahlte die Rechnungen, kümmerte sich um das Scheckbuch und ordnete zahlreiche Briefe. Ganz unten entdeckte sie den Antrag für die Wertstofftonne, der sie an den Tag erinnerte, an dem sie Nathan kennengelernt hatte. Seitdem war so viel geschehen.

Sie nahm das Telefon und rief den Chef der städtischen Abfallentsorgung an.

»Hier spricht Georgie Quinn vom Seniorenzentrum«, erklärte sie, sobald er den Hörer abnahm.

»Nancys Tochter?«

»Genau.«

»Das mit Ihrer Mom tut mir leid. Sie war eine ganz besondere Frau.«

»Danke. Ich rufe wegen eines Antrags an, der mir hier in Kopie vorliegt. Darauf steht, dass meine Mutter schon vor fast einem Jahr um eine Wertstofftonne gebeten hat. Wir haben jedoch weiterhin keine.«

»Also, so etwas dauert seine Zeit …«

»Kennen Sie Styropor? Ist Ihnen klar, dass das Zeug, das wir heute benutzen, auch dann noch auf der Deponie liegt, wenn Ihre Enkelkinder Enkel bekommen?« *Nathan wäre stolz auf mich.* »Es zersetzt sich nicht. Niemals. Wir *müssen* den Müll trennen. Ich habe nicht genug Personal, um jeden Tag das Geschirr für über hundert Leute zu spülen. Wenn ich den Senioren der Stadt Mittagessen anbieten will, muss ich mit Styroporbehältern arbeiten. Begreifen Sie die Zwickmühle, in der ich stecke?«

»Ja, aber …«

»Kein Aber. Seit Wochen schleppe ich schon den miefigen Recyclingmüll rüber zum Erholungszentrum. Die Entfernung des Leber- und Zwiebelgestanks aus meinem Auto könnte ich der Stadt in Rechnung stellen. Was sagen Sie? Können Sie mir zeitnah eine Wertstofftonne anliefern?«

»Ich schau mal, was sich machen lässt.«

»Dafür wäre ich dankbar.«

»Sie sind ganz wie Ihre Mutter«, erklärte er mit einem kleinen Lachen.

Bei diesen Worten setzte ihr Herz einen Schlag aus. »Danke«, erwiderte sie leise. Woher sollte er wissen, dass es für sie kein größeres Kompliment gab?

Anschließend putzte sie das kleine Büro und richtete sogar die Bilder an der Wand aus. Die meisten zeigten ihre Mutter und ihre Schützlinge der vergangenen Jahre. Mit einem Lächeln betrachtete sie das Bild von ihrer Mom mit den schlimmen alten Herren, das beim letzten Weihnachtsfest aufgenommen worden war.

Gegen zehn Uhr schloss sie die Eingangstür auf. Sofort kam Walter hereingelaufen, hob sie von den Füßen und wirbelte sie herum. Das hätte sie ihm gar nicht zugetraut. »Was ist denn in dich gefahren?«, rief sie, nachdem er sie wieder abgesetzt hatte.

»Gus ist aufgewacht.«

»Oh.« Sie umarmte Walter stürmisch. »Gott sei Dank.«

»Er hat noch einen langen Weg vor sich, doch er wird wieder gesund, Georgie. Er redet schon wieder, als wäre nichts gewesen.«

»Weiß er das von Roger?«

Walter schüttelte den Kopf. »Dawn hat beschlossen, es ihm zu verschweigen, bis er etwas kräftiger ist.«

»Vermutlich keine schlechte Idee.«

»Ich muss zurück, aber wir wollten dich sofort darüber informieren. Erzählst du es den anderen?«

»Natürlich. Ich schau nach dem Mittagessen mal vorbei.«

Er gab ihr einen Kuss auf die Wange und verschwand wieder.

Eine Weile blieb sie stehen, die Hand aufs Herz gelegt, und dankte Gott für das, was nichts anderes als ein Wunder war. Da klingelte ihr Handy, und sie zog es aus der Tasche.

»Georgie, ich bin's, Tara«, flüsterte ihre Assistentin aus Atlanta. »Hier geht heute irgendwas vor sich. Ich kann eigentlich nicht reden, doch die Türen der hohen Tiere sind geschlossen, und diese Zicke Nina kreischt Lorraine an.«

»Wow«, staunte Georgie, die sofort an dem Drama Anteil nahm. »Niemand schreit Lorraine an und kommt mit dem Leben davon.«

»Ich weiß. Da ist jemand, ich muss auflegen, aber ich ruf dich nachher noch mal an, wenn ich's schaffe. Sieh zu, dass du hier aufkreuzt.«

Kaum hatte sie aufgelegt, klingelte der Anschluss des Zentrums. Dieser Tag schien völlig aus dem Ruder zu laufen, und ihr schwindelte jetzt schon. Sie eilte ans Telefon.

»Georgie, hier ist Richard Andrews«, meldete sich der Direktor vom Kulturdezernat. »Ist es gerade schlecht?«

»Ganz und gar nicht. Was ist los?«

»Wir haben es geschafft«, verkündete er überschwänglich. »Wir haben jemanden gefunden.«

»Wen?«

»Den perfekten Ersatz für Ihre Mutter – nicht, dass Ihre Mutter ersetzt werden könnte, doch es ist jemand, der den Stab übernehmen und da weitermachen kann, wo sie aufgehört hat. Die Kandidatin hat einen Abschluss in Gerontologie und ist gerade mit ihrem Mann hergezogen, einem Marineoffizier, der in den nächsten paar Jahren am War College unterrichten wird. Sie ist ideal, Georgie, und sie will den Job unbedingt.«

»Ach.« Mehr brachte sie nicht raus. Sie sah sich im Zentrum um, wo sie sich einst so eingesperrt gefühlt hatte, und ihr Herz zog sich zusammen.

»Ich schicke sie nach dem Mittagessen vorbei. Gegen halb zwei? Nachdem Sie sie mit den Leuten zusammen erlebt haben, brauche ich nur Ihr Okay, dann ist die Sache erledigt. Georgie? Sind Sie noch dran?«

»Ja«, brachte sie heraus. »Ich bin noch hier.«

»Sie heißt übrigens Barbara Samuels. Ich schicke Ihnen ihren Lebenslauf. Rufen Sie mich an, sobald Sie sie getroffen haben?«

»Mach ich.«

»Drücken Sie die Daumen, Georgie. Darauf haben Sie gewartet. Ich kann Ihnen gar nicht genug dafür danken, dass Sie eingesprungen sind. Keine Ahnung, was wir ohne Sie getan hätten.«

»Kein Problem.« Und das war wohl die Untertreibung des Jahrzehnts.

***

Nach dem Mittagessen eilte Georgie nach Hause, um sich vor ihrem Vorstellungsgespräch mit dieser Barbara den Geruch des Bœuf Stroganoff abzuspülen, während sie sich einredete, es wäre *gut*, dass sie jemanden gefunden hatten. Darauf hatte sie wochenlang gewartet.

Aus irgendeinem Grund fühlte es sich aber nicht gut an. Es fühlte sich an, als käme alles zu einem Ende, und sosehr sie sich einst danach gesehnt hatte, nach Atlanta zurückzukehren, wollte sie jetzt viel lieber in Newport bleiben. Wenn sie hier doch nur dieselbe Karriere haben könnte, die in Atlanta auf sie wartete.

Als sie gerade das Haus verließ, um ins Zentrum zu fahren, kam der Postbote den Hügel hinab. Er reichte ihr die Sendungen und schlenderte dann pfeifend weiter. Geistesabwesend ging sie die Kataloge und Rechnungen durch, bis sie bei der vertrauten Schrift ihres Vaters innehielt. »O mein Gott. O Gott. *Endlich.*«

Sie warf den Rest der Post auf den Korbtisch, ließ sich auf die Bank fallen und riss den Umschlag auf.

Liebe Ali und Georgie,

gestern habe ich einen erschreckenden Anruf von Georgies Freund Nathan Caldwell erhalten. Ich hatte ja keine Ahnung, dass Eure Mutter krank war, und nach der Nachricht von ihrem Tod war ich völlig sprachlos. Nancy hat immer förmlich vor Leben gesprüht. Ich fasse nicht, dass sie fort ist, und Euer Verlust tut mir unendlich leid.

Ich möchte mich dafür entschuldigen, dass ich mich die letzten Monate nicht gemeldet habe. Es liegen schwierige Zeiten hinter mir. Meine Ehe ist vorbei, und ich hatte schwerwiegende finanzielle Probleme. Es ist mir unangenehm, wenn ich Eurer Mutter in ihren letzten Tagen Scherereien bereitet habe, weil ich meinen Verpflichtungen nicht nachkommen konnte. Vor Kurzem haben wir unser Haus verkauft, und ich habe einen Scheck mit den ausstehenden Unterhaltszahlungen beigelegt, die ich Eurer Mutter schulde. Bitte, behaltet das Geld, und verwendet es, wie immer Ihr wollt.

Verzeiht mir, dass ich nicht für Euch da war, als Ihr mich gebraucht habt, aber Ihr sollt wissen, dass das in Zukunft nicht noch einmal passieren wird. Ich habe Euch eine Karte mit meinen Kontaktdaten dazugelegt. Hoffentlich höre ich von Euch beiden. Ich habe Euch aufrichtig lieb.

Dad

PS: Trotz der Schelte, die ich von ihm erhalten habe, scheint mir dieser Nathan ein netter junger Mann zu sein, dem Du wirklich viel bedeutest, Georgie.

Sie war sich nicht sicher, ob sie Nathan erwürgen oder umarmen wollte, weil er sich ohne ihr Wissen eingemischt hatte. Darüber würde sie später noch mal nachdenken müssen, wenn sie Zeit gehabt hatte, den Brief ihres Vaters ein weiteres Mal zu lesen, alles einsinken zu lassen und mit Ali zu reden.

Erleichtert, dass ihr Vater immerhin lebte, warf sie einen Blick auf den Scheck über dreißigtausend Dollar, bevor sie die Zettel zusammenfaltete und in den aufgerissenen Umschlag steckte. Dann brachte sie die Post ins Haus, lief mit dem Brief ihres Vaters nach oben und steckte ihn unters Kissen, bevor sie sich auf den Rückweg zum Zentrum machte. Sie griff gerade nach ihrem Handy, um Ali anzurufen, als es klingelte. Sie erkannte die 404-Vorwahl. Atlanta.

»Georgie«, flüsterte eine Stimme. »Ich bin's, Lorraine.«

»Warum flüstern Sie?«

»Ich stecke in der Abstellkammer.«

»Was zum Henker läuft da heute bei Ihnen? Tara hat mich vorhin auch schon angerufen.«

»Die ganze Welt dreht durch. Sie haben Terry Paulson gefeuert.« Das war der Regionalleiter, der darauf bestanden hatte, dass Georgie ersetzt wurde. »Nina wird auch hochkant rausgeworfen, aber das darf ich ihr noch nicht erzählen. Gott, ich kann es kaum erwarten, es ihr mitzuteilen. Diese selbstgefällige Zicke hat mir diese Woche das Leben zur Hölle gemacht. Alle hassen sie.«

»Hab ich gehört.«

»Passen Sie auf, Georgie. Sie schaffen am Montag um neun Ihren Hintern hierher, und wir tun so, als wäre gar nichts gewesen. Der Nachfolger von Terry wird erst dahinterkommen, nachdem Sie schon wieder ein paar Wochen bei uns sind. Ich hab sogar reden hören, dass man ein Auge auf meine Wenigkeit geworfen hat, als es darum ging, wer seinen Job übernehmen soll. Wenn der Fall eintritt, dann kriegen Sie mein Büro. Darauf würde ich auf jeden Fall bestehen.«

Der große Wurf, schoss es Georgie durch den Sinn. Endlich fügte sich alles zu der Beförderung zusammen, von der sie seit Jahren träumte. Damit hätte sie die volle Kontrolle über zehn Ladengeschäfte, mehr als hundert Angestellte würden für sie arbeiten, und sie hätte eine Chefin, von der sie bereits wusste, dass sie gut miteinander auskommen würden.

»Verraten Sie das bloß keinem«, warnte Lorraine.

»Werd ich nicht.«

»Kann ich mich darauf verlassen, dass Sie am Montag wieder hier sind, Georgie?«

Ihr Herz zog sich zusammen, als sie an Nathan dachte, aber wie könnte sie sich diese Chance entgehen lassen, den Rauswurf zu tilgen und ihre Karriere wieder auf die richtige Spur zu bringen? Er würde sicherlich verstehen, dass sie das tun *musste*, oder nicht?

»Georgie?«

»Ja«, versprach sie. »Ich werde da sein.«

***

Barbara Samuels erschien in einem weißen Sommerkostüm, das Georgie augenblicklich als von Dior identifizierte. Obwohl schon Ende vierzig, hatte Barbara noch immer dichtes blondes Haar, das sie in einem Bob trug, der ihr perfekt stand, und war subtil und elegant geschminkt. Sie sprach mit einem Akzent, den Georgie jederzeit erkennen würde.

»Stammen Sie aus Georgia?«

»Ja, aus Savannah«, bestätigte Barbara. »Woher wissen Sie das?«

»Ich lebe seit zwölf Jahren in Atlanta. Ich erkenne Georgia, wenn ich es höre.«

»Vor meiner Ehe habe ich fünf Jahre in Buckhead gewohnt.«

»Da lebe ich jetzt.«

Über den Zufall musste Barbara lächeln. »Was arbeiten Sie dort?«

»Ich bin in der Marketingabteilung von Davidson's.«

»Ach«, rief Barbara. »Ich *liebe* Davidson's.«

»Ich auch. Ich freue mich schon drauf, wieder dorthin zurückzukehren und mich davon zu überzeugen, dass in meiner Abwesenheit nicht alles den Bach runtergegangen ist.«

»Wie lange sind Sie jetzt hier?«

»Drei Monate. Seit meine Mutter krank wurde.«

»Das mit Ihrer Mutter hat mir echt leidgetan. Ich habe vom Stadtrat nur Gutes über sie gehört.«

»Danke«, meinte Georgie. »Wie wäre es, wenn ich Sie erst mal rumführe, und dann schauen wir weiter?«

»Klingt gut.«

Als sie eine halbe Stunde später ins Büro zurückkehrten, wusste Georgie, dass sie die perfekte Kandidatin hatten. Barbara hatte sich mit jedem der Senioren unterhalten, die Georgie ihr vorgestellt hatte, hatte ihnen zugehört, wenn sie mit ihr gesprochen hatten, und behandelte alle mit dem Respekt und der Würde, die sie verdienten.

»Sie können gut mit ihnen umgehen«, bemerkte Georgie.

Barbara ließ sich auf dem Stuhl auf der anderen Seite des Schreibtischs nieder und schlug die Beine übereinander. »Sie wollen nur, dass sie jemandem ihre Geschichten erzählen können. Über die Jahre habe ich aus solchen Gesprächen eine Menge Weisheiten mitgenommen.«

»Ich wünschte, Sie könnten die Kerntruppe kennenlernen, aber die sind drüben im Krankenhaus.« Sie erklärte ihr die Situation mit Gus, dann sah sie auf die Uhr. »Ich fahre auch gleich noch mal rüber.«

»Stört es Sie, wenn ich Sie begleite?«

»Überhaupt nicht. Das wäre großartig.«

Auf dem Weg zum Krankenhaus beschrieb Georgie ihr den Tagesablauf im Zentrum. »Wenn Sie die Stelle übernehmen, lassen Sie Ihr Dior besser daheim, sonst enden Sie mit Essensresten auf der Jacke.«

»Sie haben aber ein gutes Auge für Mode.«

»Ich habe es mir zum Ziel gesetzt, ausschließlich Dior zu tragen«, erwiderte Georgie strahlend. Etwas nüchterner fügte sie hinzu: »In meinen Träumen.«

»Ich war vierzig, als mir mein Mann zu Weihnachten mit meinem ersten Dior-Kostüm einen Schock versetzt hat.«

»Selbst mit meinem Angestelltenrabatt kann ich mir das nicht leisten.« Schlagartig wurde ihr klar, dass sich das bei einer Beförderung ändern würde. »Ich sollte Sie vorwarnen: Die Männer, die Sie gleich treffen werden, sind ein wenig speziell, wenn es um mich geht. Die letzte Bewerberin haben sie sogar vergrault, weil sie nicht wollten, dass ich sie verlasse. Sie standen meiner Mutter sehr nahe, und ihr Tod war ein schwerer Schlag für sie.«

»Mehr müssen Sie nicht sagen. Ich verstehe das vollkommen.«

Mit dem Aufzug fuhren sie auf die Intensivstation, und Georgie stellte Barbara vor. »Versucht nicht mal, sie zu verschrecken«, warnte sie die Herrschaften, die Barbara widerwillig die Hand gaben. »Ich werde Gus besuchen. Seid nett zu ihr, hört ihr?«

Murrend willigten sie ein.

Barbara setzte sich zwischen Walter und Bill, die sich größte Mühe gaben, sie zu ignorieren.

In leiser Sorge, Barbara könnte verschwunden sein, wenn sie zurückkam, verließ Georgie sie und begab sich in Gus' Zimmer. Er schlief, also bemühte sie sich, ihn nicht zu stören. Seine Gesichtsfarbe sah schon besser aus als beim letzten Mal, und es schienen weniger Schläuche und Maschinen an ihm zu hängen.

Sie wollte gerade wieder gehen, da hob er die Lider. »Hallo, Kleines.«

Mit tränenerfüllten Augen griff sie nach seiner Hand. »Wird auch Zeit, dass du wieder da bist. Ohne deine Stimme der Vernunft sind die anderen außer Rand und Band.«

Er lachte leise.

»Wie geht's dir?«

»Als hätte mir jemand einen heißen Schürhaken in den Schädel gerammt. Ach, warte mal, hat man ja.«

Ein Lächeln spielte um ihre Lippen. »Wie ich höre, haben sie einen Frühjahrsputz veranstaltet, wenn sie schon mal da drinnen waren. Haben den ganzen Unrat rausgeworfen.«

»Und mir zwanzig Jahre geschenkt.«

Sie drückte seine Hand. »Du hast mir gefehlt.«

»Was ist los, Georgie?«, fragte er, den Blick seiner klugen blauen Augen auf sie geheftet.

»Nichts.«

»Bist du sicher?«

»Du willst doch nichts von meinen Problemen hören.«

»Glaub mir, ich würde lieber was von deinen Problemen hören, als mich zu fragen, was ich mit meinem Sohn anstellen soll.«

»Gus …«

»Schon gut, Georgie. Ich weiß, dass er etwas damit zu tun hat.«

»Nathan meinte, Roger wäre am Boden zerstört, seit das alles passiert ist.«

»Gut«, erwiderte Gus mit untypischer Strenge. »Vielleicht ist das der Weckruf, den er schon seit vielen Jahren dringend gebraucht hat.«

»Hoffen wir es.«

»Sprich mit mir. Ich schließe die Augen und lausche. Du redest.«

Sie zögerte kurz, ehe sie ihre Last bei ihm ablud. Als sie geendet hatte, war sie sich ziemlich sicher, dass er eingeschlafen war. »Gus?«

»Ich bin noch hier, Liebes. Ich denke nur über alles nach, was du mir erzählt hast. Dass du mit dem Gentest eine derart besorgniserregende Sache durchstehen musst, tut mir leid. Das ist sehr schwer.«

»Ich kann an nichts anderes denken«, gestand sie. »Ständig gehe ich die einzelnen Szenarien durch, immer wieder, und alle sind hundsmiserabel.«

»Stimmt, aber Nathan hat recht – bis du es nicht mit Sicherheit weißt, kannst du dich davon nicht vereinnahmen lassen.«

»Ich versuche es. Bis jetzt hatte ich damit allerdings keinen Erfolg.«

»Was ist mit Nathan? Liebst du ihn?«

»Ich weiß es nicht«, stöhnte sie. Sie ließ sich auf einen Stuhl fallen. »Wie kann ich ihn denn lieben? Ich habe ihn doch erst vor einer Woche kennengelernt. Das war alles viel zu intensiv und plötzlich, weil wir wussten, dass ich schon bald wieder abreisen würde. Nichts von alledem ist echt.«

»Du hast den Überblick verloren, also verrate ich dir, was ich an deiner Stelle tun würde: Kehre nach Atlanta zurück, schnapp dir diese Beförderung, und lebe dein Leben eine Weile ohne ihn. Wenn du ihn liebst, wird es nicht lange dauern, bis du das merkst.«

»Was soll ich ihm denn erzählen? ›Hey, es war voll nett mit dir, ich komm vielleicht zurück, vielleicht aber auch nicht‹?«

»Klingt doch gut.«

»Ich kann kaum von ihm verlangen, dass er Däumchen dreht und auf mich wartet.«

»Dann lass es. Ist schließlich ohnehin seine Entscheidung.«

»Das ist ein ziemlich großes Risiko, Gus. Was, wenn ich ihn verliere?«

»Dann war es dir nicht vorherbestimmt, mit ihm zusammen zu sein.«

»Morgen fliege ich nach Atlanta zurück. Sie haben einen Ersatz für Mom und mich im Zentrum gefunden. Sie ist perfekt – und sie hat einen *fantastischen* Modegeschmack.«

»Was uns wirklich unglaublich wichtig ist«, erwiderte er lächelnd. »Außerdem kann niemand die Quinns ersetzen.«

Sie gab ihm einen Kuss auf die Stirn und wurde von ihren Gefühlen völlig überwältigt. »Ich wollte den Job zwar nie, aber ich bin so froh, dass ich dich kennengelernt habe. Ich danke dir für deine Freundschaft in der schweren Zeit. Danke auch, dass du nicht gestorben bist.«

»Gern geschehen«, erwiderte er. »Es war schön, dich jeden Tag hier zu wissen, Georgie. Du wirst mir fehlen. Ruf doch hin und wieder mal aus der großen Stadt an, ja?«

»Versprochen.«

»Pass auf dich auf, Liebes. Schau, wie es sich in Atlanta entwickelt. Wenn du dich danach trotzdem dafür entscheidest, zu gehen, dann ohne Bedauern.«

Sie nickte, dankbar für sein Verständnis und seine weisen Ratschläge. »Gute Besserung«, wünschte sie ihm von der Tür aus und warf ihm einen Luftkuss zu.

Gedankenverloren wanderte sie zum Wartebereich zurück, wo sie abrupt stehen blieb. Barbara hatte die Kostümjacke abgelegt und pokerte mit den Jungs. Georgie nutzte den Moment, um jeden einzelnen der alten Männer zu studieren, die sie einst in den Wahnsinn getrieben hatten, und überlegte, wann sie ihr so ans Herz gewachsen waren.

»Full House.« Barbara legte ihre Karten auf den Tisch. »Sehet und staunet, Jungs.«

Stöhnend gaben die Männer auf.

Barbaras triumphierende Miene verriet Georgie, dass es nicht die erste Runde war, die sie gewonnen hatte. Sie hob den Kopf und hielt einen Daumen hoch.

Ein kleines trauriges Lächeln legte sich auf Georgies Gesicht, während sie beobachtete, wie die neue leitende Direktorin des Seniorenzentrums Newport bei ihren Freunden das Eis brach. Bevor sie und Barbara ins Zentrum zurückkehrten, umarmte Georgie die Männer und versprach, sie schon bald zu besuchen. Als der schlimme Gus sich die Tränen abtupfte, ehe er sie fest an sich drückte, musste sie schlucken.

»Ruf mich an, falls du jemals deine Ansprüche runterschraubst«, neckte Walter sie, dann nahm auch er sie in die Arme.

Lachend versicherte sie ihm: »Du bist der Erste, der es erfährt.«

»Verrätst du uns endlich, was zwischen dir und dem Caldwell-Jungen läuft?«, wollte Bill wissen.

»Wir sind nur *Freunde*«, rief Georgie.

Bill verdrehte die Augen. »Das ist der größte Bockmist, den ich je gehört habe.«

Die anderen nickten zustimmend, aber der schlimme Gus meinte: »Danke, Georgie, dass du uns ausgehalten hast. Ich weiß, dass wir es dir nicht immer leicht gemacht haben.«

»Es war mir ein Vergnügen«, erwiderte sie aufrichtig. »Wenn ich von der Anhörung vor dem Nachlassgericht zurückkomme, besuche ich euch. Und dann will ich von Barbara ausschließlich Gutes hören, verstanden?«

Sie lachten wiehernd über den strengen Tonfall, versprachen jedoch, sich zu benehmen.

Schweigend fuhren die beiden Frauen zurück ins Zentrum. Zum vermutlich letzten Mal parkte Georgie auf dem Parkplatz der Leiterin, schaltete den Motor ab und nahm sich eine Sekunde, um sich zu sammeln, bevor sie sich an Barbara wandte: »Darf ich noch was fragen?«

»Na klar.«

»Wenn einer von den Stammbesuchern eines Tages nicht auftauchen würde und niemand von ihm gehört hätte, was würden Sie dann tun?«

»Ich würde zu ihm fahren und nachschauen, was los ist.«

»Und falls, sagen wir mal, das Auto in der Einfahrt steht, er aber nicht an die Tür geht?«

»Dann trete ich sie ein.«

Georgie nickte und streckte der Frau die Hand hin. »Soweit es mich betrifft, haben Sie die Stelle. Wann können Sie anfangen?«

»Montag?«

»Großartig. Ich teile Richard mit, dass ich grünes Licht gebe.«

»Sie freuen sich sicher schon drauf, wieder in Atlanta zu sein.«

»Ja«, meinte Georgie leise. »Kann's kaum erwarten.«

Damit gingen sie rein, um über die Schlüssel, das Sicherheitssystem und die bestellten Mülltonnen zu sprechen. Georgie erklärte ihr das Ablagesystem, notierte ihr das Passwort für den Computer und zeigte ihr, wo sie das Scheckbuch, die Bestellungen und die Termine für die Inventuren fand. Das meiste hatte sie sich selbst erarbeiten müssen, nachdem ihre Mutter krank geworden war.

»Ich schätze, das war's.« Sie reichte der Frau ihre Visitenkarte von Davidson's. »Hier haben Sie meine Handy- und Arbeitsnummer, falls Sie noch Fragen haben. Rufen Sie mich jederzeit an.«

Barbara nahm die Karte entgegen und schüttelte Georgie die Hand. »Danke. Viel Glück, Georgie.«

»Ihnen auch. Geben Sie gut auf das Zentrum acht. Es bedeutet uns viel.« Damit meinte sie sich und ihre Mutter.

»Ich stürze mich mit allem rein, was ich habe.«

»Bitte nicht mit allem. Den Fehler hat meine Mutter begangen.«

Da sie zu spüren schien, dass Georgie das jetzt brauchte, umarmte Barbara sie kurz, bevor sie sich verabschiedete.

Danach gönnte Georgie sich eine letzte Tour durch das Gebäude, um sich zu vergewissern, dass sich alles an seinem Platz befand, und um die Lichter auszuschalten. Im Büro sammelte sie die letzten Habseligkeiten ihrer Mutter zusammen. Einer spontanen Eingebung folgend nahm sie auch das Weihnachtsfoto von ihrer Mom und den Stammbesuchern von der Wand und legte es in die Kiste. Das würde sie behalten.

Lange blieb sie in der Eingangstür stehen und erinnerte sich an die Leute, ihre Gespräche und Scherze, die Gerüche – manche gut, manche weniger. In ihren wildesten Träumen hätte sie sich nicht ausmalen können, wie schwer es ihr fallen würde, das Zentrum zu verlassen, allerdings hatte sie auch nicht damit gerechnet, hier eine Familie zu finden.

»Gute Arbeit, Mom«, flüsterte sie, während ihr eine einzelne Träne über die Wange lief. »Ich bin stolz auf dich.«

Da Nathan sie schon bald von zu Hause abholen würde, schaltete sie die letzte Lampe aus und schloss die Tür hinter sich.

Kapitel 30

Als Georgie zu Hause eintraf, bereiteten Ben und Tess gerade das Abendessen zu – Tess stand am Herd und rührte um, und Ben schmiegte sich an ihren Rücken und küsste ihren Nacken, bis sie kicherte. Das Schauspiel erfüllte Georgie mit großer Freude. Ihr wurde klar, dass sie einander gefunden hatten, weil ihre Mutter erkrankt war, weil sie nach Mitbewohnerinnen gesucht hatte und weil sie Nathan kennengelernt hatte.

»Hallo, ihr beiden.«

»Hi.« Tess stieß Ben sanft an, damit sie sich umdrehen und mit Georgie reden konnte. Sie strahlte förmlich, und daran erkannte Georgie, dass sie Ben auf ihrem Ausflug genau dahin bekommen hatte, wo sie ihn haben wollte.

»Wie war es in Pittsburgh?«

Sie wechselten einen sengend heißen Blick. Ben wirkte entspannter und gesünder, als Georgie ihn je erlebt hatte.

»Großartig«, antwortete er ihr.

»Ja«, pflichtete Tess ihm bei, die den Blick kaum von ihm lösen konnte. »Großartig.«

Georgie verdrehte lachend die Augen.

»Wie lief's heute bei dir?«, bemühte sich Tess, ein anderes Thema anzusprechen.

»Du glaubst ja nicht, was für einen Tag ich hatte. Jetzt will ich nur baden und ins Bett.«

»Aber du gehst doch heute Abend mit Nate aus, oder nicht?«, fragte Ben, der beunruhigt die Stirn runzelte.

»Ja, warum?«

Tess und Ben tauschten erneut einen Blick.

»Nur so«, winkte er ab.

»Was ist los?«, hakte Georgie nach.

»Nichts«, erwiderten die beiden.

»Was verheimlicht ihr mir?«

»Gar nichts«, versicherte ihr Tess. »Bist du hungrig?«

»Nein, ich bin argwöhnisch.« Sie stemmte die Hände in die Hüften und starrte sie an. Tess gab als Erste unter dem Druck nach.

»Georgie, komm schon. Er bringt uns um, wenn wir dir was verraten, und er hat eine Waffe. Vergiss es einfach.«

»Was soll ich vergessen?«

Ben hinkte zu ihr und legte ihr eine Hand auf die Schulter. »Er hat eine besondere Überraschung für dich geplant, also tu bitte all denen einen Gefallen, die er in der letzten Woche ganz verrückt gemacht hat, und versuche, das, was heute geschehen ist, hinter dir zu lassen, damit du nachher in der richtigen Stimmung bist. Schaffst du das? Für Nathan?«

Fasziniert von dieser neuen, empfindsamen Seite an ihm nickte sie. »Das kriege ich hin.«

Da klingelte es.

»Er ist zu früh«, rief Georgie. »Ich bin noch gar nicht so weit.«

»Ich kümmere mich um ihn«, beruhigte Tess sie. »Wir beschäftigen ihn, bis du dich umgezogen hast.«

Wie versprochen begab sich Tess zur Tür, und Georgie eilte zur Treppe, blieb aber abrupt stehen, als sie Tess aufschreien hörte.

»Nein! Du kannst hier nicht rein.«

Sie wirbelte herum und sah, wie Tess einen Mann davon abzuhalten versuchte, sich Zutritt zum Haus zu verschaffen.

»Ben!« Georgie raste die Treppe runter, um Tess zu helfen. »Ruf die Polizei.«

Das Handy in der Hand, kam Ben aus der Küche gehumpelt und wählte schon die Nummer.

Die beiden Frauen hatten dem wild entschlossenen Eindringling nicht viel entgegenzusetzen. Er drängte sich an ihnen vorbei und packte Tess brutal am Arm.

»Lass mich los«, schrie sie, kratzte und hieb auf den gut aussehenden Mann im dunkelblauen Anzug ein.

Er schlug ihr fest ins Gesicht.

»He, was soll der Scheiß?«, brüllte Ben.

Gemeinsam warfen er und Georgie sich auf das kämpfende Duo und rissen die beiden zu Boden.

Ben schrie auf, was Tess lange genug ablenkte, um dem Angreifer einen Vorteil zu verschaffen.

»Du dämliche Schlampe«, fluchte der blonde Kerl, schob ihr grob eine Hand ins Haar und zerrte sie auf die Füße, das Gesicht dunkelrot vor Wut. »Du hast dich wohl für besonders schlau gehalten, aber du bist nichts als eine dumme Hure. Dachtest, ich finde dich nicht, was? Falsch gedacht. Du kommst mit mir nach Hause.«

»Mit dir gehe ich nirgendwohin, du Scheißkerl.« Sie wehrte sich wie ein wildes Tier.

Georgie kroch zu Ben, der mit bleichem und schweißgebadetem Gesicht dalag. »Hast du angerufen?«, flüsterte sie.

Mit schmerzverzerrter Miene nickte er. Dann griff er nach dem Bein des Angreifers und zog es unter ihm weg.

Der Mann stürzte schwer zu Boden und riss einen Tisch und eine Vase um, die auf dem Fliesenboden zersprang.

»Tess«, krächzte Ben, die Hand nach ihr ausgestreckt.

»Sie heißt nicht Tess, sondern Elise.« Der andere Mann erhob sich auf die Knie. »Sie ist meine Frau, lass also deine dreckigen Finger von ihr.«

Der Schock zeichnete sich in Bens Augen ab, als die Tür aufschwang.

Mit gezückter Waffe verschaffte sich Nathan einen Überblick. »Auf die Füße, Hände auf den Kopf«, befahl er dem blonden Mann. *»Sofort.«*

Der Typ starrte Tess finster an und ließ sich Zeit damit, Nathans Anweisungen Folge zu leisten.

Nathan griff nach dem Funkgerät an seiner Hüfte, um Verstärkung und einen Krankenwagen anzufordern, bevor er dem Mann Handschellen anlegte. »Wie lautet sein Name?«

Das Gesicht tränenüberströmt, senkte Tess den Blick zu Boden und murmelte: »Kurt Margolis.« Ein grellroter Handabdruck prangte auf ihrer Wange.

»Mr Margolis, Sie haben das Recht, zu schweigen«, setzte Nathan an, Kurt seine Rechte vorzutragen.

»Sie können mich nicht verhaften.« Er wehrte sich gegen Nathans festen Griff. »Sie ist meine Frau.«

»Tess, hast du ihn reingelassen?«

»Nein.«

»Hausfriedensbruch ist in Rhode Island eine Straftat, Mr Margolis. Ich möchte außerdem wissen, warum mein Bruder, ein verwundeter Veteran, inmitten von Scherben auf dem Boden liegt. Haben Sie etwas damit zu tun?«

»Ben hat versucht, ihn von Tess loszureißen«, erklärte Georgie, deren Stimme ebenso heftig zitterte wie ihre Hände, mit denen sie Bens Kopf auf ihrem Schoß hielt.

»Körperverletzung«, verkündete Nathan. »Eine weitere Straftat.«

»Er hat mich geschlagen«, äußerte Tess bedrückt. »Jahrelang. Das kann ich mit den Narben und meiner Krankenakte nachweisen.«

»Die Straftaten mehren sich«, meinte Nathan, der ohne Zweifel nur für Tess einen leichten Ton anschlug. »Verstehen Sie, warum Sie verhaftet werden, Mr Margolis?«

»Halt's Maul.«

»Hmm«, brummte Nathan. »Klingt das für euch nach jemandem, der sich der Verhaftung widersetzt?«

»In meinen Ohren schon«, brachte Ben heraus. Er streckte Tess die Hand entgegen, statt sie zu nehmen, flüchtete sie jedoch in die Küche.

»Geh ihr nach«, wandte sich Nathan an Georgie.

»Aber Ben …«

»Ich bin okay, Georgie.« Er hob den Kopf, damit sie aufstehen konnte. »Kümmere dich um Tess.«

Während sie in die Küche lief, hörte sie in der Ferne Sirenen. Tess stand an der Spüle und krümmte sich schluchzend.

Georgie legte die Arme um sie und hielt sie fest.

»Es tut mir leid, Georgie. Das habe ich in dein Haus gebracht, in das Haus deiner Mutter.«

»Schon gut.« Georgie strich ihrer Freundin tröstend übers Haar. »Es ist auch dein Zuhause, und dich trifft keine Schuld.«

»Ich war mir so sicher, dass er mich hier nicht aufspüren würde. Und damit habe ich uns alle in Gefahr gebracht.«

»Jetzt ist es vorbei. Nathan hat ihn in Gewahrsam, und er wird dafür sorgen, dass er ganz lange im Gefängnis sitzen wird.«

»Ben«, schluchzte Tess. »Hast du sein Gesicht gesehen, als Kurt mich seine Frau genannt hat? Ich habe ihn angelogen, indem ich ihm nicht verraten habe, dass ich verheiratet bin. Das wird er mir nie vergeben.«

»Er liebt dich, Tess. Er wird verstehen, warum du ihm das verheimlicht hast. Wie könnte er nicht, nach allem, was er gerade miterlebt hat?«

»Ich hätte es wissen sollen. Es war zu perfekt. Natürlich taucht Kurt genau in diesem Moment auf.«

Georgie führte ihre Freundin zu einem Stuhl und holte einen Eisbeutel aus dem Gefrierfach. Dann setzte sie sich neben Tess und hielt ihr das Eis an die Wange.

»Sieht es schrecklich aus?«, fragte Tess mit gebrochener Stimme.

»Nein, Schatz«, versicherte ihr Georgie. Sie zog Tess' Kopf an ihre Schulter. »Es sieht aus, als würde es wehtun.«

In dem Moment betrat Nathan die Küche. »Sie nehmen ihn mit.«

»Was ist mit Ben?«, fragte Tess.

»Die Sanitäter sind bei ihm. Bei dir alles in Ordnung, Tess?«

»Er hat ihr ziemlich fest ins Gesicht geschlagen«, meinte Georgie, wobei sie den Eisbeutel hob, um ihm die Stelle zu zeigen.

Nathan zuckte zusammen. »Der Bastard.«

»Ich hätte es dir erzählen sollen.« Tess brach erneut in Tränen aus. »Wie Georgie es von mir wollte. Sie hat mich angefleht. Sie und Ben hätten verletzt werden können. Es tut mir leid, Nathan. Das ist alles meine Schuld.«

Er kniete sich vor sie und nahm ihre Hand. »Warum um alles in der Welt soll das deine Schuld sein?«

Einer der Streifenpolizisten kam zu ihnen. »Detective? Sie nehmen Ihren Bruder mit. Das Bein könnte gebrochen sein.«

»O Gott«, stöhnte Tess.

»Er fragt nach Tess.« An Georgie gewandt fügte der Polizist hinzu: »Falls Sie einen Besen haben, würde ich dann die Scherben zusammenfegen.«

Sie holte ihm einen. »Vielen Dank.«

»Tess?«, fragte Nathan. »Ben wartet auf dich.«

»Ich kann nicht.«

»Doch, du kannst«, beharrte Georgie. »Du *musst.* Er braucht dich jetzt.«

»Entschuldige.« Damit stand Tess auf. »Ihr seid die besten Freunde, die ich jemals hatte, und ich liebe euch. Aber ich kann nicht hierbleiben. Nicht nach allem, was passiert ist.«

»Wenn du die Menschen verlässt, die du liebst, gewinnt er dann nicht?«, fragte Nathan.

Sie ließ die Schultern sinken und schluchzte zitternd.

Nathan trat auf sie zu und nahm sie in den Arm. »Es kommt alles wieder in Ordnung. Wir haben ihn, und wir werden ihn in allen Punkten anklagen. Es ist vorbei. Lass nicht zu, dass er dir auch noch den Rest deines Lebens ruiniert.«

Ein Sanitäter erschien im Türrahmen. »Wer von Ihnen ist Tess?«

Tess hob den Kopf von Nathans Brust. »Ich.«

»Der Patient weigert sich, sich abtransportieren zu lassen, ehe er Sie gesehen hat. Wir müssen ihn ins Krankenhaus bringen, könnten Sie also kurz nach draußen kommen?«

Sie nickte, wischte sich die Tränen ab und atmete scharf ein, als sie dabei die verletzte Wange berührte.

Georgie und Nathan legten beide einen Arm um sie und begleiteten sie zu Ben, der auf einer Trage lag und die Hand nach ihr ausstreckte.

Sie beugte sich über ihn, legte die Stirn an seine Brust und weinte. »Es tut mir schrecklich leid.«

Er strich ihr übers Haar. »Wir überstehen das schon. Komm mit, ich brauche dich.«

Die Finger um seine geschlungen, gab sie ihm einen Kuss auf die Stirn. »Okay.«

»Nate?«, wandte sich Ben an ihn.

»Ich bin hier.«

»Zieh das heute Abend mit Georgie durch.«

»Auf keinen Fall«, widersprach Nathan. »Dafür haben wir später noch Zeit.«

»Ich möchte, dass ihr euch heute amüsiert. Tess ist bei mir, es gibt also keinen Grund für dich, ins Krankenhaus zu fahren.«

Georgie sah, wie sehr Nathan mit der Entscheidung zu kämpfen hatte. »Wenn du das willst.«

»Tu ich.«

»Dann besuche ich dich morgen früh. Soll ich Mom und Dad anrufen?«

»Auf keinen Fall«, erwiderte Ben. »Ich habe Tess bei mir.« Er schaute zu ihr hoch. »Mehr brauche ich nicht.«

Damit rollten die Sanitäter ihn auf die Veranda. Tess folgte ihm.

»Detective?«, fragte der Streifenpolizist. »Der Lieutenant meinte, Sie sollten sich heute Abend um Ihre Familie kümmern. Den Bericht können Sie auch morgen früh schreiben. Brauchen Sie sonst noch was?«

»Ich komme zurecht, danke.«

Kaum waren sie allein, zog Nathan Georgie an sich und drückte die Wange auf ihren Scheitel. »Ich schwöre dir, als die deine Adresse per Funk durchgegeben haben, habe ich fünf Jahre meines Lebens eingebüßt.«

Ihr schauderte, als sie wieder an alles erinnert wurde. »Ich dachte, er bringt sie um. Direkt vor unseren Augen.«

»Ich wünschte, ich hätte gewusst, womit sie zu kämpfen hat.«

»Ich wollte es dir unbedingt erzählen, doch ich musste ihren Wunsch respektieren. Sie war entschlossen, ein neues Leben anzufangen, ohne Erinnerungen an die Vergangenheit.«

Als müsse er sie berühren, um sich zu vergewissern, dass ihr nichts fehlte, nahm er ihr Gesicht zwischen die Hände.

»Du warst echt gut, Nathan. Du hast genau das gesagt, was sie hören musste.«

»Noch nie war ich derart froh, dich zu sehen.« Sein Kuss wirkte sanft, aber von Erleichterung und Verlangen durchdrungen, und von etwas anderem, etwas, das tiefer reichte. »Wenn dir nicht danach ist, heute Abend auszugehen, dann verstehe ich das.«

»Soll das ein Scherz sein? Ich will unbedingt wissen, was du im Schilde führst.«

Er wich überrascht zurück. »Woher weißt du, dass ich was im Schilde führe?«

»Ein Hinweis hier, eine Andeutung da.«

»Hat es dir jemand verraten? Ich bringe denjenigen um, der …«

Sie hielt ihm den Mund zu, damit er schwieg. »Sie hatten Angst, du würdest sie erschießen, wenn ihnen was rausrutscht.«

»Gut«, brummte er.

»Heute ist ganz schön was los. Ich hab dir einiges zu erzählen.«

»Dazu kommen wir noch. Uns bleibt die ganze Nacht.«

»Du hast meinen Dad aufgespürt.«

Er zuckte die Achseln. »Hat nur zehn Minuten gedauert.«

»Danke.«

»Ich wollte dir eine Sorge abnehmen, damit du dir deswegen keine Gedanken mehr machen musst.«

Sie stellte sich auf die Zehenspitzen und küsste ihn. »Was soll ich anziehen?«

»Etwas schamlos Attraktives.«

»So etwas besitze ich nicht.«

»Doch, tust du. Du hast dieses kleine schwarze T-Shirt und die Jeans. Die mit den Blumen auf dem Hintern.«

»Die gefällt dir, was?«

»Und wie.«

»Bin gleich zurück.«

»Ich warte. Georgie? Pack eine Zahnbürste ein.«

Auf dem Weg nach oben schenkte sie ihm ein Lächeln und fühlte sich sogleich daran erinnert, wie er vor ihrem ersten Date darauf gewartet hatte, dass sie sich umzog. Und dass das hier ihr letztes Date sein könnte. Sie weigerte sich, daran zu denken, und beeilte sich stattdessen. Ehe sie das Bad wieder verließ, schnappte sie sich ihre Zahnbürste, dann lief sie die Stufen hinab. Sie konnte es kaum erwarten, herauszufinden, wohin er sie bringen wollte, damit sie endlich den schrecklichen Vorfall vergessen konnte, dessen Zeuge sie gerade geworden war. Tess hatte furchtbar gezittert, als sie mit Ben zum Krankenhaus aufgebrochen war. Georgie hoffte, ihrer Freundin ging es gut.

Als sie unten bei ihm ankam, nahm Nathan ihr die Zahnbürste ab und steckte sie in seine Brusttasche. »Fertig?«, fragte er und hielt ihr eine Hand hin.

Während sein Blick anerkennend über ihren Körper wanderte, spürte sie, wie sie Hitze und Vorfreude durchströmten. Sie nahm seine Hand und folgte ihm durch die Tür.

»Nathan?«

»Ja?«

»Es gefällt mir nicht, dass wir Ben und Tess allein ins Krankenhaus geschickt haben. Wäre es in Ordnung, wenn wir erst mal bei ihnen vorbeifahren? Nur, um uns zu vergewissern, dass es ihnen gut geht?«

»Auf jeden Fall. Ich hatte den gleichen Gedanken.«

»Ach, prima. Danke.«

Er drückte ihr einen Kuss auf die Wange. »Unsere Pläne laufen uns nicht davon.«

Kapitel 31

Nachdem Ben intravenös Schmerzmittel verabreicht worden waren, mussten er und Tess eine ganze Weile auf den Orthopäden warten.

»Ich weiß schon, was er sagen wird«, meinte Ben. »Sie können den Bruch nicht mehr richten.«

Tess presste die Lippen fest aufeinander, in der Hoffnung, das würde die Tränen zurückhalten. Er konnte es nicht gebrauchen, wenn sie jetzt losheulte. Sie musste sich für ihn zusammenreißen.

»Komm her«, forderte er sie auf.

Sie erhob sich von dem Stuhl in der Ecke und trat an sein Bett.

Er sah sie an und klopfte neben sich auf die Matratze. »*Ganz* her.«

Vorsichtig setzte sie sich auf die Kante.

Er streckte die Arme nach ihr aus. »Das ist noch nicht ›ganz‹.«

Sie warf sich an seine Brust und ließ den Tränen freien Lauf, denn sie hatte keine Kraft mehr, sie aufzuhalten. »Es tut mir leid, Ben. Du bist nur meinetwegen hier.«

»Tess, Schatz …«

»Das ist nicht mein Name. Das weißt du jetzt.«

»Ich werde dich nie anders nennen. Für den Rest unseres Lebens bist du meine Tess. Eigentlich klingt Tess Caldwell doch echt schön, meinst du nicht?«

»Du kannst mich nicht noch immer heiraten wollen«, stotterte sie. »Ich habe dich angelogen, in jeder Hinsicht. Du hast dir meinetwegen das Bein gebrochen, wegen des Monsters, mit dem ich verheiratet bin.«

Er hob ihr Kinn, blickte ihr in die Augen und berührte sanft den sich dunkel verfärbenden Handabdruck in ihrem Gesicht. »Wir wissen beide, dass das Bein wegmuss. Auf die Art geschieht es halt schneller, und ich muss es nicht selbst entscheiden. Gewissermaßen hast du mir sogar geholfen.«

Sie lachte. »Deine Logik ist völlig durchgeknallt.«

»Baby, ohne das Bein kann ich gut leben. Aber nicht ohne dich. Am Montag treibe ich für dich den besten Scheidungsanwalt der Stadt auf. Wir werden dich von dem Mistkerl erlösen, und sobald du frei bist, wirst du mich heiraten. Ist das klar?«

»Ja, Ben«, hauchte sie und drückte ihren Mund auf seinen. »Jetzt ist alles klar, und ich will nie wieder ohne dich sein.«

***

Nathan legte den Arm um Georgie und wich von der offenen Tür zu Bens Zimmer zurück.

Georgie lächelte zu ihm hoch, denn sie war glücklich für Ben und Tess.

»Wie es ausschaut, ist hier alles in Ordnung«, meinte Nathan.

»Scheint so. Ich freu mich für sie.«

Auf dem Weg aus der Notaufnahme behielt Nathan sie im Arm. »Sie ist genau das, was er jetzt braucht. So viel ist klar.«

»Ich schätze, das gilt für sie umgekehrt genauso.«

Er half ihr ins Auto und fuhr zu seinem Haus. »Warte kurz hier, okay?«, bat er sie, nachdem er am Straßenrand angehalten und den Motor abgestellt hatte.

Sie wollte ihn aufziehen und auch ein wenig leiden lassen, brachte es aber nicht über sich. Dafür fühlte sich die Sache einfach zu ernst an. »In Ordnung.«

Mit einem Kuss verließ er sie. »Wehe, du guckst.«

Sie sah ihm nach, wie er die Eingangsstufen hochlief, den Schlüssel in die Tür steckte und nach drinnen verschwand. Die Lampen leuchteten auf, wurden jedoch sogleich von einem gedämpften Schimmer ersetzt. Dann ging das Licht in seinem Schlafzimmer an und schließlich wieder aus. Sie vermutete, dass etwa drei Minuten verstrichen waren, als er die Haustür auf- und wieder zuzog und zu ihr zurückkehrte.

»Was ist denn los?«, fragte sie und nahm seine Hand. »Wo geht's hin?«

»Stellst du dich immer so an, wenn man dich überraschen will?«

»Ja. Ich muss stets über alles informiert sein.«

»Das merke ich schon.« Damit führte er sie zur Haustür. »Warte kurz.« Er hielt ihr eine Hand vors Gesicht. »Schließ die Augen.«

»Beeil dich«, drängelte sie und trat nervös von einem Fuß auf den anderen.

Er ging noch mal rein, war aber in unter einer Minute zurück. »Okay.« Er fasste sie an der Hand und führte sie ins Haus.

Petula Clark sang »Downtown«. Verwirrt und schrecklich neugierig bemühte sie sich, nicht zu blinzeln.

Er nahm ihr Gesicht zwischen die Hände und küsste sie. »Ich weiß, wie sehr dir Atlanta fehlt, also dachte ich, wenn ich dir Atlanta herbringe, hast du es vielleicht nicht so eilig, zurückzukehren. Du kannst jetzt die Augen öffnen.«

Sie tat es ganz langsam. Zunächst begriff sie nicht, was sie sah. Sie erkannte weiße Lichter und einen von Efeu umrankten Bogen über einem Tisch für zwei. Dann erblickte sie die Bilder, die die vier Wände füllten: die Skyline von Atlanta, die Wasserspiele in Form der olympischen Ringe, CNN, Coca-Cola und das Aquarium. Eine Wand war dem Baseballteam der Braves und der Footballmannschaft der Falcons gewidmet.

Nathan setzte sich eine Baseballcap mit dem Logo der Braves auf und hielt ihr eine weitere hin.

Vom Schock, von der Überraschung und aufziehender Panik wie betäubt, weil sie ihm bisher nicht alles erzählt hatte, nahm sie die Kappe entgegen. »Ich … ich bin …«

»Georgie Quinn ist sprachlos. Dass ich das noch erleben darf.«

Sie trat näher an die Skyline heran und fuhr mit der Hand über die Farbe. »Hast du das gemalt?«

»Das waren Kevin und Hugh. Sie sind beide Künstler. Kevin habe ich die Idee zu verdanken, aber Ben und ich haben den Rankbogen gebastelt, denn mir ist in jedem Bild von Buckhead der Efeu aufgefallen.«

»Ich bin überwältigt, Nathan. Ehrlich.«

»Ich hatte gehofft, dass es dein Heimweh ein wenig lindert.«

»Tut es«, erwiderte sie, das Herz ganz schwer, weil sie wusste, dass sie morgen um diese Uhrzeit schon wieder in Atlanta sein würde.

Aus dem Lautsprecher ertönte jetzt Ray Charles mit »Georgia On My Mind«.

Nathan drehte die Baseballcap nach hinten. »Tanz mit mir, Georgie.«

In seinen Armen konnte sie nicht leugnen, dass sie perfekt zusammenpassten. Es wäre viel zu leicht, in diesem Moment, den er für sie inszeniert hatte, zu beschließen, dass niemand besser zu ihr passte.

»Das ist meine liebste Version von dem Lied«, gestand sie.

»Ich hatte es im Kopf, seit ich dich das erste Mal auf der Veranda gesehen habe, als ich an euch vorbeigelaufen bin.«

Sie schaute ihn an, und das Herz schlug ihr bis zum Hals. »Danke. So etwas hat noch nie jemand für mich getan.«

»Ich bereue nur, dass mich das hier davon abgehalten hat, dich gestern Abend zu besuchen.« Er berührte ihre Lippen mit seinen. »Hoffentlich können wir das heute nachholen.«

Sie küsste ihn zärtlich aufs Kinn. »Ich nehme an, am Montag kommt keiner wegen der Küche her?«

»Doch, er steht vor dir.«

»Du kannst also doch lügen, wenn es dir in den Kram passt. Gut zu wissen.«

Er lachte leise. »Ich habe uns Abendessen besorgt. Wonach ist dir?«

»Nicht nach Essen.«

Einen atemlosen Augenblick lang betrachtete er sie, bevor er sie hochhob und sich über die Schulter warf.

Sie schrie überrascht auf, und er trug sie, davon völlig unbeeindruckt, nach oben. »Ich hab mir noch gar nicht die Wandmalereien angeschaut.«

»Die sind morgen auch noch da.«

Ja, aber ich nicht, und, Gott, bin ich verwirrt.

Als sie auf dem Bett landeten, fiel ihr auf, dass sie seit ihrer ersten gemeinsamen Nacht nicht mehr hier gewesen war.

»Rühr dich nicht«, bat er, stand auf und entzündete die Kerzen auf seinem Nachttisch. Neben dem Bett blieb er stehen und knöpfte sich das Hemd auf, ohne den Blick von ihr zu nehmen, ließ es zu Boden fallen.

Während sie ihn im bernsteinfarbenen Schimmer beobachtete, zog sich ihr das Herz zusammen.

Er stützte sich über ihr auf den Armen ab.

Sie griff nach ihm und ließ die Finger durch sein Haar gleiten. In dem Moment bemerkte sie etwas an der Decke hinter seinem Kopf, also schob sie ihn beiseite, damit sie das riesige Poster von Martin Luther King Jr. betrachten konnte. Darauf hatte Nathan geschrieben: »Ich habe einen Traum«. Sie schlang die Arme um ihn und zog ihn lachend zu sich runter.

Mit den Lippen strich er ihr über Hals, Kiefer und Ohr. »Möchtest du wissen, wovon ich träume?«

Sie nickte.

»Ich träume davon, dass Georgie Quinn eines Tages jede Nacht neben mir schlafen wird.«

»Nathan …«

Bevor sie etwas sagen konnte, küsste er sie, als würde sein Leben davon abhängen.

***

Georgie schwebte zwischen Schlafen und Wachen, war sich Nathans Lippen bewusst, die über ihre erhitzte Haut strichen. Sie weigerte sich, die Augen zu öffnen, sich dem Morgen zu stellen, zu akzeptieren, dass heute der Tag gekommen war, den sie vor wenigen Wochen noch sehnlich erwartet und herbeigewünscht hatte.

Als er in sie eindrang, drohte die Verzweiflung wie eine Welle über ihr zusammenzuschlagen. Sie schlang ihm die Arme um den Hals, hob ihm ihre Hüften entgegen, begegnete seinen kraftvollen Stößen, ohne die Augen zu öffnen. Solange sie geschlossen waren, konnte sie so tun, als ob es noch Nacht wäre.

»Georgie«, flüsterte er, umfasste ihre Brust und leckte über eine Brustspitze. Er bewegte sich mit drängender Intensität, als wüsste er, dass es das letzte Mal sein könnte.

Sie kam rasch und machtvoll, und danach fühlte sie sich matt und kraftlos.

Er folgte ihr zum Höhepunkt und verharrte einen Moment keuchend auf ihr, ehe er sich zur Seite rollte und sie mit sich zog.

Sie vergrub das Gesicht in dem Brusthaar, das sie schon bewundert hatte, lange bevor sie wusste, dass es noch viel mehr zu bewundern gab. Sie biss sich fest auf die Unterlippe und wappnete sich, bevor sie die Augen öffnete und ins strahlende Sonnenlicht blinzelte, das den Raum durchflutete. »Wir müssen reden.«

***

Nachdem sie ihm alles erzählt hatte, flüchtete sie ins Bad, um irgendwie räumlichen Abstand zu gewinnen von dem Chaos, das sie verursacht hatte.

Er folgte ihr ins Badezimmer, wütend und verletzt. »Wann wolltest du es mir sagen? Wenn du im Flieger sitzt?«

Da sie nicht wusste, was sie darauf erwidern sollte, begann sie sich die Zähne zu putzen. Sie hasste sich dafür, dass sie ihm wehgetan und ihn derart überrumpelt hatte, besonders nachdem er für sie Atlanta hergeholt hatte, und ganz besonders nach dem, was sie alles in der langen Nacht miteinander getan hatten.

Er drehte den Wasserhahn zu.

Sie drehte ihn wieder auf.

Er drehte ihn zu.

»Verdammt noch mal«, fluchte sie durch die Zahnpasta in ihrem Mund. »Lass den offen. Mir gefällt das laufende Wasser, wenn ich mir die Zähne putze.«

»Es ist Verschwendung.«

»Ist mir egal.«

Er starrte sie an, als hätte er sie nie zuvor gesehen, und schüttelte den Kopf. »Das hast du schmerzhaft deutlich gemacht.«

Sie spuckte ins Waschbecken, spülte die Zahnpasta aus und drehte den Wasserhahn zu. »Das Wasser hat nichts mit uns zu tun, Nathan. Du bist mir wichtig. Das weißt du.«

»Nein, weiß ich nicht. Ich weiß, dass du Spaß mit mir gehabt hast. Das ist ein gewaltiger Unterschied.«

»Jetzt erzählst du mir schon, was ich empfinde?«

Er legte ihr einen Arm um die Taille und zog sie fest an seinen nackten Körper. »Bleib. Bleib bei mir.«

»Ich brauche Zeit, um mir über einige Sachen klar zu werden.«

»Wie viel Zeit?«

»Das weiß ich nicht.«

»Du kannst hier alles haben, was du willst, Georgie. Du hast das Haus deiner Mutter, du könntest eine Frühstückspension eröffnen. Oder noch besser, gründe eine Beratungsagentur. Hier in Newport gibt es Hunderte Geschäfte und Läden, die von deiner Erfahrung im Marketing profitieren würden. Meine Schwägerin Linda hat einen Schmuckladen in Bowen's Wharf. Ich hab sie gefragt, ob sie daran Interesse hätte, und sie meinte, sie würde ohne Zögern zugreifen. Sie kennt jeden in der Branche. Die Mundpropaganda allein würde dir schon einen guten Start verschaffen. Nimm das Geld, das dir deine Mutter vermacht hat, und bau dir was Eigenes auf.«

Erstaunt, wie viel er schon darüber nachgedacht hatte, starrte sie ihn an. »Du hast schon alles durchgeplant, was?«

»Ich meine ja nur, dass du auch hier Erfolg haben könntest. Bleib, Georgie. Hier bei mir.« Er übersäte sie mit zarten Küssen. »Bleib bei mir.«

Da fiel ihr Gus' Rat ein, die Sache in Atlanta durchzuexerzieren, damit sie am Ende nichts bereute. Sie löste sich aus seiner Umarmung. »Im Kaufhaus verlassen sich alle auf mich.«

»Sie haben dich gefeuert. Direkt nachdem deine Mutter gestorben ist. Was schuldest du denen denn?«

Er machte sie mürbe, stürmte gegen ihre Mauern an.

In dem verzweifelten Versuch, standhaft zu bleiben, erklärte sie: »Ich würde jetzt gerne duschen.«

Er verzog das Gesicht, nahm zwei Handtücher aus dem Schrank, die er ihr reichte, und verließ das Bad, knallte die Tür hinter sich zu.

Sie wusch sich das Haar mit dem Shampoo, das nach ihm roch. Dann hörte sie, wie sich die Badtür öffnete und eine Minute später wieder schloss. Der Dampf hüllte sie ein wie eine Wolke aus Elend und Verwirrung. Bevor sie sich noch eine Lektion darüber anhören durfte, wie verschwenderisch es war, lange zu duschen, schaltete sie das Wasser ab.

Sie zog den Duschvorhang beiseite, beugte sich vornüber, um sich das Haar ins Handtuch zu drehen, und richtete sich wieder auf. Dabei entdeckte sie, was er auf den beschlagenen Spiegel geschrieben hatte: »Ich liebe dich, Georgie Quinn.«

»O Gott«, keuchte sie. »Das kannst du mir nicht antun. Das ist nicht fair.« Irgendwie gelang es ihr, sich das andere Handtuch umzuwickeln, bevor sie die Tür aufriss. Er lehnte angezogen an der Wand im Flur.

Sie starrte ihn an.

Er zuckte die Achseln. »In der Liebe …«

Kopfschüttelnd zwängte sie sich an ihm vorbei, betrat sein Schlafzimmer und zog sich trotz ihrer heftig zitternden Hände an. Sie band das feuchte Haar in einen strengen Pferdeschwanz, schlüpfte in Flip-Flops und hängte die Handtücher zum Trocknen über die Schranktür. Mit einem letzten Blick auf das Bett, in dem die zwei wichtigsten Nächte ihres Lebens stattgefunden hatten, eilte sie an ihm vorbei und die Treppe runter. Sie blieb kurz in dem Raum stehen, den er für sie gestaltet hatte, und wünschte sich von Herzen, sie könnte ihrem Leben in Atlanta so einfach den Rücken kehren, wie er sich das vorstellte.

Sie hörte, wie er die Stufen runterkam, und drehte sich zu ihm um. »Ich muss noch ein paar Dinge erledigen – Dinge, die mir wichtig sind.«

»Na gut.«

»Das heißt nicht, dass ich dich nie wieder sehen will. Weit gefehlt.«

»Okay.«

»Rufst du mich an?«

»Nein.«

»Warum nicht?«

»Wenn du mich willst, Georgie, weißt du, wo du mich findest. Ich werde dir nicht hinterherlaufen. Ich hab es satt, mir den Schädel an der Wand einzurennen. Es tut allmählich weh. Außerdem macht es mich wütend, was mich beunruhigt.«

Seine Worte trafen sie wie Geschosse. Schließlich wusste sie, wie er in der Vergangenheit gegen die Wut angekämpft hatte. »Es ist okay, wenn du sauer auf mich bist. Ich habe dir ja Grund genug dafür geliefert. Aber ich habe keine Angst, wenn du laut wirst oder zornig. Ich habe keine Angst vor dir, Nathan.«

Sie erkannte, wie sehr ihn das erleichterte. »Glücklich ist mir lieber als sauer.«

»Danke für das hier.« Sie deutete auf das Wandbild von der Skyline. »Richte das auch deinen Brüdern aus. Es war wirklich lieb von ihnen.«

»Gern geschehen.« Die Hände in den Taschen, stand er da, wie an jenem Abend auf der Straße, als er ihr die Blumen geschickt und sich dafür entschuldigt hatte, sie zum Weinen gebracht zu haben. So wie er im Krankenhaus gestanden hatte, nachdem er nach Gus' Operation direkt vom Gericht zu ihr gefahren war.

Diesmal wirkte seine Haltung jedoch nicht einladend, sondern abwehrend. Endlich hatte sie es geschafft, ihn von sich zu stoßen. An der Tür wartete sie, die Hand auf der Klinke. Mit dem Rücken zu ihm erklärte sie: »Ich habe jede Minute genossen, die wir zusammen verbracht haben, Nathan. Egal, was du denkst, du bist mir wichtig. Mehr, als du jemals ahnen kannst. Ich bin nur noch nicht bereit für all die Dinge, die du von mir willst.«

Ohne ihm eine Chance zu geben, etwas zu erwidern, öffnete sie die Tür und eilte die Stufen hinab.

***

Cat hielt einen Monat durch. Dreißig lange, zermürbende Tage, in denen sie vor der Tatsache flüchtete, dass sie in Ian verliebt war – bis über beide Ohren. Immer wieder gingen ihr seine Abschiedsworte durch den Sinn, quälten sie mit ihrer Wahrheit: *Ist dir je in den Sinn gekommen, dass du eine Menge mit einem Mädchen gemeinsam haben könntest, das von seiner Mutter im Stich gelassen worden ist?*

Im Bad starrte sie ihr Spiegelbild an. Sie hatte sich ihren Ruf, tough zu sein, hart erarbeitet. Als Managerin eines der angesagtesten Clubs der Stadt hatte ihr das gute Dienste geleistet, aber jetzt entfernte sie den Ring aus der Braue. Sie wusste, dass Toughness nichts im Leben einer fast Vierjährigen verloren hatte.

Dann befeuchtete sie sich das Haar und kämmte sich die Spitzen aus, bis es ihr in sanften Wellen ums Gesicht fiel. In ihrem Zimmer ließ sie das übliche Spaghettiträgertop links liegen und schnappte sich ein schwarzes T-Shirt, das die Meerjungfrau verdeckte. Schließlich knöpfte sie sich die einzige ihrer Jeans zu, die nicht auf den Hüften saß, überprüfte ihr Aussehen ein letztes Mal im Ganzkörperspiegel, schnappte sich Handtasche und Schlüssel und lief nach unten, bevor der Mut sie verließ.

Erst nachdem sie vor dem großen gelben Haus geparkt hatte, kam ihr in den Sinn, dass sie keine Ahnung vom Tagesablauf der beiden hatte. Was, wenn sie nicht daheim waren? Würde sie jemals wieder den Mut aufbringen, das hier zu versuchen?

Wahrscheinlich nicht.

Sie steckte die Handtasche unter den Sitz, stieg nur mit den Schlüsseln in der Hand aus dem Jeep und begab sich die lange Einfahrt hinauf. Hinter Kevins Haus saß Rosie auf der Schaukel und ließ sich von Ian anstoßen. Erleichterung durchströmte Cat bei ihrem Anblick, und sie wollte zugleich lachen und weinen. Als Ian bemerkte, dass sie sie beobachtete, zeigten sich Schock und Überraschung auf seinem Gesicht.

Rosie verzog den Mund. »Was will *die* denn hier?«

»Eigentlich«, verkündete Cat und überquerte den Rasen, »bin ich deinetwegen hier.«

»Warum? Du magst mich nicht.«

»Das stimmt nicht. Ich kenne dich noch gar nicht gut genug, um dich nicht zu mögen. Da dachte ich, wir könnten eventuell in den Park gehen und einander kennenlernen. Danach mag ich dich vielleicht wirklich nicht, aber immerhin habe ich dir eine Chance gegeben. Was meinst du?«

Rosie sah zu ihrem Vater und dann wieder zu Cat. »Das ist jetzt aber nicht nur ein Scherz, oder?«

Lächelnd erwiderte Cat: »Warum kommst du nicht mit und findest es raus?«

»Darf ich, Daddy?«

»Nur, wenn du möchtest.«

Rosie studierte sie lange, und Cat fragte sich, was sie wohl tun würde, sollte das Kind ablehnen. Als sie diesen Schritt geplant hatte, war ihr diese Möglichkeit gar nicht in den Sinn gekommen.

»Okay.« Damit sprang Rosie von der Schaukel und nahm Cats ausgestreckte Hand. »Wir sind gleich wieder da, Dad.«

»Lasst euch Zeit«, verabschiedete er sich leise.

Cat wagte nicht, ihn anzusehen, und führte stattdessen seine Tochter die Einfahrt entlang. Immer schön eins nach dem anderen.

Schweigend wanderten sie zum Morton Park, bis Rosie zu ihr raufblickte. »Warum heißt du Cat? Komischer Name.«

Cat lachte über die Direktheit – eine Frau ganz nach ihrem Geschmack. »Es ist ein Spitzname für Catherine.«

»Klingt wie eine alte Dame.«

»Warum, denkst du wohl, nenne ich mich Cat?«

»Ich heiße eigentlich Roseanne. Das ist der Name von Daddys Großmutter, also schätze ich, ich habe auch einen Namen für alte Damen.«

»Es ist ein schöner Name.«

»Liebst du meinen Daddy?«

Cat verkniff sich ein überraschtes Nach-Luft-Schnappen und schaute hinunter. Rosie hatte ihr das engelsgleiche Gesicht zugewandt und beobachtete sie eindringlich. »Das tu ich. Sehr sogar.«

»Das ist gut, denn er ist ganz traurig, seit du dich von ihm getrennt hast.«

»Ist er das?« Cats Herz schlug aufgeregt und hoffnungsvoll. Zum ersten Mal seit einem Monat wagte sie es, Hoffnung zu schöpfen.

»Ja, *echt* traurig.«

Cat räusperte sich. »Was unternimmst du hier im Park am liebsten?«

»Schaukeln.«

»Dann schaukeln wir.« Sie drehte sich zu dem Kind und hob es auf eine Schaukel. Bevor sie die Kleine jedoch anschubste, umklammerte sie die Ketten mit beiden Händen. »Ich liebe deinen Dad sehr. Mehr als alles andere auf der Welt möchte ich mit ihm zusammen sein, aber ich fürchte, ich wäre eine schlechte Mom für dich, Rosie. Was denkst du?«

»Meine echte Mom war auch schlecht. Sie wollte mich nicht.«

Cat keuchte auf. »Das ist nicht wahr. Natürlich wollte sie dich.«

»Nein, wollte sie nicht. Mein Daddy hat sie gezwungen.«

»Rosie …«

»Schon gut. Das ist mir egal. Warum sollte ich eine Mom wollen, die mich nicht will?«

Cat fragte sich, wie sie jemals hatte glauben können, das Kind wäre ihre Zeit nicht wert.

»Können wir vielleicht eine Abmachung treffen? Wenn ich etwas tue, was nicht gut ist, lässt du es mich einfach wissen. Du wendest dich direkt an mich und sagst: ›Das war blöd, Cat.‹ Ganz gleich, was ich getan habe, ich werde es dann nie wieder tun.«

»Okay.«

»Versprichst du es mir?«

»Ich verspreche es«, entgegnete Rosie ernst.

»Weißt du, was ich jetzt wirklich gebrauchen könnte?«

»Nein.«

»Eine Umarmung. Wäre es in Ordnung, wenn, du weißt schon …«

Rosie streckte die Arme aus.

Cat hob sie hoch und drückte sie an sich. »Es tut mir leid, dass du gedacht hast, ich würde dich nicht mögen.« Ihr kindlicher Duft, gemischt mit dem süßen Babyshampoo, erfüllte ihre Sinne und ihr Herz. »Du hast etwas so viel Besseres verdient.«

Rosie zog sich zurück und sah Cat direkt an. »Am allerliebstesten spiele ich im Park Wolkenraten, aber Daddy hasst das, weil er nie etwas erkennt.«

»Ach, wirklich? Ich mag das zufällig besonders gern. Das habe ich immer mit meinem Bruder und meiner Schwester gespielt.«

Rosie schaute zu den bauschigen Wolken hoch. »Wollen wir das spielen?«

»Klar.« Cat trug sie zum Rasen, auf dem sie sich nebeneinander ausstreckten und zum Himmel hinaufblickten. Sie beobachteten die Wolken ein paar Minuten lang stumm, bevor Cat auf eine zeigte.

»Elefant«, rief Rosie.

Sie klatschten sich ab.

»Daddy würde sagen …«

»Da oben ist doch kein Elefant.« Ians Schatten fiel auf sie. »Ganz egal, was ihr behauptet.«

Rosie verdrehte die Augen. »Siehst du, was ich meine?«

»Den müssen wir noch etwas bearbeiten.«

Ian ließ sich neben seiner Tochter nieder.

»Cat liebt dich, Daddy. Hat sie mir verraten.«

»Ach ja?«

»Ja. Du solltest ihr sagen, dass du sie auch liebst, dann musst du nicht mehr ständig traurig sein.«

Amüsiert von ihren Worten spürte Cat, wie sie Liebe und Erleichterung und Freude durchströmten. Ian hingegen schien sich nicht ganz darüber im Klaren zu sein, was er davon halten sollte, dass seine Tochter sein Liebesleben organisierte.

»Erst, wenn sie es mir selbst erzählt«, verkündete er schließlich. Seine strahlend blauen Augen schauten sie herausfordernd an.

Cat erwiderte den Blick. »Ich liebe dich, Ian.«

»Ich liebe dich auch, Catherine.«

»Das klingt wie eine alte Dame«, klärte Rosie ihn auf. »So darfst du sie nicht nennen.«

»Jawohl, Ma'am.«

»Können wir weiterspielen?«

Ian streckte den Arm über Rosie aus und griff nach Cats Hand. »Absolut.«

Kapitel 32

Am selben Tag, an dem Cat ihr Schicksal besiegelte, saß Georgie allein in ihrer Wohnung in Atlanta. Sie hatte sich solche Mühe gegeben, sich hier modern und gemütlich einzurichten. Nachdem sie sich in die hohen Zimmerdecken, großen Fenster und den kunstvollen Stuck verliebt hatte, hatte sie jedes Möbelstück, Accessoire und Detail dazu passend ausgewählt. Jetzt ließ sie den Blick von einer Ecke zur nächsten schweifen und erkannte, dass sie sich hier noch nie so wohl gefühlt hatte wie in Nathans leerem Haus.

Seit sie vor einem quälend langen Monat das letzte Mal bei ihm gewesen war, war nicht ein Tag vergangen, an dem sie nicht an ihn gedacht hatte. Wenn sie ganz ehrlich war, musste sie sich eingestehen, dass sie den ganzen Tag lang kaum etwas anderes im Sinn hatte als ihn.

Wie auf glühenden Kohlen hatte sie in den einsamen Wochen in Atlanta auf das Ergebnis ihres Bluttests gewartet und dabei auch Tess und Cat in den Wahnsinn getrieben, weil sie ständig anrief, um sich zu erkundigen, ob ein Brief vom Labor angekommen war. Vor einer Woche war ihr schließlich der Geduldsfaden gerissen, und sie hatte in der Praxis angerufen, bloß um zu erfahren, dass sie bisher nichts gehört hatten. Man hatte ihr versprochen, sich bei ihr zu melden, sobald sich das änderte. Deshalb hatte sie jedes Mal Herzrasen, wenn das Telefon klingelte, und ihr Magen zog sich zusammen. Durch die Anrufe von zu Hause erfuhr sie zumindest, wie gut es ihren Freundinnen mit Nathans Brüdern ging.

Heute war ihr während eines endlos öden Meetings aufgefallen, dass es ihr nicht gelungen war, die Lektionen aus dem Leben und Tod ihrer Mutter zu verinnerlichen. Sie stellte die Arbeit über das, was wirklich zählte, und wenn sie in den letzten Monaten etwas gelernt hatte, dann, dass das Leben zu kurz war, um es mit etwas zu verschwenden, das man nicht länger mit ganzem Herzen wollte. Sie musste dringend ihre Prioritäten neu ordnen, und zwar sofort.

Ja, die Beförderung war nett gewesen. Ja, sie konnte das zusätzliche Geld gut gebrauchen. Ja, es fühlte sich befriedigend an, eine Stelle mit mehr Autorität innezuhaben, als sie vor einem Jahr für möglich gehalten hätte. Nichts davon stellte sie auch nur halb so zufrieden wie ein Tag im Seniorenzentrum.

Als ihr diese Erkenntnis mitten im Meeting kam, musste sie auflachen, denn in dem Moment traf sie eine Entscheidung, die sie morgen in die Tat umsetzen würde. Ihr Leben in Atlanta war vorbei. Es war an der Zeit, nach Hause zurückzukehren. Sie hatte Gus' Rat beherzigt, die Sache genauer in Augenschein genommen und herausgefunden, wohin sie gehörte. Jetzt konnte sie bloß noch hoffen, dass sie dort weiter willkommen war.

Als es bei ihr zu Hause klingelte, zog sie sich den Morgenmantel ihrer Mutter über und öffnete die Tür.

Ein Lieferjunge hielt ihr einen großen Strauß pinkfarbene Rosen hin.

Mit aufgeregt schlagendem Herzen quittierte sie den Empfang. Sie stellte die Blumen auf die Arbeitsfläche in der Küche und suchte nach der Karte, in der Erwartung, von ökologisch korrektem Anbau zu lesen. Allerdings wurde das gar nicht erwähnt. *Hab erfahren, Du bist wieder in der Stadt. Ruf mich an. Du hast mir gefehlt. In Liebe, Doug.*

Sie lachte, bis ihr die Tränen kamen. *Wie vorhersehbar.*

»Ach, Nathan«, flüsterte sie. »Ich hoffe, du hast auf mich gewartet. Das hoffe ich von ganzem Herzen.«

***

Erschöpft vom emotionalen Abschied von ihren Mitarbeiterinnen fuhr Georgie am nächsten Nachmittag mit dem Taxi nach Hause. Bisher hatte sie es nicht geschafft, ihr Auto aus Rhode Island zurückholen zu lassen. Eine Kiste mit persönlichen Gegenständen aus ihrem Büro in den Händen, schleppte sie sich die Stufen zu ihrer Wohnung in der ersten Etage hoch und blieb auf dem Absatz abrupt stehen.

Nathan.

Er saß vor ihrer Tür und aß … einen *Pfirsich*? Nathan hockte vor ihrer Tür und verspeiste einen Pfirsich, dessen Saft ihm vom Kinn tropfte wie bei einem Sechsjährigen.

»Du bist nicht wirklich hier«, stammelte sie, während sie sich vor ihn stellte. »Du kannst nicht am selben Tag, an dem ich gekündigt und meiner Chefin erzählt habe, dass ich nach Rhode Island ziehe, hier auftauchen. Das passiert doch nur in schlechten Filmen.«

Sein Blick wanderte von ihren Pumps über ihren Bleistiftrock bis zu ihrer maßgeschneiderten Bluse, die so weit aufgeknöpft war, wie sie es im Büro zu tragen wagte, und schluckte – schwer –, ehe er erneut von der Frucht abbiss.

»Ich dachte, du würdest mir nicht nachlaufen.«

»Ich hatte nicht damit gerechnet, dass es derart lange dauert, bis du zur Vernunft kommst.«

»Laut deiner Mutter hat dein Vater genau das Gleiche behauptet, nachdem er ihr Monate später nach Utah gefolgt war.«

»Offensichtlich bin ich wesentlich klüger als er, denn ich habe nur einen Monat gebraucht – einen Monat zu lange, möchte ich hinzufügen.« Er gönnte sich einen weiteren saftigen Bissen. »Ich erinnere mich nicht, ob ich dir das jemals verraten habe, denn es ist quasi mein schändliches Geheimnis, aber die Mädels stehen auf mich.«

Sie widerstand dem Drang, zu lachen und vor Freude zu jubeln. Stattdessen zog sie sich die Schuhe aus und ließ sich neben ihm nieder. »Ach, wirklich?«

Er hielt ihr die Tüte mit den Pfirsichen hin. »Das kann eine Last sein.«

Sorgfältig suchte sie sich eine dicke, reife Frucht aus und ließ es sich schmecken. »Du trägst es mit Würde.«

»Ich bemühe mich«, erwiderte er mit ernster Miene. »Jedenfalls, wie schon erwähnt, die Mädels stehen für gewöhnlich auf mich. Da dachte ich, wenn ich herfahre, mir die Stadt mal anschaue und die Pfirsiche probiere, für die die Gegend so berühmt ist, finde ich vielleicht heraus, warum die Frau, auf die *ich* stehe, lieber hier ist als bei mir.«

»Du hast mitbekommen, wie ich dir erzählt habe, dass ich meinen Job gekündigt habe und nach Rhode Island ziehe, oder?«

Er wischte sich das Kinn mit dem Handrücken ab. »Ich habe bloß noch nicht erfahren, warum.«

»Du weißt, warum.«

»O nein«, entgegnete er mit einem leisen Lachen. »So leicht kommst du mir nicht davon, Georgie Quinn.«

»Ich liebe dich, Nathan.« Ganz plötzlich fiel es ihr überhaupt nicht schwer, ihm zu sagen, was sie gewusst hatte, seit sie ihn das erste Mal an ihrem Haus vorbeijoggen gesehen hatte. »Ich liebe dich so sehr, dass ich den Verstand verliere, wenn ich auch nur eine weitere Sekunde ohne dich leben muss.«

»Das ist gut, denn ich liebe dich ebenfalls, und wenn du nicht sofort heute mit mir nach Hause kommst, werde *ich* meinen Job kündigen und herziehen müssen. Dann fange ich als Streifenpolizist im Atlanta Police Department ganz von vorne an. Das würdest du mir doch nicht antun, oder? Du weißt, dass ich zum Detective geboren bin.«

Sie betrachtete ihn mit gerunzelter Stirn. »Hast du mir überhaupt zugehört?«

»Bloß an den Stellen, die mir gefallen haben, was ausnahmsweise alle waren.« Er ließ das Lächeln aufblitzen, das sie so liebte. »Aber das mit dem Umzug hierher und der Arbeit als einfacher Streifenpolizist hatte ich schon einstudiert, da wollte ich es nicht einfach unter den Tisch fallen lassen.« Er strich ihr über die Wange.

Sie schmiegte ihr Gesicht in seine Handfläche und drückte die Lippen gegen die warme Haut, die nach Pfirsich roch.

»Außerdem wollte ich dir zeigen, wie weit ich gehen würde, was ich aufgeben würde, um bei dir zu sein, Georgie.«

»Du solltest doch aufhören, solche Dinge zu sagen«, rief sie ihm neckend ins Gedächtnis.

»Niemals.« Er fuhr mit der Fingerspitze über eines ihrer Grübchen. »Wo ich schon dabei bin, kann ich dir auch verraten, dass ich mich als Erstes in deine Grübchen verliebt habe.«

Sie streckte ihm die Zunge raus.

»Also, wenn du es mir schon derart anbietest …« Er legte ihr die Hand in den Nacken und zog sie für einen innigen Kuss an sich, bei dem ihr das Herz überfloss. Gott, wie sehr sie ihn vermisst hatte.

Dann holte er einen Zettel aus der Hemdtasche. »Tess hat mich gebeten, dir das zu geben. Ist gestern angekommen.«

»Was ist es denn?« Georgie schaute auf das Papier und atmete beim Namen des Absenders scharf ein. Es kam vom Labor. »Oh, o Gott.« Sie drehte das Blatt um. Das einzige Wort, das ihr ins Auge fiel, lautete: »negativ«.

Er küsste sie auf die Stirn. »Ich weiß schon, warum ich auf dich gesetzt habe.«

Von einer Erleichterung überwältigt, wie sie sie noch nie empfunden hatte, wischte sie sich die Tränen ab, die ihr ungehindert über das Gesicht rannen. »Nathan?«

»Was, Süße?«

»Was hältst du von den Pfirsichen?«

»Daheim sind sie süßer«, flüsterte er, als hätte er Angst, man würde ihn aus der Stadt jagen, wenn man ihn dabei erwischte, wie er Georgias Pfirsiche beleidigte.

»Trifft das nicht auf alles zu?«

Epilog

Georgie reichte Nathan den Schlüssel. »Übernimm du das.«

»Bist du dir sicher?«

Sie nickte und knetete die feuchten Hände im Schoß. Sobald er den Schlüssel ins Tresorfach steckte, heftete sie den Blick auf die Wand des nichtssagenden Raums, den die Bank ihnen zur Verfügung gestellt hatte.

Er zog das grüne Sparbuch hervor und klappte das Fach wieder zu.

»Wie viel?«, wollte Georgie wissen.

Er pfiff anerkennend. »Siebenunddreißigtausendsechshundert.«

Sie atmete aus. Dabei hatte sie gar nicht gemerkt, dass sie die Luft angehalten hatte. »Wow.«

»Das reicht für eine Traumhochzeit.«

»Ja.« Sie nahm ihm das Buch ab und blätterte die Einzahlungen der letzten zwanzig Jahre durch. »Jetzt fehlt mir nur noch der Mann«, scherzte sie, in der Hoffnung, die Stimmung in dem kleinen, sauerstoffarmen Zimmer etwas zu heben.

»Das ist nicht lustig«, beklagte er sich ernst.

»Ach, komm schon. Es war bloß ein Witz. Du solltest lachen.«

»Wenn du was Lustiges sagst, lache ich.«

»Ich lache doch auch über deine schlechten Scherze.«

»Für gewöhnlich, nachdem du mich gehauen hast.«

»Dann hau mich halt, damit du lachen kannst.«

»Ich würde dich lieber küssen.«

»Ist mir ebenfalls recht«, erwiderte sie.

Die drei Wochen, die sie nun wieder zusammen waren, waren die glücklichsten ihres Lebens gewesen. Dass sie sich einst gegen diese überwältigende Liebe gewehrt hatte, die sie für ihn empfand, erschien ihr närrisch, jetzt, da sie ihre Prioritäten endlich neu geordnet hatte. Nachdem ihr eigener Test negativ ausgefallen war und Ali sich von ihrer Operation erholt hatte, konnte sie sich endlich gestatten, glücklich zu sein.

Sie küsste ihm das Schmollen von den Lippen, ehe sie sich wieder dem Sparbuch zuwandte. »Ich träume gar nicht von einer großen Hochzeit in Weiß, wie es manche Frauen tun.«

»Offenbar wusste deine Mutter das nicht.«

»Wir haben nie darüber geredet, weshalb das Geld ja eine solche Überraschung war.«

»Wir können die Hochzeit so feiern, wie du möchtest.«

»Es stört dich nicht, wenn sie klein ausfällt?«

»Was immer du dir wünschst, Süße.«

Erneut ging sie die Seiten durch. Dabei fiel ihr auf, dass die ersten Einzahlungen nur fünf, zehn oder zwanzig Dollar betrugen, während die neuesten mehrere Hundert Dollar umfassten. »Manchmal habe ich ein schlechtes Gewissen, weißt du?«

»Weswegen?«

»Weil meine Mutter und Schwester etwas derart Schlimmes durchmachen mussten und ich davongekommen bin.«

»Du hattest Glück, Georgie. Das würden sie dir nie übel nehmen.«

»Ich weiß, aber was hältst du davon, wenn ich die Hälfte des Geldes der Brustkrebsforschung spende und mit der anderen Hälfte ein Stipendium im Namen meiner Mutter finanziere?«

»Das ist eine tolle Idee.«

»Das Stipendium könnte an eine Person gehen, die Gerontologie studieren will.«

»Noch besser.«

»Bist du dir sicher? Mein Geschäft als Beraterin wird eine Weile brauchen, bis es anläuft. Da könnte das hier praktisch sein.«

»Wir brauchen es nicht. Ich bin doch da.«

»Ich werde mich nicht von dir aushalten lassen, Nathan.«

»Wenn du meine Frau bist, ist das was anderes.«

Mit hochgezogenen Brauen fragte sie: »Werde ich etwa deine Frau?«

»Haben wir nicht gerade von unserer kleinen Hochzeit gesprochen?«

»Das ist nicht die Frage, die ich hören will.«

»Hier? Jetzt?«

»Warum nicht?«

»Die Atmosphäre lässt einiges zu wünschen übrig.«

»Ich brauche keine Atmosphäre. Du etwa?«

Kurzerhand rutschte er vom Stuhl und ließ sich vor ihr auf ein Knie nieder.

Obwohl sie wusste, dass sie damit rechnen sollte, überraschte sie die Geste.

Er nahm ihre Hände und hob sie an die Lippen. »Georgia Quinn, ich habe dich geliebt, bevor ich deinen Namen kannte. Wirst du mich heiraten?«

»Hmm.«

Verärgert zog er die Augenbrauen zusammen. »Das ist jetzt nicht die Zeit für Witze.«

»Ich muss das Gesamtpaket bedenken. Wenn ich zustimme, bekomme ich ja nicht nur dich, sondern auch Tess und Cat als Schwägerinnen und Bernie als Schwiegermutter. Das ist ein echtes Plus.«

Kopfschüttelnd wollte er schon wieder aufstehen, aber sie hielt ihn zurück.

»Ja, Nathan.« Sie lachte. »Ich heirate dich. Unter einer Bedingung.«

Er zog sie zu einem leidenschaftlichen Kuss runter.

»Warte.« Sie löste sich von ihm. »Ich habe ja die Bedingung noch gar nicht genannt.«

»Nach dem Ja habe ich gar nichts mehr gehört.«

Sie schlug ihm gegen die Schulter.

»Na gut.« Er seufzte gequält. »Wie lautet deine Bedingung?«

»Wenn ich mir die Zähne putze, *muss* das Wasser laufen.«

Er betrachtete sie eingehend. »Das wäre ein Trennungsgrund.«

»Ich brauche das, Nathan. Ich verspreche auch, dass ich recycle und spare und wiederverwerte – ich werde diese Wörter sogar in mein Ehegelöbnis einbauen, wenn du willst. Das Einzige, was ich im Gegenzug erbitte, ist ein wenig mehr Wasser. In der Ehe geht es doch um Kompromisse.«

Stöhnend ließ er den Kopf in ihren Schoß sinken. »Solange ich es nicht mitbekomme.«

»Heißt das, wir sind verlobt?«

»Nein.« Er zog einen Saphir-und-Diamant-Ring aus der Hosentasche und schob ihn ihr an den Finger. »Jetzt sind wir es.«

Sie atmete scharf ein. »Wo kommt der denn her?«

»Den habe ich schon seit einer Woche, aber ich hatte Angst, ich würde dich damit bedrängen. Ich trage ihn nur für alle Fälle mit mir rum.«

Sie umfing sein Gesicht und küsste ihn. »Er ist wunderschön. Ich liebe ihn, und ich liebe dich, du musst also nicht befürchten, dass ich meine Meinung ändere. Das wird nicht geschehen.«

»Gut«, seufzte er. Dann küsste er sie erneut, bis er schließlich auf die Uhr blickte. »Wir müssen los.«

»Wohin denn?«, fragte sie verwirrt.

»Wirst du schon sehen.«

***

Sie hatten die Innenstadt von Newport fast erreicht, als Nathan an den Straßenrand fuhr. »Ich weiß, dass du mich dafür umbringen wirst, aber ich muss dir die Augen verbinden.«

»Was? Auf keinen Fall.«

»Ohne verbundene Augen gibt es auch keine Überraschung. Da habe ich meine Befehle.«

»Wessen Befehle?«

»Es steht mir nicht frei, diese Information preiszugeben.«

»Was ist hier los, Nathan?«

Er hielt ein schwarzes Tuch hoch. »Wenn du das rausfinden willst, musst du mitspielen.«

Mit verwirrt gerunzelter Stirn ließ sie sich von ihm das Tuch umlegen und hinten verknoten.

»Kein Wort.«

»Dafür wirst du bezahlen, Caldwell.«

»Ich habe keine Angst vor dir, Quinn.«

Sie köchelte zehn weitere Minuten vor sich hin, lange genug, um bei all den Kurven die Orientierung zu verlieren, bevor der Wagen wieder hielt.

»Warte hier.« Damit stieg er aus und schloss die Tür.

Sie musste eine ganze Weile in dem heißen Auto ausharren, ehe er wiederkam.

»Hier entlang, Madam.«

»Das ist nicht lustig, Nathan. Ich weiß zwar nicht, was du dir dabei denkst, aber was auch immer das hier werden soll …«

»Georgie«, flüsterte er. »Du sollst doch still sein.«

»Willst du wirklich so mit mir reden, keine halbe Stunde nachdem wir uns verlobt haben?«

Kichernde Geräusche lenkten sie ab.

»Sind hier noch andere?«

»Ein paar.«

»Ich werde dich mit deiner eigenen Waffe erschießen.«

Das Kichern schwoll zu lautem Gelächter an. Ihr Herz raste wie wild, als ihr klar wurde, wie viele Leute ihr tatsächlich zuhörten. *Was zum Henker?*

»Setz dich«, forderte Nathan sie auf.

Schnaubend folgte sie der Anweisung.

Dann löste er das Tuch, nahm es ihr ab und ließ sich neben ihr nieder.

Sie blinzelte gegen das grelle Licht, bis sie den Parkplatz am Seniorenzentrum erkannte. Vor der Eingangstür war eine Bühne errichtet worden, die von schwarzem Stoff bedeckt war. Die schmutzigen alten Männer standen am Rand des Podests, trugen Krawatten und lächelten zufrieden. Der gute Gus zwinkerte ihr aus dem Rollstuhl zu. Hinter ihm saß Barbara bei den anderen Stammbesuchern.

Georgie drehte sich in der ersten Reihe um und entdeckte mindestens fünfzig weitere Leute. Deshalb hatte Nathan ihr geraten, still zu sein. Ihre Wangen glühten vor Verlegenheit. Als sie ihre Schwester Ali und ihre Familie in der nächsten Reihe erblickte, keuchte sie auf. Tess, Ben mit seinen Krücken, Cat und Ian, der Rosie auf den Schultern trug, standen mit dem Rest der Caldwells ganz hinten. Bernie warf ihr eine Kusshand zu.

»Gratuliere«, flüsterte Ali mit strahlenden Augen. »Ich hab dir doch gesagt, dass er der Richtige ist.«

Mit einem Lächeln für ihre Schwester wandte sie sich an Nathan. »Was geht denn hier vor sich?«

Er fasste ihre Hand. »Hör zu.«

»Guten Tag, meine werten Anwesenden. Ich bin Sam Watson, und als Bürgermeister freue ich mich, Sie vor dem Seniorenzentrum Newport begrüßen zu dürfen. Bevor wir zu dem Grund unserer Versammlung kommen, möchte ich Detective Caldwell und Georgie Quinn zu ihrer Verlobung gratulieren.«

Nathan strahlte sie an, und die Menge applaudierte begeistert.

»Nur Freunde, von wegen«, brummte der schlimme Gus, was die anderen Senioren zum Lachen brachte.

»Ohne weitere Umschweife wird Ihnen Bill Bradley nun erklären, was hier vor sich geht, Georgie.«

»Das wäre mir lieb«, äußerte sie unter weiterem Gelächter.

Bill eilte die Stufen empor und gab dem Bürgermeister die Hand.

»Guten Tag und vielen Dank, dass Sie hier sind.« Er deutete auf die Reihen mit den Senioren. »Im Namen all jener, denen das Seniorenzentrum geholfen hat, ist es mir ein Vergnügen, Sie begrüßen und Georgie und Nathan zu ihrer Verlobung gratulieren zu dürfen.« Damit klatschte er in die Hände und löste eine weitere Welle Applaus aus.

»Als ich vor zehn Jahren in Rente ging, bestand meine größte Sorge – und die größte Sorge meiner Frau – darin, dass ich den ganzen Tag zu Hause rumhängen würde und nichts zu tun hätte. Aber dank Nancy Quinn und des Angebots hier hatte ich ausreichend Beschäftigung. Außerdem hab ich hier nicht bloß die besten Freunde gefunden, die ich jemals im Leben hatte, sondern auch ein Gemeinschaftsgefühl und neuen Sinn für mein Leben. Kurz gesagt: Hier habe ich jetzt eine zweite Familie. Heute haben wir uns hier versammelt, um Nancy für all die Jahre zu ehren, in denen sie die Senioren von Newport unterstützt hat.«

»Oh«, hauchte Georgie, die Augen ganz feucht.

Nathan drückte ihre Hand.

»Nancy erkannte, dass hier etwas fehlte, und ist tätig geworden. Jeder von uns, und viele vor uns, hat von ihrer Hingabe und Aufopferung profitiert. Ihr Tod war ein enormer Schlag für diejenigen, die sie geliebt haben und sich zu ihren Freunden zählten. Während wir um Nancy trauerten, fürchteten wir auch um das Programm, auf das wir uns mittlerweile als unverzichtbaren Bestandteil unseres Alltags verließen. Dank Nancys Tochter Georgie hat das Angebot nicht nur überlebt, sondern ist weiter gewachsen. Sie hat ihre eigene Karriere in Atlanta riskiert, um die kritischen Monate zu überbrücken, bis Barbara hier eintraf und sie erlöst hat. Georgie, wir wissen, dass wir dich manchmal fast in den Wahnsinn getrieben haben, aber wir sind dir auf ewig dankbar für alles, was du für uns getan hast.«

Georgie war sprachlos und verlegen, weil alle aufstanden, um zu klatschen und mit den Füßen zu stampfen.

Sobald alle wieder saßen, rief Bill Walter und den schlimmen Gus auf die Bühne.

»Nach einstimmigem Beschluss des Stadtrats, der den heutigen Tag zum Nancy-Bryant-Quinn-Tag in Newport bestimmt hat, ist es mir eine Ehre, das Nancy-Bryant-Quinn-Seniorenzentrum einzuweihen. Jungs?«

Walter und Gus zogen den Stoff von dem neuen Schild, auf dem auch ein Porträt von Nancy prangte.

Überwältigt starrte Georgie das Bild ihrer Mutter an.

Nathan legte ihr einen Arm um die Schultern.

»Georgie, Liebes«, wandte Bill sich an sie. »Ich weiß, dass wir dich in Verlegenheit bringen, aber wenn du ein paar Worte sagen möchtest …«

Sie drehte sich zu Nathan, der ihr aufmunternd zunickte.

Ali drückte ihr die Schulter.

Sie stand auf und begab sich aufs Podest. Alle Freunde aus dem Zentrum umarmten sie, als sie an ihnen vorbeilief.

Auf der Bühne begrüßte Bill sie ebenfalls mit einer Umarmung, ehe er ihr das Mikrofon überließ.

Sie nahm sich einen Moment, um sich zu sammeln, und schaute dabei in die Runde. Sie schenkte Ali, Tess und Cat ein Lächeln, dann sah sie zu den Müllcontainern, die sie an ihre erste Begegnung mit Nathan erinnerten. Eine neue grüne Wertstofftonne thronte daneben. Schließlich begegnete sie seinem Blick, und sein Lächeln verriet ihr, dass er ganz genau wusste, woran sie dachte.

»Also«, setzte sie endlich an. »Was für ein Tag, was?«

Die Menge lachte und applaudierte.

Sie atmete tief durch. »Ich möchte jedem Einzelnen danken, der etwas hiermit zu tun hatte.« Sie deutete auf das Schild. »Was für eine wundervolle und passende Anerkennung der Arbeit meiner Mutter. Meine Schwester und ich sind zutiefst dankbar dafür. Ich habe jeden Tag mit meiner Mutter gesprochen, aber gekannt habe ich sie nicht, nicht *wirklich*, bis ich hier gearbeitet habe. Für dieses unbezahlbare Geschenk bin ich ebenfalls dankbar.«

Nach einer Pause, in der sie ihre Gedanken ordnete, fuhr sie fort: »Ich hatte zugestimmt, auszuhelfen, bis eine Nachfolgerin für sie zur Verfügung stünde, und habe kein Geheimnis daraus gemacht, wie wenig es mich freute, hier zu sein. Doch genau wie Bill habe ich hier eine Familie gefunden, und ich habe jeden Einzelnen von euch ins Herz geschlossen. Ich sollte wohl auch anmerken, dass meine

Mitbewohnerinnen und ich hier unsere zukünftigen Ehemänner kennengelernt haben – allerdings ist keiner von ihnen im Rentenalter.«

Sobald das Gelächter aus der Menge verklungen war, schloss sie mit den Worten: »Das erinnert mich daran, wie Nathan mir einmal erklärt hat, was er aus einem Verlust in seinem eigenen Leben gelernt hat. Er hat es so gut ausgedrückt, und ich kann nur hoffen, mich korrekt zu erinnern. Es ging ungefähr so: Das Leben ist kurz, die Liebe ist süß, am Bedauern kannst du wachsen oder zerbrechen, und nichts ist für die Ewigkeit. Dank der Zeit, die ich hier verbracht habe, kann ich in die Zukunft schauen, ohne etwas zu bereuen. Das Leben meiner Mutter endete viel zu früh, aber heute habt ihr dafür gesorgt, dass ihr Erbe noch lange weiterbestehen wird. Vielen Dank.«

Erneut sprangen alle auf die Füße und applaudierten.

Sie lief die Treppe hinab, an deren Fuß Nathan auf sie wartete und sie in seine Arme zog.

Endlich hatte sie ihren Weg nach Hause gefunden.

Weitere Titel von Marie Force

Die McCarthys

Liebe auf Gansett Island (Die McCarthys 1)

Sehnsucht auf Gansett Island (Die McCarthys 2)

Hoffnung auf Gansett Island (Die McCarthys 3)

Glück auf Gansett Island (Die McCarthys 4)

Träume auf Gansett Island (Die McCarthys 5)

Küsse auf Gansett Island (Die McCarthys 6)

Herzklopfen auf Gansett Island (Die McCarthys 7)

Rückkehr nach Gansett Island (Die McCarthys 8)

Zärtlichkeit auf Gansett Island (Die McCarthys 9)

Verliebt auf Gansett Island (Die McCarthys 10)

Hochzeitsglocken auf Gansett Island (Die McCarthys 11)

Gansett Island im Mondschein (Die McCarthys 12)

Sternenhimmel über Gansett Island (Die McCarthys 13)

Festtage auf Gansett Island (Die McCarthys 14)

Im siebten Himmel auf Gansett Island (Die McCarthys 15)

Verzaubert von Gansett Island (Die McCarthys 16)

Traumhaftes Gansett Island – Victoria & Shannon (Die McCarthys 17)

Geliebtes Gansett Island – Kevin & Chelsea (Die McCarthys 18)

Andere Bücher

Sex Machine – Blake und Honey

Sex God — Garrett und Lauren

Ein Traum von Liebe

Die Green Mountain Serie

Alles was du suchst (Green Mountain Serie 1)

Endlich zu dir (Green Mountain Serie 1/Story 1)

Kein Tag ohne dich (Green Mountain Serie 2)

Ein Picknick zu zweit (Green-Mountain-Serie/Story 2)

Mein Herz gehört dir (Green Mountain Serie 3)

Ein Ausflug ins Glück (Green-Mountain-Serie/Story 3)

Schenk mir deine Träume (Green-Mountain Serie 4)

Der Takt unserer Herzen (Green-Mountain-Serie/Story 4)

Sehnsucht nach dir (Green-Mountain Serie 5)

Ein Fest für alle (Green-Mountain-Serie 5/Story 5)

Öffne mir dein Herz (Green-Mountain-Serie 6/Story 6)

Jede Minute mit dir (Green-Mountain-Serie 7)

Die Neuengland-Reihe

Vergiss die Liebe nicht (Neuengland-Reihe 1)

Wohin das Herz mich führt (Neuengland-Reihe 2)

Wenn das Glück uns findet (Neuengland-Reihe 3)

Und wenn es Liebe ist (Neuengland-Reihe 4)

Die Quantum Serie

Tugendhaft (Quantum-Serie 1)

Furchtlos (Quantum-Serie 2)

Vereint (Quantum-Serie 3)

Befreit (Quantum-Serie 4)

Verlockend (Quantum-Serie 5)

Fatal-Serie

Mörderische Sühne (Fatal-Serie 1)

Verhängnis der Begierde (Fatal-Serie 2)

Jenseits der Sünde (Fatal-Serie 3)

Versprechen bis in die Ewigkeit (Fatal-Serie 4)

Wenn die Rache erwacht (Fatal-Serie 5)

Bittersüßer Zorn (Fatal-Serie 6)

Unbarmherzig ist die Nacht (Fatal-Serie 7)

Über die Autorin

Marie Force ist die New-York-Times-Bestseller-Autorin von über fünfzig zeitgenössischen Liebesromanen, unter anderem den beliebten Romanserien »Gansett Island«, »Green Mountain« und der erotischen Quantum-Serie. Sie hat unterdessen weltweit über sechs Millionen Bücher verkauft. Die Autorin lebt zusammen mit ihrem Mann, zwei fast erwachsenen Kindern und zwei Hunden in Rhode Island.

Tragen Sie sich in Maries Mailingliste ein, um alles Wichtige über neue Bücher und Veranstaltungen zu erfahren. Folgen Sie ihr auf Facebook, Twitter @marieforce und auf Instagram.

37230839R00231

Printed in Poland
by Amazon Fulfillment
Poland Sp. z o.o., Wrocław